U0946727

天下纵横

鬼谷子的局

长篇历史小说

寒川子 著

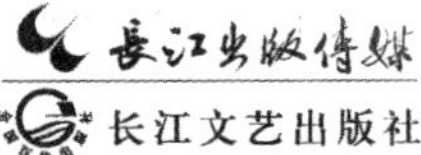

长江文艺出版社

北京长江新世纪文化传媒有限公司
www.cjxinshiji.com
出品

目 录

CONTENTS

第 091 章 | 破纵局张仪相魏 阻横谋惠施恋巢

大梁魏都，惠王大朝，大夫以上朝臣分列左右。左列太子申，次席惠施，再次司徒白虎，右列上首庞涓，次席朱威，再次公子嗣。

公子嗣是惠王第五子，生母为燕姬，即燕文公次女。公子嗣无缘大位，是以淡泊政务，只是生而好勇，喜欢舞枪弄棒，与公子卬颇有几分相似，在函谷之战后被庞涓发现，教以军事不说，这又荐入军中，用为副将，以代公子卬之缺。

大殿静寂，殿中所有目光，包括惠王的，尽皆落在司徒白虎身上，只有武安君庞涓二目微闭，脸拉得很长。

白虎的几案前面一字儿排列六卷账册，其中一卷平摊着。

“……再就是赋役，”白虎看着账册，声音不急不缓，字字如锤，“各城邑共有人口三百三十九万，其中约五十万为仆僚隶台。剩余臣民，立户籍者不足五十万，其中又有十一万三千臣属于封君，司徒府所辖者不足四十万户，再减去近年殉国烈士五万余户，虎贲、武卒四万户，其他免赋役者约三万户，以律纳赋出役的仅剩不足三十万户。而这不足三十万户，却要供养如此巨大的粮草开支，百姓之苦，前所未有！”

众人面面相觑，庞涓面色紫涨。

“另有一笔细账，”白虎拿出另一卷册子，摊开来，缓缓说道，“就是甲胄与兵器。武卒身上披挂，皆为优质乌金（铁的别称）甲胄。每套甲胄皆由铜盔、护项、护膊、战袍、护胸、铜镜、战裙、战靴共八部分组成，所用材料多是乌金、黄铜、皮革、硬木、兽筋，所有甲片由铜丝贯串。单套甲胄平均重逾六十斤，身材高大者重逾八十斤，另有枪刀剑戟等物，皆要求优质乌金及黄铜。而优质乌金与黄铜多由韩、楚、赵等地商贸而来，天下动荡，乌金铜革等物价格日涨，一套铠甲之资，可供三户五口之家活命三年。如此穷兵，税赋加大，税源却在减少。自去岁以来，国库日竭，黎民日苦，民不聊生……”

白虎的声音越来越慢，越来越低，穿透力度却越来越强。

朝堂之上，空气冷凝，连呼吸都似冻结。

军备与民生，似乎永远都是难解之结。

庞涓几乎是晕晕乎乎地回到府中。

这次朝会，庞涓万没想到向他发难的会是白虎。他这里“粮草”二字刚一出口，白虎那边就搬出一大摞竹简。这些竹简是他眼睁睁地看着白虎进朝堂时拎在手里的，只是没想到竟然是用来对付他的恩公。

然而，数字结实，国库已经竭尽。可这些与他庞涓有什么关系呢？身为将军，他庞涓的职分必须是，也只能是，从君之命，对外作战，为大魏开疆拓土。魏王要他收复河西，要他整顿军备，要他重振武卒，而所有这一切，都需要粮草物料、辎重保障，至于如何保障，只能是你们这帮具体执事要操心的。再说，伐秦更是硬仗，千军万马无不是舍生赴死，身为将军，总不能让他们饿着肚子、光着膀子上沙场吧。

庞涓清楚地知道，白虎不是孤单一人，站在他身后的是朱威，是惠施，是太子。尤其是太子申，前些年只是一个傀儡，但近日竟然强硬起来，处处拂他庞涓的意。

庞涓明白，这几个人中真正主谋的既不是太子，也不是朱威，更不是他白虎，而是惠施。几年下来，他彻底看透了，惠施是只老狐狸，藏而不露，不到关键时刻，在朝堂上绝不会多说一个字，更不会说错一个字。与这样的老狐狸对阵，庞涓简直是无计可施。

庞涓不无郁闷地回到府里，远远听到后花园的草坪上有噼里啪啦的击打声，时不时传来夫人瑞莲的叫好声，知是白虎的儿子白起在演枪法，轻叹一声，走过去，在树下站定。

仍在发育中的白起已经长高到他的耳朵边了，但体形精瘦，显得细长。手中之枪是庞涓不久前为他特别打制的，通身重约二十五斤，白起初时挥舞起来显得吃力，但习练多日之后，渐渐适应，这已舞得上下翻飞，让人眼花缭乱。

“好！好！好！”庞涓缓缓走过来，鼓着掌，连说三个好字。

白起这也望见他了，将枪朝草坪上一扎，单膝跪地，行个军礼：“禀报义父，义子白起正在习练义父所教之吴起枪法！”

“呵呵呵，练得不错！”庞涓近前，拔下他的长枪，细细审视。

果是一杆好枪。枪头为乌金、黄金、黄铜等合冶而成，有金刚之硬，寻常皮甲不经一刺，即使武卒所披的超重铠甲，刺中之后，只要枪尖稍稍一滑，进入甲片间隙，穿甲铜丝根本防它不住，必贯胸而过。枪身更是由坚硬的紫檀精削而成，外圈嵌入三根手指粗细的铜条，由五圈铜环紧紧箍定，铜条与铜环外包一层金皮，在阳光下闪烁金光，颈上红缨耀人眼目。

“白起，此枪如何？”庞涓笑问。

“精美绝伦！”白起朗声应道，“白起谢义父赏赐好枪！”

“与你先祖之枪相比，此枪如何？”

“无可比拟！”

“哦？”庞涓略吃一怔，紧盯住他。

“回禀义父，先祖之枪长约丈八，此枪仅长丈三；先祖之枪是银杆金枪头，此枪为木杆乌金枪头；先祖之枪柄上嵌宝石，此枪只有几道铜箍；先祖之枪重三十五斤，此枪仅重二十五……”白起一连列出几组对比，似乎余兴未尽，仍在抓耳挠腮。

“我的儿，”庞涓笑眯眯地望着他，“你可晓得此枪的好处？”

“请义父赐教！”

庞涓扎下架势，将枪耍得呼呼风响，看得白起目瞪口呆。

“我儿请听，”庞涓驻足，抚摸枪身，“枪是用来杀敌的，不是让人看的。是以枪尖要锋利，要无坚不摧；枪身要轻便，扛击打砍斩。至于枪支长短，各有利弊，使用起来，全看本领。枪长利击远，若一击不中，抽手就难；枪短利击近，可挥洒自如，但要求技击本领更高。为父特别为你打制一柄短枪，就是要你习好本领，放敌于身前，与敌搏击！”

“谢义父指教！”白起接过枪，拱手谢道。

“还有，我儿必须记住，沙场之上，武艺须好，但舞枪弄棒终不过是莽夫所为，匹夫之勇，真正的将军绝非这个！”

“敢问义父，什么才是真正的将军？”

“就是这儿，”庞涓指向心窝，“用你的心！只有用心，你才能运筹于帷幄之中，决胜于千里之外。”

“这么说来，”白起眨巴几下眼睛，“即使不能行走的孙义父，也仍然是真正的将军了！”

听白起冷不丁提到孙膑的名字，庞涓心里咯噔一沉，有顷，蹲下来，僵脸化作笑：“是哩，你的孙义父仍旧是个真正的将军！告诉义父，孙义父现在何处，义父正在四处寻他呢。义父行将征伐秦国，若是有你孙义父在，定可击败秦人，收复河西！”

白起瞪起大眼，盯他一会儿，重重摇头，反问他道：“义父是说，若是孙义父不在，义父就打不败秦人了吗？”

吃此一问，庞涓反倒噎住了，脸色阴起，正寻词儿解脱，一直候着他的瑞莲笑呵呵地走过来，伸过一只手。庞涓瞄一眼白起，捉住她手，头也不回地走回客堂。

在朝吃白虎一击，回家又吃白起一噎，这又提及孙膑的名字，哪一桩都是给庞涓添堵。庞涓越想越气，又不好多讲什么，回到客堂，说是心里有火，吩咐瑞莲下厨为他熬煮绿豆汤泻火，便脱身走进书房，关门闭户，祭出鬼谷功夫，刚要安神静心，门外传来脚步声。

敲门的是庞葱。

“何事？”庞涓勉强压住火气，沉声问道。

“有人求见！”

“不见！”

话音落处，门被推开，一人径走进来。

庞涓以为是庞葱擅自闯进，张口就要斥责，来人却呵呵笑出。

庞涓打个惊怔，急睁眼睛，愣然道：“张仪！”

来人正是张仪，一身士子服。

“庞兄，”张仪拱手，半是调侃，“观你脸色，似是有喜事喽！”

“去去去，”庞涓屁股已经抬起，这又扑通坐下，白他一眼，“再说一句，在下就拿扫帚了！”

“拿棍子也赶不走喽！”不待让位，张仪就在他对面的几案前撩衣坐下，“快叫嫂夫人上菜，摆酒，在下的肚子在谋反哩！”

“咦，只你一人呀！”庞涓这也灵醒过来，“香嫂子怎么没有来呢？在下早已馋涎欲滴，这在等着嫂子亲手杀的香猪吃呢！”

二人互相调侃几句，归入正题。

“我说张兄，”庞涓挠起头皮来，“堂堂相国来使，当是惊天动地，张兄哪能……神不知鬼不觉呢？”

"在下不是相国了。"张仪的语调恢复平淡。

"哦？"庞涓大怔，不相信地望着他，"张兄，你……"

"不瞒庞兄，就在旬日之前，在下挂印辞官，驱车径出函谷关了。"张仪语气仍是淡然。

"敢问……"庞涓倾身过来，目光征询。

"唉，"张仪长叹一声，夸张地摇头，"说来难以启齿哩，庞兄且整酒来！"

庞涓吩咐整菜上酒，张仪遂由入蜀开始，将与秦宫结亲故事，一五一十向庞涓讲述起来，尤其将夫人大战巴女，讲得绘声绘色，说到关键处，顺手掏出巴女毒刀，要庞涓寻鼠一试。仆从一时之间寻不到鼠，捉鸡代替，庞涓试刀，不出一刻，鸡果中毒而死。

张仪得贤妻如此，且又如此通晓大义，武功精湛，庞涓对香女再无不屑，唏嘘再三，立即将她列入与鬼谷师姐玉蝉儿一般高度了。

"你是说，"当张仪讲至紫云公主，述及公子印时，庞涓震惊，"安国君依然活着？"

"非但活着，且已成为秦国的安邦将军了！"张仪又将秦王如何念及妹夫，如何活擒公子印，陈轸如何为公子印更名，秦王如何待见公子印，紫云公主如何反感，秦国祖太后如何干预，公子华又是如何设计协助公主谋他张仪，他如何醉酒，紫云公主如何霸王硬上弓等等一应旧事，无一遗漏地尽述一遍。其中不少堪称秦国机密，宫廷秘闻，听得庞涓如闻天书，对张仪这般掏心待己，敬服且感动。

"张兄如此坦诚相见，"庞涓拱手，"在下再无话说。鬼谷既往旧事，在下一笔勾销。张兄此来，想让在下作何帮忙，就请直言！"

"庞兄说反了，"张仪却不回礼，毫不客套，"在下此来，不是让庞兄帮忙，而是想帮忙庞兄。"

"哈哈哈哈，"庞涓先是一怔，继而大笑数声，再次拱手，"好好好，就算张兄帮在下了。说吧，张兄如何帮法，在下洗耳恭听。"

"第一步，助庞兄逐走惠施，压服朱威，除掉白虎；第二步，你我携手，以魏为轴，横扫列国，建不世功业。"张仪端起酒爵，端详一番，扬脖饮下。

庞涓长吸一口气，两眼死死盯住张仪，良久，将气嘘出，一字一顿："若是横扫列国，以张兄之见，从何处扫起？"

"赵国！"

"好！"庞涓一拳砸在几案上，"你我联手，打烂它！"

"不是打烂，是吞掉它！"

庞涓再吸一口气，几乎是下意识地摸起酒爵，缓缓闭眼。

御书房里，魏惠王坐在御案前，二目微闭，一动不动，就如一段木头。

不知过有多久，魏惠王仍旧保持这一姿势，在一边守护的毗人既怕惊动他，又怕出意外，就在近旁走来走去，先是脚步轻微，继而脚步放重，故意弄出些声响。

"毗人，晃啥哩？"魏惠王的声音从两片嘴皮里迸出，身子依旧未动。

"主子，"毗人不知何时已经改过称呼，不再叫他王上了，凑到跟前，"老奴在想事情，怎么也想不出，有点儿急了。"

"呵呵呵，你也会想事情了。说说，想什么呢？"

"老奴想的是，主子这辰光会在想什么呢？老奴想呀想呀想呀，想得头都大了。要是老奴也有淳于子修来的通心术，该有多好！"

"你呀，其实已经晓得寡人在想什么了。"

"老奴真的不晓得哩。"毗人给出个笑，"不过，主子这般讲了，老奴就想猜猜看。"瞥一眼惠王案面上的竹简，"主子在想国事哩。"

"废话，不想国事，还能想啥？说具体点儿。"

"是……想这竹简上的事儿？"

"真就让你猜对了。"惠王睁开眼，看向案面，上面一字儿摆着七册竹简，是白虎大朝报奏时用过的。

毗人脚步一转，移到他身后，动作麻利地为他揉捏颈椎，边揉捏边笑道："主子呀，老奴这也提个奏本。"

"哦？奏吧。"

"主子这已坐有几个时辰了，该到后花园中走走才是。流水不腐，多走路，活络松筋，好处多了去了。至于朝堂上的事情，就让那些臣子们想去。主子这把头想大了，想疼了，不合算哪。"

"唉，"惠王长叹一声，"寡人也是不想想呀，可……"顿住话头，用力起身。

毗人伸出援手，扶他站起。

主仆在屋子里小走几圈，缓步移向房门，刚要迈出，远远望到宫值内臣引带二人沿林荫道走过来。

魏宫臣子中，享有不通报而直接入见特权的仅有三人，太子申、惠施和庞涓。

“寡人眼花了，是哪一个？”惠王揉眼问道。

“是武安君！他还引来一人，老奴认不出哩。”

“看样子，”惠王苦笑一声，“寡人这筋是松不成了。”便踅回书房，复于案前坐定。

不消一时，宫值内臣进来通报。

惠王宣庞涓入见。

君臣礼毕，惠王指着外面：“贤婿，门外好像还有个人呢！”

“父王？”庞涓吃一怔，“您怎么晓得？”

“呵呵呵，”惠王笑出几声，“贤婿既引此人来，想必不是俗客，让他觐见吧。”

庞涓出门，不一时，引张仪入见。

惠王上下打量张仪，显然记不起是谁了：“你是……”

“鬼谷士子张仪叩见魏王！”张仪拱手。

“鬼谷士子张仪？”惠王震惊，“你不是……在秦为相吗？”

“回禀魏王，正是那个张仪。”

惠王嘘出一口气，盯张仪一时，问道：“既为秦相，为何以布衣之身觐见寡人？”

“想与大王私聊。”

“这里没有外人。”惠王指着庞涓，“这是寡人贤婿，也是你的同门。”又指毗人，“这是寡人近侍，无碍私谈。寡人老朽，张子有何指教，尽请直言！”

“魏国危矣！”张仪再次拱手，一字一顿。

张仪劈头来此一句，魏惠王大怔，看看庞涓，又看看张仪，目光下意识地落在面前白虎的竹简上，良久，指向旁边客席：“请张子入席详谈！”

张仪在客席正襟坐定，二目如炬，直射魏王。

“魏国朝野上下一切如常，”魏惠王倾身问道，“张子何出此言？”

“如果不出仪之所料，”张仪拱手胸前，侃侃言道，“魏国已经陷入外困内忧，如猛牛落井，亡无日矣。”

“这这这，”惠王蒙了，苦笑一下，看向庞涓，见他闭目不语，又回视张仪，“何以内困外忧，请张子指点！”

“是外困内忧。”

“对对对，请张子详言！”惠王急不可待了。

“先说外困，”张仪缓缓说道，“南向，魏楚毗邻，魏先将军吴起掠取大梁及周遭楚地二百里，现将军庞涓再掠陉山及周遭楚地一百里，旧怨不提，单是这两桩新案，于魏是喜，于楚却是截肢之痛；东南向，魏宋毗邻，先将军吴起夺占襄陵，襄陵乃宋先祖襄王寝陵，今为魏郡，宋人耿耿于怀；东向，与卫毗邻，卫之祖地，大片皆入魏境；东北向，魏齐接壤，前仇旧怨尽皆不提，想必齐王不会不惦念黄池之辱，将军田忌更不会忘记女装之羞；至于三晋，魏与赵、韩，国土犬牙交错，利害息息相关，百年来磕磕碰碰不提，单是恶战硬战，当不下三十次，边城旗帜交替变换，朝魏夕赵，亦不为惊奇；更慌急的是西向，魏与强秦之争……”

张仪顿住话头，微微闭目。

“这些陈年旧事无不是秃头上的虱子，人尽皆知，还请张子讲些新的。”惠王不耐烦了，欲听下文。

“我王好喻，仪方才所言，确为秃头伏虱。然而，凡人所见，无非外象，唯有大王，当该知痛知痒啊！”

“请张子详释！”“知痛知痒”四字显然刺激了惠王，探身向前。

“六国伐秦而兵败函谷，大王想必不会认定是庞将军无谋、魏武卒无勇吧？”

想到虎牢关上四王信誓旦旦伐秦，两军对阵之时，楚兵却裹足不前，齐兵更是迟迟不到，惠王轻叹一声，不再吱声。

“再讲内忧。”张仪不再给他思考时间，“远且不提，单是近年仪之耳闻目见，魏居中而四战，兵革未歇，民无生息。函谷战后，庞将军痛定思痛，图谋东山再起，年年增扩武卒，日日练兵备战，欲雪前仇。然而，魏土不增反减，魏民时有逃离，税赋日少，府库日竭，苍生日苦，君臣互怨。敢问我王，凡此种种，想必不再是秃头之虱了吧？”

魏惠王额头汗出。

庞涓显然没料到这又扯到他身上了，略是诧异地看着张仪。

张仪似是讲完了，闭目静坐。

“张子既知魏国困境，”惠王拿毗人递过来的丝绢擦把细汗，“想必亦有摆脱之计了。寡人不才，敬请张子赐教！”

“两个字，连横！”

“连横？”许是第一次听闻此词，惠王一双老眼眨巴几下，“何为连横，还请张子详释！”

“苏秦不是在列国倡导合纵吗？纵即南北，三晋合纵，外加燕楚，构成南北一线。至于齐国入纵，不伦不类，别有用心，可以不计。纵亲六国会于孟津，旨在制秦，六君誓师，纵亲达到绝顶。圣者曰，月圆则缺，杯满则溢。苏秦身为约长，挂六印，令六君，堪称人臣之极；六师毕集于函谷关外，堪称纵亲之极。物极必反。六君会盟，却各怀其私，六师毕集，却不战而却，正应极、反之理。”

“甚是，甚是，”惠王连声应和，“张子说下去！”

“田有阡陌，道有纵横，纵势既衰，横路当行。魏国远策，当是去纵入横，与秦结盟！”

听到这里，惠王显然明白过来，方脸拉起，久不说话。

“连横长策有何不妥吗？”张仪忖透惠王心思，直追过来。

惠王二目如炬，直射张仪，一字一顿：“只有一个不妥，河西！”

“敢问我王，河西有何不妥？”张仪似是不知趣了，紧追不放。

“秦人玩弄诡计，霸我河西，七百里江水，数十万臣民，一夜之间，尽为秦有，十几万勇士的尸骨，这还长眠于河西的地下呢！”

“唉，”张仪长叹一声，“我王只知河西，却忘了秦晋鱼水之谊啊。穆公之时，两度嫁女于晋公，缔结百年之好！”

“那是晋室，不是魏室！寡人此生，不收复河西，死不瞑目！”

“唉，”张仪又出一声长叹，“我王这是意气用事了。我王既然提到河西，身为河西之民，仪就说说河西。穆公之时，西河之南为大荔、辅氏、芮等封国所有，北为白翟所据，与晋并无瓜葛。穆公逞强，小国皆归秦制，白翟北缩，河西七百里始为秦土。之后秦晋失和，作为交接区，河西首当其冲，屡为战场。三家分晋，魏将吴起出征河西，赶走秦人，方将七百里河山并入魏境。再后就是秦魏之争，在河西你来我往，直至商君强图河西。”

“往事如烟，寡人只记近仇！”

“仪这就与王议此近仇。”张仪就势说道，“秦与魏皆争河西，情同势不同。所谓情同，河西于秦于魏，皆是先祖以力所得，臣民以血所换；所谓势不同，河西于秦为必得之地，于魏，则为聋子耳朵！”

“咦？”惠王气不匀了，“你这是明显偏秦！”

“仪不敢偏秦，”张仪坦然应道，“仪出生之时，河西属魏。作为魏民，仪之先祖，为河西流汗；仪之先父，为河西流血；仪之先母，死于秦人之手；仪之家产，皆被秦人夺去。仪与秦人血海深仇，仪是以不能也不愿偏秦！”

“既然如此，你且讲讲，河西为何于秦为必得，于寡人就是聋子耳朵了？”

“秦原都栎阳，仅与河西隔条洛水，商鞅时，秦移都咸阳，与河西也不过三百里，快马一日可至，且河西与咸阳，一马平川，除一条小小洛水之外，几乎无险可守。不得河西，叫秦王如何安枕？将心比心，假定我王是秦君，又该如何看待河西？”

惠王咂吧一下嘴唇。

“于魏，势完全不同。聋子耳朵，好看而无用。魏西有河水之险，南有崤函之固，河西在手，岂不成个聋子耳朵了吗？”

惠王再次咂吧一下嘴唇。

“秦得河西，魏占河东；秦得函谷，魏得崤塞；双方以山、河为界，各有仗恃，正可修好睦邻才是，不想我王却与秦君这般争来夺去，实为不智！”

“你……”惠王憋一会儿，总算想出词儿，“寡人若是放弃河西，如何对得起为河西捐躯的十数万英魂？”

“魏有英魂，秦也同样。以武卒之威，尚有十数万英魂，秦人为河西而死者，数目可想而知。”

“你绕来绕去，无非是为嬴驷那厮来当说客，好让寡人将河西拱手送给他，是不？”惠王面有愠色。

“非也，仪此来，是想与王做笔买卖。”

“是何买卖？”

“常言道，失之东隅，得之桑榆。我王若是就此让出河西，秦王也将有所表示！”

“作何表示？”

“我王请看！”张仪从怀中掏出一幅形势图，指太行以东的赵国大片国土，“从这里到这里，所有赵土尽归我王所有，如何？”

惠王目瞪口呆。

是夜，惠王辗转反侧，难以入眠。张仪的话犹如声声重锤，一下接一下地砸在他虽已老迈但仍壮志不已的雄心上。惠王左想右想，却怎么也想不出个所以然来，有点儿后悔自己为掩饰内中惊颤而过早下了逐客令，不由得在心中叹道：“唉，真该让张仪把话说完才是。”

翌日晨起，惠王使人召来庞涓，不无狐疑道：“张子昨日所言，也不是全无道理。只是……他把太行之东的肥沃赵土尽数划给寡人，未免太……托大了吧？”

昨日张仪觐见，直到被魏惠王赶走，庞涓都没有插一句话。对眼前这个渐入暮年的老岳丈，庞涓可谓是了若指掌。

此时被问，庞涓晓得是时候了，沉声应道：“当今乱世，恃力生存，没有大与不大的。再说，张仪谋事，向来是谋大不谋小。在楚，灭越；在秦，灭巴蜀。两地皆大数千里，相比之下，赵国反而小了！”

“是哩，”魏王急切应道，“可这……吞赵，寡人实在不敢想象。寡人召你来，是想问你一句话，假使伐赵，真能……”顿住话头，两道充满欲望的目光直射庞涓。

“父王，若是伐秦，儿臣可有五分把握，不敢狂言；若是伐赵，儿臣可有十成把握，万无一失。”

“十成？”惠王心里一动，旋即摇头，“两军交战，瞬息万变，胜负或系一念之间，贤婿不能轻敌呀。再说，赵人既非越人，亦非巴蜀，徐徐图之或可，若是一口吞之，寡人怕就没有那么好的口福了呢！”

“儿臣所言，或为轻浅。此事既为张仪所言，父王有何疑虑，何不再召张仪，听听他是何说辞？”

“传旨，有请张子！”

庞涓回府传旨，张仪再次觐见，惠王迫不及待地将思虑一夜的种种忧虑一一道出，被张仪悉数化解。

惠王听得血脉偾张，正要认可张仪，猛又想起惠施、朱威他们：“张子所言，好倒是好，只怕朝臣……”

“仪在秦室数年，就仪所察，秦王一旦决事，对朝野议论一概不计。”张仪淡淡一笑。

优柔寡断正是惠王的短板。张仪适时抬出做事利索、将秦治理得蒸蒸日上的秦王，让惠王颜面顿失。见张仪二目直射过来，颇含不屑之意，惠王脸面潮红，不假思索，当即拱手：“烦请相国回奏秦王，此事可以定下，具体如何操作，由你与庞爱卿谋议。”

“回禀我王，”张仪亦拱手道，“仪只是一介草民，不是相国了！”

“哦？”惠王惊愕，扭头看向庞涓。

“父王，”庞涓应道，“张子已于旬日之前辞去秦相，挂印出关了。”

魏王长吸一口气，二目紧盯张仪：“敢问张子，因何辞相？”

“不瞒我王，”张仪缓缓应道，“秦室祖太后恃强，强行拆散仪与夫人，迫仪与紫云公主成婚。祖太后已处弥留，仪无奈何，只得应允。夫人闻讯，以为是仪喜新厌旧，食言负她，一怒之下，星夜出走，不知所终。夫人于仪有救命之恩，夫人爱仪，仪亦深爱夫人。太后仙游之后，仪一路寻访到函谷关，听关守说，数日之前，有女子出关东去，过关时，暗香袭人。仪夫人天然体香，名唤香女，仪问过貌相，确认是夫人无疑，遂返回咸阳，无意朝政，封印辞别秦王。秦王勉强，仪横剑于项，不惜一死。一则见仪意决，二则有感于仪与夫人的私情，秦王不忍相逼，只得应允，但要仪答应一事。”

“答应何事？”惠王急切问道。

“无论何时，只要仪访到夫人，就须重返秦国。秦王为仪保留相府，封藏相印，自仪走后，决不置相！”

惠王听傻了。

“唉！”张仪长叹一声，“夫人为吴臣公孙蛭之女，楚越恶战，公孙蛭为报宿仇，与越王同归于尽，麾下勇士无一幸存，除仪之外，夫人亦是形只影单。仪在此世，除鬼谷诸友外，并无亲朋。鬼谷诸友，孙膑不知所终，苏秦与仪有隙，夫人尽知。夫人出关东行，仪前思后想，夫人别无他投，或至大梁寻庞兄倾诉。仪星夜兼程，赶至大梁，求见庞兄，不想却……”

张仪言及此处，悲伤欲绝，潸然泪下。

惠王看向庞涓。

“不瞒我王，”张仪以袖拭泪，“仪非但没有寻到夫人，却被庞兄扯到此地，与王议论天下！”

“敢问张子，”惠王倾身向前，心跳加速，“夫人既不在庞爱卿处，张子欲向何处寻访？”

“人海茫茫，仪实不知向何处寻访，”张仪面现绝望之色，轻轻摇头，迅即捏紧拳头，“不过，仪心已决，即便寻到天涯海角，仪也义无反顾！”

“若是张子并不知向何处寻访，”惠王现出一笑，“寡人倒有一个想法。”

“请王指点！”张仪拱手。

“张子可以暂留魏境，寡人这就安排人手，前往列国寻访。”

“如此甚好，只是，仪居此处，若是无所事事，倒也无聊！”

“呵呵呵呵，这个寡人想定了，”惠王笑出几声，乐得合不拢口，拱手，“寡人无知，愿以国相托，敬请张子不弃！”

“谢王知遇！”张仪再度拱手，“只是，王内有惠子，外有苏子，二人皆为绝世高才，仪不敢与二人并列！仪心已定，明日即别庞兄，往齐国一游！”

“齐国？”惠王惊呆，“张子去齐国何干？”

“仪别无他好，只好口舌，这往齐地，一来寻访夫人，二来在稷下一逞口舌之能，混口饭吃！”

闻听此言，魏王喜出望外，赶忙起身，朝张仪深鞠一躬，拱手，声如洪钟：“齐国负海之地，安容大鹏展翅？寡人这就免去惠施相位，举国托于张子，敬请不弃！”

“我王……”张仪急急跪地，叩首涕泣，“仪何德何能，竟得我王如此厚爱！仪本为魏民，也该当为我王效力啊！”

“爱卿请起！”魏惠王疾步上前，扶起张仪，转对毗人，“摆宴！还有，请申儿作陪！”

相府客堂，气氛沉闷。

太子申、朱威、白虎三人面色严峻，唯有坐在主位的惠施神态恬淡，两眼闭合，但细心者看得出，他的左边嘴角在微微颤动，心境显然不宁。

“相国大人，”白虎打破沉寂，语气急切中带着恳切，“您得说句话呀，张仪是冲您来的，这已把火燎到您的眉头上了！”

惠施微微前探的躯体略略直了直，嘴角不颤了。

“相国大人，”朱威拱手道，“在下晓得您并不在乎这个相位，但眼下不是相位不相位的事，是事关魏国未来，事关纵亲大略啊！秦、魏仇怨，不是说解就能解的，张仪此来，名为强魏，实为离间三晋。苏子讲得好，三晋皆面西秦，若是互相仇杀，唯对西秦有利。”

惠施的身体又略略直些。

“先生，”太子申亦拱手了，“上卿讲得是，三晋虽有磕碰，但不可互为仇雠。这个相位，先生万万让不得！”

“唯有苏秦，可制张仪！”惠施总算挤出一句。

“大人所言甚是，”朱威应道，“只是，自函谷兵败，大王偏听武安君，武安君将伐秦失利归罪于赵国，对苏子颇有成见，我等怎么解释也是不听。这辰光又来了张仪，苏子只怕更难说话了！”

“另有一人，或可制张仪！”惠施又道。

“何人？”朱威、白虎异口同声。

“公孙衍！”

朱威、白虎互望一眼。

有顷，朱威点头：“公孙衍倒是极好。听说他早已离秦，在下挂记他，四处打探，迄今未得音讯。”

“此人就在大梁。”

“啊？！”太子申、朱威、白虎皆是震骇。

大梁郊野，一辆马车疾驶而来，扬起一溜尘埃。

马车渐渐慢下来，拐向一处偏僻的农舍。

草扉洞开，朱威、白虎跳下车子，急急入内。

草舍无人，但正堂挂着一盏青灯，几案两端摆着几十卷竹简，一卷新简平摊在几案上，几支羽笔斜插于笔筒，旁有砚台，墨汁依在。

朱威坐到几案前，看向案上竹简，看字迹，是公孙衍无疑，这才松下一口气。

朱威努嘴，二人在案前坐下，一人拿过一册竹简，各自翻阅。

看不多时，一条黑狗飞奔过来，站在门外冲草舍狂吠。

不一时，公孙衍头戴斗笠，全身衣褐，荷锄走进柴扉。

狗仗人势，冲向草舍，站在草舍门口冲二人汪汪吠叫。

公孙衍将锄头放好，喝狗出去，大步入舍，又惊又喜：“朱兄，虎弟！”

三人一别数年，今又相见，自有说不出的亲热。

“不瞒公孙兄，”寒暄过后，朱威指着案上竹简，由衷感叹，“从相国那儿得知你在此隐身，在下一直不解。刚才翻阅此册，方知公孙兄苦心哪！”

“唉，”公孙衍长叹一声，“不瞒二位，出函谷关后，在下苦思去向，仍旧选择回魏。非故土难舍，实为制秦。秦人若霸天下，势必东出，若是东出，势必争魏！”

“公孙兄所言极是，”朱威重重点头，“秦人这已来了。”

“哦？”公孙衍看过去。

朱威看向白虎，白虎将近日朝局、张仪至魏、张庞结好、魏王欲罢惠施相位改拜张仪等一应故事略述一遍，二目热切地望着公孙衍。

“改拜张仪？”公孙衍大怔，“他不做秦相了？”

“听殿下讲，”朱威应道，“张仪与秦室闹翻了，秦国祖太后逼他与紫云公主成婚，张仪夫人出走，张仪舍不下夫人，辞印东出函谷，说是寻访夫人，径直来魏了。”

“祖太后？逃婚？辞相？寻访夫人？”公孙衍显然未曾料到这些，闭目深思，口中喃喃自语，“以此小说之言，却来蒙我大魏？”

“是哩，”白虎急道，“眼下事急，如何应对，公孙兄得快快拿个主意才是！”

“张仪此来，只有一个目的，”公孙衍陡地睁眼，拳头连捏数捏，“连横魏国，分裂三晋，破解合纵。”

“公孙兄说得是，惠相国与朱上卿皆是这般讲的。”

“不瞒二位，”公孙衍的目光从白虎转向朱威，“在下在此隐居两年，非为躬耕，是在观察列国，寻思应对，封杀虎狼之秦。在下左思右想，唯一的应对，仍旧是苏子所倡的列国纵亲。张仪连横，正是为破六国纵亲而来。”

“公孙兄，”朱威环顾草舍，看看日影，拱手，“此舍非议事之所，此地更非大鹏所栖，你这就与我等回归大梁，共商大计，阻击张仪。”

“呵呵呵，看来朱兄是饿了。”公孙衍笑笑，挽起袖子，走向侧室，拿出一堆青菜，又从梁上割下一块腊肉，“来来来，二位搭把手，草舍寒酸，却也是有好酒好菜哟！”

二人皆笑，一个择菜，一个烧灶，各自忙活起来。

“至于阻击张仪，无须商议，在下已有对策了。”公孙衍在案上一边切腊肉，一边说话。

朱威、白虎望过来。

“劝阻君上，力保惠相。”

“只怕大王深信张仪，劝他不动。”朱威应道。

“有一个人，或能劝他。”

“何人？”

“太子！”

二人辞别回来，直入东宫，将公孙衍的话悉数转告太子申。

送走朱威与白虎，太子申回到书房，一身书童打扮的天香迎上来，为他宽衣解带。

“申哥，”天香轻轻掩上房门，扶他坐下，偎他身边，柔声呢喃，“观你眉头不展，有什么难为之事了？”

“唉，”太子申揽住天香，长叹一声，“秦相张仪辞相来梁，密结庞涓，欲夺惠相之位，朱上卿与白司徒认定张仪来意不善，要申劝说父王，阻止张仪，力保惠子相位。”

“哦？”天香故作一惊，“申哥答应他们了？”

“嗯，答应了。张仪若是为相，必结秦脱纵，秦人不可靠。再说，我如果脱纵结秦，就将失义于天下。庞涓好战，再有张仪在侧，国必危矣。”

“申哥，”天香给他个香吻，盯住他，“你真的这么认定吗？”

太子申点头。

“小女子可以问申哥一句话吗？”

“问吧。”

“申哥想不想让魏国强大？”

“想呀。”

“申哥，惠子为相已经十年，他让魏国强大了吗？他为魏国开拓一寸疆土了吗？他让魏国的仓库充盈了吗？他让魏国的户籍增加了吗？”

“这……”

“再看人家张子，在楚国，灭越，为楚增地数千里，增人口逾百万，使楚粮米充实。在秦国，灭巴蜀，为秦增地数千里，增人口逾百万，巴蜀的粮、盐源源输秦。此人来魏，当是魏国之幸啊，身为太子，申哥难道……”天香故意顿住。

“咦，”太子申盯住她，“你怎么知道这些？”

“申哥，”天香吻他一口，“小女子在外这几年，别的没有学到，只是耳朵灵了，心不迷了。再说，魏国未来是申哥的，小女子还要靠申哥吃个饱饭呢，怎能不用心？”

“好吧，”太子申闭目良久，点头，“申听你的！”

“申哥……”天香嘤咛一声，软作一瘫绒，一头拱进他怀里。

次日散朝，魏惠王果然留住太子申，二人前往御花园里散步。

“申儿，”惠王顿住步子，盯住他，“惠子为相不少年了，魏国并未大治。为父在想，也许是惠子为人谦和，魄力不够。方今天下，列国皆王，彼此狼窥虎视，非强力不足以应对。张子辞却秦相，来投我邦，为父以为，张子与武安君同出于鬼谷一门，出山即助楚灭越，至秦又助秦灭巴蜀，才智远胜惠子。为父这想免去惠子相位，赐他金银珠宝，府宅财帛，让他在魏颐养天年，畅聊名实，而将治国重担卸与张子，你意下如何？”

“父王，”太子申应道，“相邦，国之栋梁，立相换相，父王定夺即可。”

“呵呵呵，”惠王笑出几声，“申儿呀，如你所言，相辅为国之栋梁，何人为相，举足轻重。为父老了，魏宫这副担子，终将落到你的肩上，相辅之才，也终将为你所用，你是何想法，为父必须看重呀！”

“儿臣以为，父王换相有三不妥。”太子申应道。

“哦？”惠王吃了一惊，“你这讲讲，是何三不妥？”

“一不妥，惠相德才兼备，朝野认可；二不妥，惠相为人公正，不偏不倚，可以平衡各方利害；三不妥，惠相主政以来，无论是远策还是近略，皆无明显失误，至于六国伐秦，惠相并不主张，是武安君……”

惠王显然不想听到这个回复，略一闭目，转身前面走去。

“不过，”太子申迟疑一下，紧紧跟上，“也有一妥。”

“哦？”惠王停住，扭头，看向他，“说说这个妥！”

“正如父王所说，张仪为鬼谷高才，治国理政，与惠相国迥异。父王既已试过惠相国多年，自然也可试一试张仪。”

“呵呵呵，”惠王乐了，“你说得是。”转对毗人，“传惠施！”

当惠施来到御花园时，太子申回避了。

惠王笑吟吟地挽着惠施的手，在柳荫下的小径上漫步。

走有一程，惠施只顾走路，没有提防脚下，左脚磕在路边一块石头上，打个趔趄，摔了个结实。

惠王赶前一步，扶起他。

“谢王扶持。”惠施扑打几下身上的灰土，朝惠王拱手道谢。

“伤到没？”惠王关切地问。

“还好。”惠施又是一拱。

“呵呵呵，”惠王笑过几声，言语关切，却弦外有音，“爱卿这腿脚……”

“老矣！”惠施顺势苦笑一下，摇头。

“若是寡人没有记错，爱卿年过五旬了吧？”

“我王圣明，到流火之月，臣即苟活第五十春秋。”

“咦，”惠王刻意活动几下手脚，“寡人已逾六旬，年长爱卿一十五年，可这手脚……”说到这儿，顿住，不无得意地看过来，再次炫示。

“臣贱命贱体，安能与我王龙体相比？”

“呵呵呵呵，爱卿好言辞，”惠王笑过几声，语气转为关切，“想是爱卿近年来操持国事，过于劳身了。”说着伸手扶住惠施，挽住他手，继续前走，“爱卿呀，说起这事，寡人倒是存心让你歇歇脚，寻个雅致处所修身怡情，颐养天年，将这些烦心事让给年轻人忙活，可又……”故意顿住，轻叹一声。

“谢王关爱。”惠施抽出手，再揖一礼。

“只是呀，”惠王复又扯住他的衣袖，“寡人着实舍不得爱卿。知我心者，唯有爱卿啊！”

"敢问君上，欲以何人代臣？"惠施故作不知。

"张子如何？"惠王顿步，直盯惠施，"他今年三十有五，正值风华之年。"

"风华之年，臣已过矣，"惠施回视惠王，"不过，君上可曾听过老妾事主之事吗？"

"寡人孤陋寡闻，你且讲来。"

"一妾年老色衰，其夫赶其出门，欲迎新妇。老妾哭哭啼啼，不肯离去，君上可知何故？"

"这这这……"惠王听出话音，支吾几声，寻到应辞，"这是不识趣吧！"

"非不识趣，重家而已。今臣事王，一如那老妾事其主啊！"

此喻悲切。

想到惠施这么些年来为魏所操的心，积的劳，惠王黯然神伤，低头不语。

"君上，"惠施语重心长，"妾身老朽，也早淡泊名利，理当识趣。妾身之所以哭哭啼啼，不肯离家，是因那新妇居心不良，有失贤淑啊！"

惠王倒吸一口冷气，有顷，颤声问道："敢问爱卿，张子如何居心不良？"

"因为他想谋的是新夫家的家财。"惠施一字一顿。

为相这些年来，惠施第一次用这般肯定的语气与惠王说话。

惠王又吸一口气，陷入沉思，良久，抬头笑道："常言道，嫁鸡随鸡，既嫁过来，她当为新夫所谋才是。"

"寻常女子，嫁鸡随鸡，"惠施直言点明，"只此女子，别有他图，因她爱的依旧是前夫，此来是受前夫指使，色诱新夫啊。"

此话若是出自朱威之口，惠王会有想法，而出自惠施之口，就让惠王打寒战了。

"君上，"惠施言辞恳切，"妾身已老，妾色已衰，服侍不周了。君上存心他娶，老妾岂敢有阻？老妾只谏一言，君上若娶新妇，该当睁圆慧眼，娶一年轻、贤淑、忠贞不贰之妇，方能兴业旺室，惠泽子民。"

"敢问爱卿，此天之下，可有此妇？"

惠施点头。

"爱卿请讲，他是何人？"

"公孙衍。"

"公孙爱卿？他在何处？"

"就在大梁。"

"太好了！"惠王兴奋起来，二目放光，握紧惠施之手，"烦劳爱卿有请公孙爱卿，寡人念他许久了。”

这么多年，历经这么多变故，魏人公孙衍终于得以于魏宫御书房觐见魏王。

为迎接公孙衍，毗人大献殷勤，亲自动手将书房里里外外整理一遍，又在旁边燃起三炷上等好香，一时三刻，香云缭绕，气氛怡人。

魏王沐浴更衣，让毗人把公孙衍留下的四卷竹简搬到案上，正自重读，宫值内臣已引公孙衍到。

同来的还有惠施与太子申。

太子申是惠王吩咐召请的。

惠王不再宣召，亲迎出去。

见惠王迎出，一身布衣的公孙衍拱手揖道：“子民公孙衍拜见我王！”

惠王却不回揖，二目如炬，将他好一番打量，有顷，跨前几步，执其手道：“公孙衍哪，公孙衍，你这个子民可是让寡人念想多年啊！”

“衍叩谢我王偏爱。”公孙衍再次揖首。

惠王挽住公孙衍的衣袖，并肩进门，君臣四人分别落席，惠王再度凝视公孙衍，拱手，长叹：“唉，不瞒爱卿，你到秦国，搞得风生水起，寡人即知错矣。”

“我王圣明！”公孙衍拱手回礼，不卑不亢，“自离秦后，衍安身于郊，耕作于野，为布衣之身，不敢称卿。”

“拟旨！”惠王转对毗人，“魏人公孙衍列为上卿，赐上卿府一座，金三十两，仆役三十，帛五十匹！”

毗人一一记下。

公孙衍离席，叩拜于地：“衍谢王厚赐，只是，赏罚乃国家大事，无功不受禄，亦为古之定规，身为子民，衍无尺寸之功于魏，是以斗胆恳请我王收回成命，俟衍有所建树，再行封赏不迟。”

“这……”惠王略略一怔，迅即笑道，“爱卿过谦了，”说着指案上几册竹简，“单是这四卷治魏长策，亦足以封卿拜侯。不瞒爱卿，你这四卷，寡人翻阅不知几遍，堪称字字珠玑、针砭时弊啊！可惜此策有首无尾，后面几卷缺失，实让寡人嗟叹不已。这下好了，有爱卿在侧，寡人不愁后续之卷，可以尽兴矣！”

“我王错爱了，”公孙衍又是一拜，“臣写十策之时，针对的是昔日弊端，今时过境迁，这些竹简已然无用，完全可以束之高阁了。”

“哦？”惠王震惊，“如何治魏，难道爱卿又有良策了？”

“回禀我王，”公孙衍侃侃言道，“自离秦出关之后，衍隐于郊野二年有余，冥想天下，欲破乱局，然而，思来想去，所有破解，无出苏秦之右。天下唯有纵亲，方可均衡势力，我王唯有守纵，方可长治久安。”

魏王身子后仰，微微闭目，良久，身子恢复前倾，拱手：“谢爱卿指点了。爱卿呀，”转向惠施，给他一笑，“惠子这把相国当腻味了，一心想与高人论辩名实，有心让贤于公孙爱卿，敢问爱卿意下如何？”

“谢王器重，谢相国大人厚爱！”公孙衍朝二人各揖一礼，“非衍推诿，实乃惠相国德高望重，智慧过人，衍不及远矣。若我王不弃，若相国大人偏爱，衍愿做相府马前走卒，为我王效力。”

“呵呵呵呵，”魏王笑出几声，“爱卿呀，礼贤用能，乃邦国大事，惠相国与爱卿皆是邦国相才，能够早晚守在寡人身边，寡人已知足矣。至于何人为相，寡人不多说了，三日之内，由二位爱卿议定，报奏寡人，寡人大朝颁诏！”

惠施、公孙衍皆是一震，相视良久，叩首谢恩。

闻听公孙衍插足，庞涓大是震惊。

从在陈轸的赌场里搭救白虎时起，庞涓就对公孙衍怀有深深的敬畏。秦伐河西时公孙衍的孤军抗击、六国伐秦时公孙衍的沉着应对（庞涓不晓得是出自张仪谋划），无不让庞涓刮目相看。此人在秦，庞涓引为憾事，然而，此人回魏数年，且几乎天天就在他的眼皮子底下晃荡，而他自己竟是一无所知！

庞涓的第一反应是驱车司徒府，与白虎一道求访公孙衍。白虎不好拒绝，二人驱车郊野，直入草舍柴扉，却空无一人，那条黑狗也不在。

二人空守一时，悻悻而返。

庞涓郁闷回府，见张仪独坐客堂，面前一壶热茶，正自斟自饮。

“张兄，在下正要寻你哩！”庞涓在他对面坐下，拿起张仪推过来的茶盏。

“可为公孙衍之事？”张仪笑道。

“你晓得了？”庞涓惊愕。

“呵呵呵，”张仪笑出几声，“不瞒庞兄，在下与公孙兄堪为知己，他在哪儿，他做什么，在下是一清二楚、无所不知呢。”

“你且说说，”庞涓喝一口茶，“此人隐身数年，突然露头，是为何事？”

“与在下争相！”

“争相？”庞涓不解了，“此人归魏数年，若是争相，缘何早不争，晚不争，拖至今日才争？”

“因为在下来了，”张仪又是一笑，“庞兄听过二马共槽之说否？单马独槽，吃起来无味，二马同槽，才叫有劲哩！公孙衍与在下，正是这般。”

“呵呵呵，”庞涓也笑几声，语气略带不屑，“张兄这也高抬他公孙衍了。就在下所知，一如在下与孙兄、张兄与苏兄方是对手。鬼谷四子，天下无可匹敌。”

“让庞兄说着了，”张仪举盏，端在手里，“不过，庞兄略略有些误解在下之意。仪与苏兄，是争天下，仪与公孙兄，是争邦国，所争不同，其味相异呀！”

“好好好，”庞涓也举盏道，“是张兄想得大。敢问张兄，此人既来拱槽，张兄如何应战，该当有个章法才是。”

“章法只有一个，”张仪冲庞涓扬扬茶盏，“恳请庞兄帮忙。方今天下大略，非纵即横。若是不出在下所料，公孙衍见王，必祭苏秦合纵大旗。魏室权臣，无不主张合纵，且朱威、白虎诸人，更与公孙衍息息相通。王若听信，必弃横而守纵，在下还好，倒是庞兄，怕就不好玩了。”

庞涓再无二话，径去王宫，觐见惠王。

魏王果然在为纵横惆怅。纵，或可求稳；横，或有大成。纵，公孙衍、惠子；横，张仪、庞涓。纵，有太子大力鼎持；横，则为自己心仪。

“贤婿来得正好，”待庞涓落席，惠王望着他苦笑一声，“张子欲横，公孙衍欲纵，是纵是横，寡人头大了！”

“父王，天下原本只有纵论，未闻横说。父王听信苏秦，亲执牛耳，合纵之花盛开于孟津，衰萎于函谷。今日天下，纵衰而横出。纵横利弊，不言自明。父王见过公孙衍，想必他对苏子纵论又有新释。理不辩不明，儿臣是以恳请父王再约张子，细听横说。”

“有请张子！”

张仪这就候在宫外，听到宣召，当即趋入。

君臣礼毕，惠王拱手，直入主题：“听闻张子横论，寡人耳目一新，盘思迄今。只是，横论博大，寡人愚昧，今朝再请张子详释，还望张子赐教。”

“启禀我王，”张仪略一拱手，不再客套，气势如虹，“纵论万丝千结，横论只存一理：仗势恃力，大争灭国！”

惠王身心皆震，嘴巴大张。

“我王请看，”张仪顺手掏出一块麻布，上面是他描摹的一幅天下草图，“魏之强敌，秦、齐、楚三强，以魏眼前实力，若是争齐，或相伯仲，若争楚、秦，则力有不逮。然而，若是魏能一统三晋，独霸中原，则西可争秦，东可凌齐，南可欺楚，天下大局或可定矣。”

惠王身体前倾，一双老眼射出贪婪之光，会聚于张仪案前的小小羊皮上。

“我王若从横论，”张仪手指秦国，“西可无忧。有秦在侧，楚不敢动。王可先伐赵，后扫韩，三年之内，或可一统三晋，厘定乾坤！”

“三年之内？”惠王不相信地喃出一声，看看庞涓，目光落在张仪身上，“你是说，寡人在三年之内，可以灭赵？”

“是一年之内。”张仪拳头一紧。

“你……”惠王越发惊愕，“这且说说，你有何策，能于一年之内打败赵室？”

“我王请看，”张仪指向中山，“近闻中山与赵，边境再起争执。王可约会中山，切断滏口塞，南北夹攻，赵之太行以东，无险可恃。赵之太行以西，秦借魏境，兵发晋阳，直取代郡。赵人再强悍，若被截为两段，东西相顾无暇，欲保宗庙，难矣哉！”

“这……”惠王不无担忧，“赵为纵亲首倡国，若是齐、楚、韩三国之兵皆来相救，奈何？”

“我王放心，”张仪侃侃而谈，“韩人既惧魏，亦惧秦，魏、秦联合伐赵，相信韩不敢妄动。楚、赵相隔韩、魏，以楚王之精明，定不会为赵失和于魏。至于燕室，当今燕王为秦王之婿，不敢不听翁国。赵之救星，屈指数来，只有齐人。”又看向庞涓，“齐若救赵，必用将军田忌。使田忌争庞兄，使齐国技击争大魏武卒，齐王虽然年迈，也还不至于如此昏聩吧！”

“齐人出兵，”庞涓以拳震几，“在下候的正是这个！”

“庞兄伐赵，若是顺道击垮齐人，”张仪竖起拇指，“真就一战定乾坤了。”再指地图，“三晋归一，我王即挥师东下，顺势将齐人赶至海外瀛洲，那时节，合三晋之魏坐拥齐、燕，秦国独享大楚，天下二分，岂不妙哉！”

惠王听得热血沸腾，野心膨胀，连连拱手：“人言，鬼谷四子，得一可得天下，寡人独得二贤，文武双全，何愁天下不定？”

复三日，惠王大朝，罢免惠施，改拜为国师，薪俸不变，同时颁诏，任命张仪为相。

满朝震动。

大魏相国府，惠施慢悠悠地在书房整理行装，收拾他所中意的细软。

院中并排停放十辆辎车，五辆是魏王赐与的，另五辆是惠施的薪俸所置。两个小厮及一女仆动作麻利地装车，所装多是竹简等物，一捆一捆码得整整齐齐。

一辆车马驶至府前，车上跳下张仪。

家宰迎出，恭请张仪入内。

惠施依旧在收拾行囊，头也不抬，似是没有看见他。

张仪扑地跪叩："先生在上，请受张仪一拜！"

"惠施贺喜张子了。"惠施扭过头，"坐吧。"

张仪起身，在客席坐下。

"相国大人此来，是急于入住呢，还是送行老朽？"惠施斜他一眼，走到主位坐下。

"是向大人道歉，"张仪拱手，"仪此番来魏，多有得罪，还望先生宽谅。"

"风起云涌，后浪推前浪，张子年富力强，胸有大策，该当此位，何歉之有？"惠施略一拱手，淡淡说道。

"仪来还有一事。"

"请讲。"

"观车中行装，先生是要远行。在下冒昧，求问先生，欲往何地高就？"

"相国可有指点？"

"先生学问了得，可游稷下。听闻淳于子早就厌倦祭酒一职，欲游天下，先生若去，以先生德才，当为合适人选。"

"谢相国推荐。"惠施淡淡一笑，起身拱手，"大人还有吩咐吗？"

"再谢先生成全！"张仪亦起，深深一揖，扭转身，阔步而去。

张仪离开没有多久，太子申、白虎、朱威赶至，力劝惠施留在大梁，以俟机缘，惠施只不吐口。

"敢问先生，"见惠施去意坚定，太子申问道，"此行欲往何地？"

"就在方才，新任相国特来送行，为老朽指点前路。"

"张仪？"朱威愕然。

"是的，他要老朽前往稷下，或可谋得祭酒职分。"

"先生必不听他，"白虎顺口接道，"先生此去，必是楚地。"

“呵呵呵，”惠施盯白虎良久，连出几笑，竖拇指，“你小子，几日不见，大有长进哟。”又敛住笑，扫视三人，一字一顿，“方今天下，可制暴秦者，唯大楚耳。”

“先生，”太子申拱手，“申恳请先生哪儿也不要去，就在大梁。先生不在相位，反而轻松，申若得空，正好向先生请教名实！”

“谢殿下盛情！”惠施回礼，“只是，惠施在魏十年，花花草草也看腻了。楚地广阔，在下早想一游，正好成行。”略顿，盯住太子申，“对了，老朽将别，有几句闲言，或对殿下有用！”

“先生请讲！”

“如果不出老朽所料，”惠施看向远方，“张仪密结庞涓，逐老朽在先，下面当是清洗官吏，排挤上卿与司徒，将魏变成兵营，举国四战。大魏危矣。还有，就老朽所知，殿下与庞、张亦不同道，道不同不相为谋，难以合流。王上近暮，经不得大喜大悲，一旦山陵崩，殿下或将接手一个满目疮痍、唯秦国马首是瞻的邦国，如果它还存在的话！”

惠施惜字如金，含而不露，临别却说出这些话来，字字危言，在场三人无不震惊，尤其是太子申。

“先生，”太子申声音发颤，“情势……真的这么严重吗？”

“真与不真，殿下拭目以待就是。”惠施拱手，“老朽上路矣！”走到院中，跳上已在等候的车子，拉下窗帘。

轺车移动。

第 092 章 | 用中山张仪挑事 起雄兵庞涓伐赵

惠施前脚刚走,张仪后脚就住进了惠施的府宅,朝堂排位列于太子申之后,居庞涓之左。魏国将、相在惠王当政约三十年来，首次实现和合。

果如惠施所言，张仪任相不久，就与庞涓合谋，唆使惠王连发诏书，完全按照庞涓意愿将大夫、郡县以上官吏过滤一遍，以强国为名选任主战吏员，将朱威一系非主战官员或虚置，或免职，扫清了庞涓强军路上的多数障碍。不足一月，朝野上下，再无杂音，军营内外，杀气腾腾。

紧接着，秦使公子疾来使，张仪与他缔结秦魏盟约，秘密定下灭赵方略，庞涓依约调整西河防务，回撤伐秦武卒，紧锣密鼓地筹备伐赵。

秦魏缔约不足半月，秦军锐卒三万就借道魏境，沿汾水河谷切近赵境，在距晋阳百里之距的大昭泽、狐岐山一带安营扎寨，对外宣称，他们已从白狄马贩手中买下狐岐山与大昭泽之间的大片草场，此来是养马、驯马的。从历史上讲，河水以东至汾水河谷确为白狄人的地盘，然而，白狄势力早在两百多年前就已举族东移，沿井陉出太行山，在太行山东麓建立了今日的中山国。眼下的汾水河谷，基本归属于赵人的势力范围，白狄马贩这般指给秦人，并签下契约，堂而皇之地说这是他家的祖宗地，显然有点蛮来，说白了，是秦人寻下的强横理由。

晋阳是赵室发祥之地，亦为赵国西都，更是赵国布设于太行山西侧的唯一军政中心，堪称赵国最后的大本营。当年智氏灭赵，赵简子就是据守此城，方才坚持到最后一刻，并联合韩、魏两家，成功扭转败局，反灭智氏。

秦人此来，目标显然是晋阳，而晋阳于赵万不可失，赵肃侯闻报，急使上大夫楼缓前往咸阳交涉，同时调拨上党守军一万，协防晋阳，旨令赵豹警戒秦人，备战御敌。一时间，汾水谷地，车来人往，民心惶惶。

打出一整套组合拳后，张仪将魏国诸事留给庞涓，自己扮作皮货商，混杂在前往中山国的商队里，过境赵国，赶赴中山。

一年多来，中山王一直处在火头上。

中山王的火气来自赵人。去年腊月，中山成王归天，年不足十六的中山王刚刚承继大位，据守在槐水之北鄗邑的赵国边卒就突然袭扰三个村落，杀人逾十，伤人逾百。缘由是，他们放牧于郊野的战马不时被盗，近日连丢十数匹，其中一个盗马贼被逮现行，拷问得知是附近村落的盗马惯贼，他们结帮成伙，将马盗走后贩运齐国。兵卒押他前去交涉，讨要马匹，竟遭暴民袭击，盗马贼亦被趁乱救走。赵卒回叫援兵，夜袭三村，引发大规模冲突。

盗马是一回事，赵人趁中山大丧出兵挑衅是另一回事。中山朝野无不憋气，中山王血气上涌，盛怒之下发旨还击。中山边卒回袭赵人五个村落，杀人逾百，伤人近千，连妇幼也未放过。赵人震怒，槐水南岸三千军兵夜渡入鄗，向中山人展开更大规模的报复，杀人数百，伤人更多。中山边境频频告急，中山王调兵遣将，对垒将士剑拔弩张。

眼见一场大战在所难免，中山相邦司马赒急使信臣赴鄗邑，与赵军守将几经磋商，总算将局势暂时缓和下来。

但中山人无不晓得，他们与赵人之间再无缓和余地。

这包脓早已鼓起，不出不成了。

可以说，成脓的囊肿源出于晋国，早在春秋时就已植根。

中山人的前身是鲜虞人，鲜虞人的前身是白翟人，也叫白狄人。

白狄人为姬姓，有说是周文王嫡系毕万公后裔，有说是文王之弟虢叔一支，但无论怎么说，白狄都与周室文王有血缘，堪称王脉正宗，世居于河水之东的汾水流域。之后，许是在周宣王时代，白狄人向东北移至鲜虞水一带，自称鲜虞人。鲜虞水即呼沱水北部支流。此地位于太行山西侧，为山间盆地，地势平坦，水草丰美，四周更有险峻阻碍，堪称福地。

然而，到春秋中期，晋国崛起，鲜虞人刚好处在晋国向外扩张的交通要冲，不得不再次向东迁移，沿井陉穿越太行山，在井陉之外的中人城立足，正式建国。因中人城中有山，鲜虞人称自己的新国为中山国。

然而，晋人的胃口远不止此，鲜虞水不过是条过道，他们真正梦想的是太行山之东、河水之西的大片沃野，似乎要将整个巨大的“几”字形河水所包地域全部纳入大晋版图。也就是说，晋人试图建立一个西至西河、南至崤函、东至河水、北至荒漠的超强霸国。基于此，占领井陉要塞的中山人再次成为路障，晋人一路追赶，数番征伐。

三家分晋后，三晋之一赵国得到邯郸，向北扩张，在伐灭邢国后，直面中山。赵人数伐，中山人没有退路，据险死守。赵人征伐无果，见魏人也在觊觎，赵侯灵机一动，借道给魏人。

魏侯乐得其助，使乐羊、吴起为将，劳师远征，血战三年，终于诛杀中山武公，伐灭其国。赵人不甘于魏人独享中山，暗助武公之后姬桓赶走魏人，复建中山。赵人野心，中山人尽知，因而，在赶走魏人之后，桓公又数战击赵，夺回井陉塞，将赵人赶过槐水。为挽回颜面，赵人恃强再战，终在槐水北岸立足，得到鄗邑，将触角伸入中山腹地。中山人视鄗邑为喉中毒刺，早欲拔之而后快，但苦于国力不济，只得忍气吞声，不敢轻启战端。

是祸躲不过。这根鱼刺趁新君年幼无知，立足未稳，冷不丁发作了。在先王入土周年大祭这日，中山王偞祭礼完成，特别留住相国司马赒、上卿张登两位托孤重臣谋议。

“两位爱卿，”中山王朝二人拱手，“赵人欺我太甚，寡人实难容忍，请相父、张卿教寡人应对良策。”二目炯炯，扫过张登，落在司马赒身上。

司马赒幼习诗书，博古通今，为人正派，在桓公晚年袭父爵成为中山大夫，成王时拜宫尉大臣。后接乐池相位，助中山君称王，受封蓝诸君，堪称继乐池之后智勇双全的治国能臣，在大国博弈中多次使中山化险为夷。

主幼权重，司马赒谋事愈加小心，拱手揖道：“回禀我王，臣以为，赵强我弱，眼下不宜开战。再说，赵若伐我，必全力备战。就臣所知，自出兵函谷之后，赵人并无大动。此番边境争执，当是寻常摩擦，我宜大事化小，不宜反应过度！”

显然，这个回复不是年轻的中山王所想听到的。沉默良久，中山王看向张登：“相父主张大事化小，张卿意下如何？”

“回禀我王，”张登拱手应道，“相邦所言，臣深以为是。然而，只要赵有鄗邑，我边境百里之民就不得安寝。臣以为，我王可借此良机，一举拿下鄗邑，将赵人赶过槐水，再沿槐水筑城，可高枕无忧矣！”

“寡人正是此意！”中山王兴奋起来，“张卿，你且说说如何出兵？”

“这……”张登迟疑一下，看向司马赒。

中山王亦看过来，目光热切。

“出兵，邦国大事，”司马赒闭目有顷，缓缓说道，“容臣思量周全，再行奏报！”

“如此甚好，”中山王再次拱手，“寡人恭候相父良策！”

司马赒不无郁闷地回到相府。

让他郁闷的不是中山王，而是张登。

张登本为乐府家臣，因才具得到前相国乐池赏识，荐举为大夫。几年前列国并王成风，中山成公不甘落后，罔顾司马赒劝谏，南面称孤，从而引发三晋及齐、燕等周边大国不满。尤其是迄今尚未称王且对中山国虎视眈眈的赵国，这下得到由头，秣马厉兵，欲行征讨。危难之中，张登受命出访燕、齐、魏三国，竭力周旋，凭一条利舌轻松化解中山危机，厥功甚伟，得成王重用，受封上卿。成王薨天，张登与司马赒同为托孤大臣，在朝廷席位已越过他的后台乐府，仅次于司马赒了。

当然，司马赒在乎的不是张登爬得有多高，而是身为托孤重臣，他不该这么罔顾一切地去顺从新主。中山王毕竟年幼气盛，未历战事，既不知杀伐之苦，更不知与赵这样的大国开战意味着什么，可他张登不该不知呀！知而不谏，盲从上意，这个张登究竟想干什么？

司马赒越想越闷，将自己关进书房，正自闭目静思，一阵脚步声响，长子司马熹叩门，轻声禀道：“父相，上卿大人求见！”

“哦？”司马赒略略一震，“有请。”

门被推开，司马熹引张登入见，身后跟着皮货商打扮的张仪。

司马赒已经站起，目光越过张登，直接落在张仪身上：“这位是……”有顷，看向张登。

不及张登引见，张仪近前一步，拱手揖道：“魏相张仪见过相国大人。”

“魏相张仪？”司马赒蒙了，眼睛连眨几眨，直勾勾地盯住张仪。显然，张仪与魏相放在一起，这又一身皮货商打扮，于他实在过于陡然。

“禀相国，”张登微微一笑，解释道，“张子本为秦相，三个月前挂印赴魏，被魏王拜为相国。”

“那……”司马赒仍旧没转过脑筋，“惠相国呢？”

“呵呵呵，司马兄有所不知，”张仪笑出几声，称兄道弟起来，“惠子天真率性，在临淄稷下把先生当腻味了，跑到魏国当相国；相国席位这又坐腻味了，见在下赴魏，顺手把挑子往在下肩上一撂，嘚嘚嘚地赶起车马，又回稷下当他的先生去了。不定还能混个祭酒呢！”

司马赒弄明白原委，嘘出一口气，目光落在他的一身商服上。

“司马兄不会是看上在下这套衣饰了吧？”张仪随手一抖，唰唰几下脱去外套，现出魏国官袍，又从官袍里取出冠带，一一结束妥当，现出大魏相国威仪，末了将皮货商外套双手奉上。

“哈哈哈哈，”司马赒长笑几声，顺手搁在一边，深深一揖，“张子三变，在下眼拙，失礼，失礼。”指席位，“张子有请。”又转对司马熹，“熹儿，上茶！”

茶水奉上，主宾客套一番，张登请求司马赒屏退左右，指张仪道：“禀相国，张子此来，是有大事相商。”

“晓得，晓得，”司马赒完全活泛过来，二目直视张仪，拱手，“张子屈尊易服，必为大事。张子若不见外，赒愿闻高论。”

张仪拱手回礼，侃侃言道：“中山先王归天，大丧，新王登基，大喜。在下奉大魏王旨而来，一为往吊先王，二为贺喜新王，三是送给中山一物，权做吊往迎新之薄礼。”

“谢魏王关爱。”司马赒拱手，“敢问厚礼？”

“代郡。”张仪一字一顿。

“代郡？”司马赒没搞明白，眯眼问道。代郡远在燕国之西，盛产骏马，与中山相隔崇山峻岭，自赵襄子时起，一直就是赵国属地，显然，将之与中山国系在一起，于司马赒而言，简直荒诞到不可思议。

张仪不急不缓，将秦、魏、中山三家分赵之谋和盘托出。

司马赒大是惊骇，两眼先是圆睁，后是闭合，再后，缓缓睁开，盯视张仪良久，方才拱手道：“传闻张子入楚灭越，入秦灭巴蜀，这刚入魏，张口就是灭赵，果然是谋大事的，在下叹服。只是，中山蕞尔小邦，国薄力微，岂敢与魏、秦相提并论？”

“哈哈哈哈，”张仪长笑数声，“司马兄真会客套呀。大赵迄今仍是侯国，中山蕞尔小邦却已南面称孤，与齐、魏、燕、楚、秦等堂堂大国，还有堂堂大周天子，并驾齐驱数载了呢！”

张仪直揭中山小国称王之短，颇让司马赒尴尬，然而，事实俱在，他有口难辩。

“今日中山，”张仪侃侃而谈，“西至太行山，东至河水，北至易水，南至槐水，已方圆五百里，远大于宋、卫。若是再有代郡，辖土可逾千里。代郡，良马之乡。中山此有沃野，彼有良马，坐拥千里之野，百万之民，既拥王名，也坐王实，天下列邦，何人敢以小国觑之？”

张仪再提代郡，显然，这是一个巨大诱惑，司马赒不由得长吸一口气。

“司马兄熟知中山，”张仪步步进逼，“中山与魏，远隔赵国，有旧怨而无新仇。中山与赵，却是你死我活。何以如此？因为井陉。赵东都邯郸，西都晋阳。邯郸与晋阳，相隔千山万水。赵虽有滏口陉，但滏口陉直通的是上党，而上党有韩人一半，非赵人独享，赵人欲享平安，须仰仗韩人鼻息。且上党距晋阳，又有高山相阻，赵人历尽山道辛苦抵达上党，仅是半途。井陉则不然。井陉而西，可直达晋阳，赵人欲得井陉，其心切切。而井陉与河水，堪称中山国任督二脉，万不可有失。井陉失，中山失；井陉在，中山在！”

张仪直击井陉这个中山与赵的必争要塞，司马赒额头汗出。

“司马兄，”张仪笑道，“非在下危言耸听，实乃情势逼人。方今天下，亦非中山面对危局。苏秦倡导六国合纵，锋指西秦。六军伐秦，兵叩函谷关，秦人危在旦夕。赵人却在关键辰光卖魏，使纵亲大功亏于一篑，魏人是以深恨赵人。秦人破纵军，得巴蜀，国势日盛。为破苏秦合纵之策，秦王听从在下连横之说，使在下赴魏结盟。魏王洞明时势，抛却前嫌，弃纵入横，任在下为相，与秦结盟，共伐不义之赵。近闻中山与赵有隙，在下奉王旨亲赴中山，谋议三分赵土。司马兄，以魏、秦之力，在下师弟庞涓用兵之神，只要东西合击，赵人败亡已成定局。司马兄若从北侧横插一刀，赵想不死，难矣哉！”

司马赒听完张仪这席解释，总算明白原委，朝张登会意一笑，对张仪拱手：“在下深居僻壤，孤陋寡闻，得张子开塞，幸莫大焉。”长叹一声，“唉，在下不瞒张子，赵人侵我疆土，夺我鄗城，这又趁我大丧，扰我村邑，杀我臣民，欺我太甚。我王盛怒，本欲兴兵讨回公道，是在下不明时势，几番劝谏。今有魏、秦两个大邦仗义相助，在下可无忧矣，这就与张子入宫，奏明我王，谋议大事如何？”

张仪拱手：“谢司马兄成全！”

接后三日，中山君臣与张仪谋划妥当，中山王拜司马赒为主将，乐举为副将，孙固为先锋，公孙弘司粮草，张登司邦国外务，起精兵五万，以迅雷之势切断槐水，将鄗邑团团围困。

与此同时，老于谋算的司马赒亦出一棋，借中山王之口将张仪留在灵寿，名曰运筹帷幄，实则扣作人质，以防魏、秦使诈，向赵国出卖中山。

边关报急，赵宫震惊。

晋阳危机未除，中山又起烽火，自孟津归来就身体虚弱、近日更是卧榻养病的肃侯赵语接到战报，尚未读完，气血上冲，陡然昏迷。

赵宫大乱，宦者令宫泽急召宫医抢救，太子赵雍、安阳君公子刻和国尉肥义，也都闻讯赶至。

"君父怎样？"赵雍逮住宫泽，急切问道。

几年下来，赵雍又长高许多，喉结长出，声音也脱去稚腔，变成个勇武的小伙子了，只是年岁仍小，离冠年尚远。

宫泽摇头。

赵雍脸色变了，疾步冲进，扑在肃侯身上，紧紧捏住肃侯之手，带着哭腔："君父，君父……"

肃侯静静地躺着，虽然仍在昏迷中，但气已均匀。一名老宫医正在行针，肃侯身上几处穴位，分别扎着银针。另几名宫医候在一边。

肃侯榻边，仍旧放着边关急报。

安阳君走过去，问宫医道："吴太医，君上如何？"

"回禀安阳君，"为首宫医压低声音，"看脉象，是急火攻心。"

"抓紧救治。"安阳君语气平稳地吩咐一声，在肃侯榻前跪下，拉过肃侯之手，搭会儿脉，目光落在边关急报上，拿过来，细读一遍，缓缓起身，拍下赵雍肩头，朝外努嘴。

赵雍会意，跟他出来。

肥义也跟出来。

"殿下，"三人走到偏殿，安阳君盯住赵雍，"我观君上一时三刻不会有事。眼下大务，是这个。"说着，将急报呈上，"殿下请看！"

赵雍看完，脸色变了，顺手递给肥义。

"中山陡然兴兵，颇为蹊跷，无论如何，鄗邑不可有失，望殿下速作主张。"安阳君一向沉稳，即使火烧眉毛之事，语调依旧不急不缓。

"廷尉，"赵雍看向肥义，"若是没有外援，鄗邑能撑多久？"

"回禀殿下，"肥义这也看完了，搁下急报，"鄗邑位于槐水之北，为防中山袭击，臣吩咐特别构筑。城高二丈四，城门包裹铜皮，沟阔五丈，配守军八千，防御利器应有尽有，城中更有臣民三万六千，积粟可食一年，城内有二水交汇，另有水井三十五口。依中山人眼前之力，即使没有外援，只要城中军民齐心，短期内不会有失。"

赵雍嘘出一口气，看向安阳君："公叔？"

"殿下，"安阳君一字一顿，重复方才说过的话，"为赵未来计，鄗邑不可有失。"

"肥义，"赵雍转向肥义，"公叔所言极是，军情火急，你亲赴信都，引守军三万，驰援鄗邑，以稳鄗邑军心，其他诸事，待君父醒来，再行决断！"

赵雍走进内殿，拿出调兵虎符，以殿下名义写好旨令，交宫泽印上肃侯玉玺，交给肥义。

肥义前脚刚走，宫人出来，报说君上醒了，召二位觐见。

安阳君、赵雍急切趋进，果见肃侯身上银针尽除，气色已经缓和，任由老宫医一下一下地揉搓脚底。

"贤弟，雍儿，坐。"肃侯冲二人一笑，指榻沿道。

二人未坐，拱手问安。

"寡人没事儿，鄗邑……"

"禀君父，"赵雍应道，"雍儿方才与阿叔、廷尉谋议过了，雍儿照阿叔之意，旨令肥义将军调信都守军三万，暂行驰援，鄗邑城高池深，再有肥义将军呼应，近日不会有虞。"

肃侯看向安阳君："晋阳可有奏报？"

"有，"安阳君小声禀道，"秦人仍旧滞留于大昭泽、狐岐山一带，眼下尚无异动。臣已传信赵豹，让他严加戒备。即使用兵，秦劳师征远，不足为虑，有赵豹在，君兄但请宽心。"

肃侯微微点头，闭目，有顷，缓缓睁开："苏相国他……仍在燕国吗？"

"是。"

"传信苏子，请他速回，就说寡人……在候他！"

燕都蓟城，燕易王上位后，经过多方考虑，没有另外立相，是以苏秦仍旧住在燕文公赐给他的那座老府宅里，府宅的门楣上依旧悬挂相国府匾额。

自从六国伐秦失败，一晃就是两年多。这期间，秦公主嬴嫱一连为易王生下两个王子，公子微与公子悔。燕、齐争执由来已久，易王立后，燕宫内部仇齐势力占尽上风，易王更因前夫人田氏而不喜公子哙，一心欲立公子微为太子。

苏秦由邯郸赶赴蓟城后，一面是齐威王舍不得河间十城，一面是燕易王不立公子哙，双方各寻措辞，久拖不决。苏秦就如走马灯般从蓟城往奔临淄，又从临淄赶赴蓟城，两年间在燕、齐两地驱驰五个来回，总算于近日得到妥善解决：燕易王正式在燕国太庙举行盛大祭礼，册立公子哙为太子，齐威王也恋恋不舍地诏令田忌向燕将子之移交已由齐人“治理”数年的河间地。

在苏秦为燕齐十城奔忙之时，三弟苏代拖家带口，一溜儿七八辆辎车长驱数千里，由洛阳寻至蓟城。一家大小六七口，外加逾十男女仆从，将原本空落落的相府塞了个满实。

自苏秦走后，苏代无心农务，决心跟从二哥习学“舌功”，因而一到苏宅，就夜以继日地缠牢苏秦。作为兄长，也因有诺在先，苏秦只能耐起性子，一得闲暇就拿出鬼谷子的临别赠书《阴符本经》，为他一一讲解捭阖道术。

苏代自幼耕作，少不读书，基础实在太差，面对这如秋虫般乱爬的“天书”，真正是一筹莫展。然而，苏代也不是吃素的，不言放弃不说，这又祭出苏秦当年曾经下过的神功，只要苏秦不在家，他就关门闭户，彻夜攻读，倦怠时自也效法苏秦以锥刺股的狠劲儿，偶尔露面，也总是散发披肩，举止古怪，就如中魔一般，时而手舞足蹈，时而自说自话，闹出种种荒诞、桩桩奇怪。而这些奇怪又迅速被府中仆从放大到蓟城的角角落落。咄咄怪事，种种奇行，配上早由各路小说家在列国广为流传的苏秦出道故事，很快风靡蓟城，苏代也迅速成为燕国朝野共同关注的人物。

对苏代的种种怪行，苏秦初时以为是走火入魔，直到第五次回燕，方才意识到他是刻意而为。皮毛未得，就如此卖弄，机巧之心实令苏秦忧心。苏秦多次劝勉，苏代唯唯诺诺，心里却是不服。苏秦无奈，只好再讲捭阖大道，而道与苏代显然无缘，苏秦一开口，苏代的两只眼珠儿就不打转了。苏秦长叹一声，摇头无语。

河间十城既已讨回，公子哙也被立为太子，苏秦觉得再无守在蓟城的必要，就吩咐袁豹收拾行装，入宫向易王辞行，将苏代一家留住府中，自带大小车乘二十余辆，络绎驱往邯郸。从近日收到的各路情报来断，邯郸显然已经处在天下旋涡的中心位置，苏秦一刻也耽搁不得。

燕、赵之间只有一条官道，即由蓟城南下，涉过北易水——涞水，经由武阳，再涉南易水，借道中山入赵。

武阳是燕国下都，先燕公丘地，更有太后姬雪孀居，苏秦为避嫌，故意放缓脚程，两日行程，竟走三日。直到第三日迎黑时分，苏秦才吩咐袁豹加快脚程，务必于关城门之前赶到，夜宿武阳馆驿。

留守武阳的仍旧是骁将褚敏。是晚，褚敏置酒接风，苏秦喝到微醺，推说胸闷，径回馆驿歇息。交三更时，苏秦换作一身夜行衣，紧跟飞刀邹，打开馆驿偏门，七转八拐，沿街头小巷绕往一处私邸。

私邸周围大树参天，极是清幽。早有人打开柴扉，二人步入，来到一扇黑漆门前。漆门洞开，苏秦入堂，漆门随之关闭。堂中亦无亮光。苏秦跟从飞刀邹摸至内室，早有人守候，见苏秦到，引向一处洞门。苏秦只身踅入洞门，飞刀邹自留于外守护。

直到此时，苏秦方见亮光，有人持烛恭候。

持烛者不是别个，却是春梅。苏秦紧跟春梅沿走道走有十余丈，来到一扇石门前。石门洞开，待二人闪入，石门关闭，眼前现出一个方约两丈的雅致石屋，房内烛光通明，靠墙处放置一张软榻。守于榻前的姬雪早已迫不及待，一见苏秦，急迎上来，声音发颤，轻叫一声“苏子”，便软瘫在苏秦怀里。

原来，这处私邸紧邻离宫，原为先君守陵人所居，守陵人死后，其子不愿继续守陵，前往蓟城谋职去了。此居被他变卖，几经倒手，落到木华手里。屈将子使擅长土木的墨者在紧临离宫的宫墙外围掘出这间地下室，由地下暗道通向两端，一端为守陵人居处，一端为姬雪寝宫，两端入口各设机关，这端有墨者把控，那端由姬雪掌管。地下室上方，是厚约五尺的土层，有防水、通风设施，地面长满荆棘、乱竹数亩，鸟兽乐入，人迹罕至。

在建造此室的同时，姬雪也对身边侍女进行梳理，将纪九儿派来的疑似细作全部安置到中院和前院，后院寝宫只留春梅等几个死忠亲随。眼见后院墙高池深，插翅难飞，纪九儿的细作也都放下心来，只将两眼盯在宫门处，地下密室成为万无一失的幽会绝境，是以苏秦近两年来，每次过武阳赴齐，都于此处与姬雪幽会，不再那么战战兢兢了。

春梅等人知趣地退出，室内只余苏秦和姬雪，二人再无顾忌，携手至榻，彼此宽衣，相拥入锦被。

久旱逢霖。一对恋人数月未见，自有几番缠绵，别样亲热。

待雨过天晴，姬雪娇喘稍歇，匀气悄语：“苏子，雪儿有个愿望。”

“雪儿有何愿望，但讲就是。”

“你先应允雪儿才成！”

“苏秦对天起誓，无论雪儿心有何愿，苏秦必竭诚尽力，让雪儿称心遂愿。”

“苏子，”姬雪笑了，“你大可不必起誓，只需应允即是。”

“苏秦应允。”

“雪儿之愿是……”姬雪翻身坐起，紧盯苏秦，二目含情，目光憧憬，“为苏子生下一子。”

“啊？！”苏秦惊叫出声，打个惊战，忽地坐起。

“苏子？”姬雪愕然。

苏秦愣怔有顷，缓缓躺下，闭上眼去，眼角流出泪水。

姬雪这是一心为他啊！

“苏子，”姬雪也躺下来，头枕在苏秦的胳膊弯儿上，语气哀求，“不是为你，就算是为雪儿，成不？雪儿想当一次真正的娘亲。”

苏秦将她紧紧搂在怀里，搂得她几近窒息，她感到脸上湿乎乎的，晓得是苏秦的泪水。

不知过有多久，苏秦松开她，坐起来，擦掉泪水，盯住她，坚定地摇头。

“苏子？”姬雪亦坐起来。

“你是太后。”苏秦的声音轻得几乎听不到。

“雪儿不怕！”姬雪声音急切，语气坚定，“雪儿全都想好了，只要雪儿怀上孩子，就闭门不出，对外宣称先君托梦于我，我要闭关一年，与先君之灵沟通。待吉时来到，雪儿就在这密室里生产，之后，就将孩子交付木华，托他寄养于外，寄养于一户姓苏的人家，再后，雪儿就寻个机缘，认他做义子，让他堂而皇之地向雪儿叫娘。”

显然，这桩事情她想过不知几次，连细枝末节也没落下。联想到她为幽会而煞费苦心地说服木华买下此房，又求请屈将子亲手设计这个暖意浓浓的爱巢，苏秦真正体会到一个女人在陷入爱河后的细致与胆略。

只是，他的雪儿太天真了，她似乎永远不晓得他们周围有多少人在环伺，有多少双眼睛在窥视，也永远不晓得这世间邪恶的威力有多强，有多少人随时都想将他，包括她，碾作粉尘！

然而，雪儿是个女人，是个不能当母亲但做梦也想当个母亲的女人。她已年届三十，若是嫁在寻常百姓家，膝下该当儿女几个了。就像苏代家，前后不过十年，已生养五个儿女。

“雪儿，”苏秦长叹一声，“这是一桩大事情，是不？对你我来说，这是一桩比天还大的事情，是不？”

“是的，它比天还大！”姬雪点头。

“既然它比天大，我们就得慢慢商议，是不？”苏秦决定搁置此事，再说，眼下也的确不是商议这个的时候。

“苏子，你信天不？”

"信。"

"要是信，你就甭管了，一切看天意！"姬雪轻轻抚摸柔嫩、滑腻的白皙小腹，脸上漾着笑，瞳中充满向往。

"雪儿，你是说……"苏秦陡然意识到什么，脸色变了。

"苏子，就看天意吧！"姬雪伏身，将脸贴在他的宽大胸膛上，声音软得不能再软。

苏秦长吸一口气，微微闭目。

姬雪细声柔气，谈着谈着，不知不觉中，天就亮了。

鸡叫头遍，有敲门声响起。苏秦别过姬雪，约定晚上再会，便开门出去，与飞刀邹趁夜色赶回馆驿，在榻上一觉困去。正酣睡中，被袁豹唤醒，起身入堂，见是赵国使者单宗。原来，单宗诸人也于昨晚赶到武阳，今日凌晨出城门直驱蓟城，途经北易水时，听艄公说是苏秦已到武阳，急又折返。

苏秦晓得单宗，知他是宦者令宫泽身边的红人，而宫泽又是肃侯的影子，此人寻他，必有大事。

果然，客套话讲完，单宗从袖中摸出赵雍的亲笔书信，又将肃侯于榻上的口谕复述一遍。

听到肃侯断断续续的"寡人……在候他"几字，苏秦泪闸大开，哽咽着询问病情。单宗约略讲过，恳请他速速起程，否则，他们君臣怕就对不上话了。

苏秦再无二话，当即吩咐袁豹整顿行装，写书信一封，交给飞刀邹，要他转呈姬雪。

前后不消半个时辰，苏秦连武阳郡守褚敏也未及作别，就打起旗帜，一车当先驶离武阳南门，朝南易水方向绝尘而去。

车过南易水，即是中山国。

中山与燕近无战事，边关正常开放，加之苏秦打的是"纵"字旗号，外加一个特别的"苏"字，过关极是顺畅。

然而，中山境内却是另一番场景。人欢马叫，群情激奋，无数马车络绎不绝，就如一字长蛇向南蠕动，将一条官道塞得满满的。苏秦只好耐住性子，吩咐车队杂在中山车队之中，徐徐而动。

行过一日，仅走二十余里。向晚时分，苏秦正自着急，飞刀邹过来，指旁边林中："主公，林中有人候您。"

苏秦随他走入林中，见树下站着一个年老墨者，木华、木实一边一个，分立两侧，晓得是飞刀邹几次向他提到的墨派尊者屈将子无疑，忙拱手揖道：“晚辈苏秦叩见屈将子尊者！”

“屈将子见过苏大人！”屈将子亦拱手回礼，指地道，“苏大人请坐。”遂率先席地坐下。

苏秦亦于对面坐定。

“前辈殚精竭虑，处处呵护晚辈，晚辈早欲拜见前辈，聆听指教，却不想诸事牵绊，难成夙愿。此地得遇前辈，实令晚辈喜出望外。”苏秦一扫数日来的不快，一脸欣喜道。

“呵呵呵，谢苏大人褒扬。”屈将子轻笑几声，“苏大人心系天下，厚爱无疆，我等奉先巨子随巢之命为苏大人效力，苏大人但有驱驰，我等愿效犬马之劳。”

“谢前辈关爱。敢问前辈，与楚国公族屈氏可有渊源？”

“屈将自幼丧父，少小时候，听娘亲讲起，先祖名叫屈荡，康王时曾任莫敖。只是，屈将自幼放荡不羁，后入墨门，对世系宗门再无挂记，也就淡忘了。”

“你们屈门，代出奇才。晚辈几年前得遇一人，十分了得。”

“哦？他是何人？”

“姓屈名平，字原，屈宜臼之孙，屈伯庸之子，虽然年少，却有雄才大略，浩气贯空。屈门出此俊杰，实乃楚国大幸。”

“屈门小子，能得大人褒奖，老朽甚慰。”屈将子拱手谢过，转开话题，“大人此番南下入赵，可为中山之事？”

“晚辈正欲就中山之事请教前辈。”

屈将子多年来一直游走在中山、赵、燕诸地，熟知中山，见苏秦有问，就将中山形势及其近日与赵的冲突根由一一禀述，末了说道：“苏大人，因中山弱小，大国环伺，形势堪忧，老朽麾下有墨者逾三百，多在中山助其守御。今日赵、中山边界冲突陡起，未来或有一战，众墨者何去何从，老朽悉听大人明断。”

“谢前辈抬爱。”苏秦沉思有顷，看向屈将子，“听闻前辈条分缕析，加之列国情势演绎，晚辈可以觉出，此番中山与赵边界冲突断非寻常，可能引起天下大战。前辈麾下墨者，可暂撤离中山，观望情势，再由前辈决断当助何方。”

“敬受命。”屈将子拱手，指前面大道，“此道白日车众人杂，夜间倒好。大人若有急务，可晓宿夜行，屈将子不误大人行程了。”

二人别过，苏秦听从屈将子指点，晓宿夜行，果是松快，不过三日，竟就赶到中山与赵相交之处，鄗邑在望。

路，却是再也走不通了。

到处都是中山人，一眼望去，尽是帐篷，大片原野被踏成平地。在中山大军遍地营帐的层层围困之下，几里开外的鄗邑显得孤单而无助。

苏秦车马正在寻道前行，一车驶来，车上一将拱手揖道："车上可是六国共相苏秦苏大人？"

"正是苏秦。"苏秦立于车上复礼。

"末将乐举奉中山相国司马赒之命，恭请苏大人前往中军帐一叙。"乐举再揖。

乐举是中山前国相乐池之子，乐池又是魏文侯时征伐中山的主将乐羊之孙，堪称是名门将后，此番用兵，更被拜为中山国副将，地位仅次于主将司马赒。在这兵荒马乱之际，由乐举出面邀请，显然给足了苏秦面子。苏秦早听单宗讲过中山与赵的边关摩擦，此番路过中山，本欲谒见司马赒，觐见中山王，探求化解之道，却又念想肃侯，生怕见不上一面，是以全力赶路，不料反被拦阻相请，也算遂意，当下回揖："恭敬不如从命，乐将军请！"

乐举掉转车头，前面带路。苏秦吩咐车马就地屯驻，自与飞刀邹、木华、木实三人驱车跟从。不一时，两辆车马驰至中军帐，一身戎装的司马赒与中山国上大夫张登已在帐外立候。

见过礼，司马赒牵手苏秦入帐，飞刀邹诸人在帐门外面守候。

双方坐定，客套话说尽，苏秦心中有事，切入正题，指帐外道："前番在下过境入齐，中山举国上下一片祥和。前后不过两个月，竟是剑拔弩张，敢问将军，发生何事了？"

"唉，"司马赒摇头长叹，"非中山剑拔弩张，是赵人欺我太甚。"

"哦？"苏秦佯作不知，倾身问道，"在下寡闻，请详言之。"

"不瞒苏大人，若论起因，倒是不足挂齿，不过几匹军马而已。赵人怀疑军马走失，就到附近村落查访，指认几匹，硬说是村夫偷走的。村夫不服，与其争辩，赵人恃强杀人，村夫不服，反攻赵人。赵人搬来大军，屠杀村民，连孤老妇孺也不放过。我王震怒，遣人说理，赵人不睬。我王被逼无奈，这才用兵，欲以热血讨还公道，不料却又惊扰苏子了。"

"此事在下有所耳闻。在下以为，中山王兴师动众，并非只为几匹军马，而是为鄗邑。"苏秦直言破题。

"苏子明鉴。"见苏秦不打弯，司马赒略略一怔，也直言道，"马匹确为由头，是鄗邑这个毒瘤，该到切掉的时候了。"

"鄗邑的确是个毒瘤，早晚得切，只是，司马兄何以判出此瘤已到非切不可的时候了呢？"苏秦二目如炬，紧盯他问。

小小中山竟然在大赵面前逞强，要么是中山君臣发昏，要么是别有原因。中山新君上位，权柄操在司马赒手中，而司马赒亦非莽撞之人，苏秦此问，显然是另有所指了。

"这……"司马赒一时语塞，略作迟疑，看向张登。

"苏大人果然犀利，"张登略略拱手，接过话题，"中山攻赵，是击蛋于石，只是，宝玉宁碎而不屈全，烈马宁死而不跪鸣。赵人以强凌弱，以大欺小，霸我疆土，辱我臣民，中山虽小，却不愿跪生。"

"唉，"苏秦长叹一声，"上卿答非所问了。毒瘤是当切，在下问的是切的辰光。"

"以苏大人之见，何时切掉为妥？"司马赒回过神了。

"静待时机。"

"难道眼下还不是时候？"

苏秦摇头。

"在下愚昧，请苏子详解。"

"正如张兄所言，小不欺大，弱不凌强，蛋不击石。中山敢于以小击大，以弱凌强，以蛋击石，恕在下冒昧度之，原因无他，无非是得到外援。"

司马赒陡吃一怔，看向张登。

张登亦望过来，有顷，爆出一笑："苏子既已言之，何不点明，也好让我二人一听为快！"

"与秦、魏结盟，借秦、魏之力强切毒瘤！"苏秦一字一顿。

见苏秦对此谋已经了如指掌，二人不约而同地看向对方，各吸一口冷气。

"六国纵亲，秦必以横亲破局。"苏秦彻底点破，"秦的首横之邦，必是魏国，秦、魏所谋，必是赵国。秦、魏若是谋赵，必结中山国，请问二位大人，在下是否妄断了？"

苏秦以逻辑推论，娓娓道来，犹如亲临其谋，司马赒、张登瞠目结舌。

"敢问苏子，"司马赒恍过神来，声音压低，"何以断定时机未到？"

"义与理。"苏秦缓缓说道，"纵亲列国，有隙却未失义。魏王倚仗纵亲之势，挑头伐秦，兵败而怨赵，是为不明，今又听信秦人，欲背纵约入横，是为不智。中山蕞尔小邦，为鄗邑一隅之地，与不明不智之魏合谋，与虎狼之秦为盟，与纵亲首倡之国为敌，是自弃于纵亲列国，即使有理在先，事也难成，是以在下断言为时尚早。”

“谢苏子赐教。”司马赒拱手，“中山僻壤，在下寡闻，冒昧求请苏子小住敝邦数日，在下亲引苏子觐见我王，做彻夜之谈，苏子意下如何？”

“谢将军美意。”苏秦回礼应道，“在下恐难如将军所愿。赵侯龙体有恙，今召在下，在下推托不得。待在下先往邯郸问安赵侯，再来觐见大王，可否？”话音落处，人已站起。

“苏子既有大事，在下不作勉强了。”司马赒送往帐外，吩咐张登、乐举礼送，目送其车马辚辚远去，才若有所失地回到帐中，见苏秦的客席位上，赫然坐着张仪。

张仪很是落寞，二目微闭，似在冥思什么。

司马赒瞄他一眼，在主位坐下。

沉默。

不知过有多久，司马赒抬头轻声道：“苏子的话，想必张子这都听见了？”

是的，张仪听见了。

张仪全都听见了。

苏秦侃侃而谈时，他就坐在帐篷后面，与苏秦只隔一层布帘。他甚至能感觉到苏秦的呼吸。

邯郸一别，他们已有将近七年没有相见。

七年，比他们同窗共学于鬼谷的时间还长。

说确切点，苏秦到这帐篷来，是他吩咐召请的。他请苏秦来，不为听他高谈阔话，不为听他开讲纵横大势，只为看他一眼，只为听听他的声音。在这世上，先生不可攀，蝉儿不可犯，童子不可同游，孙兄、庞兄，可相处而不可相知，真正知他并一直把他放在心上的，除去香女，就是这个苏兄了。

然而，苏兄，苏兄，你为何死心塌地下此纵棋呢？你我下山时，先生是怎么说的？天下大势，唯有一统，依你才学，不该看不清啊！人心早已不古，列国相安不过是你一厢情愿，你却一力合纵，是逆势而行，是逆道而行，是螳臂当车啊！

螳臂当车，为所不可为，苏兄啊苏兄，你何苦来着？

“苏子以为，此毒瘤未到非切不可之时。”见张仪一直不搭腔，司马赒正正坐姿，轻轻咳嗽一声，开始复述要点。

“苏兄他……瘦了……”张仪喃出几字，答非所问，声音几乎听不到。

“张子，”司马赒显然无意关心苏秦的胖瘦，“在下以为，苏秦所言，并不为虚，与大国相比，中山真就是个蕞尔小邦，玩不起哩。万一……”

“万一什么？”张仪看过来。

“万一我们拿不下鄗邑，却又将赵国彻底开罪，真就是遗患无穷，连个退路也断了呢。”

“拿不下鄗邑？”张仪的右手中指有节奏地敲打几面，“区区万余守军，六万虎狼之师竟然拿它不下，这话传到列国去，只怕是好说难听了呀！”

“张子有所不知，”司马赒指着鄗邑方向，“赵军虽只万余，苍头却逾两万，个个精通百业，善于技战。这且不说，鄗邑城高池阔，易守难攻，赵人为防不测，储粮、兵器足支三年，至于城门、城墙守护之牢，在赵国诸城中胜过邯郸，仅次于晋阳，何况几万赵军这就扎在槐水对岸，随时皆可涉槐水增援！”

“呵呵呵，”张仪轻笑几声，“若是唾手而得鄗邑，司马将军还会再讲万一吗？”

“唾手而得？”司马赒瞪大眼睛。

“请将军随在下走一趟。”

张仪起身，径出帐去。司马赒紧跟于后。

二人登上战车，驰至一处高地，俯视下去，不远处的鄗邑尽收眼底，宽阔的槐水宛若一条摆动的纽带，从鄗邑南侧几里处缓缓东流，几条支流贯城而过，在东侧十几里处汇入槐水。

“看清形势了吗？”张仪收回目光，微微眯眼，看向司马赒。

“什么形势？”司马赒如坠五里雾中。

“横穿城中的两条小河，还有那条槐水。”张仪指点远处几条银白色带子。

“这……”司马赒陷入沉思。

“将军方才提及晋阳之固，可否记得晋阳之窘？”

“晋阳之窘？”

“难道将军一点儿也不记得当年智伯联合韩、魏两家攻赵，围困晋阳之事了吗？”

司马赒恍然有悟：“张子是说，我们也可效法智伯，决槐水淹鄗？”

“在鬼谷之时，在下听孙兄说起过，不战而屈人之兵，善之善者也。”张仪指向远处三条河水交汇处，“将军只需在那片低洼处筑起一道堤坝，再由上游决槐导流，眼前城邑必将成为一片泽国！”

司马赒长吸一口气，两眼放光。

肃侯撑着一口气，就为等苏秦。

“苏子呀，”肃侯支走所有人，包括宫泽，握住苏秦的手，一双老眼现出些许惶惑，“你给寡人个实底，列国纵亲，还能撑下去吗？”

这一问太沉重了。

苏秦可以觉出，一如他的健康，肃侯的信心也在丧失或已丧失殆尽。

“君上，”苏秦的心里沉甸甸的，但语气坚定有力，毋庸置疑，“能撑下去，也必须撑下去！”

“它……不会有错吧？”肃侯又出一问。

“君上，”苏秦心里越发沉重，表情刻意轻松，面上强撑笑容，“难道您不信苏秦了吗？难道您不信自己的心了吗？”

肃侯闭上眼去，良久，微微睁开，握苏秦的手渐渐有力，声音也不再断续：“苏子，寡人信你，寡人怎能不信你呢？纵亲乃天理，天理是不会错的。”目光从苏秦脸上移开，看会儿天花板，缓缓闭上，“不瞒苏子，这些日来，寡人躺在这榻上，一边等你苏子，一边七想八想。由先祖想到简子，由简子想到襄子，一个一个想下来，一直想到先君，赵室列祖列宗，哪一个都为赵室立下丰功伟绩，都为后人建下盖世奇功。可寡人呢？寡人这一生做了些什么呢？寡人这要去了，这要去面对列祖列宗了，若是他们一个一个问起话来，问起寡人此生都为赵室做过什么来着，寡人该当以何应对呢？使赵室开疆拓土了吗？使三军战无不胜了吗？使黎民安居乐业了吗？使高士四方来附了吗？寡人越想越惭愧啊！直到后来，直到想到苏子，想到六国纵亲，寡人心里才算宽松。寡人会对列祖列宗说，六国纵亲，既是为赵室，也是为天下，是让天下所有的人安居乐业。”

肃侯说到此处，脸上浮出笑意，二目微启。

“君上……”苏秦哽咽了。

“苏子，”肃侯扭头，看过来，“纵亲虽好，可困难重重啊！寡人得报，张仪辞去秦相，赶赴魏国，今已拜为魏相，惠相国轻车简从，不知何往。张仪相魏，必结庞涓，六国攻秦时，秦人故意设局，庞涓疑心赵人卖他，构怨颇深，此番再加张仪，只怕……”顿住话头。

“君上所虑甚是。”苏秦点头，“如果不出臣所断，中山此番围攻鄗邑，背后就是魏人。”

“是哩，若无魏人作祟，中山蕞尔小邦，生不出那么大的胆子！说起此事，兵戈已起，苏子可有应敌良策？”

“秦已思得近远二策，近策，君上可弃鄗邑，以槐水为界，与中山睦邻修好。”

“远策？”

“君上南面称孤，与列国并王。天下已入并王时代，连中山、宋等也都入王，君上若不称尊，纵亲诸国反起嫌隙。君上称尊，臣仗王势再约纵亲，以楚、齐、赵、韩、燕五势，裹挟宋与中山，形成大势，迫魏弃横入纵。列国皆纵，秦必退守关中，危局可解矣。”

肃侯闭合双目，陷入沉思。

“苏子，”有顷，肃侯眼皮复睁，“中山不足虑，鄗邑不可弃，至于南面之事，寡人心有余而力不足了，苏子可与雍儿谋议。”提高声音，“来人！”

大门推开，宫泽应声而入。

“召雍儿。”

赵雍进来，于榻前跪下。

“雍儿，”肃侯指着苏秦，“拜苏子。”

赵雍转向苏秦，叩首。

苏秦急急伏地，与赵雍对拜。

待赵雍拜毕，肃侯扯其手，将之交到苏秦手中：“苏子，寡人这将雍儿托于你了。”

“君上……”苏秦长叩于地。

“雍儿，”肃侯一字一顿，“自今日起，你须以师礼恭事苏子，家国大事，皆听苏子远谋，不可有违。”

“儿臣遵旨！”赵雍叩道。

“合纵摒秦，为赵长策，不可懈怠。”

“儿臣谨记！”

“去吧，寡人累了。”肃侯闭目。

苏秦、赵雍互望一眼，再拜退出。宫泽留赵雍门外守护，安排苏秦回府暂歇一宿，再来跪安。待苏秦前脚离开，肃侯即召赵雍、安阳君赵刻、国尉肥义再次入见。

肃侯再次托孤，老泪流出。赵刻、肥义各自向少主盟誓尽忠，退往殿门外跪安。

“雍儿，”肃侯安排完后事，独留赵雍，“为父将你托于苏子、你四叔公和肥义，若议大事，他们三人中，你听何人？”

“雍儿都听。”赵雍沉思有顷，应道。

“若是他们意见相左呢？”

“雍儿就都不听。”赵雍又道。

肃侯摇头。

“儿臣愚痴，请君父指点。”

“天下长策，可听苏秦。就眼下而论，天下长策，莫过于纵论与横论。纵论，结弱抗强；横论，结强凌弱。纵论起于苏秦，因赵而动，赵为首倡国，废之即废义，废义则赵失于天下。苏子建议南面，你可听之，南面而尊。赵国长策，可听肥义。中山无情无义，翻三覆四，为我心腹大患，为绝其宗祠，永除后患，列祖列宗不遗余力，只可惜机缘未就，迄今未能大成。肥义生于代郡，长于北地，熟知胡人。欲除中山，必结胡人，此乃为父毕生之悟。至于家族宫闱，悉听你四叔公，有他在侧，为父可无忧矣。”

“儿臣谨记于心。”

托完心事，肃侯再无牵念，三日之后，于洪波台溘然长逝。

肃侯薨天，赵雍无悬念承继大位，在苏秦、赵刻、肥义三位托孤大臣辅佐下南面称孤，是年一十四岁。

拥立新君，又为旧主守丧，一连十余日，从朝堂到灵堂，从列国治丧到边界冲突，苏秦忙得像个高速旋转的陀螺，不曾有一刻消停。到第十五日头上，眼见苏秦脸色苍白，走路都打瞌睡，赵王特别恩准他不再守灵，暂回府宅将养。

苏秦也觉顶不住了，谢过王恩，打道回府。

刚到府前，就见袁豹迎出，禀报道：“主公，有远客光临，在府中已候数日了。”

“远客？”想到不期而至的苏代一家，苏秦推测，许是老家又来人了，不觉眉头微皱，“什么人？”

“一男一女，听口音像是从关中来的。”袁豹应道。

“关中？一男一女？”苏秦心里打了一横，“可报姓名？”

“我问过了，他们死不肯说，只说是你的旧相识，一定要等你回来。”

旧相识？苏秦不再多话，匆匆进府，二人不在客堂。袁豹问过下人，方知他们后花园中赏花去了，正欲召请，苏秦摆手，径朝后花园走去，远远望见一对男女面对荷花池而立，显然是在赏花。

听见脚步声，二人不约而同地转过身来。那女的望到苏秦，头急低下，以袖捂脸，再也没有抬起。男人直望过来，盯住他的一身孝服审看。

那男人黑冠锦带，一身官大夫打扮，那女子更是披金戴玉，看起来雍容华贵。

苏秦盯有一时，实在想不出这两个富贵旧相识来自何方，又是何人，便拱手揖道："这位仁兄，可是来寻苏秦的？"

那男人盯他又看一时，也似认不出了，扬起一只手："是苏秦大人吗？"

"洛阳人苏秦正是在下！"苏秦再次揖礼。

"果真是苏大人哪！"那人喜极，再次扬起一只手，算作还礼，"还记得函谷道小秦村的大川老哥不？"

苏秦这才看清他的另一条袖子是空的，灵醒过来，既惊且喜，前进一步，扯住他道："大川兄，真没想到会是你，在下认不出哩！"

"大哥也认不出兄弟了！好兄弟，你……哪能这般披麻戴孝呢？"

"先君薨天，在下这在为先君守孝呢！"

"怪道满大街都穿白衣服。"秦大川叹喟一句，转对旁边女子，"果儿，羞个啥哩，快来拜见苏大人。"

苏秦这才意识到，那披金戴玉的女子竟然就是当年救过自己的小姑娘秋果，朝她深深一揖："秋果姑娘，苏秦有礼了。"

秋果扑地跪下，叩首，头一丝也不敢抬："秋果拜见苏大人。"

"这这这……"苏秦急道，"秋果姑娘，你哪能下跪呢？你是苏秦的大恩人哪！"

"秋果不敢当。"秋果再叩。

苏秦不好伸手拉她，看向大川："大川兄，快扶秋果起来，我们这回客堂说话。"

秦大川扯起秋果，跟从苏秦回到客堂，各自叙起分手故事，苏秦方才得知秦公真的寻访过他，并为此事封赏过老秦家，为他一家晋爵不说，这又升为官大夫。秦大川大是感叹，救死扶伤本为寻常之事，万没想到救下他苏秦，竟就赶上割敌三十只耳朵了。

二人说说道道，夜色已降。袁豹摆好宴席，秋果挽袖侍酒，苏秦与秦大川把酒举盏，畅饮至月上梢头。

酒过不知几盏，秦大川搁下酒爵，指着秋果，言入正题："苏兄弟，老哥此来，不为别事，就为我这闺女。”

“谢大哥信任。”苏秦也早明晓来意，拱手应道，“受人滴水，当报以涌泉。当年苏秦蒙难，老哥一家，尤其是秋果姑娘，几番相救，苏秦肝脑涂地也难以为报。苏秦只将千言万语，折作一句，但有用得到苏秦处，苏秦定竭股肱之力，不敢存私。”又转对秋果，“秋果姑娘，说吧，你有何梦想，阿叔这就为你张罗。”

“秋果梦想，就是……守在大人……身边，侍奉……大人。”秋果声音断续，几近呢喃。

“不瞒兄弟，”大川为女儿圆场，把话说白，“果儿年满二九了，这在秦地，五年前就该生娃子。可她……长大了，懂事了，心眼也高了，一心只候大人，无论何人登门，谁也不肯嫁了。”

苏秦嘴唇咂吧几下，又闭上。

“兄弟呀，你应下三年后就去接她，她这候你，苦苦候有七年哪！”大川叹道。

苏秦微微闭目。

“果儿此来，是死心守着兄弟了，望兄弟看在老哥薄面上，成全她吧！”大川彻底把退路堵死，“不瞒兄弟，路上我对果儿说，若是见不上苏大人，或是苏大人不肯，哪能办哩。你猜果儿咋说，果儿说，她生是兄弟的人，死是兄弟的鬼，若是大人不肯认，她唯有一死！”

话至此地，见苏秦仍不表态，秋果急了，扑通跪地，哽咽起来。

“秋果姑娘，你……快快请起！”苏秦急了。

秋果只是哽咽。

“唉，老哥呀，”苏秦长叹一声，转对大川，“在下确实讲过去接秋果姑娘，只因种种情由，在下未能赴秦，让秋果久等了。老哥这带秋果不远千里寻来，实令在下汗颜。老哥若不见外，在下倒是有个主张。”

“兄弟请讲。”

“在下与老哥兄弟相称，秋果既为老哥爱女，也即在下女儿，在下无儿无女，自今日始，就认秋果做义女，早晚留在府中，有朝一日，待秋果遇到合意郎君，在下必张灯结彩，以嫡女之礼嫁之，敢问老哥意下如何？”

“这……”苏秦的建议显然出乎意料，秦大川迟疑有顷，看向秋果。

“秋果谢义父容留身边。”秋果止住哽咽，破涕为笑，叩地再行大礼，“义父在上，请受女儿一拜！”

苏秦嘘出一口气，召来袁豹，置办相应礼器。翌日晨起，苏秦歇足精神，在府中举办认领义女仪礼，吩咐府中细务，尤其是自己的衣食茶饮，全部交由秋果安排。

在袁豹陪同下，秦大川在邯郸闹市耍几日，乐悠悠地赶回秦地去了。

纵亲发起人赵肃侯崩天在列国无疑是件大事。苏秦欲借肃侯葬礼重振纵亲，遂以纵约长名义，邀请楚、齐、韩、燕、魏五国列王或特使前来邯郸，一则为肃侯送行，二则重温纵亲盟誓，践行纵约。

五路使臣刚出国境，上大夫楼缓就使秦归来，报说秦人正厉兵秣马，图谋大举；晋阳也来急报，说城外不明身份之人增多，大昭泽、狐岐山一带秦兵又增一些，粗略估计已逾四万，显然其来意已远非牧马或狩猎了。赵豹已调锐卒两万屯守晋阳前哨梗阳，同时，密派军士五千进驻中阳和离石，加固守卫二城，确保晋阳侧翼安全，同时做好扰乱秦人后方、必要时断其退路的准备。

赵室君臣正在谋议晋阳情势，鄗邑传来急报，中山国决槐水灌城，鄗邑成为泽国，被淹死百姓无数，城池失守。

中山人如此嚣张，赵都震撼，朝臣义愤填膺。武灵王赵雍刚刚南面称孤，火气正盛，旨令上党守军三万，又从邯郸周边各邑抽军两万，外加肥义先期援军三万，组成八万锐师，编成三军，以肥义为主将，李义夫为副将，一路烟尘地杀奔中山，企图一举灭除这个心腹大患，实现肃侯临终所托。

苏秦大急，一连三谏，武灵王捂耳不听。

苏秦夜叩安阳君之门，说以赵国危势，安阳君慨然应道："不瞒苏子，这些危势赵刻也都看见了，可……事已至此，如之奈何。赵人一向血性，可杀而不可辱。中山蕞尔小邦，战不胜而行下作手段，可怜鄗邑逾万勇士，数万百姓，一夜之间，尽做水鬼，是可忍，孰不可忍！"

见一向持重的安阳君也作如是观，苏秦晓得回天乏术了，长叹数声，回到府中，越想越是着急，寻来楼缓，谋划对策。

司马赒也早得到军报，一面沿槐水一线修筑工事，布置守御，一面向魏王紧急求援。

魏王拜庞涓为主将，太子申为监军，公子嗣为副将，朱威督运辎重，引军十万往救中山。太子申心里不快，称病婉拒监军。

庞涓早已布置妥当，也不强求太子，率大军长驱直入邺城，在一个月黑风高之夜，渡过漳水，从东中西三路突破赵国滏水防线。

庞涓亲率中路围攻临漳邑，经过半日激战，斩杀赵人数千，夺得城邑，正面直逼邯郸。与此同时，东路占领列人邑，控扼邯郸东部要塞，西路则由青牛率领三千虎贲军，昼伏夜行，溯漳水而上，沿清漳水谷地直插滏口陉，犹如神兵天降般袭向滏口塞。守塞赵卒多在梦中，仓促应战，不消半个时辰，主将于慌乱中被青牛斩杀，滏口塞失陷，邯郸与上党的唯一通道被拦腰切断。

赵人数十年苦心经营的滏水防线于一夜之间即被庞涓的武卒全线突破，赵都邯郸也完全裸露于魏人兵锋之下。

直到此时，赵雍方才想到苏秦的谏言，偕安阳君夜访苏府，请教对策。

兵临城下，苏秦亦无其他对策，只有组织军事对抗。在苏秦的建议下，赵雍旨令肥义从中山撤军，回援邯郸，传谕周边赵人或撤入邯郸，或散入各邑，或撤入西部山中，最大限度地保存实力，坚守不出。

魏武卒袭占滏口塞时，由上党郡奉旨征伐中山的李义夫的三军大军正在通过滏口陉，尚未赶到滏口。

这正是庞涓算准了的。

滏口溃散赵兵沿滏口陉且战且撤，与李义夫的大军会合。听闻滏口已失，李义夫急令前锋加快脚步，欲趁魏人立足未稳，一举夺回滏口塞。

魏、赵在滏口塞前展开激战。魏虽在人数上不占优势，但这些武卒皆是虎贲，又得地利，赵人猛攻两日，死伤逾千，却无法撼动关隘一寸。更有意思的是，青牛打得上火，竟然在赵卒第五轮攻关时，大喝一声，挥动一截碗口粗细的巨木，借山势直冲下去，挡路者死，撞到者伤。见主将如此，身边虎贲个个英勇，纷纷出击，杀下山去，赵人惊惧，溃退数里方才压住阵脚，人马折损数千。

接后几日，庞涓大军兵临邯郸城下，派驻援军一万协防滏口塞。

眼见奈何魏人不得，又不敢擅自撤军，李义夫无奈，遂令部下在离关数里处扎下营寨，同时派人通过山间密道，绕过魏军营垒联系邯郸，请求上意。

正在筹备强渡槐水、与中山决战的肥义大军得到旨令，连夜回撤，但为时已晚。庞涓成功地将李义夫兵马挡在滏口塞外围，主力则绕过邯郸，由城西插向城北。与此同时，控制列人邑的东路人马也向东北方向突破，两路兵马会于邯郸北郊，沿洺水摆好阵势，与先期赶回的赵军先锋部队激烈交战。邯郸城内赵军也趁势接应，赵、魏主力接战。

连战数日，肥义使尽浑身解数，赵军拼死冲锋陷阵，非但未能冲破大魏武卒排成的铁阵，自己队伍反倒被魏人冲散，来自邯郸的接应军卒也被魏人击溃，退回城中。由于伤亡增多，急切间也奈何魏人不得，再加上中山军队也在槐水北岸跃跃欲试，威胁信都（赵国陪都）安全，肥义鸣金收兵，退守洺水北岸，以信都为依托，在武安、临洺关一线布下阵势，与魏人对峙。

在此期间，邯郸周围的多数小型城邑尽被魏人攻破，存放于这些城邑的赵人辎重也尽为魏人所得，邯郸成为一座孤城。

眼见魏人兵马严整，装备精良，威武雄壮，赵雍再也不敢大意，旨令紧闭城门，只守不出。

邯郸城高池深，赵人誓死守御，魏军连攻数日，未有丝毫突破。显然，立马攻破邯郸似也不在庞涓的计划之内。见攻城魏军出现伤亡，庞涓鸣金收兵，在通往邯郸的各条要道设置关卡，同时派出哨探，在邯郸城外昼夜监视，任何出入都要严加盘查。与此同时，庞涓传令在邯郸外围筑起六个防御牢固的营垒，呈六角之势将邯郸死死围困起来，摆出打持久战的架势，一边休整人马，一边寻找机缘。

第093章｜ 救赵难约长出使 聚钱财齐王嗜赌

邯郸地势较高，且在筑城时，为防水淹，在流经城内的两条主水道入口筑有牢固水门，既可自由控制流量，也有防御功能，因而赵人不必担心鄗邑悲剧重演。邯郸城内储粮足支一年，能战之士不下三万，外加数万苍头及豪门贵胄的仆从杂役、百业匠师等，只要不出内贼，守城当无大碍。再说，大势至此，朝廷与臣民确也没有退路，人人抱定死志，魏人进攻遇挫，战事暂时平静下来。

赵雍缓过一口气，召请苏秦、楼缓、赵刻等朝中重臣谋议退敌长策。

“诸位爱卿，”赵雍朝在场诸人，尤其是苏秦，一一拱手，嘴角浮出苦笑，语气不重，字字却透力量，“寡人初立事，年少气盛，关键时刻未听苏子之言，终致今日之困。然而，寡人坚信，天不绝赵，除非赵人自绝！”

短短几句就把人心暖了，把斗志励了。

苏秦心里酸酸的，真心觉得时势造人，前后不过几日，赵雍这就长大了、成熟了，成为一个能够担当的君主了。

同苏秦一样，诸臣之心无不是暖烘烘的、酸楚楚的、沉甸甸的。大势突变，黑云压顶，北有中山大军犯边，东是河水，西是太行山的崇山绝谷，都城被强敌团团围困，西出的唯一通道又被截断，西都晋阳亦遭暴秦威胁，自顾不暇，赵人确已退无可退，唯有死守邯郸了。

“苏爱卿，”赵雍转向苏秦，直截了当，“前事不可追，寡人悔之晚矣。为今之计，如之奈何，敬请爱卿指点。”

“我王勿忧，”苏秦微微抱拳，声音铿锵，“臣以为，眼下三国犯境，我貌似危局，却非不可破解。前几年六国伐秦，秦国不是照旧为秦吗？”

见苏秦这么乐观，知其或已有解，众人嘘出一口气，尤其是赵雍，身子前倾，目光殷切地望着苏秦："寡人爱听此论，请苏子破析。"

"我王请看，"苏秦缓缓言道，"天道阴阳，阴阳以因果为法，相生相克，相辅相成，是以世间万物万象，无不成于因果。今三敌犯我，各有其因，亦各见其果。六国纵亲制秦，赵为首倡，秦自然视赵为首敌，是以师出必然。魏自河西战后一蹶不振，魏王幸得庞涓，几番振作，皆未见大成，尤其是函谷失利，魏王振作之心灰冷，对纵亲疑虑之心加重，故而听信张仪，背弃纵盟，与秦人连横。至于中山国的犯因，我就不多讲了，相信诸位皆有明断。"

"关键是破解！"邯郸主将赵彦急不可待了。

"破解无他，仍是纵亲！"苏秦一字一顿，"纵约未解，魏与秦连横，背盟结敌，合击纵亲发起国，失道失义于天下。我可联络纵亲列国，只要纵亲国出兵，邯郸之围必解！"

"请问苏子，纵亲列国中，会有哪家愿意出兵呢？"安阳君赵刻疑虑重重。

"除去燕国，楚、齐、韩都会出兵！"苏秦把握十足。

众人面面相觑，又都不约而同地看向苏秦。

"当然，"苏秦似已看透前景，"他们只是出兵而已，真正与魏决一死战的怕是只有齐国！"

"为什么？"赵彦不解。

"因为韩国相对弱势，又处在夹心，局势不明，不敢轻举，楚国则可能坐山观虎斗！"

"敢问相国，你怎能肯定齐国一定会与魏一战？"

"因为这一天，齐国等待很久了。"苏秦的语气既肯定，又有些许悲凉。悲凉在于，就如一个坐在山巅的智者，对于这场蓄势已久的纵亲内耗，苏秦早已看明白，却是无可奈何。

"苏子，"赵雍的心却揪起来，"齐人……能是武卒的对手吗？还有庞涓，田忌怕是……"

黄池之战搁在那儿，七万雄师被三万疲卒击溃，田忌更被庞涓生擒，在朝堂上饱受粉面女装之辱，列国无所不知。

"能！"苏秦捏紧拳头，语气坚定。

"苏子，"赵雍起身，朝他深深一揖，"齐国之事，怕是要劳烦您走一趟。"

"臣愿效命！"苏秦亦起身，对揖。

"赵彦，"赵雍转对赵彦，"明日晨时，你选三千勇士，开东门，杀出重围，护送相国至临洺关，由临洺关顺流而下，过河水至齐。寡人亲率大军开北门，与庞涓列阵对战，以作掩护。”

“末将遵命！”

“我王，”苏秦插言道，“臣无须一兵一卒护送。”

“爱卿？”赵雍怔了。

“臣请单车匹马，开南门，堂堂正正地涉漳水入魏，过卫至齐。”苏秦不疾不徐。

“庞涓……”

“臣自有处置。”

翌日晨起，邯郸南门洞开，一辆单马辎车驶出，马很壮实，显然是匹精选骏驹。兼任驭手的飞刀邹扬鞭催马，车轮滚滚而动，扬起一溜烟尘。

苏秦端坐车中，二目微闭。

辎车前后各插一面旗帜，前者写着“使”字，后者写着“苏”字。

车马走不出两百步，路过魏人设的关卡，早有军尉候立拦截，将他一番盘查。得知是列国共相、纵约长苏秦，军尉不敢怠慢，一边婉言留人，一边飞马禀报庞涓。

不消半个时辰，一辆驷马战车驰来，车上所站之人正是庞涓。

二车相对。

庞涓与苏秦相视。

有顷，庞涓拱手：“这不是苏兄吗？”

“苏秦见过庞兄。”苏秦亦拱手道。

“苏兄这是……”庞涓看向他的车马、旗子和使节。

“一如旗上所写，”苏秦扬扬手中使节，“在下奉赵王之命出使齐国，这要赶路呢。”

“既为使臣，苏兄怎么一车一马一卒呢？”

“庞兄引大军围城，城中车马人等皆有用场，苏秦不敢多带。”

“哈哈哈哈，”庞涓大笑几声，“苏兄真会为小赵王节俭哪。敢问苏兄，既然使齐，可有使命？”

“有。”

“可否言于在下？”

“借齐兵救赵。”

“哦？”庞涓假作一惊，故意做出怯状，“在下一听齐兵，手就发抖了。苏兄可是当真？”

“当真。”

“唉，”庞涓恢复原貌，长叹一声，“苏兄呀，你怎么会想到向齐国借兵呢？”

“请问庞兄，在下当向何处借兵？”

“楚国。楚人不惜死，或可与在下一战。”

“楚人会出兵，但不会与庞兄死战。”

“苏兄何出此断？”

“出于义，楚会出兵。出于利，楚不会死战。”

“不愧是苏兄。”庞涓点头，伸出拇指，“楚人不肯，苏兄何不向韩人借兵呢？韩弩坚沉，韩枪犀利，或可透穿武卒重甲。”

“韩亦会出兵，但同样不会与庞兄死战。”

“苏兄何出此断？”

“韩弩犀利，韩势却弱，今有楚、魏、秦三强环伺，若庞兄在韩，愿为赵战吗？”

“哈哈哈哈，苏兄析得是。在下若是韩王，也断不会为濒死之赵出头。看来，苏兄赴齐，是笃定齐人肯借兵的了。”

“在下非但笃定齐肯借兵，还笃定庞兄必败。”

“咦？”庞涓两眼圆睁，“你何以如此笃定？”

“因为庞兄骄矜，骄兵必败。”

“哈哈哈哈，”庞涓爆出几声长笑，“好好好，就算在下骄矜了！以苏兄之见，田因齐会请何人将兵？”

“田忌将军。”

“田忌乃在下手中败将，苏兄何以笃定那人必胜？”

“因为战事未开，庞兄已经认定田将军必败了。”

“还有吗？”

“田将军因败受辱，卧薪尝胆这么多年，当已思得破解庞兄之术了。”

“哈哈哈哈，”庞涓仰天长笑数声，扬手，“在下本欲置薄酒一盏为苏兄饯行，却又不忍耽搁苏兄脚程，这就恭送苏兄上路。”转对军尉，半带讥讽，“开放关卡，恭送赵使苏秦赴齐借兵！”

关门大开。

苏秦拱手谢过，驭手扬鞭催马，径出关门而去。

走有一箭地，身后传来庞涓悠扬的声音："苏兄，转告那个姓田的，就说在下在此候他，让他小心用兵，此番若是再让我活擒，怕就没有艳装粉面的好待遇了！"

"庞兄放心，你的口信一定捎到！"苏秦转过头，拉长腔回应。

中山、魏、秦与赵四国之间的紧张局势自也传入齐宫，成为廷议主题。

自去年入冬，齐威王接连伤风数次，原本硬朗的身体开始走下坡路，遂将大小朝事全部交给太子辟疆打理，自己则挑选几个年幼爱妃搬入雪宫将养。

身边人皆知，威王龙体正是被这些小爱妃掏空的。许是晓得来日无多，许是听信采阴补阳之说，威王越发欢喜女人，尤其是年龄偏小、胸脯初起的少女，甚至是不足十龄的幼童，几乎是夜夜临幸，无论御医如何劝谏，只是不听。

不过，尽管身子骨儿不再硬朗，威王的脑子仍旧一如既往地好使，对四国战事更是显出从未有过的兴致，几乎每天都要求包括太子在内的重臣来雪宫议事，所议内容清一色与邯郸相关。

几员重臣中，谁都晓得威王仍旧憋着一口闷气，凡是魏国掺和的事，都能引起他的注意。

岂止是威王，朝臣们多对黄池之辱记忆犹新，尤其是上将军田忌，梦中也在琢磨复仇。

这日大朝，大夫以上官员例行上殿，也照例由太子辟疆主政廷议。

辟疆刚于主位坐定，门外传来一阵喧哗，当值内宰趋入唱宣："大王驾到，诸卿恭迎！"

太子离席，携众臣跪迎于廷。

不一时，在两个童女的搀扶下，威王一步一步走进来。威王身后跟从二人，一是近侍内宰，一是上大夫田婴。

威王于主位坐定，二童女侍立于后，内宰旁立于侧，上大夫田婴自动闪入朝臣行列。

"众卿平身！"威王摆手。

众卿谢过，各就其位。

"诸位爱卿，"威王朝两侧黑压压的朝臣瞄了一眼，"寡人久未视政了，今朝心痒，特地赶来看看大家。"

众臣尽皆看向威王，静听下文。

“寡人之心何以突然痒起呢？”威王自问自答，“因为邯郸。凌晨时分，寡人做了个梦，梦见邯郸四门皆被魏卒攻破，赵人死战，血流成河！”

众臣面面相觑。

“诸位爱卿，”威王接道，“照理说，魏罃欺赵语，大梁战邯郸，横竖都是他们晋人的事，与寡人并不相干，但在寡人这般年纪，大清早就梦见血污，不为吉祥，寡人辗转反侧，再睡不下，约略记起今日是大朝，这就来了。”

朝堂鸦雀无声，所有眼睛盯住威王。

“诸位爱卿，寡人有请大家议议，这场血污该当如何收场？”威王给出议题。

小半年来，威王一直未朝，此番不期而至，出口即是邯郸，众臣心里无不嘀咕，都在琢磨他这葫芦里究竟卖的什么药。

候有良久，见众臣仍在沉默，威王守不住了，直接点将：“邹爱卿可有妙论？”

“回奏我王，”邹忌出列，拱手作揖，“臣以为，韩赵魏本出一家，魏王伐赵，当是三晋家事，我王当坐山观战。”

“臣亦有奏！”田忌出列，瞄一眼邹忌，朗声奏道，“邯郸之事，涉及中山、秦、魏与赵四国，韩未参与，因而不是三晋家事。三打一，众欺寡，非义战。魏、赵皆为纵亲国，纵约未除，魏即约秦伐赵，是背盟结敌，作为纵亲参与国，我王不可坐观。”

田忌给出的理由响当当的，众臣无不投来赞赏的目光。

邹忌面上挂不住，冷笑一声，不看田忌，话锋却是针对田忌：“大梁战邯郸，横竖都是他们晋人的事，难道这个也错了吗？”

众臣皆是一震。此句刚刚出自威王之口，邹忌直接搬来，等于说田忌是在犯上。

田忌本为武夫，说话不细究，见邹忌拿这个堵他，气得脸色铁青，嘴唇哆嗦几下，啪啪几声将袖子甩得山响，却未能蹦出一个字。

“哈哈哈哈，”威王长笑几声，为田忌解围，“是寡人所言不当。”又转对其他臣子，“邹相国认为我当坐观，田将军认为我不可坐观，诸位爱卿可有妙论？”

朝臣立时分作两派，常在相府走动的寻出各种理由支持邹忌，常与将军府来往的则毫无保留地赞同田忌。一时间，朝堂上再无顾忌，你争我执，吵得不可开交。

威王捋起长长的胡须，面带微笑，眯缝两眼，似是睡去，又似倾耳以听。

争吵足足持续一个时辰，两派仍旧互不相让，只有二人一句话未说，作壁上观。一个是殿下田辟疆，另一个是上大夫田婴。

许是听够了，许是身体撑不住了，齐威王重重咳嗽一声，又嫌力度不够，用指节敲动几案。

众臣静寂。

"上大夫，"齐威王没再看朝臣，目光直视田婴，"赛马会筹备得如何？"

"启奏我王，筹备已毕，只待丽日。"田婴出列，朗声奏道。

"去，"齐威王转向身侧内宰，"看看外面是否丽日？"

内宰快步出去，到殿门口仰头看天，又碎步趋入，奏道："丽日当空，我王吉祥！"

"呵呵呵呵，"威王大笑几声，"爱卿等丽日，丽日这就来了，真正是天遂人愿哪！"说罢，目光炯炯地扫向众臣，"战马歇过秋冬，膘肥体壮，该当拉出来遛遛；诸位憋屈一冬，也当走出户外，活络几下筋骨。近日天气晴好，春播已毕，正是遛马良时，寡人意决，赛马盛会三日后举办，具体程式，由上大夫宣诏。"

田婴出列宣诏，诏书大意是：大赛仍如往年一样，自愿报名，齐国臣子凡拥有马匹者，皆有资质参赛。举国仍分五大赛区，赛场分设于五都，分别是中都临淄、东都即墨、西都平陆、南都莒城、北都高唐。每都赛出第一名，各都第一名集中于临淄，参加最后决赛。决赛获胜者，方能取得与王马对决资质。报名参赛者须出驷马之车三乘，按上中下三个等级比试，二胜一负，赢家通吃。参赛车马，凡入赛场者赏金十两，凡入分都决赛者赏金三十两，凡入国都决赛者赏金一百两，获得挑战王马资质者，赏金三百两，战胜王马者，赏金五百两。

田婴宣完诏书，复归其位。

朝会诸臣无不傻了，因为这个奖赏，比去年整整高出一倍，尤其是凡参赛者尽皆有奖，也即无论何人，只要把三乘战车驱进赛场，就可获得王室十两足金。

见众臣皆在发呆，齐威王微微一笑，扬手道："诏令既颁，这就散朝，诸位爱卿各回各府，各将本事用在自己的马厩里。三日之后，孰是孰非，孰高孰低，孰赢孰输，赛马场上自见分晓。另补充一句，寡人旨意改了，战胜王马者，赏金一千两。"

众臣再次惊愕。

“臣谢王恩！”邹忌最先反应过来，跪地叩道。

众臣也都回过神了，相继跪地。

齐威王缓缓起身，在两位童女的搀扶下一步一步地走向偏门。

威王宣布散朝且出门老远，朝堂依旧秩序井然，众人仍旧跪在原地，似乎朝会仍没结束，还有下文。

率先起来的是太子，从威王之后，出偏门走了。

跟后起身的是田忌，大袖一摆，冲邹忌拱手：“相国大人，孰是孰非，孰高孰低，孰赢孰输，赛马场上见个分晓！”说罢，扭身径去，边走边拖长腔唱白，“咱这遛马去也！”

田忌刻意引用威王的话，显然是在揶揄邹忌，因前面邹忌刚刚引过威王的话堵塞田忌。

赛马会是近三年才闹腾起来的，起因于田忌之奏。

朝廷诸臣中，善马者莫过于田忌，接连三年，皆是田府之马取得挑战王马资质。至于相府之马，前两年未能杀入决赛，去年虽入决赛，上驷却直落田府三个马身，这且不说，邹府的下等马更在最后一处弯道因拐得过急而车翻马仰，引得赛场大哗，成为赛事笑柄。

面对田忌挑战，面对朝臣纷纷投来的目光，邹忌纵使涵养再深，脸上也是火辣辣的。听着田忌的靴子一下接一下地踏下殿前台阶，渐行渐远，看到其他朝臣也都纷纷离位，邹忌方才站起，轻拍几下衣襟，朝一直候在身边的上大夫田婴勉强笑笑，微微努嘴。

二人一前一后步出朝堂，各乘车马，不一会儿，驰至相府。

威王不期而至，先引出三晋话题，臣子正畅论间，又突然拐向赛马，且诏书已备，显然是有预谋，且这预谋田婴当是知情。

在相府客堂，邹忌直入主题：“前面三届赛马盛会皆在谷雨之后举办，今年王上定于三日之后，提前旬日，上大夫具体负责马会，其中或有曲直，邹忌不才，特此请教！”

“回禀相国，”田婴拱手应道，“今年马会因何提前，下官也是不知。昨晚人定，王上突然召请下官，议起赛马诸事，问三日之后能否举办。下官回说，春暖花开，各地赛马早就跃跃欲试，三日之后，当可举办。王上没再问话，让下官回府。今日上朝，有人拦住下官，交给下官方才所宣的诏书，让下官候于廷外，不想竟是王驾临朝了。”

显然，眼下已经不是赛马之事了。邹忌长吸一口气，微微闭目，陷入沉思。

蓦然，邹忌轻轻“哦”出一声，眉头一挑，眼皮启睁，若有所悟地看向田婴。

“相国？”田婴也看过来。

邹忌又想一时，似是笃定了，朝王宫方向连连拱手，语气中不无钦服：“我王圣明啊！”

田婴倾身，两眼盯住邹忌，欲听解说。

“呵呵呵，”邹忌轻笑几声，“眼下看来，今年赛事不同往年，上大夫既奉王旨主司赛马会，当全力以赴，将赛事办得越隆重越好。”

“这……”田婴仍旧一脸迷茫，“下官愚痴，敢问相国，今年赛事何以不同往年？”

“因为邯郸战事。”

“邯郸战事？”田婴愈发不解了。

“上大夫请看，”邹忌侃侃言道，“如果不出老夫所料，三国伐赵，秦当为主谋，张仪辞秦相赴魏，驱走惠施，目的只有一个，结魏伐赵，破纵亲之盟，以解秦围。赵为纵亲发起国，苏秦为纵论倡导人，赵都被围，赵幼主必责苏秦，苏秦必向纵亲国求救，而苏秦首选亦必是齐国。我王想是料定苏秦已在赴齐途中，这才急旨，将赛马会提前旬日。”

“相国是说，”田婴若有所悟，“我王不想出兵救齐，欲借赛马盛会搪塞苏秦？”

“正是。”邹忌应道，“上大夫请看，魏攻赵，赵必以死相抗。魏、赵相攻，必两败俱伤。魏得秦助，又结中山，其势正盛，我若于此时救赵，就是与盛势作对，与暴秦翻脸，我与暴秦远隔万千山水，犯不上为赵构怨于秦，是以我王……呵呵呵……”以指节轻轻击案，心情大好。

“呵呵呵，”田婴这也笑出几声，“相国放心，赛马之事，下官必竭诚尽力，让齐国角角落落全动起来。”说毕起身拱手，“下官这就张罗去！”

“上大夫留步！”邹忌伸手拦道，“邹忌还想问个琐事，听说去年赛马，各城邑皆有不少人押注，可是真的？”

田婴心里咯噔一沉，复坐下来。

赛马会押注等于是变相赌博，堪称各府吏员合法敛财的绝好机会。因而，自第一届赛事起，就有精明人引诱押注，发下横财。接后两届，各级吏员纷纷参与赌庄，押注成风，尽皆赚个盆满。主司赛事的上大夫府，明里暗里，自也得到好处不少。

这是一块远比封邑捞钱快的肥田，邹忌此时过问，用意不言自明。

“确有此事。”田婴不敢隐瞒，就将各地赌庄及押注、抽成等一应细节，一一禀报。

“今年赌庄，”邹忌听毕，倾身问道，“上大夫可有章程？”

“下官之意是，仍然沿袭去年规矩。相国大人若觉不妥，下官这就取缔所有赌庄。”

“既成规矩了，怎能取缔呢？”邹忌笑了，“再说，连王上也赌千金，说明赌注合乎上意。以老朽之见，赌注之事，非但不可取缔，反倒可以加倍设置。至于这赌庄嘛，既然各地府尹皆有参与，相府这也凑个热闹，如何？”

“太好了，”田婴出口长气，亦笑几声，“有邹相参与坐庄，今年赛马盛会必将空前。”

送走田婴，邹忌又坐一时，召来家宰，二人驱车出城，径至自家马场。

邹府马场是于前年始建的，坐落在临淄南侧十几里外的稷山脚下，主要是为响应威王诏令。临淄地势南高北低，稷山一带森林茂盛，山脚下本为农田，近年盛行养马，这些农田多被城中权贵圈为马场。相府后来居上，占据其中一块，约四井见方，内中养马百匹，尽皆百里挑一的良驹，且有日渐扩大之势。

邹忌将所有马厩例行视察一遍，回到跑马场旁边的草厅里，坐在临时搭建的观台上歇息，等候赛马演练。

不一时，精选出来的三辆赛车齐集马场，随着总管马场的家臣仇归一声令下，三驷齐驰，车轮滚滚，尘埃扬腾。三辆战车上标有赛马的等次，沿场地角逐。五圈下来，下驷被远远抛在身后，上驷与中驷之间，差距却在渐渐拉近，到最后一圈，只差半个车身了。

看到邹忌脸色沮丧，仇归指着上驷道：“禀报主公，距离之所以拉不开，是因为上驷辕马。上驷四马势均力敌，负轭辕马未能突出，当不起统领三马之任，是以拖后腿了。反观中驷，辕马堪比上驷之马，是以可以轻松统领另外三马，车稳而快。”

仇归本是燕地马贩，善于养马，也颇知马，两年前在燕地犯下命案，几经磨难逃到齐地，刚好邹府聘用养马人才，就被邹忌用为家臣，负责这个新建的马场了。

“这……”邹忌眉头拧一会儿，“如何才能觅到合适辕马？”

“上驷之马皆为良骥，可日行八百，唯有千里马方可统领。”

"千里马？"邹忌倒吸一口凉气。

"唉！"仇归轻叹一声，重重摇头。

一切就如计算好似的，在齐威王颁诏举办赛马会的第二日，苏秦一路风尘地由邯郸赶到临淄，一车一马由西城的稷门驶入，沿稷下学宫中央官道一路向东。辎车前后张扬的两面硕大旗帜，尤其是后面旗帜上书写的大大的"苏"字，在正当午时的明媚春光下分外扎眼。

苏秦车马驶至齐宫，要求觐见齐王。当值内臣迎出，说齐王不在宫中，前往马场去了，并说赛马会举办在即，齐国君臣尽皆无心国事，奉劝苏秦最好在赛事结束后再来。

这是苏秦已经料到的结果，因为将到临淄时，他已从客栈掌柜处探到赛马会提前之事，也忖度这个提前多半是冲他来的。联想到几年前他来齐国合纵之时，齐威王特别摆给他的稷下之考，苏秦苦笑一下，让驾车的飞刀邹掉转车头，回返稷下学宫。

稷下学宫仍然保留着苏秦宅第，且有三位仆从常住打理。苏秦安顿下来，略吃几口仆从端上的茶点，便吩咐飞刀邹驭车前往田忌府。

田忌不在府中，家宰报说昨日就到南山马场去了。苏秦看看天色，决定去马场寻访田忌。

见飞刀邹的辎车上只有一匹马，疲态毕现，家宰就让仆从将苏秦的车马赶进后院马厩，卸下歇脚，换作驷马高车，亲送苏秦二人前往马场。

田忌经营马场多年，场地比相府的大一倍还多，有马近五百匹，多是他从万千军马里挑选出来的。马场有马夫数十人，善驭者近百，一旦发生战争，单是家兵，他就可以出战车百乘。这是一笔巨大财富，也是田忌敢在朝中向包括邹忌在内的人叫板的底气所在。

落霞满天，田忌兴致未减，仍在马场上与他的几匹爱驹交流，一会儿拍拍这个，一会儿摸摸那个。几匹马各作姿态，表达愉悦。

看到苏秦光临，田忌既惊且喜，递给苏秦一条马缰，自己也牵一匹，让另外几匹跟在身后，沿着马场，一边遛马，一边交流时势。苏秦将邯郸之急略述一遍，田忌也将朝中争议和盘托出。

"对了，"苏秦顿住脚步，"在下差点忘记一事。出邯郸时，魏人拦截，听闻是在下，庞涓亲至，说是为在下饯行。得知在下是来向齐求救的，庞涓语气不无嘲笑，说他在这世上啥也不怕，就怕齐兵，又问齐王会使何人统兵，在下提到将军名号，庞涓让在下捎来口信给你。”

田忌脸色变了，哑起声音，一字一顿：“他作何说？”

“唉，”苏秦长叹一声，“此话……还是不说了吧！”

“苏子但讲无妨。”田忌直逼过来。

“在下已走一箭开外，庞涓拖长声音由后面叫道，”苏秦看向西方，拖长声音，学庞涓语气，“苏兄，转告那个姓田的，就说在下在此候他，让他小心用兵，此番若是再让我活擒，怕就没有艳装粉面的好待遇了！”

尽管有所准备，田忌仍旧呼呼喘气，拳头捏得咯嘣作响。

憋不过三息，田忌还是爆发了，将马缰“啪”地扔在地上，一把扯住苏秦衣角：“苏子，走走走，这就与我前往雪宫，求见我王，起兵会战那贼。”

“田将军，”苏秦摆手，“大王志在赛马，无心议政啊！”

“什么赛马？”田忌七窍生烟，“姓庞的辱我大齐，这是刻意挑衅！”

“我说田兄，”苏秦拾起马缰，重新塞他手里，“君子复仇，十年不迟。田兄既已忍过九年，再忍几日又有何妨？”

田忌又跺几脚，强力把气压下。

苏秦见他气消，方才拱手：“田兄，你们忙活赛马，在下无事可做，久没见过孙兄了，在下这想与他叙叙旧事。”

“这个容易，”田忌朝远处山中一指，“孙兄就在前面山庄。”

二人当即动身，驱车驶入山道，走有一个时辰，来到一处山坳。

说是山坳，实在是个前无出路的死谷，谷底平坦，约百亩见方。除入谷通道之外，三边皆是石坡，各高数十丈，石多土少，颇为陡峭。石缝中长出林木，将谷中景致掩护。左边山上有湍瀑泻下，哗哗之声，在这夜间极是悦耳。

这个山坳是田忌祖上置办的产业，传至田忌，被他在周边坡顶筑起高墙，又在入谷之处设有门亭，早晚扉门紧闭，有仆役专业守护，外人莫入，既可作为田府消夏别苑，又可充当危难中临时的庇护之所。

天色黑定。

田忌叫开庄门，直入庄中。

山坳里黑乎乎的，无一处亮光。

田忌驱车行至一处草舍，跳下车子，朗声叫道：“孙兄，嫂夫人，有稀客来也！”

外面动静显然早已惊动舍内，光亮闪起，舍门洞开，一妇人走出草舍，躬身揖礼。

见是嫂夫人瑞梅，苏秦躬身揖道："苏秦拜见嫂夫人。"

瑞梅确认无误，一脸惊喜："真是稀客，我家孙膑后晌还在唠叨你哩。"说着，退往一侧，礼让，"苏大人，田大人，请！"

二人进厅，孙膑已在守候。兄弟相见，自然是一番亲热。这边三人闲叙，那边瑞梅下厨，不消半个时辰，端出几道下酒好菜。

孙膑陪二人吃酒数巡，切入正题，笑问田忌："听闻赛马盛会提前，王上悬赏千金，可有此事？"

田忌方脸一沉，咕嘟一声喝下一爵，抹抹嘴道："孙兄，喝酒就是喝酒，莫提不快之事。"

"何事不快了？"

"赛马。"

"呵呵呵，赛马不是将军最喜之事吗？"

"若是寻常，倒是最喜，只是眼下，"田忌长叹一声，苦笑摇头，"邯郸军情十万火急，我王却旨令赛马赌钱，你说急不急人？"

"这么说，"孙膑看向苏秦，"苏兄此来，是为邯郸军情了？"

苏秦点头。

"说起赛马的事，真该怪你孙兄呢！"田忌看向孙膑，一脸责怪。

"为何要怪孙兄？"苏秦不解。

"不瞒你说，"田忌来劲了，连根刨起，"三年前，孙兄让我奏请大王举办马会，不想大王是个马痴，一拍即合，当即旨令上大夫田婴操持，每年一届，定于三月春播后举办。眼下春播未就，邯郸这又军情火急，大王不议出兵救赵，反而诏令提前赛马，真让人……"长叹一声，一拳击在案上。

"说起赛事，在下倒是有问。"孙膑不急不缓，眯眼望着田忌。

"问吧。"田忌看过来，气仍没消。

"今年共有多少车马参赛？"

"五都相加，当不下三百乘，千二百匹。"

"千二百匹。"孙膑闭目有顷，抬头又问，"如果征召，照你估算，旬日之间，齐国可以征用多少马匹？"

田忌扳算手指，自说自话："上中下三等赛马，按三十选一计，当有三万六千匹，加上其他，或可征用四万匹。"

"四万匹？"孙膑眉头微皱，摇头，"还是少了点儿。"

"什么？少了点儿？"田忌眼睛大睁，"四万匹可征之马，用于驭车，就是万乘驷马战车，排列于军阵，天下无敌矣。”

“田将军，”孙膑却似没有听见，顾自问道，“你的兵士中，能舍车骑马者可有多少？”

“咦，”田忌一怔，“为何要他们舍车骑马？”

“将军还没回答我的话呢！”

“能舍车骑马者或有三千。”

“在下还有一问，将军愿否与庞涓大战一场？”

“这还用问？”田忌拳头一紧，“在下梦中也想把那厮碎尸万段！”

“若是此说，将军可让这三千人在一个月内教出三万骑手。”

“三万？”田忌惊愕。

“田将军，”孙膑微微一笑，又叮嘱一句，“若想取胜，此事尚须保密，至于眼下，将军大可安心赛事。大王既已悬下千金重赏，将军理当拔得头筹才是。”

“好！”田忌朗声叫道，“苏兄，孙兄，二位慢慢享用嫂夫人的美酒佳肴，在下这就前往备战，誓拔头筹。”说毕，朝二人一一拱手，起身径去。

入夜，雪宫一片漆黑。

太子辟疆神色紧张地跟在内宰后面，快步趋入正殿。

灯光下，威王端坐于席，显然专为候他。齐威王很少于夜间召见臣属，此时召他觐见，必是发生大事了。

“儿臣叩见父王。”辟疆伏地叩道。

威王扬手，指指对面席位，见辟疆起身坐下，开门见山：“疆儿，为父召你来，不为别个，只为赛事。”

“赛事？”辟疆看向威王，多少有些茫然，“敢问父王，赛事怎么了？”

“孙爱卿，”威王看向右边，“你来告诉太子，赛事怎么了。”

辟疆顺眼看过去，方见对面席坐一人，是宫廷马师孙悦，因着一身黑衣，这又刚好坐在灯影下，辟疆急切间未曾留意。

“启禀殿下，”孙悦拱手，“往年赛事皆为上大夫田婴操持，大王今日召臣议及此事，臣以为，今年赛事非同往年，是以提请由殿下操持。大王当即恩准，特请殿下相商大事。”

见是这事，辟疆嘘出一口气，不无放松地看向孙悦。

孙悦是秦穆公时著名马师伯乐孙阳的第八世孙，世居祖地郜邑。郜邑本为郜国都城，郜室于百年前绝祠，其地并入宋室，三十年前割让于齐，世居郜都的伯乐后人也就顺势成为齐民。至孙悦，因擅长祖传相马术而受威王重用，被聘为王室马师，官至大夫，十年来已为王室觅得千里马数匹，良马塞厩。齐国数度赛马，王马地位迄今无可撼动者，皆是孙悦之功。

辟疆对他笑笑，拱手回礼："辟疆不学无术，今年何以不同往年，还请先生赐教。"

"殿下折杀奴才矣。"孙悦回一个笑，侃侃应道，"往年赛事，无非赛马。今年赛事，于赛马之外更多一赛，就是赛钱。"

"赛钱？"辟疆长吸一口气，身体前倾，情不自禁地重复道。

"据臣所知，各都邑殷实之家，无不在为赛马下注，赌注少则数两金子，多则百两，更有甚者，赌以千金豪注，是以臣称之为赛钱。"

"疆儿，"威王接腔，声音故意拖长，"马也好，钱也好，皆为国力。既然赛的是国力，万不可马虎，你当全力以赴，不可有失。"

"父王，"见威王提到国力，辟疆打个激灵，小声禀道，"三国兵加赵室，庞涓围困邯郸，苏秦求救，已是水火之急了。"

"魏人伐的是邯郸，"威王微微一笑，瞥他一眼，"不是临淄，你急个什么？"

"父王？"辟疆不解了。

"疆儿，"威王敛住笑，倾身过来，"你须记住，当年魏伐中山，以文侯之明，乐羊、吴起之智，大魏武卒之力，尚且历三年才破，何况今日伐赵？"

辟疆若有所悟，轻轻点头。

"再说，你拿什么去打？战争打的是钱粮。寡人查问过了，库粮虽说不缺，钱却不足。无钱，何来辎重器械？钱在哪儿？钱在各邑百姓豪吏的私库里。如何才能让他们心甘情愿地拿出来呢？下注！是以此番大赛，赛马倒在其次，赛钱方为根本。你可传寡人旨意，取缔五都设注，所有注庄收归王室统辖。"

见父王算计在此，辟疆豁然开朗，大是叹服，闭目思忖一阵，似是想到什么："如此甚好，只是各级吏员、各地赌庄早为今年赛事摩拳擦掌，煞费苦心，若是临时取缔五都设注，只怕他们一时……"

"嗯，你说得是，火不可急熄。"威王连连点头，略一思索，"这样吧，传旨田婴，五都赌庄依旧由五都分设，但决赛赌注，必须由王室设庄，他人不得涉足。"

"儿臣遵旨。"

"还有，"威王看向孙悦，"孙爱卿，依你眼力，今年赛事，可有与王马一决高下的？”

孙悦摇头。

“五都之马，可有与田将军府马一决高下的？”

孙悦再次摇头。

“这个不妥。”威王思考良久，摇头，“一边倒的比赛没有看头。若无看头，就不刺激；若无刺激，就不会有人肯下大注。”

“若是此说，”孙悦笑道，“臣倒有个主意。”

“爱卿请讲。”

“能与田将军府中赛马一拼高下的，或为成侯之马，但成侯之马输在上驷，因其上驷缺匹合意辕马，如果……”孙悦顿住了。

“说下去。”威王直望过来。

“两个月前，臣在中山觅得骐骥一匹，名唤如风，目下尚不为外界所知。我王若是舍得，臣请……”

“去吧，”威王摆手止住他，“就依爱卿之意，务必闹出个景致来。对了，此马花去寡人多少库金？”

“两百两。”

“听说成侯经营盐铁，置业不少，这价钱嘛……”威王努嘴，微微闭目。

孙悦会意，拱手：“臣领旨。”

“千里马？”邹忌两眼放光，长吸一口气，身体前倾，两只老眼眨也不眨地紧盯新近投来的门人公孙闬，“你敢笃定？”

“回禀主公，”公孙闬略作迟疑，“臣不善马，只是今晨闲逛马市，恰遇一人卖其坐骑。臣观那马状态雄奇，声闻九天，断非寻常之马，也是一时好奇，上前打问价钱，那人开口就是三百金，毫无还价余地。三百金堪称天价，臣大是惊叹，回到舍中，与人议及此事，方才得知主公思马如渴，深恐误下主公大事，是以冒昧求见。”

“那马现在何处？马主何人？”邹忌急问。

“在北市马场，臣未问马主姓名，观其颜色，貌似北地胡人，说是特为赛事而来，途中遇雨，因惜马而误下脚程，昨日才到马市，欲为那马寻找新主。”

“公孙闬，”邹忌略一思索，草草写就一书，递给公孙闬，“你持此帖即刻前往宫廷马师孙大人府宅，敬请孙大人屈驾北街马市一趟。”

公孙闬朗声应允，匆匆走出。

邹忌换过服饰，吩咐家宰带足三百金，分三箱装车，引领数十名家臣前呼后拥地往投北街。及至马市，公孙闬已在胡人居所之外恭候，说是孙大人性急，已先一步随那胡人后院相马去了。

邹忌不及细话，三步并作两步，随公孙闬赶到马厩，远远望见孙悦正在抚摸一匹骊马的耳朵，口中念念有词，显然正在与它交流。骊马一动不动，似在倾听，又似在享受孙悦的抚摸。一个身着胡服、一脸络腮胡子的壮年汉子斜倚在一根拴马桩上，一脸自信满满的样子。

“有劳孙大人了，”邹忌走前一步，朝孙悦拱手，“公孙闬推荐此马，老朽眼拙，特请大人过来，这想过过大人慧眼。”

“谢相国抬爱，孙悦愧不敢当。”孙悦从马身上移开，拱手揖道，“相国但有驱使，孙悦愿效微劳。”

“孙大人，这马……”邹忌急不可待，直奔主题。

“相国请看，”孙悦回到骊马身上，指马之身体各部位赞不绝口，“此马毛色纯正，其颅如剥兔之首，其目双突，满而泽，大而光，状若垂铃；其鼻广大而方，色赤如血；其口红而有光，上唇急而方，下唇缓而多理，上齿若钩，下齿若锯……”

孙悦拿出看家本领，不厌其烦地将那马上上下下、里里外外赞美一遍，因其所言皆为马业术语，纵使邹忌之智，也听得如坠五里雾中，只在心底明白，这是遇到骏马了。

好不容易等到孙悦收口，邹忌方才悄声问道：“依先生之见，此马……”

“千里马也！”孙悦一言断之。

邹忌再无二话，转过头，朝家宰努嘴。

家宰吩咐仆从抬下三只箱子，对那胡人道：“这位客人，你这良驹，我家主公收了。这三只箱内各装足金百两，请客人点数过秤。”

“三百两？”那胡人双肩一耸，轻轻摇头。

“这……”家宰看向公孙闬。

“咦？”公孙闬急了，“昨日不是讲好三百两吗？”

“那是昨日，”那胡人给他个笑，“今日不是这个价了。”

“你哪能……”公孙闬觉得面子上过不去了，正欲理论，家宰摆手，嘴角挤出个笑，换过称呼，语气中不再客套：“这位客商，你出个价。”

“不瞒官家，”那胡人脸上依旧堆笑，“从昨日迄今，已有多位大人前来相马，价格也就涨上去了，有人力压群雄，出金四百五十，这回府中取钱去了，留下此剑作为抵押。”胡人说着，走到墙边，取出一剑。

家宰接过那剑，细审之，见柄底标有田字，料是田忌府人，心中一颤，面上却是声色不动，递还宝剑：“客商稍等片刻。”

家宰走向马厩，在邹忌耳边低语有顷。

邹忌倒吸一口冷气，捋须有顷，伸出五根手指，朝外努嘴。

家宰会意，回到胡人处，照旧摆出五根手指，指三只箱子：“此马我府要定了，这是定金，余款一个时辰之内解到。”

胡人做出成交手势。

家宰再不迟疑，吩咐心腹仆役回府取钱，之后拿出竹、墨，写定契约，与那胡人签字画押，前后不过一刻工夫，就将买卖做到实处。

许是一路劳顿，见到孙膑后又贪几碗老酒，苏秦一觉困去，直睡到翌日后晌。

苏秦醒时，见孙膑守在榻边，正在凝神看他，显然坐有多时了。

苏秦心里发酸，一阵感动差点儿冲破泪门，急急揉眼，起身揖道：“孙兄……”声音沙哑。

“苏兄睡得香哩，”孙膑冲他笑笑，“想必数日没睡囫囵觉了。”

“是哩，”苏秦回以一笑，“只在孙兄这里，方能睡个踏实。”

说话间，瑞梅端铜盆进来，递过巾绢，伺候苏秦洗过脸，漱过口，推起田忌专为孙膑打造的轮车，导引苏秦走进院子后面的梅园。

直到此时，苏秦方才察出瑞梅小腹隆起，显然已身怀六甲，颇为感慨。

梅园甚大，有数亩见方，因为是三年前才栽上的，梅树大多鸡蛋粗细，皆未挂果。只有田忌使人移栽过来的一株碗口粗细的老梅历经两载雨露滋润和瑞梅的精心呵护，今年总算根系扎实，枝繁叶茂，青涩果子挂满枝头，皆如枣子大小，让苏秦不免联想起寒冬腊月一树花时的繁华景致。

梅园正中有个莲池，半亩见方，一池荷叶青青，状若蒲扇，只不见一朵荷花，许是时令过早之故。合纵辰光，苏秦曾听魏国副使公子卬讲起过嫁给庞涓的妹妹瑞莲，说她与姐姐瑞梅情同手足，想这一池莲藕定是瑞梅为妹妹所种了。

餐案就在这株老梅树下。瑞梅伺候孙膑、苏秦在案前坐定，两位仆女各端餐料餐具入席。苏秦放开肚皮，吃个尽饱。瑞梅收拾一毕，招呼仆从离开，留下孙膑与苏秦继续叙旧。

望着瑞梅挺着肚子远去的背影，苏秦朝孙膑拱手：“恭贺孙兄，嫂夫人这是有喜了！”

“呵呵呵呵，喜了，喜了，还有一喜呢，”孙膑乐得合不拢口，冲瑞梅叫道，“梅儿，带菊儿来，让苏兄抱抱。”

瑞梅回身应道：“菊儿随飞刀叔叔去玩瀑水了，不在家呢，让苏兄稍稍等些。”

“好咧。”孙膑应过，转对苏秦，“看来苏兄得候些辰光了。”

“菊儿是……”苏秦目光征询。

“是你的大侄女，已满两岁了，顽皮得紧哩！”

“好哩，好哩，真正好哩！”苏秦连连拱手，“贺喜孙兄了。孙兄先得嫂夫人，再得菊儿，这又果挂枝头，羡杀苏秦矣。”

“呵呵呵呵，”孙膑连笑几声，“不瞒苏兄，在下也就这点儿福报了，有梅儿，有菊儿，若是上天垂顾，这再长出几棵松树柏树来，也算对得起孙氏宗祠了。”

“唉，”苏秦轻叹一声，看向头顶累累青果，“我们兄弟几人鬼谷一别，恍若隔世。若是张兄、庞兄亦在此地，我们兄弟把盏，共贺孙兄连番之喜，同祝孙氏一门后继有人，该当多好啊！”

“谢苏兄美愿。”孙膑拱手，“听闻张兄喜得吴国公孙氏之女，甚是贤淑，庞兄喜得瑞莲阿妹，亦为佳配，想必皆有子嗣了。唯有苏兄，膑未曾听闻家事，甚是挂记。此地并无外人，敢问苏兄，可否略透一二，好让膑分享苏兄之喜。”

苏秦将脸别向一侧，凝视不远处的荷池。荷叶葱葱郁郁，到处都是尖尖头，大半个池塘已被覆盖，因仍在春时，尚未蛙鸣虫飞。

苏秦收回目光，闭目有顷，身心完全放松，没有提及小喜儿，只将姬雪的故事由头至尾，一五一十地讲述一遍，听得孙膑唏嘘不已。

“不瞒孙兄，”苏秦一脸苦涩，抖底儿道，“如果苍天不悯，就这辰光，公主怕也……也如嫂夫人一般无二了！”

孙膑长吸一口气，陷入冥思。

“孙兄啊，”苏秦愁肠百结，“如果公主真的有孕在身，怕就不是喜，而是祸了。在下倒是无惧，可公主她……”

“雪公主说得好啊，”孙膑抬头，淡淡一笑，“一切皆是天意。既为天意，苏兄就当顺从。听苏兄方才所言，公主当是缜密之人。公主既生此心，想是把一切全备妥了，苏兄大可无忧。再说，自春秋以降，礼仪早崩，你与公主之间，情生于中，义存于里，实乃天作之合，非起于一时意乱淫溢。道法自然，非人为规矩，你我皆从先生寻道多年，苏兄大可不必为这些儒门礼仪所困。”

“有孙兄此解，”苏秦回以一笑，“在下心略安矣。”敛起笑，“对了，说起先生，在下刚好有事求教。六国合纵，在下本以为列国乱局会有所改观，未料天下愈加纷乱，在下迷惑，百思无解，刚好路过鬼谷，遂踅入谷中，欲求先生解惑，先生不肯出见，只托大师兄送来一首诗，在下才拙，迄今仍未悟出。谷中兄弟，除大师兄之外，唯孙兄的修为最高，此来求见，一为解除思念之苦，二为求请孙兄譬解此诗。”

“苏兄言过了。”孙膑仰脸笑道，“虽然，敢问先生所赠何诗？”

“纵横成局，允厥执中，大我天下，公私私公。”苏秦出口吟道。

孙膑思索一时，抬头笑道：“苏兄之心距先生最近，苏兄尚且悟不出，在下就更不敢妄断了。”

“观孙兄颜色，想已有解了，在下恭听。”苏秦拱手以待。

“苏兄费解之处，当是最后一句，公私私公。”

“正是。”苏秦点头。

“先生善于弄玄，此句或指天道时运，苏兄这里久解不出，或是运数未至，苏兄大可不必费心猜度。至于苏兄所惑之天下纷争，膑虽不才，愿为苏兄分担一二。”

苏秦将六国合纵之后的列国形势略述一遍，忧心忡忡道：“张仪今已辞去秦相，赴魏连横，逐走惠施，就任魏相，密结庞涓，联络秦、中山，三路伐赵。赵为合纵发起国，张仪明为伐赵，实乃破坏纵亲。今邯郸被围，滏口塞失陷，赵室被拦腰切断，危在旦夕。庞涓、张仪皆是狠角，看这架势，是要灭赵。赵亡，韩必危，中山亦将不存。三晋若是由魏一统，秦魏必合力谋齐，齐亦危矣！”

“苏兄所虑的，只怕不是齐危，是天下之危吧？”

“唉，”苏秦拱手，喟然长叹，“在下所思，孙兄尽知矣。天下失纵而成横，即使有所流血，也未尝不可，问题在于，天下不能由秦一统，秦法若不废除，天下由秦一统，必危！”

“若是此说，苏兄何不劝诫张兄，使秦先废秦法，再行一统，岂不为美？”

“唉，”苏秦摇头，“在下想过了，这是一道死结，行不通。”

“何以行不通？”

“秦志在一统天下。统天下有两种，一为道统，二为威服。无道失德，秦人只能选择威服，所以才有苛法。秦人若是废法，则难成一统。若是不废法，则一统可成，天下却危。”

“苏兄果是思虑深远。”孙膑点头，“纵横之争，关乎天下，苏兄任重道远啊！”

“当下急务，是救赵。”苏秦看向孙膑，“水来土掩，兵来将挡，救赵抑魏，事关纵横大局，而眼下能够救赵的，只有齐人了。与魏战，即斗庞涓；斗庞涓，天下怕也只有孙兄一人。”

“唉，”孙膑长叹一声，“这些事情，在谷中时先生就已料到。庞兄走到这一步，也是天意。既为天意，在下别无选择，只能奉从，只是……”

“孙兄但讲无妨。”

“今日之魏，远非昔日之魏，今日之庞兄，亦非刚出山时的庞兄了。”

“哦？”苏秦倾身问道，“孙兄何以见得？”

“一是函谷之战，二是邯郸之围。”孙膑侃侃言道，“纵观函谷之战，庞兄所谋不为不周，不为不奇。尤其是借助天寒，飞冰桥绝河水，拦腰斩断函谷要塞，令人叹为观止。之所以功未成、果未就，是天不助庞兄，非用兵之过也。再看此番邯郸之围，庞兄用兵，可谓是一气呵成，赵人漳、滏两道防线，均未撑过一日，滏水要塞，更在两个时辰内失陷。凡此种种，非赵人不善战、不备战，实乃庞兄用兵得当，魏武卒战力空前、所向无敌之故。”

“魏武卒所向无敌？”苏秦吃一大惊。

“是哩，”孙膑点头，“就膑所知，由庞涓训出的新式武卒，尤其是近万虎贲军，皆可以一敌十，较之吴起时代更胜一筹，目下列国，除秦卒之外，无可匹敌，齐卒远非对手！”

苏秦长吸一口气，面色冷凝。显然，他对军务所知过少，而庞涓用兵竟然臻于此境，更是他未曾料到的。

“当然，”见苏秦一脸忧郁，孙膑补充一句，“齐国也有相对优势，以齐目下之力，亦非不可一战。只是，两军阵上，膑不能保证十成胜算。”

“孙兄可有几成？”苏秦急望过来。

“若是天意顺遂，齐国君臣同力，膑或有七成。”

苏秦长嘘一口气，伏地拜道：“孙兄在上，请受苏秦一拜。”

孙膑大急，欲过来扶他，却受制于轮车，只得拍椅叫道：“苏兄，别别别……”

“非苏秦所拜，实乃苏秦代天下苍生敬拜孙兄矣！”

齐国连续三年举办春季赛马盛会，齐地沸腾，人为马狂，马价看涨。莫说是高等赛马，即使寻常驽马，也由三金涨至五金，各国马匹如流水般涌向齐地。自入冬始，北方诸国，尤其是赵、中山、燕等地马贩纷至沓来，数以百计的马队不绝于途，马料、马具、马车等也各成行情，水涨船高，识马相马之人各觅其主，大行其道。

得知今年赏金加倍，那些没有赛马或车马不足参赛的中小型富户人家后悔莫及，纷纷参与投注，各个都邑注金日益看涨。

五都分场赛事历时五日，最终决出五支赛队。经过几日跋涉，五支赛队于第十日分别驰入临淄。

随从赛队而入的是各地看客，一时间，临淄城内餐饮业火爆，客栈一榻难求，甚至寻常人家的屋檐下也睡有看客，组织赛事的王室更是大发横财，在赛场周围遍设王室赌庄不说，又将赛场四周封闭，单留一道辕门，进出皆须出示王室统一颁发的御制铜牌，而所有铜牌均由王室授权的赌庄代卖，每块牌子统一定价为三十枚齐刀（刀币）。然而，这些铜牌多数又被赌庄转手倒卖，流入黑市，及至赛前，由于看客纷至争抢，寻常赛场的铜牌涨至一金，挑战王马之赛更有涨至三两黄金的。

决战赛场选在靠近临淄稷门的三军演练并誓师校场，离稷下学宫仅三箭地。按照赛程，五都赛队采用循环赛制，两日内赛毕，决出两家，再行淘汰制，决出胜家，取得挑战王马资质，与王马决胜。

为增加刺激，威王于决赛前夜又为赛事特别颁发一道旨令，令分四款：一是取得挑战王马资质者，赏金由三百加增为五百；二是但凡居留临淄之人，不分国别、男女、童叟，皆有资质投注，注本既无上限，也无下限；三是所有赌庄皆须王室授牌，凡私设赌庄、私立赌局者，皆以抗旨罪论处，杀无赦；四是所有赌庄收注，皆以自愿入注为准则，赌庄不得逼注、诱注，或以其他方式强人所难，赌庄须与下注者订立契约，而后设注，赌注兑现严格以赛场输赢为依据，输者认输，赢者通吃，一切以所立契约为准绳，王室与赌庄各取赢家十一（十取一）之利。凡因赌输而无视契约、寻衅滋事者，皆以抗旨罪论处，严惩不贷。

齐王此旨一下，整个临淄为之癫狂，几大赌庄门前纷纷排起长龙，下注者往来如织。

听闻齐王将赢得挑战王马资质者赏金加至五百，邹忌愈发认定在那匹骊马身上所花的五百金物超所值。一天循环赛下来，所有看客均为邹府疯狂，往年赛事中向无对手的田府之马此番竟与邹府之马在伯仲之间，其中一赛，邹府之马一负二胜，场上喝彩声不绝，直让那些在赛前笃定田府必胜的注家目瞪口呆，大呼不解，更让田忌擦下一把又一把冷汗。

首日比赛，结果毫无悬念，田府之马与邹府之马双双进入挑战王马的胜负决赛。

经此一战，邹忌信心大增，再请孙悦，长揖道："谢先生所荐良马，让本府长脸了。"

"是相国福运到了，与下官无碍。"孙悦回揖。

"敢问先生，明日之战，我可有胜算？"

"相国胜算可有五成。"

"敢问五成何在？"

"相国或会赢在上驷，输在下驷，一比一扯平，鹿死谁手，当看中驷。"

"中驷？"邹忌皱紧眉头，"大人可有良策提升中驷战力？"

"以孙悦观之，田府中驷与相国中驷在马力上难决高下，差别只在驭手。"

"驭手？"邹忌心里一动，"大人慧眼识才，可否荐举大贤？"

"不瞒相国，"孙悦苦笑一声，轻轻摇头，"驭术之要在于人马车三体合一，不可或缺。就临淄工艺而言，所有赛车皆为定制，可做定数，人与马可做变数，唯有彼此相知，方成善驭。临时换驭，只会有碍人马交流，不会得助。"

"若是此说，"邹忌惊道，"本府上驷岂不也……"

"相国提醒得是，"孙悦点头，"在下所荐骊马虽为千里之骏，但也因临时上套，马与马、马与驭尽皆缺少磨合，相国五成胜算可去一分。"

送走孙悦，邹忌思忖一时，召来公孙闬，语言恭敬，以先生称之："公孙先生，诚如孙大人所言，本府之马与田忌之马各有优势，不分伯仲，难成胜算，明日决战，本公观你是个大才，或有制敌良策教我？"

"谢主公赏识。"公孙闬拱手谢道，"闬有一计，不知当讲否？"

"先生但讲无妨。"

"就今日赛事观之，"公孙闬侃侃言道，"明日决战，主公或会胜在上驷，输在下驷，持在中驷。闬之计，主公可将中驷换成下驷，舍一争二，或可制敌。"

此计不失为绝杀。

邹忌长吸一口气，微微闭目，有顷，睁眼看向这个已届而立之年的稷下学子。

不知怎么的，邹忌对这个已来数月的公孙闬一直没有好感。一是觉得他尖嘴猴腮，相貌猥琐；二是听闻他浪迹列国，频换主公，至齐后也未安分，先事田婴半年，后到稷下求拜慎子为师，未及半年，又改拜在淳于子门下。也正是淳于髡向邹忌力荐，邹忌磨不开面皮，这才勉强收他做门人的，但一直心存顾忌，未予大用，不想此人真还不可貌相。

然而，邹忌却有自己的底线。邹忌向以当世管仲自居，处处事事效法管仲。而管仲一生以信取民，以义事君，以仁扫天下，以礼奉天子，方才成就一代霸业。今日若听公孙闬，他邹忌以中驷换下驷，以下驷换中驷，虽能取胜，却非正道，倘若传至世人，岂不笑他以诡计取胜？

邹忌微微闭目，长思一时，决定不可因小失大，摇头："先生此计虽妙，却不适合邹府。本公为人，向以信义为本，明日决战，本公胜要胜个堂堂正正，败要败个光明磊落！"

一个决胜妙策，邹忌不用不说，反倒以不光明不磊落侮之，真正是匪夷所思。公孙闬面色尴尬，长叹一声，告罪退出。

翌日决赛，结局未出孙悦所料，邹府一胜而二负，上驷胜出半个车身，中驷落后半个车身，唯有下驷，整整落后田府五个车身，邹府上下，颜面尽失。

是夜，田忌府中杀猪宰羊，置办酒席庆功。

田忌兴甚至哉，把酒临风，冲几位前来贺喜的朝臣、将军、好友、家臣道："诸位朋友，为已经到手的五百金，干！"

"恭贺将军，为五百金，干！"众人纷纷举爵。

田忌一口气饮下，抹抹嘴唇，将爵"咚"地放到案上，鼻孔里哼出一声："邹忌这只老狐狸，真还以为自己是个万能神哩，什么都想插一手，这不，碰他一鼻子灰，总算把尾巴夹起来了，哈哈哈哈，今朝解气。来来来，在下为诸位斟上，一醉方休！"说着，拿起酒壶，为众人一一斟酒。

"一醉方休！"众人纷纷应和，举杯把盏。正自畅饮，一个声音由外面进来："田将军，这有好酒好菜，也不让在下尝尝？"

众人扭头望去，见苏秦推着一辆轮车走进宴席，轮车上坐的竟是一向没有露面的孙膑。

"先生？"田忌搁下酒具，急迎上来，接住轮车，悄声问道，"您怎么……来了？"

"呵呵呵，"孙膑笑道，"听闻将军今日获胜，这来讨碗喜酒喝喝。"

"喝喝喝，"田忌急道，"快拿酒来，给苏大人和……先生斟上。"

早有人端上酒具。

田忌安排苏秦坐定，又将酒爵递给孙膑，举爵对众人道：“诸位高朋，在下介绍一下，”指苏秦，“这位就是名震天下的六国共相苏秦大人，想必大家都晓得了。”又指孙膑，“这位就是……”

田忌以为孙膑到此露面，是不再隐身了，正欲隆重介绍，苏秦重重咳嗽一声，将他打断，举爵起身，笑道：“在下苏秦，听闻将军今日大捷，在下欣喜，特与老友孙先生前来道贺，不想来迟一步，有扰大家雅兴了。在下认罚一爵。”说毕，仰脖，一饮而尽。

众人纷纷起身，举酒饮下。

田忌没有料到孙膑会来，更忖不出他此来何意，略作迟疑，忍不住好奇，将他轮车推到一侧，悄问：“先生此来，必有大事，快快请讲。”

“呵呵呵，”孙膑再次笑笑，“听闻将军明日挑战王马，在下按捺不住兴奋，特邀苏兄前来讨要两张入场令牌，前往看个热闹。”

“先生肯去，实出在下所望。明日晨起，在下亲往谷中迎接。”

“谢将军成全。”

第 094 章 | 争输赢田忌赛马 论胜负孙膑将兵

挑战王马的终极大赛于翌日后晌申时擂鼓。

赛场人山人海，人众逾万，将个偌大的校场围得水泄不通，只剩一条打着几道大弯的并驾车道。许是赛事注定一面倒，投注并不如意，几乎所有参注者皆把注本押在王马赢上，王马赔率低至注十赔一，田府之马，赔率却高达注一赔十。

申时整，比赛开始，首轮是上驷，双方上驷入场。上大夫田婴亲自擂鼓开赛，随着一通鼓响，两辆战车绕赛场飞驰，一时间，马蹄飞扬，尘埃腾起，先后绕场角逐十圈，王马整整领先三个车身，毫无悬念地获胜。次轮中驷，王马再赢，领先两个车身。胜负已判，第三轮堪称友情赛，王马下驷驭者不知是实力如此，还是想卖个顺水人情，不过拉开田府下驷一个车身。

场上欢声雷动，众臣起立，先向威王贺喜，再向田忌贺喜。

田忌眉开眼笑，不无得意地向众臣及亲朋拱手回礼，口中不住重复“同喜”二字，不见半丝挫败之感，似乎败给王马是件荣誉之事。

赛事至此结束，上大夫田婴宣读年度赛事终判，而后是威王颁发王命诏书，将各都邑参赛名单悉数列入王命，张榜昭示，再后是威王、太子分别代表王室，依据赛事约定规制，向冲入五都决赛、终极决赛及挑战王马者颁发王室奖赏。由于赏金是要称重的，在这赛场不好兑现，依据规制，就用王室特制丝帛取代，每张丝帛上分别标注赏金数目，以王玺印之，获牌者可持此帛到各处赌庄兑取现金。

田忌领到标有五百两赏金的丝帛，不无光鲜地绕场行走，向山呼的观众频频挥手，再向每一个道贺的熟人回以“同喜”，喜悦之情溢于言表。

苏秦陪同孙膑坐在一个不起眼的角落。田忌绕场走到此地时，一则风头出足了，二则望到苏秦招手，就将丝帛收起，大步过来，在苏秦、孙膑身边坐下。

苏秦着士子装，不见一丝官样。

孙膑坐在轮车上，头戴斗笠，身穿布衣，活脱脱一身野人装饰。附近观众渐次散去，只有飞刀邹守在二人身边。

“三战皆北，”孙膑冲田忌道，“田兄不以为耻，反以为喜，可有道理？”

“呵呵呵，”田忌又笑几声，“先生有所不知，在下之马虽为千里挑一，王马却为胡地进献，万里挑一。这且不说，大王更得伯乐后人孙悦助力，厩中多为千里良骥，在下这能击败邹忌，赢得我王五百两赏金，已是于愿足矣！”

孙膑轻叹一声，摇头。

“孙兄？”田忌吃一怔。

“敢问田兄，”孙膑盯住他，“可曾想过赢大王一次？”

“不曾想过。”田忌苦笑一下，做出个怪脸，“再说，想也是白搭呀！”

“若是有机会赢，将军难道也不想吗？”

“这……”见孙膑认真，田忌长吸一口气，盯住他，“孙兄，你……”伸手摸他额头，“咦，没有发烧呀！”审他一时，看向苏秦，指自己心窝，“苏兄，孙兄这儿，不会出毛病了吧？”

不待苏秦回话，孙膑接腔：“田将军，在下再问一次，想不想赢王马？”

“想想想，”见孙膑语气有变，田忌急了，迭声叫道，“在下睡梦中也想啊！”

“在下还有一问，”孙膑直望过来，“上中下三驷，其等级由何人评定？”

“这……”田忌略怔一下，“好像无人专门评定，是参赛者自己定的。”

“若是此说，”孙膑敛神屏息，缓缓说道，“你这就去对大王讲，你不服此赛，三日之后，愿与大王再赛一场，在下保证将军击败王马。”

“击败王马？”田忌咂吧一下，自语，显然是说给孙膑和苏秦，“这是不可能的！”略顿一下，觉得不妥，又补一句，“上驷差三个车身，中驷差两个，即使下驷，人家不当一回事了，也还差一个呢！”

“我有宝驹，可以胜他。”孙膑一字一顿。

“你有宝驹？”田忌震惊，“孙兄快讲，宝驹现在何处？为何不见你露出只言半字？”

“国有利器，不可以示人。”孙膑引出老子之言，神秘一笑，“既是宝驹，又怎能轻易展露呢？”

“这……”田忌显然不信，看向苏秦，半是拆穿孙膑，半是玩笑，“孙兄在那山坳里一住三年，据在下所知，从未出过柴扉一步，若是真有宝驹，在下怎会不知？”

“田兄这是不知孙兄了。”苏秦回以一笑。

“好好好，”田忌见苏秦也来帮腔，不好再讲什么，眼珠子一转，“按照比赛规程，胜负已决，纵使我想复赛，大王必也不肯哪！”

“你尚未恳请，怎知大王不肯？”孙膑语气进逼。

“这……”田忌终是胆怯，再次看向苏秦。

“孙兄讲得是，”苏秦鼓励他道，“你这就去向大王恳请，就讲三日之后，再赛一次，看大王如何处置。”

“若是田兄赌以千两黄金，大王必定应战。”孙膑将他逼入墙角了。

“千两黄金？”田忌倒吸一口气，“千两黄金是我封地二十年收成，孙兄不会是想让我上上下下数百口子喝西北风吧？”

“在下修正一句，田兄可恳请每轮一千两，三轮比赛，三千两足金。”

田忌惊呆了，再无一句应腔，只将两眼圆睁，一会儿看看孙膑，一会儿看看苏秦，似乎这二人在演双簧，设局诱他害他。

“统领千军万马之人，当该不会在意这三千两金子吧？”孙膑半是哂笑。

“当然不是！”田忌这也急了，“可……可是在下即使把家底卖光，也不值三千两啊！”

“这不是有了五百两吗？”孙膑朝他怀里的丝帛努下嘴，“至于另外五百两，将军府库中不会凑不出吧？”

“这才一千两！”

“另外两千，在下与苏兄各揽一千，将军还有何说？”

“苏兄？”田忌看向苏秦。

“将军难道信不过在下与孙兄吗？”苏秦微微一笑，看向不远处的威王，“要赛就要趁快，相信大王求之不得呢！”

见孙膑、苏秦步步进逼，坚持复赛，田忌虽然吃不准，却也是后退无路，只得横下心来，赌二人的人品了。

这般想定，田忌酝酿会儿胆气，一步一步走近威王。

大赛结束，观众大多散去，威王已经起身，正欲摆驾回宫，包括太子、邹忌、田婴等一应大臣也都起身，竖枪般候于旁侧，静等威王起驾。

田忌拦在案前，伏地跪拜，朗声叩道：“启禀我王，臣有奏。”

威王复坐下来，瞄他一眼：“爱卿请讲。”

“今日之赛，臣输而不服，斗胆祈请与我王再赛一场，恳请我王恩准。”田忌吐字清晰，声如洪钟。

众臣面面相觑。

即使是威王，也是惊怔，捋须良久，倾身向前，一脸狐疑：“爱卿，你……可是当真？”

“臣不敢欺君。”田忌豁出去了，字字铿锵。

威王长吸一口气，再次捋须，身子坐直，目光依旧不离田忌：“爱卿呀，不是寡人不肯应允，是……就今日观之，你的马力尚欠三分，若是再战，只会输得更惨。”

“臣另有良马。”

“哦？”威王来劲了，转头看向坐在身边的孙悦，见他也是诧异，笑道，“若是如此，倒是好玩。不过，寡人之马，轻易不会出战，倘若出战……”

“臣请一赌。”

“好！”威王一震几案，“寡人要的正是这个！请问爱卿，欲赌几何？”

“愿赌千两足金！”

“田大将军，”坐在威王另侧的邹忌接腔了，半是揶揄，半是怂恿，“向王马挑战，与我王做千金之赌，断非寻常儿戏，望将军三思。”

“相国大人，”田忌不软不硬地回应，“你我同朝多年，可曾听闻田忌儿戏过？”

“启禀我王，”邹忌重重点头，看向威王，拱手，“上将军方才所请，不为儿戏，臣奏请我王恩准。”

“准爱卿所奏。”威王看向田婴，“上大夫，今日之赛，田忌将军输而不服，请求三日之后复战，寡人应战，依旧分上中下三驷，三局二胜制，赌以千两足金！”

“臣斗胆祈请，赌资为每一轮一千两足金。”田忌又出一句。

田忌如鬼附体般不顾一切地顺竿子再爬，在场诸人无不震撼。

威王也是发蒙，愣怔半晌，方才回过神来，盯田忌一眼，转对田婴，一字一顿：“拟旨，依田忌将军所奏，三日之后在此复战，赌资每轮千两足金！”

田忌既已出尽风头，却又这般不顾一切，目的何在？田忌称其另有良马，若是真有良马，焉何关键辰光藏而不用，待一切输定后，这又拿出补失？再说，田府有多少良马，齐国有多少良马，经过两年赛事，早已是秃头头顶的虱子，一清二楚。此番大赛，田府出战之马已是最优，断不可能于陡然间生出比之更强劲的千里之骏……

邹忌闷坐于室，越想越无头绪，忽地想起公孙闬，使人召请。

“公孙先生，”邹忌亲手为他斟上一盏好茶，“今日之事，想必你也看到了。田忌三战皆北，仍求复赛，称其另有良马，且愿赌以每轮千两足金，岂不是以卵击石、鬼迷心窍吗？老朽拙浅，有请先生譬解。”

“回禀主公，”公孙闬谢过茶，直言以告，“若是不出公孙闬所料，田忌提请复赛，断非一时之昏，而是另有奇谋！”

“是何奇谋？”邹忌倾身以问。

“主公所弃之谋！”公孙闬语气笃定。

邹忌心中一堵。

所弃之谋即公孙闬在赛前所进之以中驷换下驷之谋。想到在今日赛场上，田忌三战皆败于王马，仍旧那般显摆，邹忌有点儿后悔未听公孙闬之言，否则，绕场说“同喜”的就是他邹某了。

“你是说，”邹忌闭目有顷，“田忌会以中驷换下驷？”

“不，是以下驷换上驷，依次类推！”

邹忌深吸一口气，豁然洞明。

是的，若以此推，田忌或将一败而二胜，这个想必就是他敢赌以每轮千两足金的底气所在。如此绝妙主意，定非田忌所能谋出，定是此人身边另有高人，而这个高人，当是苏秦无疑。苏秦为赵求救，而田忌与庞涓有羞辱之仇，苏秦必是游说田忌，出此妙策以博大王战心。

邹忌越想越觉透彻，再观眼前公孙闬，非但无猥琐之相，反倒现出一个堪比苏秦的旷世奇才来，真正叹服起淳于子慧眼识人了。

“先生既已识破其谋，”邹忌拱手长揖，“可有对策教我？”

“教字不敢，”公孙闬回以一揖，“闬以为，主公可有两策应之：一是觐见大王，奏以田忌之谋，让大王及时调整王马，击败田忌；二是不破此事，倾尽家财，赌田忌之马获胜，主公或可得到一笔巨财。”

邹忌闭目思考，良久，脸上现出一丝阴笑：“谢先生良谋，不过，本公一不想奏请大王调整王马，二不缺钱财。”

“想必主公另有奇谋了？”

“哈哈哈哈！”邹忌爆出数声长笑。

“主公所笑何事？”

“笑他田忌，”邹忌收住笑，一字一顿，“自作孽，不可活，今日田忌之谓也！”

“主公？”公孙闬茫然。

“先生且看，”邹忌眼中射出两道阴光，“若那田忌未如先生所断，亦无良马备用，三日后复赛，必输三千两足金，以田府所积，多不过千两，若输三千两，其家产败尽不说，空贻天下笑耳！若那田忌真如先生所断，以其下驷对王马上驷，以其上驷对王马中驷，以其中驷对王马下驷，就是欺君。依据齐法，欺君之罪，当诛三族。田忌得三千两足金而受诛三族，再贻天下笑耳！”

“主公远谋，公孙闬叹服！”公孙闬拱手长揖。

“是他田忌自己作死，怨不得本公！”邹忌一字一顿，看向公孙闬，“虽然，我等不可掉以轻心。拜托先生多方打探，若是田府真的匿有良驹，速来报我。”

“敬受命！”

齐都雪宫，威王双眉凝起，在厅中慢悠悠地转来转去。

辟疆两只眼珠子，只跟着威王转，对面孙悦，两眼微闭，一动不动地端坐于席。

“哈哈哈哈，”齐威王陡然住脚，长笑几声，回到自己的主席之位，捏紧老拳，迭声叫道，“寡人得矣，寡人得矣！”

“父王？”辟疆小声问道。

“呵呵呵，”威王乐道，“看到苏秦了吗？”

“苏秦？”辟疆大惑不解，“苏秦怎么了？”

“若是不出寡人所料，田忌身后是有苏秦在撑着，如若不然，借他个豹子胆，他也不敢罔顾一切，这般玩命。”

辟疆陷入深思。

“疆儿，”威王由衷赞道，“这个苏秦，真正是吃透寡人之心哪，他此来搬兵，本为水火之急，却又不急不躁，因他晓得寡人与那魏罃必有一拼，这个邯郸，寡人想不救也是不成啊！”

辟疆长吸一口气，两只大眼扑闪着，似是仍未完全领会父亲。

“这且不说，此人竟然吃准寡人赛马是为备战，坐庄聚赌是为筹款，这又担心寡人款项筹得不够，方使田忌杀寡人一个回马枪，将这场赛事用足，可谓是用心良苦啊！”

“可……”辟疆依旧不解，“苏子用心虽好，却也是走的险棋，起码是把田忌将军逼上绝路了。依田府之马与王马比拼，无异于以卵击石，赛一百场也是个输。”

“唉，”威王长叹一声，“这也正是寡人为难之处。赛场胜负，依苏子之智，显然早就料到了。但他算准的是，如果再赛，寡人是只能输，不能赢啊。”

“为什么？”

“因为寡人赢不起啊！”

天下赛事，竟然还有赢不起的。

辟疆大睁两眼，显然不解。

“疆儿你看，”威王扳起指头，“如果复赛，田忌必输，这个常识，天下人无所不知，是以众人定会把所有注本全部押在王马赢上。按照十赔一的最低赔率，万两注本，庄家当赔一千两，若有三万两注本，寡人当赔多少，这个账谁都算得出。加上佣金，寡人即使做到不赔不赚，这个马会岂不也是白办了吗？”

辟疆万没料到船在此地弯着，对威王的算盘打得如此之精，大是敬服。

“唉，这且不说，苏秦这还吃准一事，晓得寡人即使赢了田忌，也会拿他毫无办法。他的家财只有那么多，若是输光，周济他的仍旧是寡人哪！”

“认赌服输，父王缘何要周济他呢？”

“不为别个，只为寡人在征伐魏国时，总不能拜个一无所有的乞丐为将吧？”

“父王是说，”辟疆恍然有悟，悄声问道，“俟赛马结束，我们就发兵救赵？”

“唉，”威王敛住笑，轻叹一声，“事情没有这般轻易。不瞒你讲，这些日来，为父内中一直在扑腾，欲待赛事结束，前往太庙卜一卦呢！”

“父王是为此战忧心？”

“是呀，”威王眯缝着一双老眼，声音缓慢，“我虽备战八年，兵员库粮充足，车马数量也占上风，但魏有庞涓与他精训出来的数万武卒，不可小觑，田将军恐怕不是对手。此战寡人必须取胜，因为寡人输不起，齐国也是输不起啊！”

辟疆长吸一口气，缓缓吐出二字：“是哩！”

“孙爱卿，”威王转向孙悦，换过话题，“与田忌复赛之事，可有办法给田忌个脸？”

“大王是要臣在众目睽睽之下作假吗？”孙悦歪头问道。

“这怎么能成？”威王摆手。

“臣无良策，”孙悦轻轻摇头，“臣目测其速，田府之马，上驷九百六十里，中驷九百里，下驷八百五十里；而大王之马，上驷千里，中驷九百五十，下驷九百。无论上中下三驷，十圈下来，相差尽皆不止一个车身。”

“要不，再选匹好马给他，让他赢个下驷？”

“前番卖给相国之马，是臣新近觅得，众臣不知。其余王马，臣属皆知，若是转手给他，就等于公告我王作弊。”

“爱卿所言甚是。”威王点头，苦笑一声，“算了，让他田忌劳心去吧。既生胆儿挑事，当该有个圆场，寡人犯不上为他操心。”

两天过去了，到第三日头上，田忌坐不住了，前往谷中探访孙膑。

梅园中的那株老梅树下，瑞梅衣着宽松，醉心于她的玉箫。孙膑与苏秦对坐于席，闭目倾听。两岁多的菊儿坐在苏秦怀中，一头黄毛被梳成个小羊角儿，歪着脑袋看妈妈轻启朱唇，十指有节奏地起起落落。

孙膑听有一时，按捺不住，向菊儿递个眼色。

菊儿从苏秦怀中溜出，跑回房子里，拿出一笙复跑出来，双手递给孙膑。

孙膑接笙，与瑞梅协奏。

笙起箫应，箫引笙随，配合得天衣无缝。

此情此景，纵使心急如火的田忌也鲁莽不得，耐住性子候二人将曲子奏完，方才重重咳嗽一声，远远叫道：“二位仁兄，好生开心！”

“呵呵呵，”孙膑冲他招手，“在下与苏兄候将军多时了。”

田忌三步并作两步，紧走过来，声音急切：“明日就是复赛，敢问孙兄，宝驹何在？”

“就在将军的马厩里。”孙膑又是一笑。

“马厩里？”田忌摸下头皮，怔了，“咦，在下刚从马厩里出来，不曾看见一匹宝驹呀！”

“你那马厩里不是宝驹，难道关的是一群驽马不成？”孙膑反问。

“那是在下的宝驹，不是孙兄的呀！”田忌真正急了。

“明日之赛，是将军挑战王马，非在下挑战王马，上场的该当是将军的宝驹呀！”

“孙兄，你……”田忌气结，竟不能言。

“田兄放心，”孙膑好声安抚，“在下已经关照过仇归，这几日喂的全是上等粟米，明日上阵，有的是力气。”

“这这这……孙兄害我。”田忌扭头欲走，后面传来苏秦的声音：“田兄留步！”

田忌顿住，回看苏秦。

“呵呵呵，”苏秦亦笑几声，“大战未启，胜负尽皆未知，田兄何不沉下心来，听一曲雅乐呢？”说着，指向身边早已摆好的席位，“田兄，请！”又看向瑞梅与孙膑，“嫂夫人，孙兄，请为田将军来一曲《大武》，为将军壮行。”

瑞梅朝田忌嫣然一笑，将玉箫挪到嘴边，轻轻出声。孙膑也将身子又直几直，双手捧笙。

再次被逼到墙角的田忌只得苦笑一下，朝瑞梅拱手：“有劳嫂夫人了。”说罢，走向席位，噗地坐下，硬起头皮听琴。

“你是说，”邹忌紧盯公孙闬，“三日来，田家的马厩里一如往常，不见一匹新马？”

“是哩。”公孙闬应道，“这且不说，今日后晌，田忌往投稷山深处一个山庄，闬假作迷路，混入庄中，见他与苏秦不无悠闲地坐在一个梅园里，听一膑人与一女子笙箫协奏。闬打问一个孩子，方知那苏秦连日来一直伴那膑人，无一刻擅离。且闬已探知，三日前决赛，那膑人也在场上，坐在轮车中，由苏秦和一个汉子陪伴，显然，那膑人非比寻常！”

“膑人？”邹忌深提一气，“难道他是……”断住话头，一脸诧异。

“主公？”

“公孙先生，”邹忌略略摆手，缓缓吐纳，调匀气息，“你或是对的。叫家宰来！”

公孙闬喊来家宰。

邹忌吩咐家宰清理库财，提三百两足金前往赌庄，押田府之马。

三千两足金堪称豪赌，整个齐国为之疯癫，赛场的几个赌庄门前更是车水马龙，押注之人日夜不绝，注本比三日之前高出三倍。

截至申时，上大夫田婴欣然透给威王，举国注本已逾三万两足金，几乎清一色押在王马获胜上，因为所有参注之人无不认定这是一场一边倒的比赛。

押田府赛马获胜的只有二人，一个是成侯邹忌，另一个是靖郭君田婴的世子田文。邹忌深信公孙闬之断，欲在此赛中先捞一笔，再置田忌于死地；

田文则是在咨询苏秦之后才下注的，所注百两金子完全是押在长久以来对苏秦的信任上。

申时将至，赛马场上万事俱备，人潮涌动，看客比三日之前更多三成。齐威王、太子辟疆及齐国所有重臣皆来观战，威王还特别邀请了淳于子、慎子等所有稷下先生，让他们分别坐在主观台上，推波助澜。

主观台上，威王端坐主位，一侧是邹忌，另一侧是田忌。太子及其他重臣，分列两侧坐了。

“田爱卿，”眼见时辰将到，威王转向田忌，给他个笑，“虽然事已至此，若你反悔，寡人仍会网开一面，降旨取消今日赌赛。”

“回禀我王，”田忌拱手，淡淡一笑，“开弓即无回头箭，臣大言既出，决不反悔！”

“既然如此，就请亮出赌资吧。”威王笑笑。

田忌招手，两个壮汉抬着一只箱子搁在看台上。

田忌打开箱盖，指箱中金子：“千两足金在此，请我王验看。”

“咦，不是赌三千两吗？怎么只有一千两？”威王看也不看箱子，直盯田忌。

“余金在大王那儿。”田忌坦然应道。

“哈哈哈哈，”威王盯他一眼，笑出声来，“爱卿这是胜券在握，吃定寡人了。来人，摆金子！”

内宰招手，亦是两个壮汉抬上一只箱子，摆在看台上。

“呵呵呵，”威王笑道，“田爱卿，寡人也摆一千两，至于另外两千两，暂就寄在爱卿身上。”又转向邹忌，“邹爱卿，今日之赛，寡人请你监察执法，赛场之上，但求公平公正，一切以此前张榜之赛事规程为准，任何人不得违拗，寡人也不例外。”

“臣领旨！”邹忌揖道。

“时辰到否？”威王看向田婴。

田婴点头。

“开赛！”威王一字一顿。

田婴击鼓，两辆战车得闻号令，并驾齐驱。驰完第一圈，田府上驷落下三个车身，第二圈，落下五个车身，待王马驰完十圈，冲向终点时，田府之马仍旧奔在第九圈上，引得场上嘘声一片，风景大煞。

“咦，”威王大是诧异，看向田忌，“这就是爱卿的上驷吗？怎么越跑越不行了呢？”

“臣认赌服输，千金赌资呈我王笑纳。”田忌看向执法者邹忌。

邹忌摆手，两名执法兵士走到田忌跟前，将两只金箱分别抬到威王身侧。

第二轮开赛，王马中驷与田忌之驷并肩齐驱，一直驰完前五圈，仍旧不分彼此，但到第七圈上，奇迹出现，田忌之驷竟然领先王马半个车身，且优势一直保持，直到第十圈时，领先王驷整整一个车身。

威王震惊，观众惊呼，投注王马的看客个个擦汗，唯有邹忌阴阴一笑，在田婴宣布胜负之后，吩咐兵士将田忌输掉的金子重抬回来，搁在田忌面前。

第三轮开始，复演第二轮奇迹，田忌下驷在第七圈时开始超前，到第十圈结束，再次领先王马下驷一个车身。威王及所有朝臣目瞪口呆，即使是马师孙悦，愣也想不出个所以然来。

邹忌又出一声阴笑，吩咐兵士将威王的金箱移到田忌面前。

全场哗然，倾尽家财投注王马的看客不顾体面，在赛场上号啕大哭。几乎没有人向田忌贺喜，因为没有一人希望他赢，也没有人会料到是此结局。

至于田忌，再没有像上次赛输时那般志得意满地绕场道以“同喜”。反之，田忌脸上不现一丝喜感。

眼见观众散尽，邹忌走到威王跟前，正欲启奏，田忌先一步跪地，朗声叩道：“臣田忌有奏！”

“田爱卿，”威王虽输却喜，乐得合不拢口，“奏就奏了，你这跪地磕头又为哪般？”

“臣请死罪。”

“哈哈哈哈，”威王长笑几声，“爱卿请起，寡人晓得你的罪了，不就是场输赢吗，何来死罪之说？”

“臣有欺君之罪。”

“欺君之罪？”威王略吃一怔，“这个寡人倒要听听了！”

“实言禀王，”田忌奏道，“此番比赛，臣之所以获胜，是因为用了一个计谋。”

“我说嘛，”威王捋须，拖长声音，“就爱卿厩中的那几匹马，怎可能赢得寡人的马呢？说说看，你用的是何计谋？”

“臣以下驷对王马上驷，以上驷对王马中驷，以中驷对王马下驷，弃一保二，是以胜出。”

“嗯嗯嗯，”威王闭目有顷，连嗯几下，再次捋须，“好计谋，好计谋呀，寡人心悦诚服。请问爱卿，此计必是出自某个高人吧？”

“臣请我王屏退左右。”

威王屏退左右，田忌近前，耳语数句，威王震惊，喃声：“嗨，真正没想到哩，寡人一直以为在背后倒腾的人是苏子。”略略一顿，对田忌，“爱卿，有请孙先生前往雪宫觐见，寡人摆宴恭候。”又对邹忌，“邹爱卿，随寡人回宫，见识一个高人！”

在田忌将孙膑的轮车推向雪宫时，威王已在宫门之外恭候，太子辟疆、成侯邹忌左右分立，毕恭毕敬。

孙膑正欲下车拜见，威王已抢前一步，按住孙膑，从田忌手中接过轮车扶把，在田忌、太子和成侯的协力下，将轮车抬上殿前九级台阶，亲手推动轮车，直入正殿。

一到殿中，不待轮车停稳，孙膑已用结实的两臂弹出车子，落在地上，伏地叩拜。其动作之利索，速度之快疾，使在场诸人无不惊诧。

因失去膝盖，孙膑行不成跪礼，只能坐在地上，伏地而叩。

不待孙膑叩毕，威王已经反应过来，示意辟疆，二人架起他，搀扶至客席坐定，返回主位，席地坐下。其他诸人也各按席次，分别落定。

“唉，不瞒先生，”威王久久凝视孙膑，油然叹道，“得知先生受庞涓陷害之事，寡人数夜未眠，不止一次与邹相谋议搭救先生，却又生怕搭救不成，反误先生。后来听闻先生不知所终，几番使人打探，有说投水自尽，有说被秦人救走，有说被庞涓暗害，凡此种种，哪一个终结都让寡人心疼。万未料到，先生竟然神不知鬼不觉地潜伏于寡人眼皮底下，更于这个非常时刻露面，实乃上天佑我负海之国啊！”喜极而泣，以袖抹泪。

“回禀大王，”孙膑也是喜泣，哽咽，“膑何德何能，竟得大王如此偏爱，更得大王为刑余之人劳心费神哪！”

“能得先生，胜得十万雄兵。”威王赞叹一句，看向众人，“不瞒诸位，别的不说，单是先生在此赛马会上，教田将军以偷梁换柱之计，让寡人输掉这场比赛，于我大齐就是大功啊！”

威王如此评功，莫说是邹忌、田忌，即使已知就里的辟疆也觉意外。

“呵呵呵，”威王笑过几声，“这场功德，或只有先生能解。”看向孙膑，指向几人，“孙先生，这几位都是寡人心腹、齐国立柱，这替寡人解说一二。”

孙膑连连揖手，声音哽咽："草民唆使上将军欺君罔上，已铸死罪，大王非但不责草民之罪，反而定功，足见圣明矣。"

"呵呵呵，孙先生，莫夸寡人，但说寡人输马之利。"

"诸位大人，"孙膑向三人一一拱手，"膑虽无知，却也不敢欺君罔上。膑之所以向田将军进此偷梁换柱之计，是膑忖知大王办此马会，不欲小赢，而欲大赢。"

"何为小赢？"田忌急问。

"再赢上将军一次。"

"大赢呢？"

"输给上将军。"

"这……"田忌不解了，目光掠过邹忌，看向太子，落于威王身上，"王上，可是如此？"

"呵呵呵，"威王连笑几声，"先生所言极是，寡人若赢上将军，仅得三千两金子，若是输给上将军，得的就是三万两。上将军你这算个账，是三千两金子多呢，还是三万两多？"

想到国人疯狂押注王马胜，而王马却意外败给田府，所有注金尽归庄家，而庄家后台又是大王，众人这才明白过来，不无叹服。

"不瞒诸位，"威王看向田忌，"那日赛毕，寡人本以为万事大吉，万没想到爱卿不服，当场提出复赛，着实让寡人惊喜交集，夜不成眠。喜的是，寡人可借此机会再赚一笔；惊的是，爱卿这般不识相，若是再败，岂不坏掉寡人大事？"

"咦？"田忌不解了，"臣若败，大王得赢三千两足金，当算小赢才是，怎能是坏掉大事呢？"

"寡人赢你三千两不假，赔付下注人的又岂止是三千两哪！"威王解释一句，转向邹忌，"说起此事，寡人倒有一惑，这想问问邹爱卿，你怎会不押王马，而押上将军呢？"

"回禀我王，"邹忌老眼珠子一转，"臣起初百思不得其解，冥思一夜，方才悟出大王输得起赢不起之理，是以押注上将军。"

"啧啧啧，"威王竖起拇指，连赞几声，摇头叹道，"爱卿呀，你这一押倒是发财，却让寡人白白赔上三千两金子哪！"

众人皆笑起来。

"诸位爱卿，"威王屏息敛神，一脸严肃，"你们说说，在这负海之国，一切皆是寡人的，照理说，寡人什么也不缺，却这般急切、这般处心积虑地想赚大钱，又是为何呢？”

吃此一问，众人倒是怔了，一时面面相觑。

“看来，”威王看向孙膑，“此地唯有先生能解此问了，这对诸位讲讲。”

“草民不敢妄揣上意，”孙膑见众人皆望过来，拱手应道，“以草民愚断，大王借此聚财，是为筹备军费，与魏一战。”

众人先是震惊，继而面面相觑。

“臣有奏！”得知威王苦心聚财竟是为与魏决战，田忌率先反应过来，心情激动，伏地叩道，“臣意已决，将今日所得千两足金，外加一千两赌本，悉数捐赠国库，充作伐魏之资。”

“臣亦有奏，”田忌话音未落，邹忌亦起身，再拜叩道，“臣所得之三千利金，外加三百注本，尽皆捐赠国库，与魏一战。”

“好爱卿，好爱卿啊，”威王喜得合不拢口，连连拱手，转对内宰，“辰光到了，掌灯，为孙先生，为诸位好爱卿，摆宴！”

灯火亮起，金石声响，丝竹鸣奏，轻歌绕梁，长袖舞庭。一行二十几个宫人络绎上菜，美酒佳肴摆满几案，君臣数人把酒言欢。

酒过数巡，在威王要求下，田忌绘声绘色地开讲苏秦、淳于髡等人解救孙膑的过程，听得众人唏嘘再三，不胜嗟叹。

欢宴已毕，夜色已深，威王却余兴未尽，旨令撤去音乐，送走诸臣，独留孙膑于宫，移椅于后花园中，就着月光促膝相谈。

“寡人不才，”威王直盯孙膑，急不可待地扯入正题，“欲以兵事求教先生，敬请先生赐教。”

“赐教不敢，”孙膑拱手应道，“若论兵事，草民倒是有说。”

“敬请言之。”

“先祖孙武子有言，”孙膑侃侃而谈，“兵者，国之大事，死生之地，存亡之道，不可不察也。”

“正是，正是，”威王急切应道，“何以察之，请先生教我。”

“用兵之道，并无恒理。战而胜之，则可存危国而继绝世。战而不胜，轻则削地割城，重则危及宗庙社稷，是以不可不察。自古迄今，乐于用兵者，无不亡，贪利而战者，无不辱。何以至此？原因无他，兵非所乐也，战非所利也。”

“敢问先生，”威王倒吸一口气，倾身问道，“兵既非所乐，战既非所利，将兵之人何以取胜？”

“非乐于用兵之人，断不轻启战端，必先备而后战。足备而后战，城虽小而可久守。非为利而战之人，断不贪财恋地，必得义而后战。得义而后战，兵虽寡而战力强。守而无备，战而无义，将兵之人若想取胜，就是奢求了。”

“先生所言甚是！”威王连连点头，“再问先生，备足而战，因义兴兵，就能确保无败吗？”

“不能。”

“那……何以取胜呢？”

“知胜之道，先祖孙武子早有断言：知可以战与不可以战者胜，识众寡之用者胜，上下同欲者胜，以虞待不虞者胜，将能而君不御者胜。”

“将能而君不御？”威王重复最后一句，略略闭目，再次点头，“孙武子用兵，已臻化境矣！”从盘中摸出干果，缓缓剥起果壳，边剥边问，“寡人问个细事。若是两军相峙，旗鼓相当，将帅对峙，阵势尽皆坚固，谁也不敢擅动，该当如何是好？”

“可使勇将一员，引轻兵锐卒奇袭敌阵侧翼，不计胜负，探其虚实，观其应对，相机而动，或可觅得战机，取得大胜。”

“用兵众寡，可有讲究？”

“有。”

“我强敌弱，我众敌寡，该当如何？”

闻听此言，孙膑两手撑地，离席趋至威王前面，伏地再行大礼。

威王略略一怔：“寡人不过一问，先生何以行此大礼？”

孙膑直身，拱手：“我众敌寡，我强敌弱，大王仍有此问，堪称明君。”

“明君不敢当，”得此褒语，威王心里美滋滋的，拱手乐道，“是先生方才教我的呀。用兵既然涉及死生存亡，寡人怎能不谨慎呢？还望先生教我以取胜之道。”

“我强敌弱，我众敌寡，可用诱敌之计，即顺从敌方心意，刻意使我方旗帜杂糅，队形散乱，使敌方产生麻痹心理，弃守为攻，与我决战。”

“敌众我寡，敌强我弱，又当如何？”

“可用退避之计，即避其锋芒，全师而退。退师之时，当备足后卫，皆持长兵锐器，配以弓弩，以确保队伍安全有序地撤退。待退至有利地势，我可据险守御，拖垮强敌，待机击之。”

“势均力敌呢？”

“用疑兵之计迷惑敌军，俟其兵力分散，即抓住战机，突袭成功。若是敌方并未上当，不肯分散，我当按兵不动，再候战机，若是敌出疑兵，断不可击。”

“以一击十，可有妙策？”

“出其不意，攻其无备。”

“地利均等，战力相当，战而败北，又是为何？”

“阵势无锋。”

“可有办法使三军将士始终服从号令吗？”

“威且信，一以贯之。”

“善哉，先生策论！”威王听得兴奋，由衷赞叹，“兵势无穷，尽在先生胸中矣。”身子愈加趋前，捉住孙膑之手，二目炯炯有神，直射过来，“因齐还有一问，请先生据实以告。”

“大王请问，草民知无不言。”

“倘若与魏开战，我可有胜算？”

“有。”

“胜算几何？”

“六成。”

“听闻庞涓治兵严谨，大魏武卒稳重如山，不可撼动，我当以何胜之？”

“马。”

“马？”威王心头一震，恍然有悟，看向孙膑，目光充满感激，“寡人知矣。三年前田忌将军奏请举办赛马会，寡人若是没有料错的话，当是先生提议了。”

“正是。”

“如此说来，与庞涓一战，先生早已心中有数矣。”威王将剥好的一堆干果双手捧至孙膑案上，“些许干果，难成敬意，请先生品尝！”

“谢大王！”孙膑拱手谢过，小心翼翼地将干果悉数收入袖囊。

“先生何以不食？”威王奇道。

“圣君亲剥之果，草民不敢独享，这欲带回寒舍，与妻儿同沐君恩。”

听到寒舍与妻儿，威王自也听出话音，轻叹一声，吩咐内宰：“夜色已深，护送先生回府。明日申时，有请中大夫以上诸臣前来雪宫，谋议邯郸之事。”又转对孙膑，拱手，“也请先生莅临。”

“草民有奏。”

“哦？”

“明日廷议，草民可否不来？”

“这这这……”威王急道，“寡人励精图治九年，一心与魏一战，只是忌惮庞涓一人。今得先生，寡人无惧矣。寡人明日拟祭告先祖，拜先生为将，引军救赵伐魏，先生不来，如何能成？”

“谢王厚爱。”孙膑纳头拜道，“刑余之人，不可为将！”

“先生不肯为将，何人可敌庞涓？”

“田忌。草民请为幕僚，能为将军出谋划策就可以了。”

“幕僚不可！”威王沉思有顷，一口否掉，“先生，你看这样如何？寡人拜田忌为将，先生为军师，旨令三军事务，唯先生之命是从。”

“谢大王垂爱。”孙膑拱手谢道，“臣还有一请。”

“请讲。”

“臣为军师之事，暂不张扬，以免妄生事端。”

“悉听先生。”

邹忌闷闷不乐地回到相府，在静房里坐定，心里却是不静，越想越犯刺。

邹忌并不贪财，让他犯刺的不是眨眼间失去的三千三百两金子，而是田忌其人。一想到近些年来与田忌之间的恩恩怨怨，尤其是三年前自办赛马会以来田忌的苦苦进逼，邹忌的胸口就如堵上一块砖。

作为一代贤臣，邹忌与田忌并无个人恩怨，只是看不顺他耀武扬威、动不动就上奏征伐的做派。黄池一战，田忌蒙受奇耻大辱，回国后蔫过一阵，隐在乡野种地，邹忌面上虽未显露，心中却是快活，但这快活尚未持续几年，越王无疆大军压境，田忌再获重用，之后又与燕人对垒，田忌连下十城，整个人就如打了鸡血似的，一出口就会喷出一股血腥味儿。

作为文官，邹忌闻不惯也不想闻这股血腥味儿。邹忌才华横溢，志却不大，只想太太平平地在这负海之国做一生盛世贤相，若能使主高枕无忧，使士得抒胸臆，使民安居乐业，于愿已足。朝野同僚，包括上大夫田婴及稷下学宫里的众多学子，大多唯他马首是瞻，只有田忌一门处处与他作对，不希望齐国享有一日太平，而这天下偏就乱个不停，似乎总要遂他田氏的意才是。

当然，这些分歧都还只是表皮上的，也是彼此可以拿到案面上申诉对方的。往深处说，二人所争，其实是对朝廷局势的左右。田忌出身王族，幼读兵法，深得威王信任，于冠年掌管宫卫，而立之年统领五都之军，先后征伐过楚、赵、燕、宋、鲁等国，屡战屡胜，跻身于智勇双全的列国名将之列，在齐国三军中享有尊位。邹忌则出身寒门，怀才入宫，以琴喻政，得用于威王，被拜为相邦，勤政十年，使齐大治，库有余粮，民有修养，路不拾遗，夜不闭户。

之后力谏威王扩建先君创设的稷下学宫，增建广厦万间，大庇列国寒士，传为天下美谈，成就一代贤相之名。起初，邹忌并未与田忌争锋，但随着位尊权重，邹门皆贵，投奔邹门的贫寒士子越来越多，经邹忌荐举入仕的才俊在朝中渐渐形成一股文治势力，不可避免地与以田忌为首的嗜武集团发生冲突，二人各执一端，唇枪舌剑，天长日久，就谁也不买谁的账了。

正自闷坐，家宰敲门，报说公孙闬求见，似有事情。

邹忌打个惊愣，打起精神，走出静室，走到外堂客房。

“公孙闬贺喜主公了！”公孙闬拱手道贺。

“喜从何来？”邹忌一时怔了。

“三千两金子哪！”公孙闬乐道，“农家十亩之田，五亩之桑，起早贪黑，累死累活，一年难得一两足金，主公于瞬息之间，举手之劳，便得三千两，岂能不喜？闬冒昧而来，一为沾个喜气，二为喝碗喜酒，三为讨个喜赏。”

“摆酒！”邹忌吩咐家宰，转对公孙闬，指客席礼让，“先生请！”

二人坐定。

邹忌盯住他：“先生此来，酒可以喝，却不是为喜。”

“哦？”

“不瞒先生，”邹忌笑道，“三千两金子虽有，但已不再属于老朽，约在一个时辰之前，悉数被老朽捐赠国库，用作伐魏军资了。”

显然，公孙闬未料有此变化，惊愣一时，方才缓过神来，拱手再贺：“主公高风亮节，为国舍家，表率五都之民，上天必将垂佑。闬道贺主公了！”

“唉，”邹忌苦笑一声，摆手叹道，“什么为国舍家，分明就是打水漂呀！”

“主公？”

“好了，不讲这个，”邹忌略略一顿，盯住他，“你来得正好，老朽正有大事与你相商。”

“主公请讲，闬但听吩咐。”

邹忌将宫中之事约略讲述一遍，复叹一声：“唉，不瞒先生，养鹰的被鹰啄瞎眼，整桩事情，老朽从一开始就走眼了。三年前，田忌奏请举办赛马会，大王当廷准奏，老朽晓得大王好马，就没往他处多想。今年赛马大会，大王加码赌钱，老朽曾有琢磨，以为是王室借此敛财，断没想到是为伐魏筹款，看来，大王始终未忘黄池之辱啊！”

“是哩。”公孙闬顺口应一声，倾身问道，“敢问主公，大王伐魏雪耻，抑制魏势，当是好事，主公不喜反忧，可是因为田忌将军得志？”

"非也。"邹忌摇头，"若是只为田忌是否得志，你就低瞧老朽了。老朽之所以忧心，只为一事，眼下伐魏，于国不利，只怕不是吉事。"

"主公何出此言？"

"就老朽所断，与魏开战有三不妥：一是武卒刚猛，又在庞涓治下全年训练，连番征战，纷纷练出胆气了，无不以疆场厮杀为荣，反观齐兵，养尊处优不说，这又分作五都，散漫惯了，恐怕不敌；二是一旦征战，战士就有死伤，元气就有损伤，积储就会耗光，外敌就会乘虚，若是楚人争我泗下，燕人争我河间，我无以应对；三是武人得志，必穷兵对外，不利内治。国不治内，亡无日矣！"

"主公既有三忧，何不直言谏王？"

"如何能谏呢？"邹忌摇头，"老朽谏王，必观其气，必察其势。今日观察，大王处心积虑，一心报仇，田忌磨刀霍霍，志在雪耻。邯郸被围，纵横决战，苏秦告难，军情火急，耽搁不得。齐魏此战，不得不打，老朽别无他法，只有捐款响应、顺遂王意了。"

公孙闬陷入沉思。

"公孙先生，"邹忌一双老眼盯过来，"观你谋事，不失机敏，老朽也就不避言了。前番王上廷议是否救援赵国，田忌与老朽各执一端。田忌主张出兵，老朽建言坐观，朝臣莫衷一是，大王因此而搁置争议。不想老朽误断大王心意，造成眼前尴尬，还望先生教我！"

"主公客气了，"公孙闬拱手应道，"为主公竭诚尽力，是臣职分。闬以为，就眼下而言，主公处境非但不尴尬，反倒是进可以攻、退可以守呢！"

"哦？"邹忌身子趋前。

"如果不出意外，三日之内，大王必会再议救赵，主公可主张出兵，且力荐田忌为将。田忌为将，若是战胜，主公则举荐有功。若是战而不胜，田忌只能面临两个结局，一是战死疆场，二是伏荆殿前，曲挠而诛。无论出现何种结局，主公都是赢家。至于战士死伤、齐国库储之类，本为大王之物，自是大王之事，主公何必与人为难呢？再说，主公已经进过谏言了。"

邹忌冥思良久，拱手："谢先生教我。自今日始，你就留在老朽身边，早晚侍从。"

"谢主公垂爱。"公孙闬拱手辞道，"闬散漫惯了，不擅侍从，恐误主公大事，还望主公收回成命。"

"这……"邹忌怔住，两眼直盯过去，见公孙闬回射的目光中既无惧色，也无攀附，颇觉惊讶，觉得此人完全不同于其他门人，想是志大，舒口气，改作笑道，“是老朽糊涂了，公孙先生是大才，自当大用。明日上朝，老朽即奏明大王，诏命先生做相府御史大夫如何？”

“再谢主公垂爱。”公孙闬又是一拱，“闬自在惯了，不擅礼仪，御史大夫乃相府要职，朝廷命官，闬恐力不胜任，再请主公收回成命。”

“咦？”邹忌愕然，“你这也不从，那也不愿，老朽该当如何报答才是？”

“主公只需赏闬一席地坐、一口饭吃，再肯听闬几句闲言碎语，于愿足矣！”

邹忌正自嗟叹，家宰引领仆从端上酒菜，也就转过话题，招呼家宰同坐。主仆三人把酒言欢，闲议一些家事国事，直到夜深人静方散。

翌日申时，包括殿下、邹忌、田忌在内的中大夫以上朝臣齐聚雪宫。既非早朝，也非大朝，雪宫更非齐国正宫正殿，因而此番觐见就没有循依常理，只在当殿摆列两行几案，放满瓜果茶蔬之类，所有来宾一进殿门就被威王近侍内宰躬身迎入，依位次就席，被招呼吃果品茶。

自申时开始，文武重臣四十余人尽皆守在殿中，走也不敢走，动也不能动，更不敢大声喧哗，一个个默无声息地坐在席位上吃喝。

瓜果吃下半肚，茶水喝得饱胀，一些耐不住的臣子开始跑茅房了，威王仍未露面，也未宣布取消觐见。

足足过有一个多时辰，偏门传来声响，威王健步进来，走向主席君位。

众人起身离席，正衣冠欲行叩拜大礼，被威王拿手势阻住。

“各位嘉宾，各位爱卿，”威王昂首而立，声如洪钟，“首先，田因齐向你们致谢！”话音落处，向众朝臣深揖一圈。

众臣一阵骚动，尽皆叩伏于地，未及说话，威王声音再起：“田因齐向你们致谢，不是因为让你们候得太久，而是因为在赛马会上赢你们钱了。”

这些臣子没有不下注也没有不输钱的，但认赌服输，众臣本无话说，此时见威王这般说话，且在殿堂之上重挑此事，一个个反倒怔了。

“其次，”威王的目光落向田忌和邹忌，“田因齐向相国邹忌、上将军田忌，致以谢意，因为你们二人赢寡人钱了。”冲邹忌、田忌又是一揖。

又是钱字。

众人震惊之余，纷纷大笑起来，看向邹忌和田忌。

邹忌、田忌急急还礼。

“再次，田因齐向所有为赛马会买马、投注的臣民致以谢意，因为他们无不是在成全寡人，替寡人分忧，与寡人共仇。”威王向空再揖。

威王一连三通谢礼将众臣完全搞蒙了，除却几个知情人，没有谁能吃准齐威王的葫芦里在卖什么药。

“寡人答谢在场诸位，寡人答谢天下臣民，皆为一个钱字。你们或会奇怪，寡人这不是在贪财吗？寡人这不是在敛财吗？是的，寡人是在贪财，寡人是在敛财。可诸位爱卿，你们有谁能够回答一问：寡人此生贪过财吗？寡人此生敛过财吗？寡人今朝突然贪财了，突然敛财了，这是为哪般呢？”威王略略一顿，变过脸色，一字一顿，“只为一桩，擒庞涓，报黄池之辱。”拳头捏紧，指节咯咯直响，“诸位有所不知，当年寡人应允与魏罃相王，是庞涓那厮在背后作云弄雨，先引寡人与魏罃在徐州翻脸，后行诈兵之计，水淹我师，羞辱寡人。此仇寡人记了十年，该到偿还之时了。”

朝臣明白原委，群情激愤，一齐叩道：“大王圣明，我等追随大王，誓雪国耻！”

“谢谢诸位，”威王扫一眼众臣，拱手，“寡人召请诸位来，一为表个谢意，二为议决出兵。就在不久前，有人转述孙武子一句话，说，兵者，国之大事，不可不察也。既然不可不察，寡人就不能意气用兵，这请大家议议，是出兵救赵呢，还是听任庞涓在邯郸肆虐？”

多数朝臣面面相觑，有几个看向邹忌。

“邹爱卿，你意下如何？”威王直接点名。

“臣以为，”邹忌不急不缓，沉声应道，“出兵救赵，有三不利。”

邹忌一向反战，赛马会之前更是不主张救赵的，此时讲出此话显然在众臣的预料之中。

威王未动声色，只把两只鹰眼射过来：“是何不利，你且说说！”

“其一，征战就有死伤，就损元气，就耗积储，就给外敌以乘虚之机。我之劲敌在南在北，不在西东，若是楚人趁我西征之机，谋我泗下，燕人争我河间，我当何以应对？其二，就臣所知，庞涓善于用兵，魏卒刚猛过人。尤其是虎贲军，无可抵御不说，更在庞涓治下经年集训，连番征战，无不以疆场厮杀为荣。反观我师，分居五都，散漫悠闲，有养尊处优之嫌，臣忧心……”

邹忌尚未说完，匡章等武将起身欲争，被威王摆手阻住。

“其三，”邹忌瞄一眼愤愤不平的众将，侃侃陈词，“三国困赵，根出于秦人破纵之举。秦与我远隔三晋，原本无涉，我解赵围，胜则无虞，败则引火烧身，秦或会迁怒于我，借魏道直入我境，届时，齐将不得不面临背水之战。”

这是一个响当当的忧虑。

众臣面面相觑，包括田忌、匡章在内的几员武将，皆是无话可说，咂吧几下嘴皮，又都闭上了。

威王倒吸一口气，闭目沉思。显然，此前威王并未虑及此事，或至少考虑得不够细密。

“不过，”邹忌转过话头，“出兵救赵，亦有三利。”

“请讲！”威王眼睛睁开。

“一利是，六国会盟，缔结纵亲，今盟约依在，魏却背盟叛约，结敌伐友，失道于天下，我若出兵，是正义之师，可得天助；二利是，三国困赵，赵无退路，唯有两途，或签城下之盟，割地屈从，或作困兽之斗，绝地求生，依赵人秉性，必选后者；三利是，”邹忌看向田忌及诸位武将，“黄池之辱，不仅是大王，诸位将军想必也是铭记于心，尤其是上将军，卧薪尝胆，十年磨剑，只为擒获庞涓，报奇耻之辱，今得出战，必同仇敌忾，勇往直前，是以臣……”又看向威王，“主张出兵，奏请上将军为将，望我王圣裁。”

见一向反战的邹忌绕来绕去，终又绕到出兵上，且还抛弃前嫌，主动提请田忌为将，威王喜出望外，当即准奏，诏命田忌为主将，田婴为副将，匡章将左军，牟辛将右军，太子监军，邹忌协调粮草供应，三军配设军师，另行诏命，自即日起，由主将点齐五都之师一十二万救赵，择吉日祭旗。

田忌拜将之后，一路狂驰，于第一时间赶到苏秦位于稷下学宫的府宅。从山里搬出后，孙膑夫妇就住此处，一为避嫌，二为与苏秦说话。

田忌进得门来，兴冲冲地边讲宫中发生之事，边从袖中摸出威王任其为主将的诏命，双手递给孙膑。

苏秦长嘘一口气。

“服苏兄了，”孙膑看过诏命，递给苏秦，笑道，“先祖孙武子有曰，不战而屈人之兵，今日见在苏兄身上。”

“孙兄过誉了，”苏秦审看过诏命，还给田忌，“不战而屈人之兵是出神入化之境界，在下何能成就？在下不过是做到了‘先屈人之兵而后战’而已。”

“‘不战而屈人之兵’，在下还能有解。苏子这‘先屈人之兵而后战’，在下愚钝，这这这……”田忌挠耳。

田忌话音刚落，门外一阵喧嚣，飞刀邹引领一名宫人走进，宣王旨召见苏秦。

“田兄，这可得解否？”苏秦接过王旨，朝田忌笑笑，拱手作别，随宫人而去。

轺车一路驰至雪宫，还没停稳，苏秦就隔着窗帘，望到威王、太子及几个宫人在门外迎候。

苏秦下车，小步趋前，朝威王、太子深深一揖：“臣苏秦拜见我王，拜见殿下。”

“呵呵呵，”威王回揖，“苏秦呀，你让我们父子好等哩，幸亏这日头暖和。”

“臣在稷下，日夜恭候我王召唤，今朝得宣，履不及穿，冠不及正，一路马不停蹄，紧赶慢赶，还是到迟了。苏秦请罪！”苏秦又要鞠躬，被威王呵呵笑着赶前一步，携手步入宫门。

几人来到主殿，分宾主坐定。

“昔年，”威王亲为苏秦斟上一盏浓浓的香茶，半开玩笑地直奔主题，“申包胥为楚求救，哭于秦宫之外七日七夜。你苏子倒好，来向寡人求救，宫门一次未进，软话一句没有，听闻这些日来还到幽僻之野，赏梅听箫呢。”

“我王这是不知申包胥，也委屈臣子了。”苏秦顺口回应，做出一脸苦相。

“哦？”威王假作一惊，“说说看，寡人如何既不知申包胥又委屈你苏子了？”

“申包胥自幼嗜哭，说也哭，笑也哭，饿也哭，饱也哭，醒也哭，睡也哭，悲也哭，喜也哭，哭是他的专长。莫说是哭七日七夜，即使让他哭上三年五载，也是寻常之事。偏那秦公最不喜听闻哭声，只好借兵给他了。臣不同于申包胥，臣天生不哭，有泪不弹。王以申包胥喻臣，实在让臣有口莫辩哪！”

“呵呵呵，你这不是辩得挺好的嘛！”威王把斟好的茶盏推到苏秦前面，“苏子请茶。”

苏秦谢过，轻啜一口，不无夸张地一连咂吧十几下嘴皮子，啧啧数声，拱手：“大王香茶倒是让臣想起一事。”

“请讲。”

“当年秦公若是也如大王这般把申包胥请进宫里，用一杯香茶堵住他的嘴巴，兴许就听不到他的哭声了。”

“呵呵呵，”威王乐得合不拢口，“满朝文武中，寡人就爱听你说话。”

“谢王谬赞。”苏秦拱手谢过，“不瞒我王，方才皆是说笑。言归正传，臣为赵求救，却未曾登门哭泣，非臣不知礼数，实乃臣子知道，王不比秦公啊！”

“哦？你且说说看，寡人如何不比秦公了？”

“申包胥哭秦，因秦公吃软不吃硬。臣向大王求救而不哭，因大王吃硬不吃软。”

“咦？”威王怔了，“寡人怎就吃硬不吃软了？”

“但凡暴戾寡义之人，必外硬里软；但凡仁爱仗义之人，必外软里硬。大王外软里硬，臣没有讲错吧？”

“哈哈哈哈，”威王放声长笑，“也只有你苏秦能想出这般说辞呀。好好好，寡人服你了。苏子呀，寡人这请你来，不为别事，只为让你捎个口信给赵家那个后生。就说赵齐两国一水相隔，唇齿相依，寡人与赵语交往多年，既是老友，也是兄弟，今友兄尸骨未寒，家园却罹浩劫。寡人不忍坐观，已经诏命田忌为主将，发大兵二十万往救邯郸，让他安心守候。”

苏秦起身叩地，朗声谢道：“臣代赵王，代赵地三百万子民，谢王施恩！”

得到齐王谕旨，苏秦不敢耽搁，当即回赵复命。

孙膑依依惜别，送至十里长亭。

“苏兄，”孙膑执其手，“返赵之际，麻烦顺道走趟宋、卫，约两国助力。”

“这……”苏秦略作迟疑，“宋、卫势弱，一向慑于魏威，不会出兵。”

“不是要其出兵，只是要其借道。”

“这个不难。”苏秦慨然应允。

苏秦走后三日，威王将田忌、田婴、匡章、牟辛诸将召至雪宫，正式授命孙膑为军师，军中事务，必须由军师决断，违命者作抗旨论处。且孙膑为军师之事，暂时不对三军将士宣布。

诏命已毕，威王带几人赶至宗庙拜祭。

又三日，三军祭旗，整个齐国进入一级战备，齐国五都之兵率先出动，依田忌之令会聚于齐魏边邑重镇阿邑。与此同时，各地粮草、辎重等，络绎不绝地运抵西部边邑诸库，由各邑重兵守护。

祭旗结束，右军主将牟辛驱车赶到珠宝街，购置一些礼品，载往邹府。

牟辛刚交而立，正值人生华年，此番救赵，于他是次难得的机遇。牟辛原为高唐令田盼旗下副将，被田盼认作义子，田盼临终时，举荐其接任高唐令。高唐为齐国西部边邑重镇，为齐五都之一，辖西部数十邑之多，堪称封疆重臣。田盼幺女嫁与邹忌次子，两家结为儿女亲家，牟辛因之结识邹府，早晚进入临淄，都要买些礼品探望，相谈甚笃，求拜邹忌为师。邹忌早欲结交武人，也就顺势收其为徒，结势对抗田忌。此番救赵，高唐邑首当其冲，牟辛更随田盼与赵有过几次交手，甚知赵国，特被威王拜将右军，统领高唐、平陆二都之兵。

邹忌闻报，迎至门外，携其手径至客堂。

"恩师在上，"牟辛伏身拜道，"请受弟子一拜。"

邹忌受他一拜，扶他起身："牟辛呀，老夫晓得你一定会来，在此守你足足两个时辰了。"

"恩师……"许是过于激动，牟辛以袖遮面，声音哽咽，"弟子来迟了！"

"呵呵呵，不迟，不迟，"邹忌笑道，"此番西征，是该你建功扬威的辰光了，老夫晚年，这还指靠你呢！"

"恩师……"牟辛泪如雨下。

"牟辛哪，大丈夫抛头洒血，死且不惧，你这哭个什么呢？"

"恩师，"牟辛擦拭泪水，抬头望着邹忌，"弟子此去，一定不负师望，打出个样子给那姓田的看看！"

"好哇好哇，"邹忌连声赞道，"老夫要的就是你这句话。"

邹忌击掌，内帘掀起，一个壮实的小伙子从侧室大步走出。

邹忌冲小伙子道："小昊，来，见过牟将军。"

小伙子走到牟辛跟前，深揖一礼："晚生邹昊见过牟将军！"

"牟将军，"邹忌指邹昊道，"这是老夫膝下犬子，在乡野长大，有些臂力，自幼欢喜舞枪弄棒，略知兵法战阵，只与老夫不对脾性。今国家有事，老夫特召他来，举荐于你，望能多加栽培，早晚有个建树，省得老夫费心。"

牟辛站起来，绕邹昊转一大圈，朝他肩上用力一拍："好一个英武儿男！昊弟，到大哥麾下历练一番，你可愿意？"

"邹昊愿意！"邹昊朗声应道。

"恩师，"牟辛转对邹忌，"右军尚缺一名先锋将军，弟子正在物色人选，观昊弟少年英武，熟稔文韬武略，堪称大才，正适此位。"

邹忌略略皱眉，未及开口，邹昊已是长揖至地："邹昊谢将军成全！"

田忌依据王命，点齐五都之兵共计一十二万，兴冲冲地拿着各路名册向孙膑报告。孙膑吩咐他精选三万步卒，务于二十日之内学会骑马奔驰。

"孙兄，"田忌面现难色，"马是用来驾车的，不是用来骑乘的。前番你让习骑，在下略作尝试，摔倒好几跤哩。”

“将军可曾学会？”孙膑笑问。

“会是会了，却是不易。两脚悬空，难以借力，只能牢牢夹住马肚子，谁料那马也是奇怪，越夹肚子，跑得越快，颠得越是厉害。两圈下来，颠得屁股生疼，连摔几次。在下当算知马之人了，竟也摔倒，其他将士可想而知。”田忌做个苦脸。

“能够学会，莫说是几次，就是摔三十次也值。对了，三军训出多少能骑之士了？”

“已经不下万人。”

“太好了。让这万人再教两万人，天天驰骋，务必于二十日之内练就一支精干骑兵。”

“孙兄，”田忌不解地看向孙膑，“眼下列国皆重车战，靠盔甲重装取胜，孙兄却舍车就骑，舍重就轻，实令在下不解。不瞒孙兄，自你上次吩咐此事，在下就在心里一直嘀咕，迄今未得其解。”

“敢问将军，”孙膑直盯田忌，“若是两军数量相当，狭路相逢，战鼓擂起，齐国甲士能否胜过魏国武卒？”

田忌摇头。

“齐国战车能否撞过魏国战车？”

田忌再次摇头。

“将军之谋能否盖过庞涓之谋？”

田忌语塞。

“三者皆不能，再问将军，你让你的将士们以何取胜？”

田忌头上冒出汗珠。

“唯有此字，或可制胜！”孙膑在几案上写出一个大大的“奇”字。

“奇！”田忌凝视此字，口中喃喃，眉头拧紧，有顷，抬头看向孙膑，“何以解之？”

“奇为正之反，”孙膑侃侃言道，“老子曰：‘以正治国，以奇用兵，以无事取天下。’堪称绝妙。若是治国，奇不胜正；若是治兵，正不胜奇；若是治天下，有事不胜无事。以此论之，用兵之妙正在一个奇字。”

“这……”田忌何曾听过此等高论，一时蒙了，以手挠头。

“这么说吧，”孙膑换个解释，“以有形之阵对有形之阵，以车对车，以卒对卒，以力抗力，是为用正；以无形之阵对有形之阵，以车对卒，以卒对车，以智抗力，是为用奇。”

田忌恍然有悟，微微点头，接上问道：“两军相抗，何以知正，何以用奇？”

“将军所问，正是兵家高下相分之处。”孙膑应道，“两军相抗，奇正难知，因其变化无穷，难以定分。自古迄今，善于用兵之人皆怀一能，即见敌之所长，知其所短，见敌之不足，知其有余。此所谓料敌如神。先祖孙武子有言：‘知己知彼，百战不殆；不知彼而知己，一胜一负；不知彼，不知己，每战必殆。’说的正是这个。不知敌，不知己，就不能料其奇正，自也不能以奇制胜了。”

田忌长吸一口气，缓缓吐出：“先生所言过于高深，在下愚笨，尚须慢慢领悟。在下所急，依旧是这‘奇正’二字，望先生以寻常军事喻之。”

“呵呵呵，这个容易，”孙膑笑道，“凡暴露之情，皆为正。凡隐藏之情，皆为奇。两军相逢，察敌暴露之情，是为知正。我以相反之情应之，是为用奇。譬如：敌静，我当以动制之；敌动，我当以静制之；敌劳，我当以逸制之；敌饥，我当以饱制之；敌寡，我当以众制之。用奇重在隐蔽，若能做到敌方不知，战欲不胜，难矣哉。”

“在下明白了，”田忌恍然大悟道，“魏武卒装备厚重，移动必缓，宜静不宜动，宜阵法不宜变通。我若用骑，当是以动制静了。”

“正是！”孙膑竖拇指赞道，“战车易动，但受制于天气、道路。骑则不然，可走阡陌小径，可涉水越野，可入林莽荆棘，可涉泥泞，可于风雨中往来无阻，快捷如风，席卷如火，攻其不备，正可克制魏国武卒！”

“是哩。”田忌大服。

“骑有十利，将军可知？”

“望军师点拨。”

“骑能离能合，能散能集，百里期会，千里奔赴，出入无间，堪称离合之兵。若是妙用于沙场，一可迎敌始至；二可乘虚背敌；三可追散击乱；四可迎敌击后，使敌奔走；五可遮敌粮食，绝敌军道；六可败敌关津，断敌桥梁；七可掩敌不备，击敌未整之旅；八可攻敌懈怠，出敌不意；九可烧敌积聚，虚敌实力；十可掠敌田野，累其子弟。有此十者，将军当知骑之优胜了。”

“是哩！”田忌双拳握得咯嘣嘣响，声音从牙齿里迸出，“我有数万锐骑，有先生良谋，庞涓指日可擒矣！”

第095章｜ 出奇策孙膑攻魏 拔邯郸庞涓用强

借到大兵，苏秦依旧是一车一马，由飞刀邹驾驶回返。心中存事，苏秦一路上马不停蹄，使宋过卫，旬日之后赶至邯郸郊外，再被魏人拦截，带进中军大帐。

庞涓笑脸出迎，摆好茶水。

苏秦没喝，二目紧盯庞涓。

庞涓审视苏秦的眼睛，见双眸里没有仇视，没有鄙夷，没有绝望，只有一丝淡淡的忧伤，但这忧伤与他在鬼谷时稍稍两样了。那时的忧伤可见敦厚与卑微，现在的忧伤，敦厚依在，卑微却不见了，取而代之的是一种……让庞涓说不清道不明的怪怪的感觉。

“苏兄，你这眼神怪怪的，可是无奈吗？”庞涓扬起眉头，眼睛笑眯眯的。

“是怜悯。”苏秦收回目光，淡淡应道。

“对对对，正是这种感觉！”庞涓迭声叫道，“你这讲讲，是怜悯赵人呢，还是怜悯齐人呢？抑或是怜悯楚人、韩人、燕人？”

“是怜悯庞兄你。”

“什么？”庞涓先是一怔，继而爆出一串长笑，“哈哈哈哈，好一个苏兄，你怜悯我，你怜悯我庞涓！”指苏秦又是一串长笑，“苏兄苏兄苏兄，好一个苏兄呀，真有你的！来来来，喝茶！”斟好满满一盏，“上好的茶呢，在下特地使人进鬼谷采的，就是童子带我们去过的那道沟沟。”

“是大师兄！”苏秦纠正。

“对对对，是大师兄，”庞涓笑笑，“瞧我这脾气，一出山就啥也记不起了。怎么样，此番至齐，可为赵人借到兵否？”

“庞兄，”苏秦拱手，“在下有个恳请，敬请一听。”

“你我同窗数载，岂能用恳请二字？苏兄有话，但讲无妨。”

“见好就收，退兵吧。”

“你就恳请这个？”庞涓略是惊讶。

“现在退兵，一切都还来得及。”

“这个嘛，容在下想想。”庞涓长吸一口气，装模作样地闭目思考，良久，睁眼道，“在下想通了，苏兄不必恳请，在下很快就会退兵。”

“很快是多久？”

“就是攻克邯郸、捉到赵家那个娃子之时。”

苏秦长叹一声，闭目。

“对了，”庞涓倾身过来，“在下方才之问，好像还没听到苏兄回复呢。”

“何问？”

“借兵之事呀！苏兄兴致勃勃地前往齐国借兵，不知这兵……借到否？”

“齐王已发大军，不日即至。”

“哎哟哟，”庞涓轻拍胸部，做出受惊的样子，“吓到在下了！敢问苏兄，齐王可是发大兵一十二万，田忌为主将，田婴为副将，匡章将左军，牟辛将右军？”

“你倒是灵通哩。”苏秦苦笑一声，“只是少算了八万。据齐王亲口所讲，是二十万技击之士。”

“哈哈哈哈，”庞涓长笑一声，“二十万好哇，没想到老齐王动用血本哩。对了，老齐王这般遣兵调将，百密中却有一疏啊！”

“何疏？”

“上次黄池战后，他使田婴来赎田忌。此番任命田婴为副将了，有谁来赎田忌呢？”

苏秦叹一声，闭上眼去。

“苏兄，你这一去，将近两月，总不会一直守在齐国借兵吧？楚人、韩人，还有燕人那里，可有喜讯让在下分享一二？”

“在下已经知会楚国、韩国和燕国，相信庞兄不会失望。”

“哈哈哈哈，”庞涓放声长笑，“太好了！在下一向好客，无论他是何方来宾，在下只在这邯郸城下列阵恭候。”转对帐外，朗声，“来人，送客！”

苏秦的车马驰至邯郸城下，早有人望到苏秦，城门洞开，一队人马隆重接到苏秦，驰往宫城，新王赵雍跣足迎至宫外殿下，扶苏秦上殿，扶苏秦落席。

"观苏子神色，齐人答应出兵了？"寒暄过后，赵雍屏息问道。

"出兵了。"苏秦应道，"齐王还托臣捎给我王几句口谕。"

"请讲。"

苏秦声音缓慢，吐字清晰，模仿齐王口吻："赵齐两国一水相隔，唇齿相依，寡人与赵语交往多年，既是老友，也是兄弟。今友兄尸骨未寒，家园却罹浩劫，寡人不忍坐观，已诏命田忌为将，发大兵二十万往救邯郸，让他安心守候。"

闻听齐王发大兵二十万，众臣脸上皆现喜色。

"诸位爱卿，齐王的口谕你们可曾听见？"赵雍朗声问道。

"听见了！"众臣齐应。

"传寡人旨！"赵雍陡然起立，挥动拳头，一字一顿，"将齐王口谕诏示邯郸城内所有军卒、所有臣民，诏示赵国各郡所有军卒、所有臣民，一个字也不可落下！"

"遵旨。"众臣齐应。

"这就传旨去吧。"

见众臣告退，赵雍携手苏秦径到御花园中，支开仆从，低声问道："苏子，讲实话吧，齐王真的答应出兵了？"

"是哩。"苏秦点头。

"实出多少？"

"一十二万。"

"楚、韩如何？"

"楚国向方城增兵，放风攻打陉山，韩国也答应出兵两万，两国皆遣使臣前往大梁了。"

"太好了！"赵雍一拳击向园中的石案，"待我缓过气来，定去大梁，亲手宰了魏罃这条老狗！"

"大王……"苏秦欲言又止。

"苏子请讲！"

"在下在齐时，与孙膑谋议多时，孙膑认为，庞涓今非昔比，用兵大有长进，魏武卒比吴起时代，有过之而无不及，齐人虽众，并无胜算，眼前将是一场恶战。还有，楚、韩不可指靠。"

"寡人晓得。"赵雍捏紧双拳，二目放出狠光，"不瞒爱卿，寡人早看明白了，此番魏人借秦之力，欲一口吞赵，寡人已无路可退。即使齐人不来，寡人也誓将与魏决一死战，玉石俱焚，有死而已。”

“我王抱此死国决心，可喜，亦可忧。”

“哦？”赵雍看过来，“忧在何处？”

“忧在邯郸百姓，多少妇幼孤寡，多少善良百姓，或将因大王怀此绝念而死于非命。”

“这……”赵雍茫然，良久问道，“依爱卿之意，寡人该当如何？”

“全力抗击，视情进退。”

“好吧，”赵雍沉思良久，微微拱手，“赵雍谨听苏子。”

送走苏秦，庞涓不敢怠慢，将三军十几员统兵战将召至中军大帐，道：“诸位将军，邯郸受困两月有余，加之周边各邑百姓涌入，城中积粟最多可支一年。盐、药、弓、弩等必备物资，因无补给，也将逐日减少，亡无日矣。我之所以围而不攻，一为泄其气，二为打其援，三为守候一位贵宾。今日确证，这位贵宾就要到了。”

众将不知贵宾所指何人，尽皆抻长脖颈，屏住呼吸，好似这位大贵人已在帐外了。

“这位贵客就是，”庞涓一字一顿，“田忌。”

众将无不嘘出一口气。

有人搔首弄姿，嗲声嗲气，做出种种女人状，众人哄笑起来。

“诸位可知此人为何而来吗？”庞涓环视众将，朗声发问。

“到我王八阵吃屎来了！”不知是谁怪声应道。

众人再出一阵狂笑。

“非也！”庞涓非但没笑，反倒用力摆手，一脸严肃，“此人是复仇雪耻来的！黄池战后，那人在我王殿堂之上受妇人之辱，欲触殿柱，被齐国上大夫田婴一把抱住，求死不得。在下念他是员虎将，以大丈夫报仇十年不迟之言激他珍视生命。不想此人猴急，等不得十年，这就欲来寻仇了。”

庞涓话音刚落，场面就如炸了锅：

“让他来吧，我们等他就是！”

“这次再让逮住，看不把他扒光示众！”

“扒光太便宜他了，得把他的那物件割掉，让他做个阉人，送后宫为我王铺床叠被！”

“这也太便宜他了，要叫我看，把他挂到城门楼上，晒他个七月天！”

……

“你们想得甚好，却都是一厢情愿。”庞涓待众人喧嚣过后，声音越发严酷，“田忌不是吃素的。前番大败，田忌没有败给你们，也没有败给我庞涓，而是败给了他自己。骄兵必败啊，我的将军们！观诸位今日这般说话，在下已知终局了！”

经庞涓这么一压，众人再不敢张狂了，一个一个或木呆起脸，或低头不语，或苦笑，或做出苦脸。

“将军们，卧薪尝胆，十年磨剑，纵使一个乡野莽夫，必也学得十万本领了，何况是列国名将田忌。这且不说，与他一同前来的，还有一十二万五都之兵。一十二万哪，我的将军们，纵使全部是猪，任由你们宰杀，也会把你们累趴下的，何况个个都是善于技击的锐卒健士。”

在庞涓一连串的打压之下，十几员战将的气焰不再嚣张了，一个个低下头去。

中军帐里静得出奇。

“诸位将军，”庞涓缓下语气，“在下这么说，不是长齐人志气，减自己威风，而是要正告诸位，真正的敌手，来了！”

“主公，”一直窝在角落的青牛瓮声说道，“你就说吧，我们如何迎敌？”

“对，我们如何迎敌？”众将军齐声附和。

“诸位请跟我来，”庞涓走向沙盘，接过军尉递过来的竹杖，指向河水分岔处的宿胥口，“齐人若来，必由此渡河。”

“我们这就把渡船全部开到这边，看他拿什么来渡？”有人叫道。

“不，我们要把船只全部留在那儿，且把船夫换作我们的兵士，协助齐人慢慢渡河。”庞涓微微一笑，指向河水西侧通往邯郸的衢道，“齐人渡毕，必沿此道驱向邯郸，寻我决战，一可解邯郸之围，二可里应外合。我们尽可放敌过来，预伏军士于云梦山中，待敌抵达漳水，即断其退路，取我船只为我所用。此时，齐人向东是河水，向西是大山，向南有我奇兵，且在我大魏腹地，无路可逃，只有向北，与我主力决战。”

看到如此庞大的歼灭计划，众将无不两眼放光。

“诸位将军，你们敢否与齐兵面对面决战？”庞涓大声问道。

“敢！”众将异口同声。

“你们敢不敢以一敌三？”庞涓再次问道。

“敢！”众将声音铿锵。

“好！”庞涓将竹杖猛地指向邯郸，“齐人尚未集结，诸位眼前之务，仍旧是此地，邯郸。给我团团围住，密切警戒，进出之人严加盘查，苍蝇也不可放过一只。”

“得令！”

齐都通向中原的主衢道在出临淄后不久，即沿泰山北麓的济水平原西上，至濮水岸边，溯水再上，在甄邑岔作两条，一条继续沿濮水西下，过卫境直达魏、赵官道，经宿胥口直驱赵都邯郸，另一条拐向西南，沿济水西下，在大野泽西侧过宋入魏，通达大梁并周都洛阳。

主将田忌引领齐国中军即沿此道西进，经过十余日匀速行军，于黄昏时分抵达甄邑。

行进大军中间，夹杂一辆并不起眼的篷车，里面载着已着齐国官服的孙膑。

甄邑是孙膑家乡，田忌特意安排在此扎寨，一是位置适当，二也是让孙膑回趟老家，拜庙祭祖，祈求先祖英灵护佑。

中军抵达时，其他四都军马已来三都，远远望去，旌旗林立，人马攒动，濮水两岸，扎满齐军大营。

迎黑时分，孙膑登上高车，察看各军营帐之后，吩咐田忌：“将军可下一令，三军就地休整，选出隐蔽场地，强化集训骑手。三军营帐可再疏散，多悬旗帜，虚张声势，统一口径，号称雄师二十万众。”

田忌依言颁令，齐军屯扎半径顿时扩充十里，沿水岸的帐篷增加近半，屯扎区域，岗亭林立，尤其是骑手训练基地，盘查极严，三十里方圆，寻常人靠近不得。

过有旬日，眼见三万骑手皆能上下腾挪，骑行如飞，田忌笑眯眯入帐，兴冲冲道：“启禀军师，三万骑手已经练成，粮草俱足，敢问三军可以开拔否？”

“可以。”孙膑点头，“不过，敢问将军向何地开拔？”

“咦，难道不是邯郸吗？”田忌近乎惊讶了。

“不是。”孙膑语气决绝。

“这这这，”田忌急了，“邯郸危在旦夕，大王要我等救赵，你这不去邯郸，欲往何地？”

“宋地。”

“宋地？”田忌越发惊愕，“庞涓在邯郸，这去宋地却是为何？难道是……”

掩口止住。

“难道是什么？”孙膑问道。

“取宋！”田忌的声音低得不能再低，似乎在说破一个通天绝密。

孙膑摇头。

“咦，不是取宋，我们去宋地做什么？”

“救赵。”

田忌拧起眉头，狠想半晌，做出一脸苦相，几乎是央求了：“我的好军师呀，你就直说吧，这去宋地与救赵究底有何关联？”

孙膑朝几案上用以擦拭的一团蚕丝努嘴：“拿起那个。”

田忌拿起乱丝。

“将军可否将这团乱丝解开？”

田忌两手瞎忙一阵，乱丝非但无解，反而越来越乱，气得他“啪”一下扔到地上，恰好落在孙膑脚下：“这玩意儿就是用来擦几案的，解之为何？”

孙膑呵呵一笑，捡起乱丝，寻到一根丝头，一点一点地抽它出来。

田忌看得着急，伸手抢过乱丝，用力乱揪几下，扔到地上，拿脚踏上，两眼直射孙膑：“我的好孙兄啊，你这不是存心急死人吗？”

“要解纷纠，就不能用拳。要解斗殴，就不能卷入搏击。”

“这……”田忌似乎明白，又似乎不明白，挠头，“照理说，要解斗殴，是不该卷入。可我们完全不同，我们是去救人。对付强盗，讲道理是没用的，只能动武。”

“是要动武，我说的是不去卷入现场，而是批亢捣虚，扼其要害，攻其必救。”

“攻其必救？”田忌仍旧不解，“难道宋国是其必救吗？”

“宋国不是，但魏国是呀！庞涓伐赵，必竭举国精锐，其内必虚。我避实就虚，魏人觉痛，庞涓必舍赵回救，邯郸之围自解矣！”

田忌豁然开朗，以拳震几：“军师妙策，庞贼必擒矣！”眉头微拧，“只是，宋偃那里……”

“我们不过是借道而已，苏兄已与宋王讲妥了。再说，此去宋地，我们也是为宋收复失地呀。”

“为宋收复失地？”田忌再次怔了。

“帮其收复襄陵。襄陵本为宋国先祖襄公藏骨之地，今日却为魏人所据，宋人无不郁闷。今借我力收复，宋王偃喜犹不尽呢。”

田忌再次震几，不无兴奋："好！"

"在下还有一问。"孙膑喋喋不休了。

"军师请讲。"

"将军实发多少兵力入宋？"

"一十二万呀！"

"减之。凡老幼病弱，全部剔除。"

"这些将士皆是挑选出来的，一顶一的战士。"

"重新核对名册，年不足冠或年过不惑之士，概不出征。"

"这般去除，怕得去除两万。"

"凡病弱之躯，怯战之卒，尽皆去除。"

"这……怕是又得去除两万。"

"将军有能战之士八万，足矣。"孙膑毅然决断，"传令三军，精减之后，去重甲，着轻装，弃战车，第五日之夜兵发宋地定陶。凡裁减将士，原地屯留，看守辎重，保障供给。"

"末将得令！"田忌心悦诚服，俏皮地打个军礼，朝帐外叫道，"来人，传令！"

邯郸郊外，魏营中军帐，斥候报说齐人五都之军陆续赶到甄邑，沿濮水北岸屯扎，连营三十余里。盘查极其严密，斥候无法接近，只能远观其势，在濮水对岸数帐篷，就数量粗略推算，三军不下二十万众。

"二十万众？"庞涓自语一声，闭目盘算。

齐人五都之军，若是出动二十万，每都均达四万，这几乎是不可能之事。就细作所探，西部二都平陆、高唐，堪称齐国边防重镇，真能出战的技击之士合起来不过五万；即墨为东部都邑，因防务意义不重，防军也就一万多，能出一万已是不易；莒城常备驻军倒是不下四万，但对楚防务一日不可懈怠，敢出两万当是极限；至于齐都临淄中军，横竖不会超过三万。几都相加，当不该超过一十二万才是，而今日所探，竟然多达二十万，且与苏秦返赵时所言相符，倒是让人颇费思量。

思来想去，庞涓笃定齐人不可能为邯郸一城倾巢而出，如此张扬，必是虚张声势，想吓退魏军而已。

庞涓想定，细细问过齐人营寨，得知扎寨粗疏，一些寨子几乎是一夜而成，越发认定齐人用的是疑兵之计，要求加派哨马，密切监控齐军动向。同时加紧布局，调派军队，依此前所谋，将宿胥口船夫尽皆换作魏兵，又派得力将军引武卒一万秘密屯驻于云梦山中。地点也是他亲自圈选的，位于出鬼谷入宿胥口的一个山坳子里，若无浓雾，不可造炊。

三军刚刚完成调动，负责哨马的军尉急至，报说齐军营帐已于今晨全部开拔，并未西进，而是涉过濮水，浩浩荡荡地向南拐向大野泽方向。

“大野泽？”庞涓大吃一惊，急急走向沙盘，看向大野泽方向，沉思有顷，半是自语，“奇了怪了，齐人不来邯郸，却到大野泽，难道是……”打个惊怔，疾步踅回，吩咐军尉，“加派哨探，严密监控齐军动向！”

两日过后，军尉报说齐兵已经全部涉过济水，进入宋境，开往定陶。

庞涓惊呆了。

齐兵入宋，庞涓精心构筑的歼击部署顿时成为泡影，且齐人入宋的目的何在，更让他费力思量。齐人入宋，只能产生两个结局：一是趁我伐赵、无暇他顾之机，一举灭宋；二是由宋出击，直入魏境，断我退路，憋死魏军于河水之西。第二种似乎不大可能，因齐人若想断魏退路，大可不必入宋，由甄邑而西，过卫境封死宿胥口即可。

庞涓正思索间，外面一阵喧哗，却是张仪由中山回返。庞涓意外得喜，迎入中军帐中，顾不上寒暄与叙旧，开口就讲齐兵动向。

听见庞涓断魏退路的判断，张仪轻轻摇头。

“既不为断我退路，那就是图宋了。”庞涓几乎是断言。

张仪再次摇头。

“咦，既不为取宋，又不为断我后路，齐人此举意在何为？”

“捣我巢穴。”张仪一字一顿，几步走到沙盘前，指形势解释，“庞兄请看，这是宋国。齐人在这节骨眼上，不可能图宋。齐人若是图宋，楚人必不坐视，齐、楚就有一战。齐、楚即使有战，也断不会在此时。是以齐人入宋，必是冲魏而来，由宋击魏，大梁危矣！”

庞涓脸色白了，久久盯视地图，良久方道：“张兄所言甚是。齐人若是由宋击我，确实出我于不意了。”

“不过，”张仪又道，“齐人入宋，目的究竟为何，尚须详加观察，庞兄不可急切。”

“兵贵神速，”庞涓握紧拳头，“敌既有变，我亦当速作决断。”

“庞兄是说，渡河与齐决战？”

“不，”庞涓一字一顿，“拿下邯郸。”

得知齐人发兵救赵，朱威、白虎坐不住了，连夜禀报太子申，太子申带他们入见惠王。庞涓不在，惠王听得头大，让他们议出应对方案。太子申三人回到前殿，议有一个多时辰，头绪却越议越乱。

显而易见的是，朝政正在一步一步地验实惠施的预判。

子夜至，太子申熬不住了，挥退朱威与白虎，一脸愁绪地回到东宫。

天香仍在候他。

“申，”天香迎上，为他宽衣解带，“观你愁眉不展，发生何事了？”

太子申将齐人出兵宋境的事约略讲述一遍，后悔当初没有听从朱威、白虎的话留住惠施，结果引狼入室，致有今日局面。天香劝慰几句，用热巾为他擦拭一遍身体，服侍他在榻上躺下。

天香亦脱光自己，在他身边伴寝。不消半个时辰，二人各入梦乡。

天香却没睡熟。见太子申的呼吸越来越沉，磨牙声也出来了，天香遂悄悄起来，溜到门口，回望一眼，闪身出门，到厅中摸出一套紧身黑衣穿了，走到院中，纵身上房，眨眼不见。

事有凑巧。许是议事时喝水多了，睡没多久，太子申被一泡尿憋醒，摸下身边，空落落的，连叫几声，天香不应。

是夜无月，寝中漆黑。太子申点不来灯，因有天香在侧，身边也没安排其他宫人，而他自己连夜壶放在哪儿也不晓得，大是着急。又憋一阵，实在受不了，太子申嘟哝几声，爬下榻，凭本能摸到房门，走到堂间，方有些许夜光朦胧。

太子申走到门外，在庭院里放完水，听听四周，一丝声音也没，而天香竟然不见了。

太子申越想越是惊惧，不敢进屋，在院中大喊起来：“来人哪，快来人哪！”

太子申连叫几声，几处传来声响，二十几个宫人全都出来。

接下来，灯火齐明。

太子申嘘出一口气，在宫人护持下回到殿里，将殿中角角落落全部查遍，也没有天香的影子，只有她睡觉前脱下的衣服一件不落地摆在一个隐蔽处。

太子申睡不去了。

太子申一直在厅中坐到天亮，天香依然不见。

其实，就在众人四处寻找天香时，天香就在屋顶伏着。

这一次玩大了，但她没有别的办法。公子华来了。

后晌，有金雕在头顶盘旋，她就知道是公子华来了，金雕是在约她。白天她没有时间，能出去的只有夜晚，只有在太子申熟睡之后。然而，她没有想到太子申会醒。她后悔没有为他上迷药。

眼见天色要亮，天香不敢耽搁，悄悄退回，再次来到公子华的客栈。

"你不能再回去了！"公子华思忖良久，断然说道。

"可……"天香迟疑一下，"总得给魏申一个交代，否则……"

"暂不睬他，待过几日，你给他写几句，留他个悬念。"

"那……我做什么？"

"我想到一个人，你去把他搞定。"

"谁？"

"公子嗣！"

"是那个色鬼呀，"天香做个苦脸，"站没站相，坐没坐相，一见女人，全都没个样儿，比公子印还差一大截子呢。"

"唉，魏王身边没有人了，不定还得指望他呢。"公子华应道，"依你方才所讲，魏申外柔内刚，看着好驾驭，其实固执，与庞将军不在一条道上，很难为我所用！倒是这个公子嗣……"阴阴一笑。

"你的意思是……"天香盯住他。

"先搞定他再说！"

大梁城外，公孙衍的小土院里，朱威一脸急切地盯住公孙衍。

公孙衍半跪半坐，眼前的地面上画着表明流水地势、城邑关防的道道白痕，旁边搁块专门用来描画的白粉石。

公孙衍闭目冥思。

小土院子静得可怕。

"就算齐人渡河，又能如何？无论如何，就军事而论，田忌不是庞涓的对手。"朱威耐不住了，打破沉静。

"如果齐人不渡河呢？"公孙衍淡淡应道。

"咦，他不渡河，如何救赵？"朱威不解了。

话音未落，一阵车马声由远及近，在院子外面停下。

一人跳下马车，匆匆进来。

是朱威的家宰。

"主公，"家宰急切禀道，"边关急报，齐国大军入宋了！"说毕，掏出急报。

朱威不可思议地看向公孙衍。

公孙衍震惊。

白虎接过，瞄一眼，没有细看，递给朱威，朱威顺手推给公孙衍。

公孙衍将急报搁在一边，问道：“襄陵何人守御？”

“郑将军，”朱威应道，又补一句，“郑克。”

“郑克？大人可知此人？”

“此人为亡郑公室之后，其祖郑幽公被韩哀侯所灭，其父郑爽逃出韩国，落难于大梁，被我王用为大夫，改姬姓为郑姓，以纪念故国。到郑克时，与臣相善，臣见其有文治武功之才，荐举他做襄陵都尉，几年前庞涓与楚战，郑克建功，被我王晋为襄陵令。”朱威如数家珍般将郑克端底一一讲毕，看向公孙衍，“公孙兄怎么对他起兴致了？”

“齐军入宋，襄陵危矣！”公孙衍一字一顿。

朱威、白虎皆是一怔，互望一眼，不约而同地看向公孙衍。

“二位请看，”公孙衍拿起画石，在一处画个小圆，“这儿就是襄陵。齐军入宋，宋人不加拦截，当是两家达成默契。若是不出在下所料，这个默契当是襄陵。”

“你是说，齐人欲助宋公收复襄陵？”朱威眼睛大睁。

“正是。”

“为什么呢？”朱威越发不解了。

“大人请看，”公孙衍指点襄陵，“襄陵于宋室，是永远之痛，梦中也想收复。襄陵于魏室，是战略要地，进可逼泗下，挟宋制楚，退可与大梁成犄角之势，是谓不可失之地。”

“公孙兄是说，齐人攻襄陵，是逼庞将军回撤？”

“正是。”

朱威总算听明白了，起身道：“在下这就奏请大王，驰援襄陵。”

“大人还是免了吧。”公孙衍缓缓起身，“如果在下所料不误，齐人的真正目标是大梁，大王自身怕也难保哩！”说罢，慢悠悠地走回草舍。

朱威脸色白了，痴痴地看向白虎。

二人正自对脸，公孙衍已走出来，手中是老白圭当年赠予他的那柄佩剑：“看来，地是种不成了，在下得走襄陵一趟。”

定陶城外，齐军大营，孙膑首度在中军帐中露面，与田忌并坐，会见三军诸将。

“诸位将军，”田忌讲明形势，朗声问道，“首战襄陵，何人愿夺此功？”

“末将愿往。”田忌话音刚落，牟辛跨前应道。

“好！”田忌拿出令箭，“襄陵主将郑克，有守军八千，本将予你点齐本部人马，即刻出征。”

“末将领命！”牟辛接过令箭，转身欲走，身后传来声音：“将军稍等。”

是孙膑。

牟辛回转身来，看向孙膑。

“将军此去，可知如何攻打襄陵？”

堂堂大齐边邑将军，身经数战，竟然不知如何攻城？牟辛先是一怔，继而苦笑，半是揶揄：“末将不知，还望军师赐教。”

“襄陵易守难攻，将军不可用强。当多扎营寨，凌乱阵容，布伏兵于郊野林中，诱敌出城，设伏歼之。”

“如果敌人不肯出城，又该如何？”牟辛语气不无讥讽。

“围城打援，相机而动。”

“末将领命！”牟辛略略抱拳应过，一个转身，大踏步离去。

回到军帐，牟辛坐下，好不容易平下心头闷气，使人召请先锋邹昊，道：“将军有喜了！”

“喜从何来？”邹昊急问。

“主将传令，首战襄陵。在下为将军请来首功，图个吉利再说。”

“这这这，”邹昊不以为喜，反而急道，“瞧这仗打的！田忌为何不插向宿胥口，断魏归路，而后渡河，与赵人两边夹攻，围歼庞涓于邯郸城下呢？”

“唉，”牟辛本欲发火，又觉不妥，长叹一声，摆手，“昊弟有所不知，这般战法在下也是不解。莫说是在下，即使匡章将军，也颇有微词，可……”再叹一声，重重摇头。

“必是田忌那厮让庞涓打怕了，怯战了，不敢与其交锋，方才想出这等馊主意，拣个软柿子向大王交差了事。”邹昊气恨恨道。

“算了，不讲这个吧。将在外，以服从命令为天职。大王既已授权于主将，身为下属，你我只有服从。”牟辛苦笑一下，从案下拿出羊皮做成的形势图，指襄陵道，“这儿就是襄陵，右为睢水，左为濊水，犹如魏国伸向泗下腹地的一支独角。离襄陵最近的魏国城邑有两个：一是承匡，有守军五千；二是雍丘，有守军七千。承匡虽近，却隔濊水，濊水不宽却深，不利涉渡，将军大可无忧，将军所忧者当是雍丘。现将两万步卒交付昊弟，本将亲引五千骑手插入此地，绝敌援路。一旦援绝，襄陵即为孤城，城中八千军兵，任由将军屠宰。”

“两万步卒？”邹昊豪气上涌，妄自托大道，“邹昊就引本部五千人马，三日之内，定请将军入城安民。”

“五千人马，三日之内？”牟辛闻言略怔，苦笑一声，小声提示，“昊弟，襄陵为魏国边邑重镇，城高池深，易守难攻，莫说是五千，纵使一万，也难复命。受命之时，军师特别叮嘱，要我等围而不攻，诱敌出城，歼敌于城门之外。”

“膑人也来发号施令。”邹昊不知深浅，以拳击案，“区区八千军兵，竟要我等歼敌于城外，传扬出去，岂不丢我大齐国威？一万既然不足，也好，邹昊就请精兵一万，外加骑手三千，擒那郑贼于城门楼上，将军只管静候捷报就是！”

邹昊引带步卒一万，骑手三千，星夜起程，一路穿过宋境，天明时分，赶至襄陵城下，在北城门外开阔地带布下阵势，挺枪挑战。

城门未开，城门楼上一阵骚动，不一时，城头上旌旗林立，影影绰绰尽是人影。邹昊候至中午，城门依旧紧闭，无一人回应，好似来到鬼城。

邹昊火气上行，喝令攻城。

齐人如蚁般填平护城河，架起云梯，分多路攀爬城墙。眼见就要登顶，魏人陡现，万弩齐发，滚石落下，齐人纷纷滚落云梯，死伤一片，哀号不绝。

邹昊震怒，又要强攻，牟辛终是放心不下，快马驰至，见状急令鸣金，齐军后退五里下寨，检点人马，已折损数百。

邹昊经此一挫，也学乖了，此后两日，只在城门之外一箭开外搦战，不再攻城。魏人则高挂免战牌，坚守不出。

如是两日，齐军毫无进展。邹昊想出一计，令兵士们在城下轮番辱骂叫战。

第三日后晌，齐兵正自叫骂，城门楼上传来应声，说是主将郑克不忍辱骂，愿意接受齐将挑战。

邹昊大喜，引军布阵。

不多时，城门洞开，魏将郑克一车冲出，引战车三十，兵士三千，列阵以对。

邹昊虽通阵法，却未历过实战，就依书中所学礼仪出车挑战。郑克驱驰相迎，也不答话，照面就是厮杀。二将在两军阵前你来我往，杀有数个来回，郑克故意失手，长枪被邹昊挑落地上，现出惊恐之状，朝斜刺里狂驰。

三千魏军见主将落败，唯恐有失，当下混乱队形，争先恐后地追随于后，沿护城河外落荒而走。城门楼上魏军见状不妙，迅即拉起吊桥，关闭城门，以防齐军夺城。

邹昊不知是计，传令活擒郑克。

郑克溃军沿护城河狂奔二里许，拐向荒野，又逃十里许，没入一片疏林。

邹昊一车当先，紧追于后。

入林不久，一阵号角响过，两侧万弩齐发，齐兵纷纷中箭倒地。

邹昊始知中计，急叫退军，却是迟了，后路早被公孙衍截断，赶在前面的郑克亦折返杀回。齐人四面受敌，林中又施展不开，只有挨打的份儿，先锋邹昊更是被魏人团团围在核心。所幸牟辛引军及时杀到，冲开一条血路，将他救出重围，退至五十里外，方才稳住阵脚。

牟辛检点人马，伤者不计，折损竟过五千。

原来，郑克早与公孙衍沟通好了，这边郑克诈败诱敌，那边公孙衍从雍丘借来军兵，于南郊林中设伏，诱使邹昊上当。

两战俱败，损失惨重。牟辛不敢隐瞒，一边安抚邹昊入帐安歇，一边出具战报，说右军先锋将军邹昊依据军师传授战术，诱敌于城外，正在围歼，未料雍丘魏军驰援，数量惊人，先锋将军邹昊奋勇击敌，斩敌无数，无奈敌方势大，鸣金收兵，检点折损，略计五千。

区区数日，襄陵岿然不动，折损却达五千，还是略计！

田忌见报震惊，快马驰至，看到齐国右军将士个个耷拉脑袋，毫无生气，伤兵们一边呻吟，一边骂娘，当即下马慰问。

见是主将，有胆大的再无顾忌，将连日来的战况一一抖出。田忌怒不可遏，喝令绑了仍在帐中呼呼大睡的先锋将军邹昊，一路押回中军大帐。

牟辛傻了。

待回过神来，牟辛急就草书一封，快马送临淄告急，同时驾驶战车，直驰定陶，赶到中军帐外，刚好撞见几名执法军士正将五花大绑的邹昊拖出帐门，前往辕门而去。

一个刀斧手大步流星地跟在后面。

见是牟辛，邹昊如获救星，挣扎干号："大哥救我，大哥救我！昊弟浴血奋战，没有功劳也有苦劳，田忌那厮不识好歹，不问因由就把昊弟问斩，这分明是公报私仇啊，大哥！"

"刀下留人！"牟辛"噌"地跳下战车，喝住执法军士暂缓行刑，吩咐部从将自己绑了，裸背插荆，膝行入帐，望见田忌脸色铁青，正自呼呼喘气，旁边坐着军师孙膑，也是一脸沉郁，晓得是邹昊不识深浅，言语冲撞了。

“将军，军师，刀下留人啊！”牟辛长跪于地，带着哭腔。

“牟辛！”田忌按住几案，声音从牙缝里挤出。

“将军，”牟辛叩首，“邹昊，杀不得呀！”

“因何杀不得？”田忌冷笑一声，一字一顿。

“将军……”牟辛泪出，“一切皆是牟辛之过，牟辛但求一死，只求将军饶过邹昊，他……他……”

“他怎么了？”

“他是相国邹大人的独子啊！”

田忌、孙膑显然吃惊，互望一眼。

“哟嗨，”田忌陡地爆出一声冷笑，“怪道此人嘴硬哩，怪道此人气足哩！本将还以为是何方神圣下凡，原来却是相国大人的纨绔公子。”拳击几案，“王子犯法，亦当与庶民同罪，何况军令如山！”朝帐外大喝，“速将罪人推出辕门，斩首示众！”

帐外传来邹昊的叫骂声和急促的脚步声，渐行渐远。

“将军……”牟辛惨叫一声，匍匐几步，重重叩首，泣不成声，“留人哪，将军，牟辛求你了，刀下留人哪！”

“牟辛，”田忌“啪”地拿出军报，将几案震得咚咚作响，“你来得倒是好哩，本将正有事情问你！什么诱敌出城？分明是敌将设伏诱我，你却瞒报军情，该当何罪？你擅将从未见过战阵的纨绔子弟封为先锋，不仅隐瞒不报，且还放手让其超越先锋职权，统领逾万将士，贪功冒进，又当何罪？军师吩咐不得攻城，你却置若罔闻，听任邹昊胡来，两番枉送我六千将士性命，又当何罪？来人，将牟辛推出辕门，斩首示众！”

“将……将军……”牟辛瘫软于地。

“主将息怒，”孙膑适时插言道，“两军未战，先斩大将，不吉。”

“念在军师为你求情的分上，免你死罪，记大过一次，解除右军主将职务，改任偏将，督导粮草，望你戴罪立功！”

襄陵之误不仅枉送齐人近六千性命，且也打乱了孙膑的战略部署。苏秦以夺下襄陵为条件，才换来宋王偃的借道与屯兵。由于襄陵位置重要，为魏所必救，孙膑也想借此召回庞涓，回魏决战，这才制定围而不攻、诱敌出城的策略，不想却被一个狗屁不通的莽夫所误。

首战失利，齐军士气普遍受到影响，尤其是来自高唐、平陆的右军。田忌将牟辛误军的详细过程具报上奏，提升右军副将、平陆令陈陀为右军主将，从裁除人员中调补六千补足损额，回马重新围困襄陵，袭扰周边城邑，以安宋人之心。

与此同时，孙膑坐镇定陶，主将田忌亲引数百乘战车并两万骑卒旌旗招展地杀奔大梁。田忌不慌不乱，白天挥军沿宋齐衢道缓步推进，打出许多旗帜，一到晚间，则使骑士分路窜扰，或取城邑，或烧田间草垛、空舍，波及百里方圆，天亮前返回营地，随大军缓缓进逼大梁。一时间，魏国东部各邑火光四起，烽火连天，沸沸扬扬，处处喧嚣，慌乱间不知齐人杀来多少人马。

魏人精锐多被庞涓抽调赵国，守城的多是老弱病残，连惊带吓，或闭门不出，或望风逃避，多将空城或村舍留给齐人。魏室遗老、富豪大贾惊慌失措，携带家眷细软纷纷避往大梁。

不消五日，齐国大营已经逼向大梁近郊，从大梁城头望去，远近十余里，密密麻麻，皆是齐营，计点旌旗，不下十万之众。

大梁城严阵以待。

魏惠王拖着老迈之躯，一身披挂，花费三日沿城墙巡视一周，向守城士兵扬手慰问。一名力士紧跟于后，扛着惠王昔年舞之驰骋疆场、今日扛起亦是吃力的丈八金枪，再后是近身老臣与数百宫卫。

齐军并没有攻城，只是将大梁周围各邑空城尽皆占去，就地取材，不慌不忙地在大梁城郊各地扎下连营，将大梁城框围起来，盘查通行。白日，无数战车或在城外林中往来驰骋，或沿大道往返疾驰，车轮隆隆，扬起滚滚烟尘。夜间，万千骑手马不停蹄，四下窜扰。魏国大地，到处可听到齐人的马蹄声，尤其是在静寂的夜里，嘚嘚之声让人心跳加速。

按常规考量，有马就有车，有车就有卒，四处传来的马蹄声将齐军数量无限扩大。当数百里之外的陉山要塞也传来楚人侵袭、人马不知其数的边关急报时，魏惠王惊呆了。

要命的是，楚、韩两国使臣也如约定了似的，于同一日入大梁问罪，各呈国书，措辞严厉，诘责魏室有违纵约，要魏即刻由赵撤军，否则，楚、韩“正义”之师不日即至。

楚、韩皆为邻国，仅是楚地边邑重镇方城的常备守军已过六万，若是趁机“收复”陉山诸邑，魏国反倒得不偿失了。

外患纷扰，内忧更让惠王烦透。因齐兵入侵而逃入大梁的远近各邑长老显贵从四面八方跌跌撞撞地赶赴王宫，男人哭于殿，女人哭于后宫，声声皆要惠王快将征赵大军调回，赶走齐人。偏巧挑起事端的张仪、庞涓皆不在侧，热衷伐赵的朝臣多在赵地，剩余朝臣多受惠施影响，不赞成伐赵。惠王召集廷议，上至太子，下至寻常大夫，尽皆赞成庞涓撤兵。弹劾庞涓的奏折一封接一封，被毗人夸张地码成一厚摞，摞在惠王案头。

惠王心烦意乱，没个主见，听闻督察粮草的朱威由宿胥口回返，忙连夜召见。

“撤军吧，王上！”朱威劈头一句，指着那摞厚厚的奏案解释，“这些臣子多是忠义之士，并不惧死，他们之所以言辞激烈，是为社稷着想。魏赵韩三家本出一晋，几百年了，三家虽有争执，但在大体上患难与共。秦人结我灭赵，是破合纵。尽管王上对纵亲颇多微词，但并未正式诏告列国，解除纵约。纵约未解却伐纵亲发起之国，我已失义。失义，即给列国可乘之机。齐人与我有黄池之仇，救赵是虚，谋我是实。齐人首战定在襄陵，而襄陵本为宋地，齐若攻克襄陵，宋国就会成为齐人腹地。楚人与我有陉山之争，若是趁机兵出方城，则陉山危矣。再说，秦人并不可靠，原说我们攻邯郸，秦人取晋阳，伐代地，可事实呢？据臣所知，秦人不过出兵五万，只在晋阳城下鼓噪呐喊，莫说是代地，连晋阳城头是何模样也难望到。庞将军为泄函谷失利之恨，听信张仪，力主与秦结盟，非为上策啊，王上！”

朱威一席话让惠王头上越发冒汗。

“还有，”朱威压低声音，“田忌不去救赵，反攻大梁，或为齐王旨意。我观齐军，阵营连绵，大梁周围，烽火四起，不下十万之众。而我精锐皆在赵地，大梁空虚，万一城破……”

“拟诏，”惠王再无迟疑，转对毗人，“着令庞涓火速回救大梁，与齐人决战！”

邯郸城外，魏营中军帐中，庞涓脚步沉重地来回走动。

几案上，并排搁着惠王的一道撤军旨令、调兵虎符并数支金箭。显然，数支金箭是于旨令之后轮番催促的。

庞涓顿住步子，脑海里浮出当年在鬼谷里的场景：

鬼谷子的声音：“假定你已三者俱备，麾下大军也已围定他国都城，你正要一鼓而下之，忽然接到国君班师之命，此时，你又该如何？”

庞涓的声音：“这……将在外，君命有所不受！”

鬼谷子的声音：“你可以不受君命，不过，君上不依不饶，一道接一道地连发班师诏书，你还敢不受君命吗？”

“这……国君为何定要班师？”

鬼谷子的声音：“老朽不知，你该去问国君才是！”

庞涓不由得打个寒战，也几乎是瞬间，一股刚毅之气涌上心头，脸上浮出一丝冷蔑之笑，心道：“先生，你竟连这个也料到了，学生偏偏不信这个邪，这就做给你看！”

张仪拿起诏书，正自反复审看，见一身戎装的公子嗣大步跨进，顺手便将诏书连同虎符一并推过。

“这这这……”公子嗣匆匆看毕，急道，“父王真是糊涂了，在这节骨眼上，怎能一而再地旨令我们撤军呢？”

“嗣弟，”庞涓已经恢复神色，全身放松，转向公子嗣，“城下情势如何？”

“南门一度突破，”公子嗣不无遗憾，“可惜又被赵人封死了，用的是一种新式防车。”

“新式防车？”庞涓长吸一口气，“什么防车？”

“车上包一层精铜，连轮子也是，浇油都烧不掉。车前与车顶布满长矛，刚好堵实城门。在下打探清楚了，这种防车是墨家弟子新近造出来的，尤其是那些长矛可以自动刺缩，枪杆全由精铜铸成，杀伤力极强。”

“墨家弟子？”庞涓略略一怔，“他们不是在替中山人守城的吗，怎么一下子跑到邯郸来了？”

“因为他们不想再帮中山人了。”张仪接道。

“为什么？”公子嗣不解。

“因为墨家弟子助弱不助强。中山地处列强之中，南抗赵，北抗燕，东抗齐，势弱，方使墨家弟子云集而至，助其守御。今中山结魏联秦，夹攻赵国，成为强势，墨家弟子自要助赵了。”

“如此反复之徒，不足道矣！”庞涓见公子嗣又问，摆手止住，看向张仪，朝诏书和虎符努嘴，“张兄，王命如山，撤，还是不撤？”

“庞兄意下如何？”张仪反问。

“在下以为，”庞涓毅然决然，“齐人不过是虚张声势，不足虑也。楚、韩之兵，如果出，早就出了，之所以不出，是想坐山观虎斗，看邯郸一战。如果我胜，他们就夹紧尾巴；如果我败，他们就乘机出兵。”

“庞兄所言甚是。”张仪赞一句，不无忧心道，“不过，依在下所断，齐人也非完全虚张声势。”

“哦？”

“通盘观之，此番齐人救赵而不赴赵，反围大梁，堪称妙局。”

“妙在何处？”公子嗣问道。

“公子请看，”张仪边比画边说，“我大军皆在赵地，齐人若是过河救赵，是以实碰实，两军必有一战，鹿死谁手尚难预料，邯郸之围反而难解。齐人反围大梁，逼我撤兵，是以实就虚，邯郸之围可以不战自解。”

“那……我们坚持不回呢？”公子嗣追道。

“这就是走险棋了。”张仪应道，“就情势而论，莫说是齐人出兵二十万，纵使仅出十万，大梁也将危在旦夕，毕竟是魏地无强兵，不堪一击了。”

“唉，”庞涓苦笑一声，“只几年没有露面，田忌这厮就有长进了！”

“若是不出在下所料，”张仪接道，“齐营另有高手，其智或不在庞兄之下。”

“你是说……”庞涓倒吸一口凉气，“会是孙膑？”

“不可能！”公子嗣断然道，“孙膑早已死了，再说，如果此人在齐，这么多年不可能未透一丝风声。”

“是何人难断，就在下所知，依田忌的风格，当不会这般走棋。”

庞涓席地坐下，微微闭目，陷入深思。

“可是齐人只是骚扰，并未攻城呀！”公子嗣看向张仪，显然怀疑他的判断。

“因为齐人并不想攻破大梁，只想调我回去。”

公子嗣仍要再问，庞涓睁眼：“张兄，依你之见，我当何去何从？”

“回救大梁。”张仪语气肯定，显然想定了。

“如何回救？”

“回以齐人之道。”

“张兄之计是……”庞涓略略一顿，“直捣临淄？”

“正是。”张仪起身，大步跨到沙盘跟前，待庞涓、公子嗣也跟过来，指沙盘道，“我们可从此处以奇兵渡河，经由河间，再渡河水，直插临淄，反打齐人一个措手不及。待齐人仓皇回援，寻机与之决战于野。”

“相国妙计！”公子嗣喜上眉梢。

"确为妙计，"庞涓接道，"只是风险太大，不易实施。"

"风险何在？"公子嗣不解。

"一是大军横渡河水不为易事，两渡河水更是个难；二是夏季已至，河水泛滥，河间地多有泥淖，不利于车，只能跋涉；三是我武卒皆是重装，若是长途跋涉赶往临淄，不战先自垮了；四是粮草如何补给。"

庞涓一连讲出四条，公子嗣咋舌。

"还是庞兄想得周全，"张仪这也觉得是计仓促，赞他一句，又道，"只是，齐人捣我虚弱，断我粮道，我在此地守不久矣。大梁若是有虞，我等就吃罪不起了。"

"在下所虑，亦在此处。"庞涓应道。

"对了，"张仪眼珠子一转，指向宿胥口，"我可由此渡河，兵出卫境，拦腰斩断齐兵后路，将田忌困于我境。大梁急切难下，后路粮道被断，齐兵必将不战自乱，那时，我可择机寻敌决战，一战而胜之。"

"在下亦是此谋。"庞涓重重点头，"不过，在与齐人决战之前，我且拿下邯郸再说。"转对公子嗣，"嗣弟，传令三军诸将，中军帐听令。"

三军诸将毕至。

庞涓拿出已经签好自己名字的军令状，字字铿锵："叫诸位来，是要诸位与在下共签一封生死书。三日之内，诸位若是拿下邯郸，在下为诸位请功论赏。若是拿不下来，在下自裁于中军帐中，以谢王命！"

见庞涓立下的是这般令状，众将尽皆涕泣，在中军帐里歃血盟誓，摩拳擦掌而去。

庞涓的军令状迅速传遍魏国三军，大魏武卒个个噙泪，红了眼般直扑邯郸城墙。

多日进攻，已使邯郸城墙千疮百孔，魏人这又疯狂，赵人支撑不住了。两处城墙及一个城门被攻破，但被闻讯赶至的赵雍卫队以血肉之躯填上，协助守城的墨家子弟也是前仆后继，死命抗御，连守在苏秦身边寸步不离的飞刀邹也赶往城墙，一柄接一柄地飞出索命飞刀。

见双方都开始玩命了，苏秦忧心如焚。

入夜，攻防一日的双方将士尽皆疲累，邯郸城内城外总算安静下来，只有伤者时不时地从某些地方传出压抑不住的声声呻吟。

洪波台中，苏秦、赵刻、楼缓等五六个重臣不无沉重地看着赵雍。

许是双唇咬得过紧，赵雍的右边嘴角冒出血来。

"王上，"赵刻说话了，"苏子之请不是不可行，再守下去，只怕……"轻叹一声，别过脸去。

"要走你们走，"赵雍"呸"地吐出一口血，"明日寡人亲登城楼，与城门楼共存亡！"

"君上，"苏秦缓缓起身，在赵雍前面跪下，"苏秦恳请了。"

"苏子？"见苏秦这般跪下，赵雍惊愕了。

苏秦五体投地，一动不动地叩在地上。

赵刻迟疑一下，也跟过来，紧挨苏秦跪下。

其他重臣，再无话说，也都跟后跪地。

"你……你们……"赵雍手指颤动，"真的不念这个宫城？真的不念这城中的妇孺百姓？还有这……这这这……赵室经营数百年，也就这个家当呀，你们怎能眼睁睁地看着这一切在寡人手里……"气结。

"王上，再请听臣一言，"苏秦眼中噙泪，声音哽咽，"如果再守下去，这城，这宫，还有这城中的一切，宫中的一切，真就毁了！王上弃城，反倒给这一切以生路啊！"

"你……讲出理由！"赵雍的声音似从牙缝里挤出。

"因为魏人已经杀红眼了。如果破城，必会大开杀戒！平阳惨案，不可不鉴啊！"

听到"平阳惨案"四字，众臣，包括赵雍，全都不由自主地打个寒噤。

"王上，"苏秦接道，"齐兵伐魏，旨在调动庞涓回救，而庞涓不得邯郸，心必不甘，我们弃城，等于是给庞涓一个台阶，让他有脸面回朝。臣知庞涓，虽然好战，却非鲁莽之人，亦非残暴之徒，不会乱来！"

"苏子呀，"赵雍态度有所松动，但疑虑仍在，"我们在城中，可以据险以守，或有生机。今若弃城，我将无险可据，庞涓若是趁机围歼，我们岂不……死无葬身之地了？"

"穷寇不追，此乃古今用兵之道，况且眼下魏人之心不在赵人，而在回救大梁，相信庞涓不会恋战，让魏人在此枉送性命。"

"何时突围？"

"事不宜迟，明早黎明前夕为妥。"

"好吧，寡人听你苏子。"赵雍转头看向诸人，"如何突围，就由几位爱卿妥善协调。"说罢，脚步沉重地走向后宫，准备家事去了。

得到旨意，苏秦吩咐木实、木华姐弟趁夜色缒到城下，赶往武安，通知肥义引兵接应。

黎明时分，魏军仍在酣梦中，邯郸北、西两个方向的数道城门同时开启，赵国城中军卒及青壮苍头，层层裹护赵王并宫妃贵胄，如炸了窝般轰然冲出，以不可阻挡之势杀出道道缺口，绝尘而去。

果如苏秦所料，庞涓闻报大喜过望，叮嘱将士不可纠缠，甚至有意让开通道，放赵人一条生路。城外肥义所部也早赶到约定地点，多股赵人汇拢一处，步子不乱地涉过洺水，进入安全地带。

日上竿头，庞涓引领三军整装入城，使人验点宫宝、府库，以魏王名义犒赏三军，备足粮草，颁令严禁抢劫和扰民。

一车当先进入赵宫的是公子嗣。

公子嗣传令将赵宫滞留宫人全部集中起来，宦臣站在一侧，宫女、嫔妃、侍妾等站在另一侧，黑压压的约有一千多。

公子嗣径直走到女人群里，让她们站作一排，一个一个挨着看去，选出五十名长相出众的留在宫里自用，将余下的数百宫女全部押走。

是夜，数百宫女并一些大夫、富足人家的妾、奴等贱役女子约三千人被充作营妓，带往城外，配发给三千虎贲并两万武卒集体享用。

翌日晨起，天刚蒙蒙亮，饱餐一夜美色的两万武卒并三千虎贲在主将庞涓亲自引领下，神清气爽地开往宿胥口。

庞涓的战略部署是，由宿胥口渡过河水，经由桂陵，过卫入宋，直插济水与濮水之间的齐魏衢道，断去齐军退路。其余军卒，留下一部从张仪留在邯郸善后，大部则由公子嗣统领，经由魏赵衢道直驱大梁，会合大梁魏军，与庞涓三路夹击，与田忌会战于大梁之野。

兵贵神速。

由邯郸至宿胥口逾三百里路程，大魏武卒仅用一日一夜，于次晨赶至渡口，黎明渡河。

三千虎贲率先渡毕，直插济水。

尚未行至濮水，三千虎贲却在桂陵西侧遭到伏于林中的大批弓箭手袭击。虎贲虽猛，却仓促应战，加之走路过急，汗流浃背，军士大多摘掉头盔、甲衣，用枪挑在肩上行军，齐军又是近距离射杀，顷刻间三千虎贲倒地逾半。

剩余虎贲被激怒了，不及穿甲衣，冒矢雨疾风般冲入林中。齐军弓弩手猝不及防，撤退不及，反被砍杀不少。齐军长枪队急急赶上，掩护下弓箭手，将虎贲团团围住。

青牛鸣金回撤，众虎贲往回杀开血路，正激战间，魏人后续人马赶至，齐兵退去。

庞涓检点人员，三千虎贲已折八成，仅余不足五百，不少人还挂着程度不同的伤彩，青牛左臂也中一箭，好在伤势不重，由随军医士敷药包扎了。

三千虎贲军竟被伏击，且折去大半，庞涓震惊之余，仍旧以为是小股齐军闻讯阻击，继续驱大军推进包抄，正欲将之全部吃掉，不想迎头撞到的竟是数万齐兵，且早已占据桂陵两侧的矮山并中间狭道，严阵以待，将通车的衢道堵了个严实。

矮山之巅飘扬着一面主旗，上面写着一个大大的“田”字。

庞涓顺眼望去，站在旗子下面的，果是田忌。

庞涓倒吸一口长气。庞涓得到的军情是，田忌并齐军主力仍在围困大梁。显然，是自己过于自信、过于大意了。如果在三军出动之前，多派几路探马，这种窘境就不会发生。

震惊之余，庞涓环顾四周，见此地形势狭窄，不利武卒展开，急令后撤，在数里之外的开阔地带扎住阵脚，部署防御，同时，急派五名军士回驰宿胥口，要公子嗣火速驰援。

不料未过多久，报信的兵士只有一人驰回，且满脸是血，腿部中箭，报说大批齐兵正从宿胥口杀来，宿胥口恐已不保。

话音落处，西北天际浓烟滚滚，形成一片黑云。

举目望去，正是宿胥口方向。

显而易见，着火的不是民宅，而是魏军赖以渡河的渡船。

没有渡船，河西魏军无论如何也飞不过河水，而大梁方面，几日之内不可能派来援军，也就是说，庞涓这支两万余人的武卒在未来几日，将是孤军！

桂陵地势奇特，两侧各有一道高二十余丈的土梁子，将一条不大的官道夹在中间，官道只能并肩通行两辆战车，山坡虽缓，但灌木丛生，荆棘满地，利守不利攻。

不消半个时辰，庞涓已初步探明，齐人参与围堵的兵马不下六万，且已分别占据四周有利地势，组成一个布袋阵，并在魏军前后不远处的衢道上布满障碍物。不仅将衢道堵个严实，更沿衢道两侧结出几重防线，直至山梁，显然图谋将魏人困死在这方圆不足数里的狭长空间里。

更要命的是，这里没有水。

众武卒面面相觑。

即使是庞涓，心头也掠过一丝莫名的惊惧。

是的，张仪说得是，齐营有高人，且这高人用兵之法远在自己之上。攻打襄陵、窜扰魏境、佯攻大梁、设伏烧船……如此周密的计算，如此精到的调动，几乎连每一个细节都考虑到了。

能够做到这个的，当世只有一人——孙膑！

对，一定是孙膑。

长途奔袭，攻敌必救，堪称孙膑的用兵法宝。想当年与楚国昭阳争宋，明袭项城、暗取陉山的漂亮一战，正是出自孙膑的谋划。

想到孙膑，庞涓的背脊骨都是凉的。实在奇怪，此人是如何逃离的，又如何深藏不露，躲藏至今？

庞涓正自乱想，各部将领纷纷围拢前来，皆要与齐人拼命，摩拳擦掌，求打头阵。

“诸位将军，”庞涓收回思绪，恢复理智，扫一眼众将，淡淡说道，“你们中有谁参加过黄池之战，请举手！”

有五人“唰”地举手，表情不无自豪。

“好样的，”庞涓冲五人扬手，“站前来！”

五人跨前两步，高昂起头，站成一线。

“给大家讲讲，你们是如何取胜的？”

黄池之战堪称魏国开国以来最长气势的经典战例，魏人妇孺皆知，莫说是眼前这些军人了。

五人面面相觑，一人朗声应道：“将军布下屎溺王八阵，大破齐军，活擒田忌于屎尿坑中！”

众皆哄笑。

“讲得精彩！”庞涓没有笑，冲那位讲话的伸拇指赞一句，看向众将，“诸位将军，想当年，齐有大军七万，我只有区区三万哀兵，结果如何？活擒田忌于屎尿坑中。今日没有屎尿坑，但我有两万以一敌十的大魏武卒，请看本将再摆一阵，活捉田忌。”

“将军，要摆何阵，请发令吧！”诸将异口同声。

“齐将田忌只配一阵，王八阵！”庞涓跳上战车，“诸位将士，看我号旗，听我号令，就在此地，列王八阵，活擒田忌！”

众将齐呼："列王八阵，活捉田忌！"

不消一个时辰，两万武卒已按庞涓号旗指令，就地列出王八阵。

田忌站在山顶，看得清楚，怒火中烧，恨恨地对孙膑道："庞涓当年摆出此阵，戏弄本将，今又列出此阵，当是作死之象。"

"观此阵法，庞兄果是了得！"孙膑却是交口称赞。

"咦，"田忌看过来，一脸惊愕，"孙兄，你这是故意气我呢，还是……"

"在下与你谈此阵法。"

"好，你且说说，他这阵法有何了得！"田忌上气了。

"凡阵有十，"孙膑不急不缓，犹如上课，"是为方阵、圆阵、疏阵、数阵、锥阵、雁阵、钩阵、玄阵、火阵、水阵。古往今来，万千阵法，皆是上述十阵变化之果。"

孙膑所讲之十种阵法与田忌所知阵法完全不同。田忌所知阵法，皆为具体阵法，皆有阵图，皆有其名，皆有其强，也皆有其弱，如虎翼阵、龙腾阵、一字长蛇阵、迷魂阵、阴阳八卦阵等等，多达不下百种，孙膑却大而化之，将所有阵法简单归为十种，让他耳目一新。

田忌请教十阵优劣及破解之道，孙膑一一讲解。

田忌若有所悟，指魏人阵势道："如此说来，眼前之阵，当为圆阵了？"

"不完全是。"孙膑没看阵势，盯住田忌，"当年庞兄摆出此阵，确有戏弄将军之意，因他在摆此阵时，早已备下奇招。今日不然。我数倍于他，以逸待劳，魏处劣势，地势不利，仓促之中，亦无奇招可恃，眼下来看，没有比此阵再好的守御了。"

"好在何处？"田忌显然不服。

"将军请看，"孙膑扭过头，指向敌阵，"此阵状如伏龟，方中有圆，圆中有方，兼具方圆二阵优势。外围刚强，布满长兵劲弩，排列战车围栅，撒满蒺藜钩刺，如神龟之壳，纵有强敌也无从突破。内脏空虚，伤残医护炊等皆可居中调理。龟首与四爪灵活多变，可缩可伸，伸可攻，缩可守。庞兄于急切之间，竟能悟出此阵之理，以之守御，当真了得。"

田忌从孙膑所讲角度再观此阵，倒吸一口气，咋舌道："孙兄若不点破，在下……恐又上当了！"

孙膑似是没有听见，目光仍旧留在敌阵，越看越是叹服，伸拇指道："先祖孙武子有言，两军交战，运兵布阵若能做到六至者，将无往而不胜。"

"是何六至？"田忌急问。

“疾行如风，徐行如林，侵掠如火，不动如山，难知如阴，动如雷震。细观此阵，庞兄达其二也。”

“庞贼所达的二至，”田忌若有所悟，“可是徐行如林，不动如山？”

“正是。”孙膑点头，“徐行如林，不动如山，堪称龟阵要髓，庞兄尽达之矣。”

“既为龟阵，”田忌若有所思，“既徐行如林，不动如山，我可围之，饥之，渴之，困死他。”

“倒是一种破法，”孙膑应道，“只是眼前不可行。此龟只要守伏三日，大梁援军就可抵达，邯郸魏军也会设法渡河。河水绵长，处处可渡，防不胜防，且我军力多调于此，无力守河。届时，中有此龟，外有援敌，反倒是我腹背受敌，陷于被动了。而就此阵而言，三日并不难守。我虽断其水源，绝其粮草，但军士长途行军，必备干粮、水囊。急切之间，还可杀马充饥，饮血解渴，熬过三日，当无大难。”

田忌长吸一口气：“军师是说，我须于三日之内破此龟阵，击溃庞涓？”

“正是。”

“这……”田忌急了，“如此坚阵，何以破之？”

“欲杀王八，斩首剁爪。”

“其首缩在壳中，如何斩之？”

“可使刚猛敢死之士挑战龟首，只在龟首处扰动，龟首出则退，龟首入则进，使龟首于不知不觉中拉长。而后使骑手快速插入，拦腰斩断龟首。龟必为救首而快速变形移动，移动即露弱处，我可再使锐卒，排作锥阵，分四路冲击龟足，突入中空。四脚之中，若有一脚被突入，龟阵可破。”

“妙哉！”田忌喜道，“在下这就安排，明日破阵。”

“明日不可。”孙膑摆手，“魏军刚被围困，其气必炽。将军可假作不识此阵，采用车轮战法，日夜惊扰龟身，既可使敌疲惫，又可使敌放松警惕。如是二日，其气可泄，其戒心可除，届时，将军再行破阵之法，一招制敌。”

田忌从命，召诸将至中军帐听令，一一分发令箭，教以战法。

此后二日，齐军以小股兵力、破旧战车轮番撞击龟壳，日夜不息，并无一处突破。至第三日，魏军渐渐放松警惕，即使庞涓，也觉得孙膑不过如此，加之算准援军将至，胆气渐壮起来。

第三日将暮，一连三日紧张的魏军尽皆懈怠，士气沉落。

就在此时，左军主将匡章亲引两千锐卒冲击龟首。龟首为青牛部下的残余虎贲外加五百武卒组成，共计千人，个个骁勇，连憋两日，却无一个出战机会，此时见有挑战，顿起精神，气昂昂地与匡章接战。

匡章不敌青牛，斗不过三合，败阵而走。

齐兵软甲轻灵，武卒重装缓慢，是以青牛并不追赶。

匡章回头复战，青牛再迎，又斗几合，匡章再度不敌。如是几番，青牛火起，渐追渐远，不知不觉中，龟首足足伸出一里开外。

庞涓闻报，急急鸣金，却是迟了。一阵马蹄声急，一彪骑手从斜刺里横空杀出，直冲龟首，扬起尘土，遮人眼目。战马比战车又快许多，所有战马皆披甲衣，势强力狠，武卒血肉之躯，难禁一撞，多被战马冲倒于地，踏个结实，龟首断为两截。

紧接着，士兵回马跳下，持短兵器对着倒地武卒肆意刺杀。武卒多被冲傻了，待回神时，不少已成枪下之鬼。匡章回身再战，勇力大增。青牛始知上当，再欲缩回，却是晚了，被众多齐人团团围住。

庞涓震惊，急令援救龟首，龟体快速移动，四只龟足快速前移。

就在此时，四支骑队，各有千骑，皆披坚执锐，分四路风驰电掣般冲向正在移动的四只龟足。龟足欲缩不得，欲堵不能，皆被冲溃。齐骑杀入中空，龟阵中央开花，乱作一团，杀声震天，锣鼓乱鸣，庞涓辨不清敌我，号令不得，龟体四分五裂，大魏武卒变成人自为战、车自为战了。

与此同时，齐国大军由四面蜂拥而上，将魏人团团围住，以三杀一，加之天色昏黑，大魏武卒分不清敌我，乱搠乱捅，齐人却有标志，人人臂上缠块白布。

青牛见状不妙，顾不得别个，摆脱匡章，与身边几员猛士一道，反身杀回龟体，一路招呼混乱中的魏军，聚成一个百人团，于乱军之中横冲直撞，远远望到被团团围困的庞涓。

庞涓身边已无多少随众，形势危急。

青牛大叫一声："青牛来也！"杀入重围，救下庞涓，朝西南方向杀开一条血路，突围而去。行不过数里，恰遇布防于外围的牟辛部众，手持火把，挡住去路。

青牛杀红眼了，非但不退，反倒大吼一声，用力折断旁边一辆被撞毁战车的车辕，持在手中，直冲上去，迎向牟辛战车。

牟辛辕马受惊，扬蹄长鸣。牟辛一是猝不及防，二是被青牛的气势吓傻了，尚未反应过来，受惊辕马自行掉转车头，朝斜刺里狂奔而去。

看到主将退避，部众哪里还敢接战，纷纷朝两侧避让。青牛一行不足百人，个个奋勇，人人争先，势如破竹利刃，将牟辛所部由头劈到尾，溃围而出，沿濮水上溯，于次日后晌，逃到黄池，方才撞到由大梁驰援而来的魏兵。

主战场上，喊杀声于后半夜渐息。

第096章 | 破齐人张仪离间 避险境孙膑诈死

翌日晨起，孙膑亲往视察战场，田忌为防不测，亲自推起轮车，由几十名贴身护卫前簇后拥。厮杀一夜的场景惨不忍睹。

魏军将士大多战死，无一降卒，且死者多是前面中枪，不少死后仍旧保持搏击姿势。

检点齐军，尽管兵力在数量、地势等各方面占优，伤亡人员仍近两万，几乎不少于魏人。

前面传来喧嚣。

放眼望去，是几百将士围成一个大圈，场面嘈杂。

看到田忌，一个校尉飞跑过来，礼毕，道："报告主将，此地有三百余魏卒，尽皆挂伤，负隅顽抗，宁死不降。"

"宁死不降者，格杀勿论。"田忌沉脸应道。

"得令。"校尉反身跑去，身后却传来声音："且慢！"

校尉顿住。

孙膑示意，田忌推着轮车赶过去，果见数百伤残魏卒一圈挨一圈，坐成一个圆圈，最外圈，是伤势最轻的，最里圈，是伤势最重的，个个手持兵器，浑身血污，满脸严肃，欲做最后一搏。

见到主将，齐兵让开一条道。

田忌推着孙膑直走过来，距十数步站定。

"诸位将士，"孙膑朗声说道，"在下孙膑，向你们致敬了！"说毕，双手合礼，深深一揖。

听到"孙膑"二字，众魏卒无不扭头看来，其中有人认识孙膑，惊叫："天哪，是孙监军，真的就是孙监军哪！”

“诸位将士，”孙膑直起腰来，一手扶住轮车的扶手，一手举过头顶，竖起拇指，高高举起，“你们是真正的勇士，是当之无愧的军士，孙膑敬重你们。两军交战，不杀降者，更不杀伤者，你们不是降者，但你们是伤者，孙膑敬请诸位不要抗击救治，不要拒绝水米，孙膑保证，齐军不将你们作战俘对待。”

闻听此话，众军卒无不泪出，放下武器，向孙膑致敬。

“给勇士们喝水、吃饭、疗伤。”田忌吩咐校尉。

校尉应过，飞速安排去了。

“传令，”孙膑转对田忌，小声道，“留下一万将士清理战场，救死扶伤，余众赶赴宿胥口，应战魏卒！”

田忌依言，留下田婴善后，亲引大军赶赴宿胥口，与正在渡河的魏军狭路相逢。由于没有渡船，魏卒临时拼凑木筏，渡过河水者不过数千，在齐人的强势冲击下或死或降，还没登岸者重又返回对岸。

邯郸赵军闻听齐军大败庞涓于桂陵，复杀过来，反将魏人逼入邯郸城内。眼见败势已定，两面遭攻，张仪、公子嗣改攻为守，张仪修成奏疏一封，劝惠王与齐、赵两国议和。

庞涓回到大梁，在惠王面前长哭于地。

“咳咳咳，”连急带闷已卧榻数日的惠王连出几声咳嗽，从枕边摸出张仪的奏疏，匀稳气，“相国奏请和谈，贤婿意下如何？”

“功败垂成，”庞涓哽咽，“儿臣……不甘心哪！”

“甘也好，不甘也好，为父老了，不中用了！”惠王吃力地又咳几声，转对毗人，声音嘶哑，有气无力，“召朱威觐见！”

邯郸赵宫，公子嗣正与十几个妃子在玩投骰子游戏，谁输谁脱衣服，公子嗣光了膀子，有几个妃子已是一丝不挂了。

一个宫人趋进：“禀报将军，你的参将求见！”

公子嗣正在兴头上，脸色一沉：“去去去，叫他滚远点儿，本将这在忙呢！”

那宫人凑到跟前，小声嘀咕几句。

“安阳君？小妾？”公子嗣一下子来劲了，自言自语几句，抬头看向他，“去，将那女子带进来！”又朝众妃努嘴，“你们几个，一边儿歇去！”

众妃子各拿衣裳，匆匆退去。

公子嗣刚刚整好衣冠，宫人便引一白衣女子走进。

是天香。

天生丽质，顾盼皆生情。

公子嗣的眼睛一下子亮堂起来，身子坐直，前倾。

“将军，”天香没有一丝羞涩，既不叩首，也不揖礼，落落大方地径直走到他前面，嫣然一笑，目光勾引，“你这在看什么呢？”

公子嗣阅女无数，不曾见到有女子这般与他说话，一时怔了。

“小女子好看吗？”天香又是一笑，摆出个撩人的姿势。

“好看好看，”公子嗣的骨头酥了，“你……叫何名字？”

“葛藤。”

“葛媵？”公子嗣略顿一下，“哦，明白了，是安阳君的媵妾！”

“不是媵妾的媵，是藤条的藤。长在山沟沟里，专会缠人的那种藤条！”

“这么说，你家是山里的？”

“算是吧，就在那边！”天香指向西方的高山。

“给本将说说，你这根藤是怎么个缠人的？”公子嗣欲火起来，目光盯向她的要紧部位。

“嘻嘻，只怕将军受不了！”天香欺前一步，目光火辣。

“哟嘿，你这藤条倒是爽快哩！好好好，本将喜欢！”公子嗣抓住她，一把拉进怀里。

天香嘤咛一声，双臂趁势钩在他的脖子上。

战败求和，最是难为人。魏惠王选择朱威，既是知人善任，也是别无选择。因为伐赵是张仪、庞涓挑起来的，让二人出使，哪一个也拉不下面子；太子申是未来储君，他去有失国体；惠施倒是合适，人却走了；白虎分量不够，若去反倒误事；能代魏室出面的只有老臣朱威，只是朱威为人实在，辞令、谋略皆欠火候。

然而，作为战败国，再好的谋略、说辞也是无用，诚恳或可得分。

朱威责无旁贷，于次日驱车驶离大梁。

朱威没有如寻常出使般往投临淄，而是直驰早已屯扎于宿胥口的齐国中军大帐。也是朱威赶巧了，人还没到，远远望见齐国太子辟疆押着粮草，不远千里前来劳军。

朱威就地扎帐，待辟疆歇过一宵，于次晨入帐求见。本就反战的朱威，此时求和更见恭敬，双手奉上国书，长跪于地。

辟疆赐席，细阅国书后，递给孙膑。

孙膑略瞄几眼，转给田忌。

“朱上卿，”田忌冷笑一声，将国书掷于地上，“如果是你家事，求和不难；是魏室家事，就当由魏室之人出面！”

这话既恃强，又没给朱威面子。

“田将军有所不知，”朱威一脸尴尬，苦笑一声，拱手，“我王年老体衰，不堪奔波，殿下近患风寒，不宜出远门，魏室再无合意人选了。朱威虽非魏室嫡亲，却是魏门长婿，今奉王旨求和，还望将军赏威一个薄面。”

“在下之意是，”田忌也觉失言了，回过一拱，“何人挑事，何人来当才是！上卿是魏门长婿，他庞涓就不是了吗？你家大王只要开战就听庞涓，这要议和了，缘何不见此人？”

朱威长叹一声，低下头去。

田忌又要说话，辟疆摆手止住，对朱威道：“魏王心存百姓，有心议和，无疆甚喜。只是此事涉及颇大，容辟疆三思，禀过父王，方可回复上卿。”

“谢殿下宽厚，只是……战事一日不懈，百姓一日无安，朱威恳请殿下念及万千生灵渴望，早日定夺为盼！”

“上卿且回营地，明日复来，如何？”辟疆略一思索，客气道。

朱威起身，谢过诸人，退出营帐。

“魏罃服软求和，诸位爱卿这请议议，允还是不允？”辟疆扫一眼在席的田忌、孙膑与田婴三人。

“不允！”田忌不假思索，“庞涓吃下败仗，魏军士气低落，眼下正是我复仇良机。再说，魏人已被我军困在河水对岸，前有赵人，后是我师，欲返不能，欲进不得，已是强弩之末，无还手之力了，只有受死！”

“田将军，你意下如何？”辟疆看向坐在末位的副将田婴。

田婴正在审看被田忌掼在地上的魏室国书，此时见问，放下国书应道：“臣已探明，情势确如主将所言，魏武卒精锐被歼，主将庞涓也不在位，河水对岸士气低迷，不堪一战。只是……”看向孙膑，“桂陵之战所以获胜，是因为军师妙算，战与不战，殿下当问军师。”

辟疆笑笑，目光移向孙膑。

“臣以为，”孙膑回以一笑，拱手道，“凡战皆是为和，和不成乃战，战，不得已而为之。魏已求和，我若固执以战，是谓强战。强战非义，士不赴死。”

“这不可能。”田忌先是一怔，接后应道，“只要本将一声令下，大齐三军看有哪一个敢不冲锋陷阵？”

“将军所言，是谓威服。威服，军士死者抱怨，怨生戾气，生者怀惧，惧则不前。”孙膑淡淡应道。

“孙兄，你……”田忌急了，“难道这就放过庞涓不成？”

“两军交战，不可为一己之怨。再说，见好不收，是谓贪求。贪求则败。”孙膑仍旧不急不缓。

“你是说，我若再战，会败？”田忌不服了。

“魏虽失利，仅去除两万死士，河水对岸仍有死士将近七万，若被逼急，必拼死一搏，士气反而振奋。一对一拼杀，鹿死谁手难以预料。绝地无生，伤敌一千，必自损八百，桂陵之战可见矣。”

想到桂陵之战魏国武卒的出色表现，田忌不由得打个寒噤。

“再说，”孙膑不急不缓，进一步分析，“魏据河水之西，自宿胥口至邺城，皆是魏土，有民逾六十万，存粮足支一年，反观我军，补给乏力，若是久战，气必泄，力必竭。至于赵国，只要魏人不失滏口，赵人就无还手之力。魏人北据邯郸，南守河水，与我对峙，将军何以应之？”

田忌再无言语。

翌日晨起，朱威复至，田辟疆应允议和，将球踢回：“我王应赵人之请出兵，上卿若是真心求和，当问赵人。若是赵人应允，我即退兵。”

朱威要的就是这句话，当即拜谢，起程前往邯郸，见过张仪，谋定议和底线，持使节出城，入赵营觐见赵王。

赵国中军大帐霎时沸腾。赵臣无不激愤，纷纷反对议和，认为眼下是反击魏国的最佳时机，即使一向沉稳的安阳君也对议和抱持异议。

显然，赵人受到的伤害实在太深。昔年晋国权卿智氏联合韩、魏二氏攻赵一年有余，水淹晋阳数十日，赵人“悬釜而炊，易子而食”，都城依在。而今日，庞涓引领的魏人竟然轻而易举地卡断滏口塞，匪夷所思地逼陷邯郸，让赵人情何以堪！

群情激昂，年少气盛的赵雍自也亢奋，正欲下旨，跟前传来一声轻轻的咳嗽。

是苏秦。

是自始至终端坐在君王跟前一言未发的苏秦。

赵雍望过来。

众臣望过来。

苏秦的脸上写满忧郁。

“苏爱卿，”赵雍这才注意到近在咫尺的赵国救星，略觉抱歉地拱手，“魏人拔我邯郸，赵魏不共戴天，今魏求和，众皆欲战，爱卿是何高见？”

“谢王垂询，”苏秦拱手应道，“敢问我王拿什么去战？能战多久？”又朝众臣拱手，“诸位大人，战，拼的是实力，不是血气。魏人西守滏口塞，东扼河水，南是魏土，北是中山，我则为困兽，且失血过多。滏口塞不得，我无血可补，河水天险，齐援急切不得。单靠我眼前之力与魏决战，敢问诸位胜算几许？诸位家舍多在邯郸，父老亲友也在邯郸，血染邯郸，亲人受难，魏人也必不恤，邯郸或会因此而鸡飞蛋打，残垣断壁一片。”

苏秦之言既合情理，又据事实，方才还是意气风发的众人此时如同泄气的尿脬，一下子瘪了。

“诸位大人，”苏秦扫视众人，一反方才忧郁表情，目光挑衅，似是在寻求辩论，“我粮食府库皆在邯郸，老弱病残妇孺皆在邯郸，城防险峻也在邯郸，皆被魏人所占，我若困之，结果如何？再说，我以何困之？邯郸已与邺邑连成一片，漳水不再成险，我人丁虽众，能战之士不过五万。今攻守易势，我以五万对七万，以无险对有险，以血气对强敌，智者不为也。”

赵雍完全被说服了，长吸一口气：“何去何从，请爱卿指点！”

“回禀我王，”苏秦转过脸来，看向赵雍，“于我而言，眼前上上之策，是与魏议和，停战休民，恢复家国元气。我虽不支，魏也不堪，今魏人首提议和，于我则是有利，我王当顺水推舟，与其议和，恢复我旧时辖地。”

“赵雍谨听苏子，烦请苏子与朱威议和！”赵雍不再多言，当下决断。

“谢我王重托！”苏秦拱手，“不过，由臣出面不妥，因臣虽为赵相，也兼他国之相。”

“这……”赵雍显然忽略了这个，“敢问相国，何人出面为妥？”

“臣荐肥义大人。”

一个月后，邯郸城南，面对滚滚东去的漳水，魏使朱威与赵使肥义、齐使田婴、秦使公子疾、中山使张登共同签署漳水之盟。依据此盟，魏人无条件归还邯郸及所占赵地，齐、秦、中山无条件撤军，赵、中山则以槐水为界，永不相犯。

一场耗时经年、波及列国诸方的天下大战，在齐人围魏、庞涓兵败桂陵之后两个月的漳水河边画上句号。

就眼前利益而言，列国皆输，唯一的赢家是中山，因其终于从赵人手中夺到了梦寐以求的战略要地鄗邑，由法理上获取槐水天险。之后数年，中山即沿槐水北岸修筑一条战备城墙，由东边河水直至太行山下，与赵相抗。

但就长远来看，真正的赢家则是秦国。张仪连横成功，纵亲失和，赵、魏、齐三国皆受重创，秦国无非是出动大军到晋阳城下示威一圈，几乎是无损毫毛。

征战经年而无尺寸之功的魏国大军没精打采地渡过河水，回归大梁。战车上载的大多不是战利品，而是在赵国各地战殁的将士棺木。

魏境各地，再一度哀乐声声，家家户户，各村各邑，处处可见送葬队伍。

张仪坐在辎车中，随从三军由邯郸回返大梁，一路几乎不与人说话，内中五味杂陈，既有落寞，也有成就。

行至宿胥口附近，在当年走过不知多少趟的那个岔道口处，张仪吩咐停车，吩咐部将引军前行，自与几名从人拐往山中，在山脚下安顿住众人，仅带一名心腹往投鬼谷。

走到鬼谷入口，许是不想见到玉蝉儿，张仪在那块写有“鬼谷”二字的石头前面坐下，随手写出几字，吩咐心腹入谷，交给大师兄。

不消片刻，一个衣襟飘飘、长发披肩、眉清目秀的高个子道人跟在心腹后面匆匆走来，望到张仪，远远顿住，拱手：“师弟，别来无恙乎？”

“大师兄！”张仪紧盯住他，显然认不出了，良久，深深一揖，颇为激动，“长这么高了！”

“呵呵呵，是哩，”童子笑道，“其他不见长进，只有个头长了。几次出谷，听闻师弟风光照人呢。”

“一事无成，惭愧得紧！”张仪谦辞。

“你愧什么？”童子似是没有听出谦辞，紧盯住他，刨根问道。

“愧……”张仪眼球儿一转，“愧对先生重托，愧对师兄厚望！”

“师弟愧得太多了，”童子现出一笑，“先生或有重托，师兄我却未曾有过厚望。”转过话锋，直入主题，“好了，闲言少叙，师弟此来，可为看望蝉儿姐姐？”

“非……非也！”见童子依旧伶牙俐齿，这又提到玉蝉儿，颇让张仪尴尬，结巴一句，旋即放松，略略一顿，恢复神态，看向童子，“先生可在？”

“先生正在闭关。”童子将话堵死，“师弟既然回来，何不随师兄进谷，看看旧居？”

张仪苦笑一下，微微闭目。

“呵呵呵，”童子晓得他不愿见到玉蝉儿，笑道，“还是回去看看吧，蝉儿姐时常念及师弟呢。”

张仪抿紧嘴唇，有顷，再出一声苦笑：“烦请大师兄转告师姐，就说仪谢师姐挂念。今朝班师，仪路过宿胥口，望到此山，颇为感慨，不由得走进谷中了。得见大师兄，仪于愿已足，就不进谷了。”

“师弟此来，”童子指他心口，“既然有事，何不一吐为快呢？”

张仪怔道：“大师兄，你……何以晓得师弟有事？”

“呵呵呵，若是不晓得，岂不是在相国大人面前妄称师兄了？”

“大师兄神通，在下服了！”张仪正不晓得如何开口，这也就坡下驴，“师弟此来，确为一事。当年师弟下山，临行之际送给师兄一卷竹简，敢问师兄，可否记得？”

“这事有哩。”童子想也不想，随口应道，“只是，那竹简于师兄我一无用处，好像是那年冬天就拿出去当薪柴烧了。”

听到“好像”二字，张仪心中有数了，略略一顿，拱手：“烦请大师兄再想想看，万一那辰光误拿了呢。”

“你且稍等，”童子应道，“待师兄我回去看看，若是没烧，这就归还师弟。”

童子返谷，径入草堂，对玉蝉儿道：“是张仪来了。”

“哦？”玉蝉儿略吃一惊，“他来何事？”

“记得当年先生要我们去雄鸡岭的崖壁下捡回又烧掉的那册兵书吗？庞涓私下抄录一份，藏于树洞，被张仪悄悄取走了。张仪临下山时，将那竹简送给我，被我顺手扔进床底。这辰光他又来讨，给他不？”

玉蝉儿略略一想，扯童子进洞。

鬼谷子眼皮子未睁，脸冲玉蝉儿，话却是说给童子：“既然是他的东西，他又为此而来，你就还给他吧。”

童子应过，回到草堂，从床底寻出竹简，径往谷口送还张仪。

“先生，”听到童子走远，玉蝉儿轻声问道，“他这拿去，必是交给庞涓，岂不是对孙膑不利了？”

“顺其自然吧。”鬼谷子淡淡说道，“一部书而已，没有那么厉害。”闭目又想一阵，睁眼，拿出一个药方，持笔在下面又加一味，递给玉蝉儿，“蝉儿，你按此方入山采药，做成药丸，交给苏秦，由苏秦送给孙膑，或对孙膑有所助益。”

玉蝉儿凝视药方，有顷，怔道：“先生，此方……”

“此方所成药丸，”鬼谷子缓缓说道，讲述一桩陈年往事，“就是当年随巢子托人送给你母后吃过的那粒。”

“随巢子之药，是先生给的？”玉蝉儿惊问。

“是的。”鬼谷子点头，“早年结识他时，老朽观此人存救世善念，送他不少药方济世，其中包含此方。”

“那……”玉蝉儿看向后面新写的几字，“先生加这一味，却是为何？”

“可成死药。”

“死药？”玉蝉儿心底一震，喃声重复。

“孙膑服下此药，躯体即死，但魂魄守舍，一个月后，躯体会自然复活。”

玉蝉儿倒吸一口气：“先生，事情……真有那么严重吗？”

“唉，”鬼谷子微微闭目，良久，长叹一声，“孙膑不死，庞涓就不会放过他，反生错乱。俟孙膑渡过此劫，二人的棋局或就有个终结了！”

听到那声长长的“唉”字和接后的“终结”二字，想到庞涓或将面临的因果之报，玉蝉儿心底一颤，不由得打了一个寒噤。

伐赵失利，举国哀伤，臣民萎靡不振，只有惠王一反往常失利后的颓废，仅卧榻几日，就如打了鸡血般精神抖擞，出人意外地现身于大魏朝堂，且只处理一桩朝务：加封武安君庞涓户籍三千，赏金三百两。

兵败而受封赏，匪夷所思，堪称列国奇谈。

朝臣尽皆愕然，面面相觑。

庞涓长跪于地，泣谢：“臣冒死罪，请我王收回成命！臣用兵不当，败走桂陵，折损武卒两万，终使邯郸得而复失，功败垂成，恳请我王极刑责罚，臣万死无怨！”

“武安君，你记住，寡人封赏的并不是你，是三军将士！”魏惠王扫视众臣，字字铿锵，振振有词，“诸位爱卿，此番伐赵，寡人也曾伤感，然而昨夜，寡人忽然想明白一事。寡人想明白何事了呢？寡人想明白的是，自即位以来，寡人东讨西伐，南战北征，可谓历战无数，然而，真正能让寡人畅快的仅有一次，就是此番伐赵。诸位爱卿，此番伐赵，庞将军用兵如神，筹划缜密，打了赵人一个措手不及，更拔赵都邯郸，打出了我大魏威仪。挫悍赵锐卒，拔大国之都，纵使能将吴起，也未建此功啊！”

见惠王讲出这个，朝堂上鸦雀无声，只有庞涓长哭于地：“王上……”

“诸位爱卿，”惠王余兴未尽，慷慨陈词，“挫赵卒，拔邯郸，一出寡人多年闷气，酣畅淋漓啊！这且不说，更让寡人欣慰的是，庞将军带出了数以万计视死如归、死不旋踵的大魏勇士。寡人早晚观看桂陵战报，总是泪出。我两万武卒身陷绝境，面对数倍于我之齐国技击，无一人退缩，战至最后一人，斩敌两万。我三百军士，历经一夜鏖战，俱负重伤，宁死不降。更有将军青牛，以一人之力护佑主将突出重围，所向披靡，势若破竹，齐卒望之丧胆。寡人何德何能，竟得良将若是！寡人何威何慈，竟得血士若是！”

见惠王这般褒奖将士，朝臣尽皆叹服，纷纷点头，投庞涓以赞赏目光。

庞涓五体投地，泣声愈见悲切。

“唉，”惠王长叹一声，“诸位贤臣，桂陵之败，过不在武安君，过不在三军，过只在孤一人。是寡人愚钝，看不出齐人疑兵奸计，连下昏诏，旨令庞将军班师，方使庞将军救主心切，千里急进，陷入绝地。每每念及，寡人悔恨莫及，寡人对不起这些阵亡将士啊！呜呼哀哉！呜呼……”

惠王以手掩面，哽咽不已。

惠王一番掏心的表述加上几声呜呼，彻底打开了庞涓的泪腺，当堂号啕大哭起来。朝堂所有臣子也大受触动，无不悲泣。

大魏朝堂在一片悲声中再次亢奋。

哭声渐息，惠王将朝政再次托给太子魏申，在毗人的搀扶下掩面离去。

旨令下了，主管库府的司徒白虎却拿不出惠王打赏的三百两金子。

莫说是三百两，白虎此时连一百两也拿不出了。

按照大魏武卒聘用诏令，凡阵亡武卒，在全家免十年赋役的基础上，司徒府还应一次性发放抚恤费三两足金。在赵地与桂陵先后阵亡的将士将近三万，单是这笔钱就将近十万，如果加上伤残将士的抚恤费，将各邑国库全部卖掉也不够了。

然而，旨令既下，就不能不执行。

白虎左右是难，只好如实奏报太子。

“库银还是小事，库粮不足才是大事。自去年迄今，雨水不调，夏秋之际河东遭遇雹灾，秋粮大幅减产，储粮尽皆用于邯郸战事，眼下正值春荒，青黄不接，各地库房几乎拨不出一石粟米用以赈灾，听闻有灾民典妻鬻子……”白虎顿住话头。

“唉，”太子申长叹一声，“惠相走了，张相国、朱上卿皆未回来，申连个商榷之人也没有，又逢这般大事，当该如何是好，唉……”复叹一声，

“这样吧，三百两金子之事，由申暂向武安君讲明，司徒府当务之急有两桩，一是设法赈灾，二是恤死扶伤。”

“国库已竭，以何抚恤？”

“抚恤费尚未发放的，待申奏过父王，或以田亩作价补偿，或暂欠着，待夏收之后，税赋征入，加利偿还。”

“如此也好，臣这就筹备。”

送走太子申，庞涓心里沉甸甸的。他并不在意惠王打赏的三百两金子，他在意的是太子向他讲述的家国窘境。近一年来，他的心思尽皆用在军务上，对其他诸事很少过问，至于民生疾苦，原就不是他虑及的，纵使庞葱偶尔向他禀报，他也无心倾听。今朝太子上门解说，他才觉出急难。

正为难中，庞葱急急走进：“阿哥，快，青牛府中出事了！”

“啊！”庞涓大惊，急问，“快讲，什么事？”

“老老少少，数百家眷拥进青牛府中讨要抚恤金，青牛一两金子也拿不出，跪在院子里哭哩！”

天哪，这个刀枪丛中无所畏惧的铁汉子，竟为这一点儿抚恤金而跪在院中哭泣。庞涓不寒而栗，二话不讲，拔腿就朝青牛府中跑去。

桂陵战中，假使没有青牛，庞涓简直不敢想象结局。为保庞涓，青牛多处负伤，有两处伤及骨头。伤筋动骨一百天，在庞涓严厉看管下，青牛非常听话地一直窝在府中静养，不想今日竟……

自鬼门关前被庞涓救下一命后，青牛感恩戴德，唯庞涓马首是瞻，但凡征战，无不舍生忘死，屡立战功，成为庞涓旗下排名第一的虎将，统领大魏最强劲的虎贲之师。魏惠王论功行赏，赐予青牛一座府宅，与庞涓府宅只隔三户人家，同属一个街坊。

不消一刻，庞涓匆匆赶到，远远望去，门前果然聚着一大堆人，尽皆缟素。

庞涓大步赶上前，庞葱叫道：“父老乡亲，让一让，庞将军来了！”

听闻是庞涓，众人齐围过来，扑他前面跪下。

庞涓安抚几句，在众人让开的夹缝中走进院子，赫然看到满院缟素，依旧绷带缠头的青牛五体投地跪在当院，一个抱孩子的年轻女子跪在他身边，孩子哇哇大哭。

女子就是翠屏，前老将军龙贾幺女。翠屏幼习武功，爱慕英雄，其夫本为龙贾旗下左军裨将，从龙贾战死于黄池，没有子嗣。丈夫走后，翠屏孀居数年，由庞涓、瑞莲保媒嫁给青牛，过门次年即生一子，今已两岁，虎背熊腰，俨然一头小牛犊了。

“青牛兄弟！”庞涓急赶过来，在青牛身边蹲下。

听到庞涓的声音，青牛悲声长号：“庞将军……”泣不成声。

庞涓转对庞葱：“快，扶青牛兄弟回房，他动不得！”

庞葱招呼两个仆从，不由分说，将青牛架回房中，放置榻上，交给翠屏照料。

两百多缟素男女，有老有小，齐刷刷地当院跪着，将个偌大的院落塞了个满满实实。

没有哭声，也没有人多说一句话。所有诉求，尽在不言之中。

“阿弟，”庞涓看向庞葱，“家中可有存金？”

庞葱凑他跟前，小声禀道：“有，但不多了。”

“多少？”

“一百二十镒。”

“大声讲！”庞涓厉声说道，“有金多少？”

“一百二十镒！”庞葱这也提高声音，让院中所有人听个明白。

“银子呢？”

“五百八十镒。”

“封地共有多少田产？”

“这……三百一十井！”

“所有田产尽皆变卖，家中金银一镒不留，全部用作抚恤阵亡将士！”

“阿哥，”庞葱惊呆了，压低声音，“府中也得花费，其中三十镒是……是大王送给嫂夫人的陪嫁，动不得呀！”

“没有动不得的，因为你的嫂夫人是个魏国人，她嫁的人是我庞涓！”庞涓一字一顿，转向众人，声情并茂，“诸位父老，诸位姐妹，我们的勇士已经流血，我庞涓，还有我夫人，纵使上天入地，也绝对不会让他们的亲人再度流泪！”说毕，不待众人回话，拳头一紧，头也不回地扬长而去。

院内院外，所有人都听到了，所有人也都流泪了。

没有谁再说一句话，一个个不无感动地跟在庞涓身后，四散离去。

一番危机被庞涓披肝沥胆的几句豪言壮语轻松化解。

然而，庞涓的心情并未因化解危机而显出轻松，而是愈见沉重。

回到府中，庞涓将自己关进静室，也即他藏书颇多却很少翻阅的书房，在一堆又一堆的尘封竹简中闭目冥想。

他的心在滴血，不是为他的库银，不是为他的田产，也不是为那些阵亡将士的亲人们讨要抚恤的无奈与泪水。

所有这一切，尽皆不在他的视界之内，也不应该成为他的关注。

他的心在为他一手训练出来的近两万多武卒一朝覆没而滴血。为了这些武卒，他不知花费多少时间，更不知耗费多少心血，而要再建武卒，又将何其艰难！

正自伤感，外面传来脚步声。

房门不敲而开，一人脚步甚轻，径走进来。

在这府中，敢于这般走进静室的只有一人，就是夫人瑞莲。

“夫人，”庞涓看也不看，下逐客令，“你且回去，我要静一静。”

来人没有出去，在他对面缓缓坐下。

“夫人，去吧，不要听信葱弟，不到万不得已，夫君是不会动用夫人的压箱之物的。”庞涓又出一句，显然是在解释。

“啧啧啧。”来人轻轻击掌。

庞涓陡地睁眼，惊愕：“张兄！”

正是张仪。

“几时回来的？”庞涓急切问道。

“就这辰光。未及回府，就直奔庞兄来了。肚皮饿得紧呢！”

“来人！”庞涓朝外大叫。

“不必了。”张仪笑道，“在下见过葱弟，他这已在安排呢。”盯视庞涓，“观庞兄气色，心事浩茫，好像有什么在闹心呢。”

庞涓给出个苦笑。

“唉，”张仪长叹一声，“好好一局棋，只差一星点儿就下成了。”

“是哩。”

“庞兄在为何事闹心？”

“除了武卒，还能有什么？”庞涓又出一声苦笑，摇头，“两万多兄弟呀，任何一个都是一等一的汉子，一夜之间，全没了。”

“呵呵呵，”张仪笑出几声，“在下以为，真正闹庞兄之心的并不是这些死卒。”

“哦？”庞涓看过来。

“武卒，可以重建；钱粮，可以聚敛。再说，尽管我在桂陵有所折损，在邯郸却有斩获。此番撤军，嗣将军运回来的并非只有棺木呀！”

“张兄是说……”庞涓面现喜色。

“邯郸国库，在下早已盘查清点，能搬动的这都放进棺木里了。”

“多少？”庞涓压住喜悦。

“金不下万镒，其他财富，也有一些，或可应对一时之困。”

“好！”庞涓以拳击案，略略一顿，颜色又沉，“唉，这也不过是杯水车薪哪！”

“先有了这杯水再说。”张仪两眼盯过来，“真正闹庞兄之心的，并不是这个，庞兄可想听否？”

“涓愿闻其详。”

“是孙兄。”张仪敛住笑，“一局赢定的棋，让凭空杀出的这个孙兄毁了。”

“是啊！”庞涓不无沉重地喃出一声，牙关咬得咯嘣直响。

“就我观之，”张仪斜他一眼，“孙兄没有什么了不起。譬如此番救赵，孙兄所用计谋，叫批亢捣虚，不为新奇。其实庞兄早就料到了，现在想想，当初庞兄转攻邯郸，正是有力之击。如果庞兄那个辰光回援大梁，便是上了孙兄之套。孙兄之所以赢在桂陵，不是孙兄谋略高超，而是孙兄赢在暗处，庞兄未料到孙兄在齐，以为对阵的不过是田忌而已。若是庞兄晓得孙兄在齐，结果一定不是这般，相信庞兄会另有……”故意顿住。

“是啊，”庞涓长叹一口气，“若是晓得孙兄在齐营，在下就不会走此险棋，在下就会调兵遣将，在自家的地皮上与他慢慢磨，耗死他！”

“正是。”张仪竖起拇指，“再说，在鬼谷之时，就在下所知，庞兄总是胜孙兄一筹，从未落败于他。”

“唉，”庞涓长出一叹，“彼一时也，此一时也。”

“此言何解？”

“不瞒张兄，真实而论，在山中之时，在下强于孙兄。出山之后，孙兄之谋，远胜在下矣。”

“哦？”张仪睁大眼睛，“可有说否？”

“因为孙兄得授其先祖孙武子的《孙子兵法》，而在下……唉！”庞涓再叹一声，沉重地摇头。

“孙武子的兵法能有什么了不起的？”张仪嘴角一撇，“谷中之时，在下听大师兄讲，庞兄早已得下《吴子兵法》。兵法在下不知，难道《吴子兵法》不敌《孙子兵法》吗？不瞒庞兄，听先生说，《吴子兵法》与《孙子兵法》

不分伯仲。在下一直好奇，如果吴起对阵孙武，又会如何？”

“在下也曾好奇此问，”庞涓苦笑一声，应道，“只是，在下今日不作此想了。”

“哦？”

“因为孙膑得到《孙子兵法》全本，而在下……”庞涓迟疑一下，低下头去，“却未窥《吴子兵法》全貌啊！”

“咦？”张仪明知故问，“这就奇了，在下明明听大师兄讲，先生将厚厚一册共四十八卷吴子兵书全都交给庞兄了呀！”

“唉！”庞涓被逼无奈，只好长叹一声，将谷中先生授书之事略述一遍，“唉，也是在下图个省事，以为抄录一册，方便日后翻阅，细细领会，不料被那野猪叼走。也是在下多心，忧心先生再将此书传授孙兄，竟将原册扔下断崖，谎称被风吹落，本以为先生不会再追究，谁料先生以为在下已将此书熟记于心，竟使师兄、师姐将散简全部捡回，一把火烧了。唉……”再三惋惜。

“哎呀，”张仪故作惊讶，“庞兄，你怎不早说呢？这部《兵法》，在下倒是见过！”

“啊？”庞涓震惊，“此等隐秘之事，你如何得见？”

“呵呵呵，”张仪笑出几声，“庞兄有所不知，那日大师兄与师姐各提一捆竹简回谷，途中恰好遇到在下与苏秦，在下问是何书，大师兄说，一本破书，不知让谁扔到山崖下了，师父一大早就让去捡，累得够呛呢。在下好奇，上前讨看，师姐不让，催走，大师兄见在下死缠烂打，就让在下瞄了几眼。”

见张仪讲得滴水不漏，庞涓信服了，听他说到瞄过几眼，心里一动，顺口问道：“听闻张兄过目不忘，可否记得？”

“记得，记得，”张仪甩下脑袋，“在下别无他能，也就这点儿本事了。”

“那……”庞涓眼珠子一转，“张兄能否诵出一章，让在下开开眼界？”

“不知庞兄想听何章？”

“就第一章吧。”

“庞兄请听，”张仪微微闭目，顺口吟道，“吴起儒服，以兵机见魏文侯。文侯曰，寡人不好军旅之事。起曰，臣以见占隐，以往察来，主君何言与心违？今君四时，使斩离皮革，掩以朱漆，画以丹青，烁以犀象。冬日衣之则不温，夏日衣之则不凉；为长戟二丈四尺，短戟一丈二尺，革车掩户，缦轮笼毂，观之于目则不丽，乘之以田则不轻。不识主君安用此也？若以备进战退守，而不求能用者，譬犹伏鸡之搏狸，乳犬之犯虎，虽有斗心，随之死矣！

昔承桑氏之君，修德废武，以灭其国；有扈氏之君，恃众好勇，以丧其社稷。明主鉴兹，必内修文德，外治武备。故当进而不进，无逮于义也；僵尸而哀之，无逮于仁也。于是文侯身自布席，夫人捧觞，醮吴起于庙，立为大将，守西河。与诸侯大战七十六，全胜六十四，余则钧解。辟土四面，拓地千里，皆起之功也……”

“正是，正是。”见张仪诵得一字儿无差，庞涓大是惊奇，连赞几声，急急问道，“敢问张兄，吴子兵书一共四十八章，张兄能否全部记诵？”

“都是些陈年往事了，能否全部记诵，在下倒是不敢担保。庞兄可拿酒来，待在下喝个半醉，不定就能诵出了。”张仪卖个关子。

庞涓二话不说，喝叫庞葱端上酒肴。半坛酒下肚，张仪豪气生出，接过朱笔，趁酒兴将四十八章一气写出二十四章，推说累了，回府睡过一宿，复来庞府，又喝半坛，将后面二十四章悉数写出。张仪所写是庞涓比照原文一字不落抄写下来的，且是全文，而庞涓所藏只有前六章，且是他自己事后忆起的。庞涓对自己的记忆力本就不很自信，一直怀疑这六章与原文有所出入，今日得见原貌，渐渐忆起当年所抄时的感觉，唏嘘叹喟不已，连呼快哉。

张仪一边写，庞涓一边读，张仪写完，庞涓也就读毕了，由衷赞道：“张兄真乃奇才也，相隔如此久远，竟能诵得分毫不差，实让在下叹服！”

“呵呵呵呵，庞兄这已读到全本，当可与孙兄一决高下了。”

“诚吾愿也。”庞涓拳头握紧，晃了几晃，“不瞒张兄，在下平生只此一愿，就是成为天下第一兵家。不想先生暗将孙武子兵书授予孙兄，让在下心生块垒。有此书在，在下这就重整武卒，与孙兄见个真章！”

“庞兄定能胜出！”张仪赞他一句，接道，“在谷中之时，在下依稀记得孙兄讲过一句话，说是他先祖兵书上的，大意是：‘上兵之法，在于不战而屈人之兵。’在下窃以为是。齐国之事，在下已有不战而屈人之策，庞兄或可不必在疆场厮杀呢。”

“这倒不爽了。不过，”庞涓略顿一下，倾身问道，“敢问张兄是何妙策？”

张仪耳语。

庞涓长吸一口气，握拳：“好一个张兄，你这叫杀人不见血啊！”

齐国营帐里，先因襄陵失利、后因走脱庞涓而被田忌连降三级贬为偏将军的牟辛，与几个此时军阶皆高于他的心腹爱将一杯接一杯地喝着闷酒。

酒喝多了，舌头就管不住了。牟辛借着酒兴，大发牢骚，说田忌与邹相有私怨，今朝是借伐魏之机公报私怨，等等。并说活捉庞涓是多大的功劳，自己不可能放过这个机会，之所以避让，是战马受惊，所有部众皆可做证。

牟辛越闷越喝，越喝越说，越说越闷，到后来干脆将邹、田二府多年来明争暗斗的老底一窝儿全端出来，听得几个心腹心惊肉跳。

几人正自发泄，忽听“嗖”的一声，一箭飞来，直插在立帐的木柱上。

隔帐有耳！

所有人的醉意全都吓醒了，几个部将摇摇晃晃地追出帐门，却连鬼影子也未见到。再回帐中，惊见吓傻了的牟辛仍旧对着那支飞箭发呆。一员部将赶上去，拔下箭，感觉异样，再看箭头竟有机关，扭开一看，里面绑有一团丝绢，上面密密麻麻写满字。

那个将军却不识字，凝眉看一会儿：“将军快看，上面是字！”

牟辛这也醒过酒来，审看一时，二目睁圆，一颗激动之心压不住阵阵狂跳。

“将军，所写何事？”捡信之人看出异常，急切问道。

“呵呵呵，不是大事，不过是笔生意。”牟辛将信函小心翼翼地袖入囊中，起身，拱手，“诸位兄弟，在下有桩紧事，这要赶往临淄，田将军若是问起，烦请诸位支应一二。”

牟辛没有乘车，而是带上三匹快马，轮番骑乘，连夜驰奔临淄，进得相府，长叫一声“主公”，便哭倒于邹忌脚下。

“牟将军，”邹忌长叹一声，将他缓缓扶起，“犬子之事，老朽已然知情，还要感谢将军呢！”

“主公请看！”牟辛收住哭，从袖囊中摸出密函，双手奉上。

邹忌启开阅毕，倒吸一口凉气，身子一晃，不由自主地打个趔趄。

书曰：

子期兄台惠阅：

前函悉知，襄陵城南二十里外桦林套索已备，专候野驹。在下已约郑兄于明日申时引驹入套，必除此驹以快吾兄。在下所重，在义不在利，酬金云云，不足挂齿。

犀首顿首。

“子期！犀首！”邹忌稳住身子，一字一顿，声音似从牙缝中挤出。

子期是田忌的字，犀首则是公孙衍的绰号。

"主公，"牟辛已站起来，恨道，"令公子是被田忌那厮活活害死的！"

"我……我……我那受到陷害的昊儿呀！"邹忌老泪纵横，泣不成声。

"主公，"牟辛不失时机地添油加醋，声泪俱下，"令公子受人陷害，末将浑身是口也解释不清，眼睁睁地看着令公子他……他被田忌那厮送往断头台啊，我的主公。如果不是此信，末将……"哭绝于地。

邹忌伤悲一时，猛地想起什么，擦去泪水，将公孙衍的密信小心翼翼地放到案前，反复验看，忽又记起公孙衍在为秦相时向齐国发过国书，便让人寻出相府所存副本，反复查验，字体果是一般无二，眼前之函，是公孙衍手书无疑。

邹忌再无疑虑，载牟辛径入雪宫，号啕大哭。

"邹爱卿，"见老相国哭得这般伤感，威王大是惊愕，"你这是为何？"

邹忌也不解释，悲泣一阵，将随身携带的包裹置于威王面前，泣拜于地："我王慈爱，臣邹忌祈请我王，念及老臣效忠齐室多年之情，将此相印收回，另授圣贤。"

"这这这，"威王越发糊涂了，"邹爱卿呀，你这般说辞，究底是为何事？"

"回禀我王，"邹忌哽咽道，"不是臣不想尽忠，是臣……不敢再尽忠呀。有人处心积虑，设计害死臣之孤子，下一步，必是设计老臣。臣……五十有六，尚有余年，祈请我王收回印绶，准允老臣回乡颐养天年，留个全尸吧！"

"邹爱卿，"威王听出名堂，正色，"你且起来，有话慢慢说！"

邹忌从袖中掏出密函，双手呈上："臣之委屈，尽在此函了。"

威王接过信函，眯眼审看，面色渐渐收紧，良久，转对内宰："召御史！"

御史至，威王将密函交给御史："验看真伪！"

御史持函而去，足足过有半个时辰，复入禀道："臣已验看，与公孙衍手迹一般无二。"说罢，递上几年前收存的秦国国书正本，双手奉上。

威王略略摆手："你验过就是，寡人就不看了。"转对邹忌，"邹爱卿，你且讲讲，此函由何而来？"

邹忌让内宰传进牟辛。

牟辛进殿，含泪奏道："此番伐魏，我王念末将忠勇，使末将主将右军。末将既领右军，就当有权任用先锋之将。末将试过邹昊才具，见其文武双全，兵法韬略不在末将之下，是以破格任之，且也具表报入中军大帐。大军入宋，田将军屯于定陶，使末将引右军围攻襄陵。魏强兵皆在赵地，襄陵虚弱，末将欲一举下之，田将军不许，令末将围而不攻，只可在城下挑战，置疑兵于城外林中。臣虽不解，仍依命布置疑兵于城外，使先锋挑战于城下。接连数日，魏龟缩不出。至第三日，郑克突然冲出，二话不说，便与邹将军接战，却不敌邹将军神勇，落荒败走。邹将军引军追击，不想却入公孙衍圈套，末将闻报，感觉有诈，急急引兵救援，却是迟了，远远望到邹将军身陷重围，仍在浴血奋战。末将引军杀入，不顾一切地救出邹将军，因对敌情不明，未敢恋战，反身回营，岂料至营不久，田将军就赶到了，二话不讲，将一身疲惫、尚在帐中休息的邹将军绳捆索绑，押入定陶大帐。末将闻讯疾驰定陶，恰好看到邹将军被刀斧手推出帐外，押往辕门外面斩首。末将不顾一切，入帐禀情，田忌不听不说，反将过错推在末将身上，说是末将擅用先锋，酿下大错，发令斩杀末将，幸有军师孙膑为末将求情，田忌不好逞强，但当场免掉末将的右军主将之位，末将遭贬，受辱迄今……”

齐威王听毕，吩咐御史拿来田忌战报，详细阅读，见时间、地点、事件、细节等皆与牟辛所言吻合，不过是解释角度完全不同。

面对铁证，威王不由不信。

威王洞晓田、邹二人不和，只未料到田忌竟敢胆大如此，不惜拿六千远征将士的生命以泄私怨，一时气得嘴唇哆嗦，好生安抚过邹忌，着内宰诏令田忌即刻返回临淄，入宫请罪。

田忌为齐国远征三军主将、朝廷重臣，循旨查办的非当政太子莫属。

接到诏令，辟疆震惊，紧急召请由漳水会盟后回宫复命的田婴谋议。

“启禀殿下，”田婴思忖良久，禀道，“臣以为，此事疑点颇多。身为副将，臣几乎参与所有决策。襄陵为魏国必守之地，是以城高池深，易守难攻，对其围而不攻是孙军师远谋，旨在减少损耗，安抚宋人，迫魏王召回庞涓，非为攻坚掠城，与魏决战于襄陵。就谋略而言，堪称上策。田将军发令时，臣亦在场，是牟辛率先请命，非田将军蓄意谋害。田将军为将，脾气刚直，用兵谨慎，爱兵如子，断不会为泄私愤而视六千将士如芥草。何况田将军蒙辱十年，终得机会决战雪耻，怎可能未战而先故意损兵？再说，邹公子从军，被牟辛破格用为右军先锋，理当上报中军，莫说是主将，臣身为副将，事前也是一无所知。臣与主将都是在出事之后，方知邹昊是相国令郎。既然不知，谈何蓄意？”

“是哩，”辟疆一脸沉郁，二目盯在威王一并转来的所谓铁证上，“可御史验实，此书确为公孙衍手迹。爱卿所言，皆是推证，此书却是实物。若是坐实，田忌将是死罪。齐无田忌，辟疆不敢设想！”

“臣还想到一个疑点，”田婴没有就手迹证伪，继续从逻辑上开脱，“围困邹昊，臣得知是公孙衍所谋，随即使人访查此人。据可靠探报，公孙衍自秦返魏后，一直在大梁郊野躬耕，并无一日出仕，此番到襄陵助郑克，当是私人意愿，非魏王任命。公孙衍与郑克或有联络，与田将军则无可能，一则二人向无交往，田将军纵使通敌，也当是联络郑克，不可能联络公孙衍，且他也不可能晓得公孙衍会突然出现在襄陵。”

“爱卿所言甚是，”辟疆深以为然，思虑有顷，“只是，天底之下，凡事皆有可能。既为暗通，就非寻常推断所能结案。”略顿一下，“烦请爱卿走阿邑一趟，请田将军回宫协查。事不查不明，理不辩不直，是不？”

“臣受命。”田婴接过旨令，当日起程，不消数日即到阿邑中军，径投孙膑帐中，将此事并公孙衍手迹略述一遍。

“唉，”孙膑听毕，长叹一声，指向自己双膝，“在下这双膝盖，就是被一封伪书挖掉的！”

“军师是说，这封信是庞涓伪造？”田婴略怔。

“是也好，不是也好，事情已经出来了。”

“以军师之见，该当如何是好？”

“晓谕田将军吧，他当知情才是。”

田婴赶到田忌帐中，将此案和盘讲出。

不待听毕，田忌咬牙切齿，震几恨道：“牟辛小人，邹忌奸贼，害我六千将士性命不说，这又行此下作之计，陷害在下，看我引兵杀回临淄，宰掉牟辛，与邹忌老贼算算总账！”

田婴晓得田忌是一时气话，待其气过，劝勉一番，吩咐他暂且入宫向威王解释清楚。

田忌应道：“回宫不难，只是眼前尚有些许军务，待在下料理数日，即回宫去，与牟辛奸徒、邹忌老贼对簿公堂，看我不生吞活剥了他们！”

夜色朦胧，隔墙有耳。二人的对话早被暗处一个黑衣人听个分明，连夜密报牟辛。

邹忌再闹雪宫，威王震怒了，不问情由，使内宰带诏命驰奔阿邑。

邹忌不放心，命公孙闬陪同前往。

一行人驰至三军大帐，内宰宣旨，解除田忌主将职分，收走三军主将印绶，改任田婴为主将，押解逆贼田忌回宫治罪。

堂堂三军主将于一夕之间就被打入囚车，押送临淄，整个军营沸腾了。部分田忌心腹卫士惊闻噩讯，不顾一切地追出辕门，将已行出数里的囚车强行劫回中军大帐，跪在帐外，向新任主将田婴求情。内宰以为军士哗变，惶急之下，严词责令田婴弹压。

看到不满的将士越聚越多，田婴不便用强，好言劝止，返回帐中，对内宰道："这一闹腾，时已晚矣，宰公莫如明日辰时起程，由末将亲往押送，妥否？"

内宰看向公孙闬。

公孙闬晓得众怒难犯，看看天色："如此甚好。"

是夜，田婴急至孙膑帐中，紧急谋议。

"事既至此，"孙膑思忖良久，"田将军就不宜回宫了。"

"这……"田婴迟疑一下，"若不回去，岂不是坐实罪名了？"

"既为外人栽赃，坐实也好，不坐实也好，大王盛怒之下，必失判断。邹相国有丧子之痛，或失理智。更何况他们证据在手，田将军有口莫辩，若是回宫，也将是凶多吉少。"

"如此，奈何？"

"走人。"

"走人？如何走？"

"可使今日截拦囚车之卒劫走将军，逃离此地，暂往他处避祸。待时过境迁，自有真相大白之日。那时，我等再向君上禀明实情，由君上为将军正名。"

"谨听军师。"

是夜，闹事部卒砸开囚车，与田忌一道出奔。

田婴将治军不严之责揽下，具报请罪。

漳水盟会，魏人如约撤走。赵雍率领逾十万赵人重返邯郸，面对魏人留下的满目疮痍及洗劫一空的库房，全力以赴于复兴家园的事务之中。

百废待兴。苏秦早出晚归，奔波于外，这日于掌灯时分，才不无疲惫地回到府中。

秋果迎出来，为他宽衣解带，引入浴房，伺候他美美地泡了个热水澡，摆酒弄盏，端出几道亲手炒出的菜肴。

许是疲累，许是着凉了，苏秦望着食案，迟迟没有动箸。

"先生，"秋果眼巴巴地望着他，泪水流出，"秋果……晓得不好吃的，一大早就到市集买鱼买肉，可……走遍市集，莫说是肉铺了，连寻常菜蔬也少得可怜，质次量少，价格还高得离谱，比我们出城前贵出不知多少，果儿……”以袖拭泪。

秋果是作为苏秦义女入住相府的，然而，自从在认亲拜礼上当亲父之面叫过苏秦一声义父之外，无论人前人后，秋果再没叫过，早晚见面，只称先生。

“果儿，”苏秦扯出个笑脸，随口解释，“为父已在宫中吃过了，大王赐给为父许多好吃的呢，鱼呀肉呀，摆了满满一大案，撑得为父呀……”说着，做个怪脸。

“你骗人！”秋果到他跟前，在他头上、身上连嗅几下，“要是吃过，怎就不见一丁点儿腥味呢？”

“呵呵呵，”苏秦指指她的心口，“你呀，怎就不会拐个弯儿呢？纵有多少腥味，也都冲进你烧的一大盆子热水里了。”

“瞧我笨哩。”秋果这也记起他刚泡过澡，木讷一笑，又要说话，有脚步声传来，急迎出去，是家宰袁豹。

“主公，”袁豹禀道，“有客人求见，我安排在候客厅了。”

“有请！”苏秦刚说一句，觉得不妥，起身迎出，赫然看到候在那儿的竟然是鬼谷里的童子，既惊且喜，拱手，“大师兄，没想到是您！”

童子却没回礼，只是笑笑，指肚皮道：“相国大人，赏几口吃的！”

“大师兄快请！”苏秦拱手礼让。

童子在食案前果然只吃几口，算是饱了，摸出一只锦囊交给苏秦：“师弟，这是蝉儿姐捎给你的，要你夜半开启。”

听闻是玉蝉儿所捎，苏秦心里打战，因不知何物，又让他夜半开启，实在不好拒绝，只得双手接过，纳入袖中，拱手：“请大师兄转告师姐，苏秦这厢厚谢了！”

童子也无二话，起身辞别。

苏秦挽留不住，送至府外，看着他隐没入暗黑里，唏嘘再三，返回府中。

秋果也已收拾过厅堂，点上香，依往常惯例，为他捶背。

苏秦闭目享受一会儿，笑道：“果儿，夜深了，你且歇息吧。为父……也是累了。”

“先生，”秋果又捶几下，侧脸问道，“方才那人远比您年轻，您为什么叫他师兄呢？”

“呵呵呵，这是一个长故事哩！”苏秦本已起身，这又坐下，给她讲起鬼谷诸事，讲述大师兄称呼的由来及大师兄如何引带他们四人在谷中修道的事。

“蝉儿姐呢？”秋果被山中故事吸引住了，紧盯住他，忘记了揉肩，“她又是谁？”

“她呀，”苏秦欠欠身子，“是我们师兄弟几个的师姐。”

“那个蝉儿姐定是欢喜先生了？”

苏秦白她一眼：“蝉儿姐是义父的师姐，你该叫她阿姨才是，小辈不可乱讲。”

“什么师姐？”秋果抿紧嘴唇，“哪有师姐千里捎物，还让师弟夜半开启之理？”

苏秦语塞，脸涨一时，忽地起身，大步走向卧寝，边走边道：“你个女孩儿家，甭想多了，快睡去吧！”

“偏不，”秋果追上来，噘嘴，“今宵果儿就睡先生房里，就睡先生榻上，一直候到夜半，看先生是怎么开启香囊哩！”

“果儿，”苏秦见她真的跟到房内，顿住脚，推她出门，“女娃儿家说出此话，羞也不羞？快去，如若不然，为父就叫袁豹把你拖走！”

“不走，不走，我偏不走！”秋果死死抓牢门把，出泪，赌气，“除非先生给我看看那个女的千里捎来的是啥宝物！”

“好了好了，”苏秦换作笑脸，“果儿乖些，为父明日一定让你看这香囊。今儿疲累，为父这要好好歇息一宵。”

苏秦好言抚慰，连哄带推地将她赶出门去，顺势闩上房门，听她哽咽着走远，方才反身躺下。

候至夜半，苏秦翻身坐起，点灯启囊，见是一粒深褐色药丸，旁有一绢，附写文字，果是玉蝉儿的娟秀笔迹。

苏秦仔细阅毕，吸口长气，将绢帛烧掉，吹散灰烬，出门上了一趟茅房，反身沉沉睡去。

天色灰明，一条黑影溜到苏秦卧室的门外，推了一下，门开了。

黑影闪进室内。

晨光顺着窗棂照进来，室内依稀可辨。

是秋果。

卧榻上，苏秦睡梦正酣。

秋果站在榻前，深情凝视苏秦，这个于她而言爱也不是、恨也不是、怨也不是的男人，这个她既想融入又想摆脱的男人，这个命运送给她，却又无情地从自己身边剥离的男人，这个自己曾有恩于他、眼下却又不得不愧对于他的男人。

秋果的眼里淌出泪花。

苏秦似在做梦，嘴巴咂吧几下，翻身再睡。

秋果意外注意到，他裸露的胸脯上挂着一只金蝉儿。

想到昨夜来人所讲的蝉儿姐，秋果醋心再起，开始翻找，从苏秦的袖囊里摸出那只锦囊，见已开启，里面并无他物，只有一粒药丸。

"咦，怎么只有一粒药呢？"秋果怔了。

秋果将那药丸翻来覆去审看良久，又放鼻下嗅嗅。

没有任何破绽，就是一粒药丸。

苏秦的嘴巴咕哝几下，发出声响。

秋果急将药丸放回囊中，装进他的袖袋。

苏秦翻个身，呼噜又打起来。

将近午时，飞刀邹引着女扮男装的木华入府，见秋果也在，借故带她出去。

看到秋果出去，木华掏出一囊，是姬雪的，里面别无他物，只有一个绣品，绣的是一幅画。

画中，一只纤纤玉手正在抚摸一片圆润、饱胀的肚皮。顺着那手，苏秦似乎看到一张洋溢着无上幸福的俏丽容颜。

见姬雪表达得如此直白，几乎是无所顾忌了，苏秦心里一颤，悄声："木华，公主可好？"

"一切安好。"木华应道。

"蓟宫可有惊扰？"

"眼下没有。公主托人请到一个女巫，说是为先君作法，将后院列为禁地，除身边人外，任何人不得擅入。蓟宫也早把此地忘了，并无一人过问。"

"木兄，"苏秦紧盯住她，叮嘱，"于在下而言，公主安危，就如天大啊！"

"主公放心，"木华郑重承诺，"邯郸诸事已毕，屈将尊者已经赶赴燕地，日夜守护。有尊者在，相信不会有事。"

苏秦嘘出一口气，正与木华说话，飞刀邹复进，身边又跟一人，是木实。

木实也出一囊，是孙膑的亲笔密函。

令人不可思议的是，这对孪生姐弟就如同事先商量过似的，从不同方向赶来，带来天底下苏秦最关心的两个人的最关键信息，一喜一忧，一生一死，且前后脚之间顶多不过一炷香辰光。

读完孙膑的书信，苏秦下意识地摸向袋中，见那香囊仍在，便悄问木实：“军师可好？”

“眼下还好。”木实应道，“受到陷害的是田将军，不是军师。齐王使人将田将军拿下，押入囚车了，是军师说服田婴大人放走田将军的。”

“田将军避往何处了？”

“过宋入楚，可能前往宛城。田将军与楚国的景翠有交，说是投奔他去。”

“如此甚好。”苏秦写就一信，掏出袖中锦囊，核实药丸，见确实无误，将信一并装入，缝合结实，递给木实，“你这就赶赴阿邑，将此囊亲手呈交孙膑。”

田忌出奔，田婴弹压不住，军营里整日乱糟糟的。好在战事终结，魏国边境也无反复，田婴奏请齐王解散五都之军，得到恩准。

来自五都的将士们无不归心似箭，皆在忙活打点行装。阿邑郊外，各军营帐尽皆繁忙。

木实拿着中军大帐特别颁发的细作通行令牌，轻而易举地进入辕门，趁夜色来到孙膑营帐，并未引起注意。孙膑认出木实，借故支走侍从。

木实撕破褐衣，拿出夹层香囊，呈上。

孙膑拆开，摸出一帛，上面是他熟悉的苏秦手笔，开头一句是“孙兄敬启”，接后写道：“惊闻田将军遭遇，弟心甚恸。得知孙兄无恙，弟心略慰。昨日黄昏，大师兄亲赴弟舍，捎来师姐香囊，囊中为先生赠兄之物，是为死丸，兄可服之，三个时辰后发作，死足一月自醒。兄之后事，自有在下料理。切切，弟秦敬拜。”

孙膑阅毕，看向木实，问道：“苏相国可好？”

木实点头。

“转禀相国，就说在下谢他了。”孙膑拱手谢过，摸出药丸塞入口中，和水吞下，将书信连同锦囊一并烧掉，冲木实微微一笑，“木实兄弟，在下就不留你了。”

木实跪下，冲他叩首三次，起身离开，隐没于暗夜。

翌日晨起，侍从进帐，欲侍候孙膑洗漱，发现他呼吸急促，在榻上昏迷不醒，急报田婴。

田婴赶至，召来多名军医诊看，皆不知所患何病。

眼见孙膑病情加重，气息有进无出，面色苍白，脉搏玄细，心跳越来越缓，一切征象皆是凶多吉少，田婴不敢怠慢，使快马报奏威王，同时捎口信给瑞梅，告之孙膑病情。

威王震惊，旨令御医驰往救治。

将要临产的瑞梅惊闻噩耗，顾不得肚子，登上辎车赶往阿邑。路上颠簸，加之心中忧急，瑞梅顶不住了，于济水岸边的历下邑羊水破出。幸好随车跟着稳婆，更有御医同行，瑞梅又是二胎，生产过程还算顺利，早产一子。

产后虚弱，御医吩咐她暂于历下邑安歇，待稍作恢复再赴阿邑。瑞梅死活不肯，定要随御医赶到孙膑身边。

众人紧赶慢赶，抵达军营却是迟了，孙膑已于日前咽气。瑞梅伤悲，抱住孙膑躯体哭得几番气绝，幸有御医在侧，好歹救下性命。

救赵两大功臣，不足一月，一个出奔，一个病死，五都军卒无不悲伤。部分已在归程的将士们，竟又折回，披缟穿麻，为孙膑尽礼。

瑞梅不堪身心折腾，病倒了。

"嫂夫人，"田婴探望瑞梅，临别时征询她道，"军师已经入殓，归葬何处，嫂夫人可有意愿？"

"谢将军费心！"瑞梅泪出，"孙膑归葬何处，妇人不敢做主，在这天底下，知孙膑者，莫过于苏秦，将军可请苏秦来，如何治丧，归葬何处，瑞梅皆听苏秦。"

"若是此说，嫂夫人尽可放心，"田婴应道，"五日之前，田婴已发快马前往邯郸，若无意外，苏秦想是已在途中了。"

果不其然，又过两日，苏秦赶至，伏在孙膑灵柩前面，哭了个伤悲欲绝。

田婴询问葬地，苏秦应道："叶落归根。孙兄祖地、家庙皆在甄邑，我等将孙兄归葬于祖地，遂孙兄之愿吧。"

"谨听苏大人。"田婴吩咐起柩，同时将一应葬礼安排奏报齐宫。

军乐队奏响哀乐。三十二名齐将分作四班，每班八人，轮换抬柩，逾万将士尽皆缟素，大队人马，浩浩荡荡，径投甄邑，将孙膑之柩葬于祖地。

之后数日，威王诏令亦至，追封孙膑为定国君，食甄邑千户，另拨款一百两足金，修缮孙家祖庙并祖地，立碑造祠追记。

第 097 章｜ 为爱人姬雪生女 偿国债白虎赴险

因了无孔不入的黑雕，张仪于第一时间得到孙膑的死讯，几乎惊呆。

"我鼻孔里的每一根鼻毛都不信！"庞涓冷笑一声，耸耸肩道，"不瞒张兄，孙膑这套把戏玩多了。不是在下亏说他，孙兄没有下限，当年他装疯卖傻，连屎都抓起来朝嘴里塞，我可怜他，照顾他，可他呢，这你全都看明白了，从头至尾，是在骗我。这骗过在下，又来骗你张兄了！"

"生就是生，死就是死，焉能骗人？"张仪责他一句，长叹，"庞兄呀，无论如何，你我四人是一门子里出来的，战归战，斗归斗，鬼谷数年，一个锅里搅勺把，一块草坪争短长，这份情谊，任什么也割舍不掉。在下相信孙兄之死是真的，他怕是顶不住了。一条残躯，千里奔波，这又呕心沥血，与庞兄斗智斗勇，加之田忌的遭遇，想是孙兄他……"

"有了，"庞涓眼珠子连转几转，"听张兄这讲，孙兄已经娶下瑞梅公主，育出一女一子，这倒是好。在下使庞葱护送夫人瑞莲前往甄邑探访，一则安抚她姐，二则代我等吊唁孙兄，顺便探个实情，岂不是好！"

"就依庞兄！"

孙膑灵柩入土未及七日，庞葱车载瑞莲赶到。负责治丧的苏秦早已洞晓，将一切安排得滴水不漏，放任庞葱，让他可以随处转悠，任人打探。一直被蒙在鼓里的瑞梅更是真心伤悲，见到娘家妹妹，泪水便如断线的珠子，呜呜咽咽，几次哭个气绝。

庞葱转悠数日，验看陵墓与齐王诏封，察言观色，四处探问，从各路得到的讯息汇总一处，结论指向一个：孙膑是真的死了。

甄邑地小偏僻，做什么都不方便。瑞莲在大都市里住惯了，不过数日，受不了，决定回梁。

“梅姐呀，”瑞莲将行，劝说瑞梅道，“孙将军走了，梅姐的心愿也当了了。此地偏僻，梅姐带着两个孩子，尤其是这个尚未足月的小外甥，会有诸多不便。阿妹这想，梅姐莫如随妹回大梁去，暂先住在申哥府上。有申哥在，我也放心些。再说，住得近了，阿妹早晚得空，也好去望望梅姐。庞涓欢喜孩子，必会善待两个外甥，尤其是这个小外甥，待他长大，我就让庞涓教他兵法，没准儿又是一个将军呢！”

“谢莲妹好意！”瑞梅淡淡说道，“嫁出去的女儿泼出去的水，梅姐既已嫁入孙门，生是孙家的，死也是孙家的。孙家祖邑就在此地，齐王善待我家，这又封户一千，够我一家吃用了。再说，孙膑尸骨未寒，仍旧孤零零地躺在地下的棺木里，你让梅姐……”说着，呜呜哭起来。

“好了，梅姐，”瑞莲紧忙安抚，“你还在月子里，哭多了伤身子。娃子小哩，梅姐得养足身子，奶水多多的，把娃子养得白白胖胖，将军之灵看到了，该有多开心！”

瑞莲句句离不开娃子，倒是提醒了瑞梅。

“莲妹，”瑞梅止住哭，擦干泪，盯住她的肚子，“你这……也该给庞将军生一个了！”

“我做梦都想呀，姐，”瑞莲伤心了，哽咽，“可我……生不出……”

“我晓得阿妹的病，是宫寒。”

“是哩，”瑞莲止住哽咽，急切道，“我问过宫医了，他们也说是宫寒。”

“宫医给你开药没？”

“开过了，吃过几剂，没用。”

“我在齐地讨到一个偏方，说是专治宫寒，阿妹可以试试！”瑞梅打开一只木盒，摸出一只小锦囊，递给瑞莲，“听给方子的人说，这药有点儿苦呢。”

瑞莲皱眉：“我就怕苦。”

“苦过就是甜了。阿妹已经二十大几，再不生，怕就迟了。再说，庞将军……”

“嗯，我晓得哩。”瑞莲点头，“这次回去，我一定吃，捏住鼻子也喝完它！”

“这才是莲妹！”瑞梅捏住她的手，鼓励道，“等莲妹有孩子了，就抱给阿姐看看，让他仨一道玩耍！”

“好哩。我回去了，阿姐保重！”

姐妹依依惜别。

甄邑离大梁不过三百来里，瑞莲一行不消数日就已赶回。

庞葱、瑞莲各将所见所闻讲述一遍，庞涓问清每一个细节，始信孙膑是真的死了，长长嘘出一口气，却又不免失落，内中起了知音不在之憾、惺惺相惜之疼。

是夜，庞府后花园中，孙膑当年居住并诈疯的那个小院子被装饰为孙膑的灵堂，庞府男女老幼尽衣缟素，巫师作法，哀乐声声。

庞涓悲从中来，放声长哭。

庞涓哭得正悲，张仪赶至。

二人坐在孙膑灵前，摆满一案菜肴并四只酒爵，抱来一坛老酒，一边喝酒舒闷，一边回忆往昔。

借着酒兴，庞涓如数家珍般叨唠旧事，讲他如何与孙膑邂逅，孙膑父子如何血战平阳，他如何看不惯魏卒，如何放走孙膑，二人又如何在宿胥口的酒肆里再次相遇，他如何再度解脱孙膑的窘境，孙膑如何舍命助他，又如何随他回乡救父，如何中陈轸圈套，二人如何受困于狱，如何在狱中结义，孙膑如何舍命陪他，二人如何得白虎解救，等等，尽管强调自己也曾有恩于孙膑，但更多的是讲孙膑对他的种种之好，满口感恩之语，没有一句怨辞。

张仪听得伤感，半晌方才叹喟："今天在下算是看到真正的庞兄了！"

"唉，张兄啊，"庞涓亦出一声叹喟，"在此世上，知我、惜我的，莫过于孙兄；知孙兄的，也莫过于在下了。昔年在下听闻伯牙与子期趣事，引为笑谈，今日方知，知音难觅。在下与孙兄并世而存，既是对手，又是知音，本该相得益彰、各成功业才是，岂料……大业未成，知音却失，叫在下如何不感伤啊！"

想到自己与苏秦，张仪亦是唏嘘再三，悲从中来，与庞涓把酒论盏，双双喝个死醉。

灵堂前，杯盘狼藉。

几盏火烛分别灭去，最后一抹烛光洒在另外两只谁也没喝的酒爵上，映出亮光。

清明这日，恰逢儿子双满月，瑞梅安排仆从杀猪宰羊，隆重祭祀。

太阳西沉，月明星稀。

孙家宗祠里，再无旁人。瑞梅拖着疲弱的身子，将自己的一双儿女抱一个，拖一个，缓步趋至列祖列宗的灵位前，一一祭拜。

宗祠里一片死寂，只有仲春时节院中传来的一阵轻过一阵的和风过柳声。

最后一个灵位是孙膑的。

望着夫君的牌位与画像，瑞梅一直紧憋的泪腺终于放开，将仍在熟睡的儿子轻轻托起，半是呢喃，半是啜泣：“孙膑，睁眼看看吧，看看我们的这个孩子，长得像你哩。他出生在路上，他懂事，他从来不哭，他……他在等着你这个大大为他取个名字呢，我的夫君哪，你可说话呀，呜呜呜呜……”

瑞梅正自失声悲泣，身后传来一个洪亮的声音：“叫孙楠！”

在这静寂的夜里，在这空无一人的宗祠，这声音犹如万钧雷霆。

瑞梅惊呆了。

瑞梅震颤了。

瑞梅如同遭到天雷一击，毛发尽竖，却连冷战也打不出来。

菊儿听个真切，蓦然回头，又惊又喜，欢叫一声：“娘，快看，是我大！”说罢，爬起来就朝门口跑去。

女儿这声喊让瑞梅回过神来，扭头望去。

忽明忽暗的灯光下，一辆轮车当门而立。

车上端坐一人，正是她的夫君孙膑。

轮车后面，苏秦扶着把手，朝她们微笑。

再后面，是飞刀邹和木实。

“天哪！”不知是喜极，还是以为撞见鬼了，瑞梅惊叫一声，昏厥过去。

次日晨起，甄邑百姓不无惊愕地发现，孙家大宅空无一人，孙家祠堂一切如昨，只是寻不见瑞梅母子三人了。

转瞬之间，两员战将，一死一逃，齐威王大受打击，几乎于一夜之间变老了。

在不到两个月里，威王的白发多起来，牙齿连掉几颗，瞳孔无光，反应迟钝，腰总是弯着，步态蹒跚，像个刚刚学步的孩子，手指不时颤抖，有时一直闷坐半日，有时莫名其妙地自言自语，状如行尸走肉，能吃能喝，只是什么也记不起，谁也不睬，莫说是前来探望的王后、太子、邹忌等人，即使对一直侍寝的美少女也一个不认了。

辟疆秘传太医，询问威王病情，太医应道：“此病因于肾精枯竭。经书有载，‘肾生精，精生髓，髓荣心’。肾精一旦枯竭，髓不荣心。心为元神居所，居所不‘荣’，元神出离，大王是以得下此病。”

“可有医治？”辟疆急了。

"唉，"太医摇头，良久，长叹一声，"不瞒殿下，臣多次劝谏我王戒色养生，王上非但不听，反而旨令臣熬制亢阳之丸。臣不敢不从，只好在阳丸里加入滋阴材质，使王上既能御女，又可养生。只是，这些材质效力有限，加之王上……"略顿一下，省去"过淫"二字，复叹一声，"王上是以越来越虚，终至肾精枯竭，臣……无力回天矣！"

"既如此说，不能怪你，好生调养就是。另，父王病情，不可外扬！"辟疆吩咐几句，挥退太医，使威王内宰拟诏授命，加盖威王玺印，将大小朝政委命于太子裁决。

至此，齐国在表面上仍旧是田因齐为王，而在实质上，王权已全部移至太子田辟疆。

孙膑一家四口被苏秦悄悄安置在宋国定陶，地点是孙膑选的。围魏时，孙膑住在定陶，留意到一处僻巷中有株百年老梅，为瑞梅计，决定在此隐身。偏巧有老梅这户人家移往睢阳，留下空宅，由木实出面将宅子租了。

苏秦安排木实及几个墨者守护，自与飞刀邹赶回邯郸，发现木华已在府中恭候，带来一个预料中的喜讯：姬雪已生一女，请他前去为女取名。

苏秦未及多想，备车与飞刀邹、木华往驰武阳。

为防不测，苏秦易装扮作前往燕地置办皮货的邯郸皮货商，飞刀邹、木华做其仆从，在武阳城中寻个偏静客栈住下，于人定时分，趁夜色赶到离宫隔壁的墨者窝点，匠人装扮的屈将子已在守候。

"屈前辈，"苏秦扑地跪下，"晚辈拖累您了！"

"呵呵呵，苏大人，你这是金贵头，老朽承受不起啊。"不待苏秦叩下，屈将子已将他提溜起来，顺手扶在席上。

"前辈，听您这话，苏秦愈加惶恐了。"苏秦连连拱手。

"大人不必惶恐，"屈将子又是一笑，"先巨子飞升之前，特别嘱托老朽，说苏子安危事关天下福祉，要老朽不惜一切护佑大人。身为墨者，巨子之命不敢有违，老朽余生，这就搭在大人身上了。"

"先巨子英灵在上，请受苏秦一拜。"苏秦复又起身，望空遥拜。

这一次，屈将子没有拦他。

"屈前辈，"苏秦拜毕，复归原位，冲屈将子拱手，"晚辈与雪儿之事，实属不该，只是，事已至此，何去何从，还望前辈指点。"

"呵呵呵，"屈将子再出几笑，"大人与公主的事儿，前前后后，公主全都讲给老朽了，没有什么该与不该的。缘由天定，你二人既然有缘，就当顺天应命才是。”说着，伸手指向密道，“苏子，我已禀过公主了，小公主这辰光想必急于看到她的阿大呢！”

苏秦谢过，起身走进地道，不一时，来到他所熟悉的地下寝宫。

“苏子……”早已守候的姬雪迎上，一头扑进苏秦怀里。

二人热切拥抱。

“苏子，”姬雪微微哽咽，“雪儿……雪儿想为苏子生个男儿的，可……”

“雪儿，”苏秦将她搂得愈加紧了，“男儿没有什么好，苏秦厌倦男儿了，苏秦谢过上天了，谢他赐给你我一个女儿！”

苏秦松开她，急不可待地走到榻前，在半明半暗的光线下凝视襁褓中的女婴。

女婴睡得正香。

苏秦俯下身子，在她柔软的小脸蛋上轻吻一下，转向姬雪：“雪儿，真像你呢！”

“像你！”姬雪甜甜一笑，“小时就听母后说，女儿像父，男儿像母。今观霏儿，真的像你呢，那脸型、鼻子，还有嘴，无一处不像你！”

“霏儿？”

“是的，”姬雪应道，“生她那日，刚好是清明，细雨霏霏，我就叫她霏儿。这是她的小名，大名当由做父亲的来取。苏子，你这就为她取一个吧！”

“昔我往矣，杨柳依依；今我来思，雨雪霏霏。”苏秦脱口吟道，泪水涌出。

这几句取自《采薇》，属于《诗》中的“小雅”，是说征人奉王命于春日出征，到冬日仍旧未回，只能在外遥望家乡，徒劳思念。姬雪取景抒情，站在他这个“征人”的角度为女儿取名，真正让他感动。

“是哩，”姬雪泪水亦出，“‘采薇采薇，薇亦作止。曰归曰归，岁亦莫止。’雪儿晓得，苏子不是不归，是‘戎车既驾，四牡业业。岂敢定居，一月三捷’。”

姬雪再借此诗，对他这个“征人”经年不来看望非但没有半句怨言，反而夸他“王命”在身，日夜奔波，这又取得“一月三捷”的辉煌战果。更重要的是，她还晓得“征人”无时不在“来思”，也即无时不在思念她，有此足矣。

“雪儿，”苏秦紧握姬雪之手，一双泪眼直视她，“你遇此‘征人’……后悔吗？”

姬雪摇头，有顷，轻声道："夫君，为我们的霏儿取个大名吧。"

"这就是她的大名。"苏秦看向婴儿，指姬雪，指自己，"姬苏霏霏。"

"是苏霏霏，"姬雪小声喃道，"去掉姬字吧。"

"雪儿，"苏秦看向远方，"我取的意是，姬水河边，苏华霏霏。这名字有你，有我，就让你我共同的霏霏与征人无关吧。"

姬水是周室先祖发祥之地，也是姬姓出处，苏华是苏草之花，苏草即紫苏，是路边野地随处可见的野草，其花色紫，其嫩叶可食。

"为什么？"姬雪伏在苏秦胸前，声音愈加轻柔，"是征人太累了吗？"

苏秦长叹一声，将姬雪紧紧拢在胸前。

"我的征人，"姬雪挣开身子，"累了，你我这就歇息吧。"

"雪儿，"苏秦却将姬雪紧紧拢住，"在歇息之前，你须应下一桩事情。"

"你说。"

"姬苏霏霏，我明天抱走。"

"抱……抱走？"姬雪傻了。

"是的。雪儿，记得上次我在这儿时，你曾说过的话吗？关于我们的霏霏。"

"我……"姬雪闭上眼去，眼前浮出去年的那个夜晚，耳边响起自己的声音："雪儿全都想好了，只要雪儿怀上孩子，就闭门不出，对外宣称先君托梦于我，要我闭关一年，与先君之灵沟通。待吉时来到，雪儿就在这密室里生产。之后，就将孩子交付木华，托她寄养于外，寄养于一户姓苏的人家。再后，雪儿就寻个机缘，认他做义子，让他堂而皇之地向雪儿叫娘！"

姬雪眼中泪出。

"雪儿，你讲得是，霏霏既然来到世上，我们就要为她负责。她不能留在此地，她必须走。"

"你……你要把她带往何处？交给何人？"

"交给木华，交给屈前辈。"

姬雪轻轻点头。

"雪儿，从明日始，就让我们的霏霏做个小墨者吧！"

姬雪再次点头。

这一宵，姬雪没睡，苏秦也没睡。二人静静地坐着，四只眼睛久久地凝视襁褓中的霏霏，都似要把她刻在眼珠上，记在心坎里。

霏霏很乖，一觉睡到天亮，没哭，没闹，也没讨奶吃，只是安生地躺着。

蓟城燕宫后花园的荷花池边，易王在手把手地教公子微识字。公子微是王后秦姬（秦惠王长女嬴嫱）于大婚后为易王生养的第一个孩子，虎头虎脑，眼睛像嬴嫱，但骨架，甚至走路的姿势，像极了易王，看得易王左右是爱。王后嬴嫱远远地倚在凉亭围栏上，有一眼没一眼地望着这对父子。

父子正在亲近，纪九儿快步走来，在易王耳边轻语一句。易王惊愕，吩咐公子微去投王后，急匆匆地与纪九儿走向前殿。

殿里跪着一个宦人，是纪九儿安插在姬雪身边的头牌眼线。

“有什么事，细细报与王上！”纪九儿吩咐道。

“我王万安，”那宦人叩过，禀道，“贱婢受王命侍奉太后，一切安好，只是近一年来……”略略一顿，“太后性情大变，未曾走出离宫一步，这且不说，还把后院的门早晚上锁，将我等十余从人尽皆赶出，只留春梅等三人。”

“这个本王晓得了。”易王应道，“前番听你报说，太后梦见先君，要请巫女为先君祈祷，不知巫女寻到否？”

“寻到了。”那宦人应道，“奇就奇在那巫女，自进去后，未曾见她再出来过。通往后院那道门，早晚都是闩上的，只在用膳辰光，才开启，以取膳食。贱婢隔门偷窥，院中少见人影，使人上房探看，却未见异常。”

“既然未见异常，你来此地禀报什么？”易王不耐烦了，起身欲走。

“王上且慢，”宦人接道，“就在一月之前，也是凑巧，贱婢闹肚子，夜半出恭，隐隐听到有婴儿啼声。”

“婴儿啼声？”易王眉头紧凝，看向那宦人。

“正是。”那宦人接道，“啼声隐隐约约，像是在数里开外，寻常人根本听不到。贱婢天生耳聪，莫说是鸟兽虫鱼，纵使十丈开外蛇游草莽，奴婢也辨得出来，何况是在夜间。”

“婴儿何在？”

“奴婢循方位望去，却是先君陵园。先君陵园方圆约十数里，除守陵人之外，并无人家。接后数日，臣使人寻访，几户守陵人家皆无婴儿。”

“那……婴儿啼声呢？”

“婴儿啼声，贱婢全力倾听，白日嘈杂，只在更深夜静辰光，偶尔有闻。”

“每夜都能听到吗？”

“差不多，偶尔间隔一夜两夜。”

“不会是……”易王听得汗毛竖起，“闹鬼吧？”

“是否闹鬼，贱婢不得而知，只是最近旬日，贱婢连续数夜，再也听不到了。”

“听不到就好！”易王嘘出一口气。

“王上不觉得奇怪吗？”纪九儿挥退宦人，小声禀道。

“哦？”

“太后赶走从人，一年多来足不出户，女巫只进不出，夜半婴啼……”

“你是说……”易王倒吸一口冷气，不可置信地望着纪九儿。

“王上，”纪九儿嘀咕，“臣婢以为，太后那儿，没准儿真的闹鬼了呢。”

“你详细查探。”易王看向纪九儿，略顿，叮嘱，“无论发生什么，都不可惊动太后，眼下还不到招惹她的时候。”

“臣领旨。”

乍然得到全本的《吴起兵法》，庞涓视作珍宝，连日研读，大有感悟，回头详审桂陵之战的前前后后，不得不对孙膑的宏观战略格局及微观战术手段由衷叹服。

在宏观层面，庞涓得出，孙膑胜在马上。通过改车为骑，孙膑扩展了齐兵的机动回旋半径，非但削减了齐国技击对大魏武卒的弱项，且使魏地遍野狼烟，成就疑兵之计，迫使惠王连发班师诏令。微观层面，孙膑也做得漂亮，尤其是智破他的缩头龟阵，断非运气所致。

然而，解招何在呢？

庞涓苦思冥想，数夜无眠。要破齐轻骑，首在知骑。庞涓幼时骑过驴，后来骑过马，但就他所知，马背上光溜溜的，虽借用胡人妙法，骑手已在马背上铺层兽皮软垫，但久骑仍旧屁股生疼，何况战马狂奔，上下颠簸剧烈，不被震飞，也是够呛。更要命的是，骑手双脚在马身两侧空悬，即使从小就离不开马的胡人，也会时不时地从马背上摔下。可想而知，齐人习练骑手，绝非一日之功。想到齐人为实现这个战略，连年举办赛马，举国为马而狂，在养马技术上更是后来居上，甚至已不亚于北地胡人，而在他的魏国，依旧在发展步卒，马多用于驭车，骑术只用于斥候，短期内根本无力与齐比肩，庞涓开始头大了。

“齐人可以用马，我何尝不能？”庞涓下定狠心，“无论如何，我要组建骑师，以骑对骑，以机动对机动！”

庞涓谋定，召来总管蔡俊，讨论组建骑兵的种种细节，同时拨给他五千军马，放手让他组建一支能够快速机动的骑师。

放下这头，庞涓着力于恢复武卒建制。青牛部下的数千虎贲及逾二万武卒或殉身于桂陵，或战死于赵地，亟待补充甚至重建。

庞涓与青牛谋议数日，感觉眼下人力不愁，缺的是装备，尤其是甲盔与兵器。桂陵之战中，将士们的甲衣及兵器全被齐人作为战利品收走了。武卒的甲衣及器械尽皆来自魏地或韩地的能工巧匠之手，件件皆是精工细作，单此一项，魏国就损失惨重，让庞涓心疼数月。

制作甲衣、兵械诸事尽归工坊，而工坊又隶属于司徒府。庞涓置下酒席，宴请白虎。然而，白虎非但没有领情，反倒赶在庞涓开口之前，倒起苦水来。

“恩兄啊，”白虎将庞涓斟好的酒爵推到一边，脸上不无忧伤，“去秋闹灾，收成不好，眼下青黄不接，民无隔夜之粮，各县邑皆有灾情，万千百姓抛家离舍，拥塞于途。在下每念及此，心如刀绞。听说三军从邯郸回撤时带回不少钱物，愚弟恳请恩兄拨出少许，赈济眼前春荒，救百姓于水火之中！”

“邯郸财物？”庞涓眉头微拧，长叹一声，“唉，贤弟呀，这些谣传你也听信？三军撤离时，你看见了，举国百姓看见了，沿途赵人也都看见了，车上所载无不是将士尸骨，哪来的财物？自始至终，贤弟并没去过邯郸，大哥却是身在其中呀。邯郸城中是有不少财物，但赵人愿意心甘情愿地托给我们吗？早在围城之时，他们就已做了最坏打算，在弃城前全部处置过了，金银等物，或隐匿于地下，或在溃围时随身携带，能够留下的只是仓中未及藏匿的些许粮食，却又扔给我们数以十万计的饥饿百姓，大哥总不能看着这些赵人活生生地饿死吧。至于赵宫所藏之丝帛、珠玩等物，将士们确也载回一些，但早已悉数清点，造册存放于国库，由我王调拨赏赐。三军将士只是上沙场征战，不敢藏私！”

“唉，”白虎见庞涓把话堵死，亦出一叹，“民在难中，我却库无余粮，身为司徒，在下……”看向一侧，有顷，迸出几字，“心如刀绞！”

“好了好了，”庞涓不耐烦地打断他，举爵，“这儿不是朝堂，不议民难，在下请贤弟来，只为两件事。一是私事，久未见到贤弟了，这与贤弟品品酒，叙叙旧；二是公事，欲求贤弟助兄一把，成就一桩大事！”

“求字不敢，恩兄请言公事。”

“桂陵一战，武卒受创最重。”庞涓侃侃言道，“我当务之急有二。一是取齐人之长，组建骑师；二是重组武卒，再振武卒雄风。组建骑师之事，为兄自有处置，武卒征召，我已交给青牛，欲求贤弟的只有一事，就是在六个月之内，贤弟要为大哥造出两万套甲胄。”说着端起案上酒爵，递给白虎，

"来，贤弟，为这两万套甲胄，干！"

"恩兄啊，"白虎接过，缓缓放下，"这爵酒恕弟不能干。"

"为什么？"

"因为这两万套甲胄，莫说是在半年之内，纵使在三年之内，愚弟也拿不出来。"白虎拱下手，起身，毅然离去。

话不投机半句多，他们之间显然是话不投机了。白虎酒至半场拂袖而去，庞涓脸上着实下不来台，脸色红涨地坐在那儿，听着白虎的脚步声渐响渐远，直至消失在府门之外，方才扬起脖子，将爵中酒一口饮干，狠狠地摔爵于地，面孔近乎扭曲。

走出庞府，白虎略一踌躇，驾车驰往朱威府中，将庞涓所求略述一遍。

朱威觉得问题严重，扯白虎赶到太子申处。

"这些我已晓得了，"听完白虎所说，太子申拿出一沓奏简，"这是武安君前日奏请，王上转到申这儿，申正欲寻你二位谋议呢。"

朱威、白虎相视。

"一面是民不聊生，亟待赈济，一面是修兵整械，再展武功。父王将朝事尽托于申，申却徒唤奈何，敢问二位有何高见？"

"一切皆是张仪唆使，"朱威恨道，"臣再请殿下逐走张仪，请公孙衍主政。"

"唉，"太子申轻叹一声，"非申用仪，自也非申能够逐仪。只要父王居于此宫，逐张仪之事，就不可行。不过，你二位倒可各上奏疏，将种种苦处罗列于疏，看王上是何说辞。"

昔日朋友今成政敌，庞涓郁闷，不由得赶到相府，对张仪倾诉。

"委屈庞兄了。"张仪淡淡一笑，半是揶揄，半是自责，"方今乱世，军备一日不可废。司徒府归属相府辖制，司徒竟然没有请示在下，擅自抗拒军备，是在下失职矣。"

此话分明有指责庞涓越俎代庖之意。

庞涓听出话音，连连打拱："不怪张兄，是在下莽撞了。在下原以为与白虎私交不菲，请他喝酒，一是给他个面子，二是探探他的口风，不料此人……唉，一点面子也没给在下！"

"唉，"张仪亦叹一声，"庞兄有所不知，即使庞兄寻到在下，在下也是为难。虽有庞兄推举，王上错爱，在下得居此位，但在下毕竟是初来乍到，尚未建功。在下与庞兄力促伐赵，本为利魏大业，岂料齐人横插一手，使我功亏于一篑。伐赵失利，百官多疑，加上朱威、白虎在魏根深蒂固，富有人望，更有太子罩护，你我二人急也没用。”

“是呀！”庞涓附和一句，猛地一拍大腿，“对了，他们仗恃的是太子，你我有个现成的帮手，何不寻他来着？”

“你是说……嗣公子？”

“是呀。”庞涓急切应道，“此番伐魏，魏嗣身为副将，作战勇敢，进退有度，举止得当，我观公子，未来不可限量。听莲儿讲，自印兄殉国，诸公子中，能得王上心意的只有魏嗣。”

“魏嗣淫而失制，愎而失断，不足谋事矣！”张仪一言否定。

“这……”庞涓略怔，“张兄何出此言？”

“此番伐赵，魏嗣得任副将，是因为出身，而非因于战功。伐赵前后，魏嗣未筹一策，未出一谋。赵人撤离邯郸，将军出战孙膑，留魏嗣于赵，大小诸事，魏嗣皆无主张，悉听在下决断。在邯郸数月，魏嗣唯决一事，即滞留赵宫，不舍昼夜，肆意游戏宫室嫔妃，淫荡之名风靡邯郸，赵女躲之如躲瘟神。”

“这个嘛，公子王孙多是这副德行。”

“在下再讲一事，”张仪压低声音，“就在撤离邯郸之前，在下前往赵宫，他身边站有一女颇为妖媚，我们议事她也不走。在下看不过去，将她支走。你猜嗣公子怎么说？”

“他怎么说？”

“他指着那女子道，”张仪的声音越发低了，“她是安阳君的侍妾，千古绝器呀！”

“绝器？”庞涓纳闷了。

“是呀，我也不晓得，问之，嗣公子说，绝器就是她裆里的那个宝器，一旦让它缠上，就如上锁，抽都抽不出，越吸越深，越勒越紧，使人全身酥麻，欲仙欲死，真叫个销魂哩！在下听他讲得下流，苦笑一声，连事也不想与他议了。”

“这这这……”庞涓苦笑一声，“是在下看走眼了。在下还以为他勇武，是个将才呢。”看向张仪，“唉，嗣公子不可指望，如之奈何？”

“听说我王患上风湿，你我该当入宫叩安才是。”

“是哩。”庞涓醒悟，笑道，“军国大事，当禀王上定夺，是在下绕道了。”

“庞兄拿上这个！”张仪拿出一囊，递给庞涓，“囊中乃是几剂药膏，为楚人秘方所制，专治风湿，灵验得紧！”

“张兄真是有心，连这个也备好了。”庞涓叹服。

“非为王上所备，”张仪坦诚应道，“香女代在下受蜀女一刺，伤及肩胛，一遇湿寒即疼痛难忍，在下心实不忍，四处求治，不久前得到秘方，制成此膏，寻人试过，颇为灵验。偏巧我王也是此病，由庞兄献上，岂不为美？”

庞涓谢过，袖起药囊，与张仪入宫觐见。

御书房里，惠王斜躺于榻，微微闭目，任由宫人揉捏其腿。毗人站在旁侧，抑扬顿挫地小声吟咏一道道奏疏。

一阵脚步声响，宫值走进，禀道："武安君、张相国入宫叩安，在外候见。"

惠王坐直身子，挥退宫人，朝毗人努嘴。

毗人搁下奏疏，唱道："王上有旨，宣武安君、张相国觐见！"

张仪、庞涓趋入，各自叩首。

庞涓叩道："听闻父王龙体有恙，儿臣诚惶诚恐，特来叩安。"

“呵呵呵，老毛病了！”惠王指指左腿，“是这左腿，当年与韩、赵战于浊泽，寡人受赵人一箭，伤及骨头，但凡湿气上泛，就会犯病，前日厉害，今朝好多了。”

“父王，”庞涓双手奉上膏药，“此药膏为楚人秘制，专祛风湿，儿臣求请父王一试。”

“好好好！”惠王连说几个好字，看向毗人。

毗人接过药膏，收藏起来。

“二位来得正好，”惠王赐席，见二人坐下，指向一堆奏报，“这些奏报，寡人听得心烦，正要召请你俩呢。”

“可为灾情？”张仪看向奏报。

“唉。”惠王长叹一声，“各地闹灾，青黄不接，各郡各邑，都在向寡人伸手要粮，寡人……”

“我王勿忧，”张仪奏道，“各地灾情臣已悉知，也将灾情知会秦人。秦王闻我有灾，旨令蜀地调运米粮三万石，这辰光已在途中，不日将运抵河东，或可解我水火之急。”

“哎呀呀，”惠王两眼放光，喜得合不拢口，“好爱卿呀，此等佳音，你当早些禀报才是！”

“臣也是刚刚得信，不敢有一刻耽搁。”

“唉，”惠王长叹一声，转对庞涓，“事到临头，真正助我的，仍旧是秦人。只是，秦王如此慷慨，倒是出乎寡人之料啊！”

“非秦王慷慨，”张仪奏道，“是秦王顾念秦魏睦邻大略，不计其他。不瞒王上，据臣所知，去年河东大旱，与河东一河之隔的河西，乃至关中，也是滴水未下。关中，也缺粮啊！”

“这这这，”魏惠王急了，“秦人既也缺粮，却来助我三万石，叫寡人……如何是好？”

“我王无须为秦人忧心，”张仪侃侃言道，“秦人有蜀地粮仓，饿不死人。不瞒我王，蜀地是臣一手开拓的，一眼望去，真叫一个沃野千里啊！这且不说，蜀人善于治水，无惧旱涝，所产粮食吃不完，大部分都喂鸡喂猪了！”

“啧啧啧，”惠王赞道，“秦王得蜀，是得个大宝啊。”

“不瞒王上，”张仪应道，“秦王当年却不这么想。当年秦王气恨我王约纵亲六国攻秦，定下国策誓与魏战，臣以为不智，力劝秦王避强就弱，与魏睦邻，向西争蜀。秦王初时不从，后从臣谏，用臣之计平巴得蜀，方有今日。”

“唉，”魏王再次出叹，“是秦王命好运好，得与巴、蜀结邻，寡人这儿……”

“在臣眼里，我王之命比秦王要好，我王之运也不比秦王差呢。”

“哦？”

“大王请看，”张仪指向东方，“自大梁以东，泗下千里沃野，尽皆弱国，自大梁以北，太行之东，直至燕国蓟城，沃野之广，远甚于泗下。至于齐国五都之富，臣……”

“这这这……”惠王苦笑一声，做出无奈表情。

“大王，”张仪声音洪亮，信心满满，“秦王能得巴蜀，非秦王命好运好，是秦王看重军备，视军备为首务。自商君变法以来，秦举国皆兵，所有男儿幼习兵器，无不以战死疆场为荣。观秦人三军，阵之严整，律之严苛，械之精良，粮之充裕，天下无可匹敌。能与秦军一战者，唯有庞将军制下的大魏武卒。两强相撞，必是两伤，这也是臣力谏秦王舍魏争蜀的本因。秦得巴蜀，即可谋楚。楚地本属南蛮，秦人得之，无伤中原毫毛。中原沃野，何止千里，臣劝秦王留给大魏武卒，留给庞兄，留给大王。臣之用心，不可谓不苦，还望大王怜之。”

惠王长吸一口气，微微闭目。

“父王？”见惠王迟迟没有开眼，庞涓小声提醒。

“唉！”惠王终于给出一声长叹，重重摇头，“老矣，老矣，寡人垂垂老矣！”

“我王差矣，”张仪应道，“自古迄今，人无万岁，终有一老，亦终有一死。然而，有何人是为自己而生，又为自己而死呢？偌大一个魏室，真正立国不过四世，难道我王能够忍看大魏社稷于王百年之后一朝崩塌吗？”

张仪字字锥心。

惠王打个寒战，抬头看向庞涓：“贤婿，听说你要重建武卒，可有此事？”

“儿臣正有此意。”庞涓朗声应道，“儿臣已聘两万勇士，万事俱备，只缺甲胄。”

“单是甲胄，倒是易事。”惠王转对毗人，“传旨白虎，让他赶制两万套甲胄。”

“王上，”毗人小声禀道，“司徒大人有奏疏在此，就是方才老臣吟咏的。”

惠王这也想起毗人方才所念的奏疏，回到现实中，老眉渐渐凝起，转对张仪：“据司徒所奏，甲衣多由乌金铸制，单套甲盔即需乌金二十余镒，两万套需五十万镒。近年乌金价钱看涨，直追黄铜，五十万镒乌金需金逾三千镒，而国库仅有不足千镒，单是伤亡将士的抚恤也需六千镒，尚差五千镒的缺口。”

“这些儿臣晓得，”庞涓应道，“乌金大多来自韩室，我可暂且拖欠几日，待国库充盈，加利还它就是。”

“嗯，这倒不错，”惠王微微点头，转对毗人，“召司徒！”

白虎赶至。

惠王拿出他的奏章：“白爱卿，据你所奏，两万甲胄难在乌金，乌金难在金钱。方才武安君提出一个奏议，就是暂欠韩人，待国库充裕之时，我可加利归还。寡人以为奏议不错，特召你来，看如何与韩人磋商此事。”

“回禀王上，”白虎苦笑一声，“臣早与韩人磋商过此事，韩人不肯拖欠。”

“咦？”庞涓大声问道，“借借还还，方是生意之道。韩人既然与我做的是生意，为何不肯拖欠？”

“回禀武安君，”白虎不卑不亢，“前几年我们定制甲盔、弓弩、革衣、车马等物，尚有许多旧账，折金不下三千镒，迄今未还，韩人不肯再欠了。”

“岂有此理！”庞涓震几怒道，“旧账归旧账，新账归新账，堂堂大魏，还能拖赖他们不成？”

“武安君大人，”白虎也生气了，“生意之道讲究公平，欠账还钱，买卖自主，此乃天经地义之事。今我欠账不还，韩人中断生意，也为常理……”

“够了！”庞涓几乎是喝叫。

“你……”白虎也是气急了，满脸红涨，鼻孔里冷冷地哼出一声，竟然忘记是在宫中，忽地站起，一个转身，大踏步径去。

“唉，”望着白虎气冲冲远去的背影，张仪故意出声长叹，“司徒大人仗恃何势，竟把大王的御书房当成自家的后花园了！”

“拟旨，”惠王被张仪的话激怒了，转对毗人，“暂免白虎司徒职，让他闭门思过一月！”

夜色已深，白家祠堂里，一盏孤灯，几炷香火。

白虎跪在白圭灵前，没有悲泣，没有诉说，只是静静地跪着，如一尊雕塑。

在他身后站有许久的老家宰黄叔轻声禀道：“主公？”

白虎一动不动，似是没有听见。

“主公，”黄叔抹把眼泪，声音更轻，“交三更了，夫人房里……灯仍在亮着，是在候您呢。”

白虎起身，复又跪下，如是数次，行完三拜九叩大礼，将白圭的牌位取下，小心翼翼地装进他早已备好的箱子里。

“主公，您……这是何意？”黄叔愣住了。

“黄叔，”白虎把一双泪眼看过来，“诗曰：‘莫我肯顾，适彼乐土。’此地我们守得太久了，也该挪个地方。明日晨起，你安排人手，收拾行李，整备车马，后日鸡鸣时分，我们出城。”说着，拿出一只红布包裹，递过来，“还有这枚印玺，使人呈送上卿府，让他转呈魏王。”

黄叔双手接过印绶，老泪流出。

白虎拖着沉重的步子，一步一步地走向房门。

夫人绮漪当门而立。

“夫君，”绮漪问道，“我们欲往何处？”

“韩国阳翟。”

“主公！”黄叔打个惊怔，急赶过来，“阳翟去不得，万万去不得啊！主公要走，当去宋地定陶。”

“为什么？”白虎问道。

“主公呀，”老家宰忧心忡忡，“阳翟的大小生意人之所以赊账于魏，不外乎二因，其一是老白家的面子，其二是你这个司徒身份。今日主公不做司徒了，老白家也早不做生意了，魏国欠下数千镒的债务，主公此去，岂不是……”

“黄叔所言极是，”白虎淡淡一笑，“阳翟大小客商之所以赊账于我，是冲我白虎的司徒身份。白虎今日不是司徒了，于情于理，也都该当去对所有客商有个交代，至于是打是罚，由他们处置吧。”又看向绮漪，“夫人，是不？”

“夫君，”绮漪点头，紧紧握住他的手，“绮漪听夫君的。无论夫君到哪儿，即使上刀山，下油锅，绮漪也愿跟从！”

翌日晨起，朱威得知白虎欲走，急急赶来，再三苦劝，白虎执意出走。朱威挥泪作别，回到府中，越想越闷，加之前些时积劳成疾，身体本就不适，也就告病不朝了。

“你要与阿大去阳翟？”庞涓不可置信地盯住白起。

“是哩。”白起郑重点头。

“何时动身？”

“明日鸡鸣，城门开时。”

庞涓在厅中紧踱几步，顿住，将手重重搁在白起肩上：“起儿，你不去阳翟，好不？”

“为什么？”

“义父不想让你去。”

“义父为什么不想让起儿去？”白起歪头望着他。

“因为……因为……”庞涓支吾一下，接道，“义父离不开你，义父想把你留在身边，想使你成为一个真正的将军，战无不胜，攻无不克！”

“就像义父这样？”白起眼睛睁大。

“不是就像，”庞涓在他的肩上加力，“义父相信你一定能超过义父。”

“义父凭什么相信？”

“就凭你的起点是在义父的肩膀上。”

“义父，让起儿想想，成不？”白起仰脸恳求。

“你不能想，你须马上回答我，究竟想不想成为一个超过义父、驰骋列国的无敌将军。”

“起儿想，起儿做梦都想！”白起略顿一下，转过话头，“可……起儿不能答应义父。”

“哦？”庞涓盯住他，“告诉义父，为什么？”

“因为我若留下，就不能为阿大尽孝了。”

“那……你就不想为义父尽孝吗？”

“义父只是义父，阿大才是亲父。亲为仁，仁大于义，是不？”

一直无子的庞涓心头就如被揪过一般，半晌，苦笑一下：“好吧，仁大于义。义父不讲这个，义父不让你去，还有一层原因，你想听不？”

“义父请讲！”

“你阿大去阳翟，是自就死地，你可晓得？义父不让你去，是不想让你去死。”

“为什么？”

“因为你阿大欠下阳翟商贾好多好多钱款，他身无分文到阳翟，必死无疑。”

“啊？”白起震惊，半晌方道，“我阿大为什么欠人家那么多钱？”

“因为国家。武卒需要甲胄、弓弩、乌金，这些多是从阳翟商人手中购买。可我们没有那么多钱，你的阿大身为司徒，是保人！”

白起陷入深思。

良久，白起抬头，郑重地看向庞涓：“回禀义父，若是这样，起儿更须同去。”

“哦？”

“父债子偿，天经地义。阿大欠债，舍身偿还，是义。身为嫡子，身为魏民，起儿若有躲闪，于父母，是不孝；于国家，是不忠；于债主，是不义。义父难道要起儿做一个不孝不忠不义之人吗？”

见白起小小年纪竟能讲出此话，庞涓深为震撼，轻抚其头：“好一个起儿！”转身进屋，拿出当年自己一字一字默写出来的六章吴子兵书，递交给他，“这本《吴子兵法》是义父的师父鬼谷先生传授义父的，今朝送给你了。再过八年，待你长大成人，随时来寻义父，义父必将平生所学，悉数授你。”

“谢义父赠书！”白起双手接过，跪地叩谢毕，从怀中摸出一朵玉雕的莲花，双手奉上，“下月初三是义母诞辰，此花是起儿三个月前为义母定制的，今日事急，只能提前敬上，敬请义父代为奉献。”

“如此贵重之物，你……哪儿来的钱？”

“是起儿的压岁钱。每年新春，义父、义母、阿大、娘亲，还有黄阿公、朱阿公，都给起儿不少压岁钱，起儿收攒起来，全部用在这朵花上了。”

“起儿……”庞涓眼睛湿润了，长吸一口气，“既然你用心如此，为什么不去房中，亲手献给你的义母呢？”

“起儿不敢去见义母。”

“为什么？”

“怕义母伤心。”

白起伏地再拜几拜，大步离去，没有回头。

望着小白起渐去渐远的身影，庞涓不无怅惘，轻叹一声，走进主房，将白起所送的玉莲花交给瑞莲。

“真漂亮！”瑞莲左看右看，爱不释手，不无深情地凝视庞涓，“夫君，莲儿谢你了，莲儿只为你开！”

“夫人谢错了！”庞涓怅然叹道，“是起儿送的！”

“起儿？”瑞莲惊喜，“他在哪儿？我正在想他呢！”

“他……走了！”

“走了？他去哪儿了？”

庞涓将白起要离开大梁、前往阳翟、临行之前来送她莲花的事约略讲了。瑞莲大急，当下就要前往白府，被庞涓阻住。

庞涓伸手取过玉莲花，耳边响起白起的声音：“义父只是义父，阿大才是亲父。亲为仁，仁大于义，是不……父债子偿，天经地义。阿大欠债，舍身偿还，是义。身为嫡子，身为魏民，起儿若有躲闪，于父母，是不孝；于国家，是不忠；于债主，是不义。义父难道要起儿做一个不孝不忠不义之人吗……”

“唉……”庞涓长叹一声，抬头看向瑞莲。

“夫君！”瑞莲靠在他身上。

贴身侍女端着一个药盅走进房门。

见二人亲热，侍女驻步。

“端过来吧！”瑞莲叫道。

仆女端起来，将药盅放在案上，朝庞涓揖个礼，退出。

盅里是黑乎乎的药汤。

“夫人，你怎么了？”庞涓急问。

“我没有怎么，什么都好。”

“什么都好，你这……”

瑞莲给他一个笑，端起汤盅，放唇边，小啜一下，眼一闭，咕嘟咕嘟一气饮完。

“夫人？”庞涓接过汤盅，望着她。

“是梅姐送我的偏方儿，专治宫寒。”瑞莲一脸憧憬，“莲儿喝有多剂，感觉好多了。待莲儿治好它，就为夫君也生一个小起儿！”

“夫人……”庞涓将瑞莲紧紧搂在怀里，搂得她上不来气。

“夫君，”瑞莲娇喘几声，在他耳边悄声道，“莲儿现在就要你！”

庞涓被她撩得兴起，一把揽起她，抱进寝处，宽衣解带，双双带着造人的热望，一时颠鸾倒凤，被翻红浪。

白虎出走之后，庞涓不再顾忌，遂以惠王名义拟就国书一封，发给韩王，语气也算诚恳，先申述魏、韩两国历史友谊，感谢韩王对魏室的鼎持，继而请求韩王一如既往，继续支持，随附一张要韩室支持的清单，上面所列各类军需物资，上盖魏王玺印，加附一枚武安君玺印。

张仪征巴蜀那年，韩国大旱，民生多艰，一向生活节俭的昭王韩武却不恤民难，神经质般旨令臣子耗费巨资，大兴土木，在宫城西门起筑一座奢华门楼，史称高门。失时动土，上天有应。楚国有高人预测昭王不能过高门，果不其然，昭王刚好驾崩于高门筑就那日。

继承王位的是其嫡长子宣惠王。宣惠王拜公仲侈为相，韩举为左司马，执掌三军，使先相国申不害之子申差为司徒，兼管各地工坊。

收到大魏国书，韩宣王反复阅读，踌躇难决，上面加盖的武安君庞涓玺印，更让他的背脊骨透出丝丝寒意。

忖度良久，宣王召到公仲侈、韩举与申差三人，谋议对策。

三位重臣各读一遍，无不现出愠色，尤其是负责工坊的申差。

“庞涓欺我太甚！”申差气愤难平，怒道，“魏人欠我旧账数千镒，阳翟不少工坊由于缺钱购置原料，或濒临倒闭，或已倒闭，大小商贾谈魏色变，没人愿与魏人再有生意来往。宜阳几家乌金矿主因阳翟拖欠而停止供货，有矿主连矿也封了。”

“司徒所言甚是，”公仲侈附和，“我臣民生资，王室近半用度，多仗阳翟商贾税费，今魏人欠债不还，阳翟商贾怨声载道，魏人不恤我苦，赖账不说，这又蛮横强索，是可忍，孰不可忍！”

“抛开欠款不谈，”韩举的两眼落在国书上，“臣以为，将兵器卖给魏人大是不妥。魏、韩虽为唇齿，但魏自恃势大，从未将我视作盟友。魏所恃者，无非是武卒与虎贲。我所惧者，无非也是武卒与虎贲。经由邯郸、桂陵二役，武卒、虎贲受损，庞涓之所以要我急备军资，无非是想重振武卒与虎贲。我若资之，是为虎傅翼、增益其势了。”

“唉，这些寡人何尝不知？”宣王长叹一声，指国书道，“眼下我弱魏强，假使不允魏人，庞涓加兵于我，该当如何是好？”

“怕他个鸟！”韩举以拳震几，“桂陵一战，武卒十去其六，虎贲十去其八，庞涓已无所恃，我堂堂大韩，有何惧哉？”

宣王转头看向公仲侈。

“诚如韩将军所言，”公仲侈点头应道，“魏势大减，庞涓风光不再，不足为虑。”

“就依众卿！”宣王本就有气，牙关一咬，“恭请诸位厉兵秣马，收储粮草，拓沟砌垒，寡人这就回绝魏罃，大不了与他一战！”

听闻白虎来到阳翟，大小商贾纷至沓来，将白家居住的客栈围个水泄不通。

“诸位父老，诸位兄弟，诸位大人，”白虎跳上院中一张石几，抱拳一周，“在下白虎，魏人白圭之子，魏国司徒，旬日之前，因种种原因，挂司徒印绶，携家带口，由梁赴此……”

话音未落，就被嘈杂的呼声打断：

“白虎，甭讲废话，快还我钱！”

“什么司徒不司徒的，与我等何干？你既然敢来，就拿钱来！”

“白司徒呀，我一家老小全靠这点儿营生，亏空这么多，日子没法儿过了！”

“我等皆是冲你老白家才做生意，这就是你们老白家的生意之道吗？”

“白司徒，求求你了，救救我一家吧……”

……

不知是谁率先跪下，众人呼呼啦啦全跪下来，院里院外，瞬间跪满债权人。

白虎“扑通”一声，亦在几案上跪下，泪水满盈。

一群年轻后生冲进院子，拿着刀枪棍棒，拨开众人，冲到石几前面，为首一人使力扭住白虎，以剑抵住白虎脖颈，大吼：“姓白的，快讲，你欠我们的血汗钱，到底还不还？”

为首之人不是别个，正是阳翟首富蔡佗之子蔡韦。魏国所欠巨款，蔡家最多，当算白虎在阳翟的最大债权人了。

“还！”白虎显然认得他，喃声，“在下一定还！”

“还钱好呀，白大司徒，钱呢？”

“在下……没钱。”

“咦？没钱，你拿什么来还？是来嘲讽我们阳翟人吗？”蔡韦用力按下白虎的头。

“非也！”白虎把脖颈用力一挺，昂起头来，“在下愿以性命相抵，可否？”

“哈哈哈哈，”蔡韦爆笑数声，朝众人说道，“父老乡亲们，你们这都听见没，魏国大司徒白虎，天下第一商白圭之子白虎，欠钱不还不说，竟又厚着脸皮来到我们阳翟，要以命相抵所欠债务，问我们可否。父老乡亲们，你们说，可否？”

“不可！”众人异口同声。

“听见没？”蔡韦将白虎的头发猛力一扯，疼得白虎龇牙咧嘴，“姓白的，在下走南闯北，也算见过不少赖账的，却没见过似你这般拿命抵的！我且问你，你无官无职，身无分文，已是烂命一条，能值多少金子？一百镒吗？一千镒吗？你欠阳翟的是三千镒的足金啊，姓白的！”

三千镒金子就如一个巨大的魔咒，罩在每一个债权人头上。

全场鸦雀无声。

不知是过于激动，还是过于哀伤，蔡韦揪头发的手指松开了。

白虎泪水流出，垂下头去。

就在一片静寂之中，远处传来“啪”的一声爆响，众人扭头望去，见是一个孩子从一扇刚被冲撞开的窗棂里凌空飞出，稳稳着地。接着，一个女人从窗户里钻出，在那孩子的接应下，落在地上。

自不待言，是被白虎反锁于房的绮漪和白起。

母子二人相互搀扶，一步一步走过来。

母子二人走到石几前面，白起推开蔡韦，扶母亲踏上石几，让她在白虎身侧跪下，自己跟着跳上石几，站在白虎的另一侧。

“父老乡亲们，”白起如大人般朝众人拱手，“在下白起，白虎是在下生父。旁边女子是在下生母。欠账还钱，天经地义。然而，冤有头，债亦有主。欠你们三千镒巨债的，不是我们白家，是魏王，与你们做生意的，也不是我们白家，是魏王任命的魏国司徒。至于在下生父白虎，旬日之前是魏国司徒，今日已被魏王废黜，不是司徒了。白虎既已不是司徒，诸位死缠我们白家，是何道理？有种的，当到大梁讨债去！”

白起之言，有理有据，众人一下子怔了，面面相觑。

“咦？”被拨在一边的蔡韦陡然灵醒过来，眼珠子一瞪，指白起骂道，“你个小兔崽子，不过屁大个子儿，嘴巴倒是利索哩！”“啪”地从袖中摸出契约，

“小兔崽子，睁眼看看这张契约，是何人具保画押的？是你父亲白虎！小兔崽子，晓得什么叫具保吗？晓得什么叫画押吗？狗屁不懂，竟在此地振振有词，乍听起来，真还就是赖账有理哩！”

“好吧，是在下不懂了。”白起小头一昂，两只大眼紧盯住他，指指自己脑袋，“你这讲讲，在下这颗头颅，值金几许？”

“你……”蔡韦后退一步。

“你不出价，在下就自己叫价了！”白起面向众人，朗声叫道，“在下白起，在此世间历时一十二个春秋，现有头颅一枚，作价黄金三千镒，今日售与在场诸位，以偿魏国债务，是你们自取，还是在下奉献，悉听尊便！”

众人再次震撼。

“你个小兔崽子！”蔡韦急了，“贱命一条，如何就值三千镒？”

“请问壮士，”白起冷笑一声，“在下之命，不值三千镒，又值几许？”

“一镒足矣！”

“在下出三镒，买你一命，如何？”

“你……”蔡韦气急。

“观你年纪，当届而立，今出此语，枉活三十年矣！”白起冷笑一声，转向众人，“人之生命乃父母精血所育，天地日月所炼，一生仅此一次。鲁人孔丘有云，除死无大事。此言是说，人生在世，贵不过一死。好死不如赖活着，饿得一箪食，渴得一瓢饮，足矣。纵有千镒万镒，若是一死，又有何益？”说着，手指蔡韦，“在下以如此贵重的性命作价，仅售三千镒，此人竟说贵了，这般营商，羞做阳翟人也！”

蔡韦恼羞成怒，退出两步，抽出佩剑，正待发作，门口传来一声断喝：“韦儿，不得无礼！”

众人扭头望去，皆吃一惊。

门口站着一个颤巍巍的老者，身边是白家的老家宰黄叔。

无须再问，老者是蔡佗。

人群让开一条道，蔡佗与老家宰缓缓走进。

蔡韦利剑入鞘，赶前几步，小心翼翼地搀扶老人：“大，您怎么来了？”

蔡佗缓步走到白虎跟前，回转身，朝众人微微拱手：“诸位债主，蔡佗此来，有一言相告。”手指老家宰，“听黄老弟说，白家为魏室担保不少钱财，粗算下来，折金三千镒，经老夫查问，其中有老夫千五百镒，其他各家千五百镒。老夫之款自有老夫来结，至于众人之款，老夫在宜阳有个乌金矿，可折金逾两千镒，权为白家作保！”

“大！”蔡韦急了，带着哭音，“您……您这是犯糊涂了，他们老白家的欠款，凭什么拿咱家的宝矿作保？”

“为父没有糊涂，”蔡佗指着白虎一家，“因为你讲的那座宝矿，本来就是白家的！”说着转向白虎，跪地叩首，“主公在上，请受老仆蔡佗一拜！”

如此戏剧性的一幕，使在场的所有阳翟人完全傻了，莫说是蔡韦、白虎一家，即使跟从白家多年的黄叔，也是愣怔。

“大，”蔡韦最先反应过来，“你说那个大矿是白家的，可有凭证？”

“没有凭证。”蔡佗缓缓应道。

“那……没有凭证，凭什么讲那矿是他白家的？”

“就凭这个！”老人指向额角一块疤痕，“为父先祖是蔡国公族，后来，蔡为楚人所灭，族人沦为楚国公族昭氏隶仆，为父这里被刺上一个“昭”字。先主公白圭大人游历于楚，与昭门通关商贸，见为父言语伶俐，为人诚信，出重金赎出为父，使人去此昭字，教会为父营商之道，将阳翟生意悉数委托为父，对外却秘而不宣。十二年前，先主公又暗使为父前往宜阳，购此矿山，叮嘱为父，无论白家发生什么，此事皆不可张扬，除非白家后人落难于阳翟。今少主公落难于此，命悬一线，正应先主公谶言矣！”说罢，伸手召蔡韦，“韦儿，来，向主公一家叩首！”

蔡韦于瞬间由主而仆，完全傻了，此时听到召唤，四肢僵硬地走过来，在老父身边吃力地跪下，犹如一块木头般叩在地上。

场上人众无不唏嘘，向白氏一门及其老义仆蔡佗叩拜。

第 098 章｜ 借秦力庞涓伐韩 解纷争苏秦奔走

尽管韩宣王语气委婉，庞涓仍被激怒了，气冲冲地赶到相国府，将韩王的国书“啪”地掼到张仪跟前，道：“张兄，你看看这个！”说着，一拳擂在柱子上，“才做几日王，说话就没个分寸了，简直是欺人太甚！”

这个国书是先到相府，再由相府转呈魏王，而后才交到庞涓手中的，张仪自是看过。

张仪候的也是这个。

“观庞兄之意，”张仪斜一眼那国书，“是想伐韩了？”

“早想伐它了，只是……”庞涓朝柱子上又是一拳。

“只是什么呢？”张仪淡淡一笑，“秦国传来佳音，由蜀国运到的三万石粮食已到河西仓库，在下正要禀报我王，前往运输呢。”

“太好了！”庞涓两眼放光，旋即又暗淡下来，长叹一声，“唉，张兄呀，在下需要的，不只是粮食，还有更紧要之物啊！”

“庞兄请讲。”

“两万套武卒甲胄。”庞涓一字一顿。

“庞兄几时想要？”

“当然是越快越好了！”

“三个月之内，在下为你打造齐备，可否？”

“什么？”庞涓大瞪两眼，“三个月之内？两万套甲胄？”苦笑一声，“张兄，你这不会是开玩笑吧？”

“在下与庞兄开过玩笑吗？”张仪依旧脸上溢笑。

“好吧，”庞涓不再苦笑了，盯住他，“敢问张兄，请问张兄，你又不是神仙，如何能在三个月之内打造出两万套甲胄？”

“在下不能，秦人却能。”张仪敛住笑，一字一顿。

“秦人？”庞涓一拍脑袋，“在下倒是没有想到。只是，甲胄之事，非同小可，秦人万一不肯呢？”

“凭在下的舌头，庞兄的面子，还有魏王的诚意，秦王不会不肯吧！”

“就信张兄。”庞涓眼珠儿一转，“还请张兄再加几样，免得单调。”

“庞兄还要什么？”

庞涓拿起笔，匆匆拉出一个清单，递给张仪。

“好家伙！”张仪看清单，皱紧眉头，“五千只弓弩，五万支箭矢，一万只枪头！好一个庞兄，你真把秦人当成自家兵坊了！”

“呵呵呵，”庞涓连笑几声，拱手，“既然张兄开这尊口了，就得多讨一点儿，省得秦人乱讲闲话，笑话张兄舌头不软，在下面子不大，大王诚意不够呢！”

“你这叫得寸进尺！”

“在下没有进丈，已经给秦人面子了。”庞涓又是一笑，“想想看，前番大王是要在下伐秦的，在下听信张兄你，转头伐赵，为秦人省下多少东西。今朝在下伐韩，让秦人只拿出这一小点儿，已经是……”

“好好好，”张仪赶忙拱手，“在下服你了。”说着，走到一边换服饰，“在下不与你扯皮，这就进宫向王上讨个使节去！”

魏相张仪使秦，秦惠王亲率司马错、公子疾、甘茂等臣迎至咸阳郊外。君臣相见，四目对视，万千话语只在不言之中。

君臣同乘王辇，回到宫中。

“王上，”张仪在殿中自己的席位上坐下，环视曾经熟悉的朝堂，笑道，“臣有些日子没有坐在此处了。”

“是哩。”惠王回以一笑，指向张仪的席位，“自爱卿走后，此位一直空置。”

“谢王上抬爱。”张仪谢过，聚气凝神，将魏宫诸事，尤其是当下困境，一五一十地禀报一遍，末了道，“臣此番来使，是想讨要一批信物。”

“爱卿请讲。”

“三万石粟米，两万套甲胄，五千只弓弩，五万支箭矢，一万只乌金枪头。其他诸物，也请我王酌情调拨。”

“张兄，”司马错大是诧异，“你讨这么多东西做啥？”

“非在下所讨，是应庞涓所请。”张仪应道。

“庞涓？”司马错大吃一怔，“他要这些做啥？”

“伐韩。”

众人各吸一口气，面面相觑。

“哈哈哈哈，”秦惠王长笑数声，“庞大将军的面子，寡人不能不给呀。准允。”

“臣还有一请。”张仪紧盯惠王。

“请讲。”

“庞涓伐韩之时，臣请我王约攻韩国宜阳，拔其铁都，使其首尾不能两顾。”

“魏韩交恶，”惠王思考有顷，“是其三晋内事，我若直接插手宜阳欠妥，不过，我倒是可以陈兵崤函，兵压宜阳，使宜阳之兵不敢东顾。你当与庞将军商议一下，让他最好让出陕、焦、曲沃三邑，使我陈兵无虞。”

“臣受命！”张仪应道，“不过，魏势已是疲软，加之赵、齐、楚三国虎伺在侧，臣恐庞将军独力难支，无勇伐韩。是以臣以为，我仅兵压宜阳尚嫌不足，还请我王压迫上党才是。我有大军在侧，倘使韩人真敢调动上党、宜阳之卒赴郑勤王，我即可乘虚而入，无论是取宜阳还是上党，于我王皆是意外之喜。”

“准爱卿所请，”惠王做个准允手势，看向张仪，“爱卿回来得刚好，寡人正有几桩事情转告于你，多与楚国相关，皆于我不利。”

“臣敬听。”

“其一是，惠施至楚，被楚王拜为客卿，在朝野呼吁联齐抗秦，渐成势力；其二是，齐将田忌出走至楚，投于景氏门下，据守宛城；其三是，楚王熊商卧榻不起，若不出意外，当活不过本月，太子熊槐当无悬念继位。”

“最后一桩或为我王之福。”张仪接道。

“哦？”

“臣知熊槐，远甚于知我王。”

“哈哈哈哈，”惠王先是一怔，继而长笑起来，竖拇指，“好呀好呀，爱卿既有此说，寡人当无虑矣。”

“回禀我王，”张仪拱手，沉声应道，“魏因邯郸、桂陵二战，已成虚空，这再伐韩，势力殆尽，王可无虑。赵、齐各有损伤，三五年内，元气难以恢复。未来几年，我们的对手当是楚人。是以臣以为，惠施不可留楚。另外，庞涓伐韩，赵无力赴救，楚若大丧，或不出兵，救韩之兵只有一齐。孙膑已死，五都之兵只有田忌可治，无论如何，我王不可使田忌抽身回齐，否则，若是韩、齐夹攻，庞涓难有胜算。若是庞涓再败，臣或不容于魏，连横大计也或功亏一篑矣。”

“就寡人所知，善于逐人者，一是爱卿你，一是陈轸。今陈轸在楚，惠施与田忌亦在楚地，寡人可使陈轸建此二功。”

“臣并不乐观。”张仪嘴角一撇，“陈轸本为二心之人，今在楚地，早已背秦。前年臣征巴蜀，正是因为此人，蜀人才节节抗拒。”

“诚如爱卿所言，”惠王点头，“陈轸至楚，终将事楚。只是眼下，陈轸尚欠寡人一个小情，寡人别无他求，托他赶走两个闲人，想他不会不给这个面子！”

“如此甚好，臣恭听佳音。”

夜色将临，惠王体谅紫云，不再留他用晚膳。

张仪回府，紫云果然备好酒肴在等他。

一夜温存。天将明时，紫云率先起床，忙上忙下地收拾行装。

“夫人，你这忙乎什么？”张仪惊讶。

“夫君不是要回魏吗？紫云同去！”

“使不得！”张仪一口回绝。

“为什么？”紫云停下手中活计。

“因为，”张仪眨巴几下眼睛，“夫人在秦，仪之家舍也就在秦，仪别无他念，自当全力为秦效力。夫人若是从仪至梁，仪之家舍也就在梁不在秦了。”

“这……”紫云怔了。

“仪已讲明，夫人是否赴梁，自己掂量。”

紫云闷头掂量良久，看向张仪：“既是此说，紫云就不陪同赴梁了，只在家中守候夫君，日日为夫君祈福。”

“呵呵呵，这就对了！”张仪笑过几声。

在府中住满三日，于第四日上，张仪对紫云道：“夫人，仪已别过王兄，于今日出行，返回大梁。返梁途中，仪欲进山一趟，望望香女，这先禀报一声。”

“紫云也有此意，”紫云热切应道，“如蒙不弃，紫云同往。”

“仪代香女谢夫人挂念。”张仪拱手谢道，“只是，夫人若去，千好万好，只有一个不好，香女的道怕就修不成了！”

紫云微微低头，不再说话。是哩，将心比心，如果自己是香女，也必不待见一个公然抢走自己夫君的女人。

张仪安排随同前来的魏国使团成员留在咸阳，与秦人进一步商榷粟米、甲胄等具体交接事宜，独自走进终南山，在寒泉子的草舍里连候三日，香女终不出来相见。

张仪嗟叹数声，将费尽心力寻到的伤湿药膏留给寒泉子，悻悻出谷，往投函谷而去。

回到大梁，张仪将使秦过程并收获一一说给庞涓，喜得庞涓合不拢嘴。

“不过，”张仪话锋一转，“秦王也不是不要回报。”

“当然，当然，”庞涓笑道，“秦人一向如此，不干吃亏之事。张兄这且讲讲，秦王所求何报，不要太过分即可。”

“要我撤离临晋关，退往河东，与秦划河而治，并将函谷关外陕、焦、曲沃三邑归还于秦。”

“这……”庞涓倒吸一口气。

“唉，”张仪长叹一声，“能讲的在下全都讲了，秦王不肯让步。不过，秦王也有表示。”

“是何表示？”

“屯大军于陕、焦、曲沃三地，以函谷为背，锋指宜阳，使宜阳韩军自顾不暇，以减轻庞兄压力。另外，如果我王愿意借道，秦王愿出精兵一万，开往河东，锋指上党，使上党守军不敢妄动。”

庞涓闭目长思，有顷，抬头道：“临晋关可让，陕、焦、曲沃三邑，我可让曲沃，保留陕、焦二邑，以卫护津渡。至于上党韩军，自有安邑驻军牵扯，不劳秦人了。”

“函谷关外，只让给秦人一邑，在下恐难说话。庞兄，你看这样如何，再让出焦邑，我留陕邑，此地恰在两个津渡正中，左右皆可护佑。”

“咦，”庞涓睁大眼睛，“我说张兄，你是魏室国相，与在下讨价还价起来，如何竟如秦人一般？”

“唉，庞兄呀，”张仪苦笑一声，“眼下是我们去求秦人，不是秦人来求我们。如果秦人愿意，在下恨不得要他们让出咸阳来呢。”又压低声音，“再说了，庞兄若能借得秦人甲胄、粮草、兵器，如果不出意外，当可一举击溃韩国，得其都城并阳翟，别的不说，单是阳翟……”顿住话头，悠闲地用指节轻敲几案。

“好吧，”庞涓应道，“就依张兄所言，只是，此事重大，你我尚须禀报王上，由王上定夺。”

二人入宫，依言奏报魏惠王。

“张爱卿呀，”惠王语气就与庞涓一般无二，“你能否再使秦一趟，与秦王商量一下，能否留下临晋关，那里……埋我数万将士尸骨，每年清明，总得让人前往祭祀吧！”

张仪晓得惠王心意，不为祭祀，是他的河西之心未死，苦笑一声：“君上，能讲的臣已全对秦王讲了，我军退出临晋关，让出全部河西是秦底线，秦王第一条就提这个。再说，臣以为，秦魏划河而治，也非不可。临晋关只要在我手中，秦王就不会安寝，将心比心……”

“好了好了，”惠王不耐烦地打断他，“要寡人让出临晋关也不是不可，但秦人必须再出三万石粟米。如果寡人没有记错，秦人此番给的三万石是用于赈灾的，你与庞将军天天奏报伐韩，寡人总不能让三军将士饿着肚子出征吧！”

庞涓对惠王补出此句极是叹服，目光殷切地看向张仪。

“臣领旨，这就上书秦王。”张仪拱手。

张仪上书后，出乎魏王与庞涓意料的是，秦王不仅准允加拨三万石军粮，又加拨西戎专门用以单骑的军马五千匹，单骑教练一百名，乐得庞涓心花怒放。

有钱有粮，庞涓放手征役，魏王亦连发数旨，奖励军功，凡应役之户，享受此前所颁的赋税优抚待遇外，当场奖粟米一石。时下正值灾情，饥民塞道，年轻人纷纷应役，既给家中省出口粮，又能挣得薪粮。前后不足一月，庞涓即征青壮五万有余，又从三军及应征者中精选两万壮士，充入武卒，由青牛组织集训。

伐大国，当备战三年。然而，庞涓似乎连一年也等不及，于当年秋收之后，就上奏伐韩。

随着惠施、白虎的出走，朱威的告病，朝廷上多是张仪、庞涓的属下，都是主战派，听不到一声反对。看到群情激昂，魏惠王自也踌躇满志，旨令伐韩，择吉日大祭太庙，拜庞涓为主将，公子嗣为副将，太子申为监军，青牛为先锋，张仪协调粮草，发三军八万，祭旗出征。

庞涓的战略部署是：魏军兵分两路，一路兵出陉山，沿颍水河谷直插阳翟，夺占韩国兵坊及商贸重邑，一路由大梁直插新郑，逼迫韩王签署城下之盟。

依此部署，庞涓将三军八万分作两路：庞涓与太子申将中军与右军五万，兵发郑城；公子嗣率左军三万径投陉山，与陉山守军并力攻伐阳翟。

三军将行，无心外战更无意伐韩的太子申却被惠王再次任命为监军，本就郁闷，偏巧祭旗这日凌晨又做一梦，颇为不祥，见离出征还有一个时辰，便驱车赶到朱威府中，与他道别。

朱威气闷交加，卧病在榻，听闻太子驾到，挣扎着坐起，欲下榻作礼，被太子按住。

“殿下出征，老臣本该前往送行，不想却……”朱威脸上浮出苦笑。

“爱卿之病是为江山社稷所累，眼前首务当是将养身体，其他种种，皆为浮云。”太子申在他榻沿坐下，现出一脸无奈与惆怅。

“观殿下气色，似有心事。”

“其他倒好，只是今日凌晨，申于似醒非醒之际，忽然遇到一桩奇事，心中颇为忐忑。”

“敢问是何奇事？”

“申引兵伐韩，路过一处陌生地方。”太子申陷入追忆，“申立于战车上，正自前行，有长须之人当道而立，道：‘车上之人可是魏国太子？’申急停车，拱手作礼：‘正是魏申。先生辱见寡人，有何见谕？’那野人道：‘太子引兵，可为伐韩？’申应道：‘正是。臣奉王命，引兵伐韩。’那野人道：‘在下外黄人徐生，有百战百胜之术于此，太子可愿一闻？’申道：‘寡人乐闻。’那徐生道：‘太子自度，天下之贵可有超过南面之位的？’申道：‘寡人未曾听闻！’那徐生道：‘太子已经贵为储君，今却将兵伐韩，是为不智。幸而战胜，不过南面称孤，万一不胜呢？’申道：‘请先生教我。’那徐生道：‘收兵回梁，太子可无不胜之害，坐享称尊之果，此老朽所谓百战百胜之术也。’申拱手：‘善哉！寡人请从先生之教，即行班师。’那徐生并不复言，一手捋长须，一手指点申头，长笑数声，乘风而去。申乍然醒来，方知是梦，细忖那野人，惊为神仙。”

朱威闭目而思。

“祭旗之时，申陡然心悸胸闷，复想凌晨之梦，颇为忐忑。伐韩当往韩地，拦申驾者却称外黄徐生，想那陌生之地，当是外黄无疑。外黄位于大梁正东，是宋国边邑，不在伐韩之途。再说，那徐生之言，也为实在。申非恋九五尊位，实乃伐韩有违申心。父王偏听庞涓、张仪，穷兵于外，不恤民难，国将危矣。今父王命申监军，申欲不从，于父不孝，于国不忠，申欲从命，实违心意，申之进退，委实两难。”

“殿下有此悲悯之心，乃魏人之幸。”朱威再次坐起，挣扎着下榻，“我王这是昏头了，请殿下扶臣一把，臣这就入宫，劝谏王上收回成命。”

“唉！”太子申长叹一声，轻轻摇头，再次按住朱威，“朱卿，您还是养病吧。道法自然，命由天定。该来的，就让它来吧，申从天顺命！”

“这样也好，”朱威叹道，“有殿下在侧，即使有事，三军将士也能有所照应。”

尽管早有准备，但在得知魏人出兵的确切音讯后，韩国朝野仍旧一震，无论是王公贵胄还是野民皂隶，脸上无不洋溢出大战将至的紧张与激动，莫说是说话做事，连走路的姿势也与往常不同，步伐节奏加快许多。

最紧张也最激动的莫过于即位之后尚未经历重大战事的宣惠王，一刻不停地在殿廷踱步，头低着，眉毛几乎拧成两只蜈蚣。

大殿正中的王案上，赫然可见魏国的宣战檄文。

“王上？”相国公仲侈两眼眨也不眨地紧盯住他，声音很轻，但在这非常时刻极具穿透力，既似在提示宣惠王自己已经等候太久，又似在安抚这位方寸已乱的年轻君王。

“爱卿，”宣王这才回过神来，顿住步子，“魏人说打这就打过来了，你说，为今之计，寡人该当如何应对？”

“兵来将挡，水来土掩。”公仲侈一字一顿。

“爱卿呀，”宣王忧心忡忡，“这些寡人全都晓得，可……我们的对手是大魏武卒，是庞涓，何以敌之？何人可拒庞涓？韩举吗？申差吗？”

“臣愿为主将，抗拒庞涓！”

“你……”宣王长吸一口气，两眼紧盯公仲侈。

“王上难道信不过臣？”

“这这这，”宣王苦笑一下，轻轻摇头，“爱卿呀，这是领兵打仗，动刀动枪的，爱卿你……”又是一声苦笑。

“臣晓得，”公仲侈坦然应道，“臣不擅长刀枪，却可运筹帷幄。”

“敢问爱卿，当以何策应对庞涓？”

“深沟壁垒，以逸待劳，虚与周旋，以俟外援。”

“外援？”宣王苦笑一声，“何人来援呢？楚人吗？齐人吗？赵人吗？”

“正是。”

“唉，”宣王长叹一声，“爱卿呀，你是老臣了，怎会如此率真呢？楚人与我向来不睦，在我南疆修筑方城，时机若不合宜，则龟缩于城内，时机若是合宜，就出关扰我，犹如饿虎在侧；邯郸战后，赵人受创最重，即使想援我，也是心有余而力不足；齐人本可指靠，但田忌出走，孙膑暴死，无人可拒庞涓了。”

“王上，”公仲侈坦然应道，“臣不作此想。臣以为，魏人伐我，楚、赵、齐三国必出兵相救，理由有三。”

“爱卿请言其详。”宣王倾身过来。

“魏人欠账不还，恃强伐我，已失天下公义。失天下公义，天下共诛之，古今之理，此其一也；六国纵约未解，魏却一再缔结敌国，伐约国，是明欺纵亲，已失天下正义，失天下正义，天下共诛之，古今之理，此其二也。”

宣王苦笑道：“春秋已无义字，何况今日？”

“王上所言极是，”公仲侈沉声应道，“莫说是春秋，即使三皇五帝时代，天下亦无义战。然而，唯有义字是再好不过的出兵由头，用兵伐国，总是少不得些由头。魏人失义，未战已先折矣。”

“好吧，”宣王不再争辩，望他道，“前面两个皆是义字，其三当是利字了。”

“我王圣明，”公仲侈拱手应道，“三晋互攻，利于强秦，不利于齐、楚。齐、楚不利，必不肯坐视，前番齐人围魏救赵，可见此理。三晋之间犬牙交错，相互依存，唇亡而齿寒，魏人不恤往昔之谊，先伐赵，后伐韩，赵人愤懑久矣，亦必出兵助我。”

“如此甚好，寡人这就使人向齐、楚、赵求救！”

“以臣之见，王上大可不必向三国求救。”

“咦？”宣王愕然，“既要三国出手相救，又不让寡人使人相请，爱卿呀，你究竟想让寡人做什么呢？”

“王上只需去做一事，”公仲侈淡淡应道，“不乱方寸，固守待援。”

“那……何人去搬救兵？”

“纵约长兼六国共相苏秦。”

韩宣王心里一动：“苏相国何在？”

“应该在邯郸。”

“快，知会苏秦！”

“臣遵旨。”

“还有，拒魏之战，爱卿若为主将，何人可为副将？”

“韩举。”

根本无须知会，苏秦早于魏国出兵的第一时间就知道了，是公孙衍托人送的信，而公孙衍又是受托于朱威。

显然，庞涓、张仪合作伐韩，在魏已不得人心。

苏秦陷入苦思。就眼前局势而言，能够遏制庞涓的，只有孙膑。想到孙膑，苏秦眼前立时浮出那粒药丸。先生托童子送药给孙膑，显然把后事全都料定了。想到鬼谷子的这一预案，苏秦心底隐隐生出不祥的感觉：孙膑复出，于庞涓就是终结。

想到“终结”二字，苏秦不由得打个寒噤。

然而，事既至此，苏秦也无可奈何。张仪怂恿，庞涓恃强，二人勾连，非但有碍于纵亲大业，且已成为天下祸源。而这一切，竟然源出于自己对张仪的刻意举荐。

早知今日，何必当初。苏秦苦笑一声，微微闭目。一切无不是作孽，一切也无不是冥冥之中的安排。想到洛阳街头鬼谷子初见自己时所占之卦，及至后面所有的验证，苏秦不得不信天命了。

既然是天命安排，他苏秦又岂能违背天意?

苏秦冥思一夜，下定狠心，往赴宋地。

苏秦说走就走，秋果震惊。

眼见苏秦已经走近院门，而飞刀邹的车马早在府门外面等候，正自发愣的秋果大叫一声“等等”，反身回房，于片刻间收拾一个行囊，拔腿追出。

“果儿？”苏秦盯住她。

“我也去！”

“晓得为父是去哪儿吗？”苏秦苦笑。

“不晓得。”

“不晓得你就跟去？”

“我……我不晓得你去哪儿，可我晓得你是出远门。我……我不想一个人守在家里。”秋果嘴巴噘起，“果儿想定了，从今往后，你到哪儿，果儿就跟到哪儿。”

“这这这……”苏秦急了，“为父是去宋地，路上颠簸跋涉，你一个女儿家如何能成？”

“义父，”秋果眼珠子连转几下，声音轻软，“就是因为颠簸跋涉，女儿才要跟去。义父呀，您身边不能没人照顾，女儿半时也离不开义父了。”

听到秋果的声声“义父”与殷殷关爱，一种别样的情愫由苏秦内中涌出，心中不免一酸，凝视她：“果儿，为父此去，先到宋地，再到临淄，千里赶路，风餐露宿，你一个女孩子跟在身边，一路辛苦不说，也多有不便。你且回去，待为父到临淄安定下来，再让你邹叔接你。”

“邹叔？”秋果冲飞刀邹嫣然一笑，“我只叫他邹大哥。邹大哥，是不？”将行囊“咚”地扔到车上，身子轻轻一纵，人已稳稳地落在苏秦对面。

飞刀邹回她一笑，扬鞭催马。

“果儿，”苏秦愕然，盯住她，“你会武功？”

“是哩。”秋果做个鬼脸，“果儿只会一功，空中飞人！”

“这个功夫好啊，何时学的？”

“就是上次义父赴燕的时候。义父讲好一个月就回的，不料一去就是三个月，果儿闲得无聊，就向袁大哥拜师学艺，袁大哥问果儿欲学何艺，果儿说，只学一艺，就是空中飞人。方才露了一小手，让义父大人见笑了。”

“飞得好呀。”苏秦冲她竖起拇指，“说说看，为何其他不学，只学这一手？”

“万一有人行刺义父，果儿只要轻轻一跃，就能挡在义父身前！”秋果仰脸望着苏秦，一脸憧憬。

“果儿……”苏秦心中震颤，“你千万别傻，不会有人行刺为父的。”

“果儿是说万一。”

“果儿，说到这个，为父也想问你一事！”

“义父请讲！”

“你觉得你的袁大哥如何？”

“好呀！”秋果竖起拇指。

“给为父说说，他都有哪些好？”

“我来数一数！”秋果伸出左手，扳起手指头，语气调皮，“老大指，他高大有力，武艺精通，无论什么兵器拿到手里就会用；老二指，他对义父好，心里想的只有义父；老三指，他待人好，谁来求他他都帮忙；老四指，”闭会儿眼，“他人勤快，把府上里里外外打扫得干干净净，妥妥帖帖；”扳起小指，“这个小指头嘛，我得再想想，对了，他没有架子，总是乐呵呵的，没有见他骂过一次下人。”歪头，“义父，我数这五根指头，够不？”

“呵呵呵，”苏秦连笑数声，“够够够。义父再问你，如果让袁大哥天天与你在一起，你愿意吗？”

“愿意呀！”秋果不假思索，“自到邯郸，果儿就一直是与袁大哥天天在一起，就这辰光不在了。”

“果儿呀，”苏秦笑道，“你想不想听听袁大哥的旧事？”

“想想想。”果儿鼓掌。

苏秦随口讲起燕国的旧事，将他如何到燕国，如何住在袁豹家里，袁豹父亲如何待他，如何为国捐躯，袁豹如何在燕宫执掌卫队，作战如何勇猛，如何跟从他合纵，等等旧事，如数家珍，细述一遍，秋果两眼圆睁，如听传奇。

“果儿呀，”苏秦见火候差不多了，直入主题，“袁大哥家中已经没有亲人了，孤单单的一个人。义父有心撮合你俩……”顿住，盯住她。

“撮合我俩干啥？”果儿假作不懂，问道。

“就是……将你嫁给袁将军！”

秋果脸色沉下，低头良久，抬头，盯住苏秦，一字一顿：“义父，果儿不嫁！”

“呵呵呵，”苏秦笑道，“你都过二十了，是大姑娘哩！”

“过三十也不嫁！”

“咦，哪有女娃儿不嫁人呢？”

“果儿若嫁，只嫁一个人！”

“呵呵呵，说吧，你想嫁给谁，包在义父身上！”

“义父！”

“哎，听见了。快说，你想嫁谁？”

“义父呀！”秋果的目光火辣辣地盯住他。

“果儿，”苏秦敛起笑，神色严肃，将话堵死，“义父这对你讲，从今往后，你甭再胡思乱想。义父是你父亲，你嫁给义父就是乱伦。乱伦是畜生行为，你总不能逼义父行畜生之事，对不？”

“我……”秋果眼泪出来，“无论您怎么说，果儿谁也不嫁，果儿一辈子只守住义父一人！”

苏秦深吸一口冷气，转过脸去，看向远方。

接后几日，二人颇显尴尬，秋果只是一言不发地照料苏秦的一应起居。车过河水，进入卫境，气氛松和下来，车上再度说笑，但这说笑全然与他们自己无关了。

车马入宋，驰入定陶，在一条小巷外面停下。

飞刀邹前去歇马，苏秦、秋果走进一条巷子，敲开一扇柴扉。

开门的是木实。

二人随木实走进后院，见孙膑与瑞梅不无悠闲地坐在院中，饶有兴趣地观赏正在蹒跚学步的孙楠。女儿孙菊拿着一只涂得五颜六色的木球，在孙楠前面变着法儿勾引，孙楠不动，她也不动，孙楠向前走，她就向后退。眼见就要追上，孙菊又退几步，孙楠急了，朝前一扑，却被孙菊闪开，一跤跌个嘴啃泥，哇哇大哭。孙菊扔下木球，赶过来扶他，却遭孙膑一声轻咳喝止。孙菊复退回去，将球重新捡起，在孙楠眼前晃动。孙楠抬头，扭头看向瑞梅，瑞梅将头歪向一边，再看孙膑，孙膑眼睛闭上。孙楠无可奈何，止住哭声，爬几步，复站起来。

苏秦轻轻鼓掌。

"苏兄！"孙膑扭头，惊喜道。

苏秦揖道："苏秦见过孙兄，见过嫂夫人。"

孙膑夫妇回过礼，目光落在秋果身上，看向苏秦。

"孙兄，嫂夫人，"苏秦指秋果道，"她就是秋果，一定要追来！"又转对秋果，"果儿，这就是我常讲给你的孙师伯和孙师娘！"

"孙师伯？"秋果盯住孙膑，目光疑惑，"哪个孙师伯？"

"孙膑师伯呀！"

"啊！"秋果面色惊惧，不由后退几步，"孙师伯不是……死了吗？"

"呵呵呵，"苏秦笑道，"孙师伯又活过来了，这不是好好的嘛！给师伯、师娘见个礼！"

秋果走前一步，深揖："果儿见过孙伯，孙娘！"

瑞梅走前一步，端详一阵，赞道："好俊呀，难怪苏秦总是念叨你呢！"

"真的呀？"秋果靠她身上，"义父他……是怎么念叨我的？"

"呵呵呵，"瑞梅将她扯到一边，"果儿，来，咱去灶房烧水去，待有空了，娘慢慢讲给你听！"

秋果跟她走向灶房。

孙膑示意木实推来轮车，坐上，苏秦推他径至客堂。

"苏兄此来，可为韩国之事？"孙膑直入主题。

"正是。"苏秦将眼前局势略述一遍，拿出朱威书信，"这是朱威托公孙衍捎来的。张兄逐走惠施，逼走白虎，朱威也称病不朝了。张兄与庞兄合力连横，坏我纵亲，致使战祸不断，天下难安。庞涓今又伐韩，生灵再度涂炭，纵亲复入危局。能制庞涓者，只有孙兄。在下此来，就是谋议如何救韩之事。"

"唉，"孙膑扼腕叹道，"真正是命运弄人。先生早把一切料到了，在下与庞兄之间，看来再无退路，唯有一搏。在下所虑的只有一事，就是用何处之兵，这个苏兄可有考虑？”

“不瞒孙兄，”苏秦应道，“赵国尚未从邯郸之战中恢复，可以出兵，却不足以力战。楚王驾崩，尚在治丧，眼下孙兄能用的怕也只有齐兵了。”

“就情势观之，魏国已是强弩之末，武卒也已过时，可惜庞兄不悟，仍旧好勇斗狠，不识时务，一味重温吴起旧梦。在下能得齐国之兵，足可制魏，只是……”孙膑欲言又止。

“孙兄请讲。”

“桂陵一战，五都之兵对魏国武卒的亡命斗志多有忌惮，加之田忌遭陷出走，五都之兵无人可服，若与魏战，田忌将军必须回来。”

“田忌将军眼下在楚地宛郡，墨者屈将尊者是楚人，在下已使木华知会尊者，由尊者出马，亲往楚地接回田忌。”

“如此甚好。我们在此等候田忌吗？”

“还有一个难关，”苏秦应道，“就是齐国宫廷。桂陵一战而胜，于齐国来讲，黄池之辱已报。要让齐国再度出兵，我们尚须下些功夫。再就是邹相国那儿，他是绝对不会同意的，何况我们又把田将军请回来，这等于是要他的命。”

“你们走累了，今日歇息一宿，明日我们赶赴临淄。”

楚威王终归是死在丹丸上面了。

那丹丸是一位名叫凌虚子的仙人所赐，据说服后可以鹤发童颜，返老还童。楚威王连服三月丹丸，看起来真还有股鹤发童颜的味，甚至一度雄风复起，夜御五女而不疲。只是美景不长，不消半年，先是鼻孔崩血，再后便血，再后屙血。

仙人溜走，各路神医毕至，汤针齐下，终是无力回天。威王于这年夏至日崩于让他享尽人间极欲的章华台。

三日之后，熊槐登临大位，南面称孤，大赦天下，诏令楚国各地治丧。在楚国，为王治丧是特大事件，远甚于伐国，负责治丧的自然是令尹昭阳，而为昭阳前后操劳的也自然是客居楚国、深通中原礼仪的秦国上卿陈轸。

自苍梧子事件之后，陈轸在楚宫失宠，无论是威王还是太子，对他皆抱成见，一如既往地待见他的只有昭阳一人。但于陈轸而言，得昭阳一人足矣。楚地虽博，不过三氏，而三氏之中，时下掌握大楚权柄的仍旧是昭氏。得昭氏可得楚，得楚可得天下，何况眼下的陈轸年届五旬，早过了纵横天下的年龄，能在这乱世中寻个安身之处，混个体面，于愿已足。

陈轸正在为昭氏忙活，一直在楚地“做生意”的车卫国突然到访，交给他一封密函。

陈轸拆开，是秦惠王手书，先是一番客套话，之后恳请他务必为秦再做二事，一是设法拦阻田忌回齐，二是将惠施逐出楚国。随同该书的是一百块金镒及些许秦地宝物，算作谢礼。

望着惠王的亲笔手书，联想时下局势，陈轸忖道：“这两个使命皆与魏国相关，想必是张仪那厮在背后鼓捣之故。魏若伐韩，齐人必救，而可以领兵者，非田忌莫属。今田忌在楚，张仪那厮让我留住田忌，不过是增加些齐人出兵的难度。而让逐走惠子，倒使人眼前一亮。惠子至魏争相，让我颇多不快，此番他被张仪挤走，流落楚地，我还多少有点儿幸灾乐祸，看来这是气量小了。惠施以这般年纪，仍旧不回宋国颐养天年，反倒千里迢迢地跋涉至楚，显然是咽不下这口恶气，欲借大楚制秦与张仪一搏。唉，天以惠子赐我，我却在昭阳跟前屡屡坏他事情，真正不该哩。”

想到此处，陈轸执笔蘸墨，复书一封，书曰：

得王手书，臣既惑且喜。臣所惑者，轸陷张仪于楚是奉王命。大王用仪，而仪不容轸，大王听任张仪逐轸奔楚，致臣流离失所，惶惶如丧家之犬。臣所喜者，大王知轸，留轸，用轸，护轸，切切惦念之情，又见于此书。大王命臣有二，一是留田忌于楚，二是逐惠施出楚。留田忌，臣必尽力；至于逐惠子，臣则有请。惠子相魏多年，一朝遭人驱逐，与轸同命运于楚，共为客卿，轸实不忍逐之。王若必逐惠子，敬请另委他人。区区私情，望王垂怜。轸再拜叩请。

陈轸写毕，制成密函，又将秦王所赠百镒及珠宝分作两半，自留一半，将另一半连同密函依旧放回秦王送来的精致箱笼里，贴上由他亲笔画押的封条，交给仍在厅中等候回书的车卫国。

送走车卫国，陈轸长舒一口气，换下一身服饰，信步走向昭府。

韩宣王并未听从公仲侈之谏，而是咬破手指，写下求救血书，使信臣分赴齐、楚、赵三国。

楚宫正在治丧，韩使无奈，只好手举韩王血书，学样昔年向秦求救的申包胥，跪在昭阳府前，号天号地，啼泣求救。

韩使连跪三日，滴水未进，二目泣血，楚人皆议。昭阳害怕闹出事情，使邢才迎接韩使，收下韩王血书，略略一想，吩咐邢才召请陈轸与惠施谋议。

不知怎的，昭阳对惠施印象不错，只是碍于陈轸说辞，未能及时用他，但惠施在楚的一应用度，皆由昭府一力周济。

陈轸不请自到，邢才拱手迎入中堂，安排好茶水，反身去请惠施。

“二位仁兄，”待惠施到后，一身孝服的昭阳大步走出，见过礼，将韩王血书摊在案上，“魏人伐韩，韩王血书求救，楚宫大丧，我王无暇顾及，韩使哭于在下舍前，数日不弃。在下无奈，只好收下血书，至于如何应对，在下不才，敬请二位高贤谋议。”

陈轸拿过血书审看，惠施一如在大梁时，端坐于席，闭目不语。

“敬请先生赐教。”昭阳晓得惠施已有定见，拱手点将。

“回禀大人，”惠施回礼，“魏人前番伐赵，这又伐韩，从小处讲，是邦国之争，从大处讲，是纵横之争，主谋皆是秦国张仪。张仪与苏秦共学于鬼谷，各执一说。苏秦论纵，张仪持横。横，于秦人有利；纵，则利于楚人。横成，秦主宰天下；纵成，楚号令诸侯。”

“以先生之见，我当救韩了。”

“在下所言，只是大理，至于救与不救，则取决于大人。”

“先生既言大理，当有小理才是。在下愚痴，敢问先生小理。”

“小理从于大理。”惠施侃侃言道，“秦魏勾连，结为横体，前番伐赵，可为谋齐，此番伐韩，当是谋楚，是以齐人当救赵，楚人当救韩。”

“哦？”昭阳趋身，“请言其详。”

“齐人雄居东隅，向南，可争泗下，向北，可争河间，因泗下与河间皆是弱国，齐人腾挪自如。齐人所忌者，乃是三晋。三晋若合，西不利于秦，东不利于齐。三晋从苏秦合纵，齐人所以顺从，是想让三晋相合之火烧向西秦。不想此火未成，秦人反过来连横，助魏人伐赵。无论是前番伐赵还是此番伐韩，魏、秦目的也是一个，合三晋入魏。三晋若是并入一魏，秦、魏又成一家，其火必烧东齐。齐人惧之，是以全力救赵。”

“魏人伐赵不利于齐可解。只是，魏人伐韩，缘何就是不利于楚了呢？”

“魏人伐韩，必攻郑与阳翟。宜阳韩人必倾力救郑，救郑必虚，秦必乘虚攻之。宜阳为乌金、黄金之都，堪比楚地宛郡。眼下秦人所用乌金、黄金，多半出自宛郡，宜阳所产则供三晋，甚至远销齐国。换言之，秦人脖颈卡在楚人手中。若是秦人得到宜阳，非但不再有求于楚，反过来还能掣肘三晋，影响负海之齐。”

昭阳看向陈轸，见他已放下韩王血书，拱手道：“惠子主张救韩，上卿意下如何？”

“惠相高瞻远瞩，在下叹服。”陈轸拱手应道，“在下以为，于纵横计，大人当救韩；于楚计，大人当坐观三晋之争；于大人计，则当全力治丧。”

昭阳闭目思索，有顷：“二位不愧是高贤，所言皆自成理，容在下细细思量，再作定夺。”

惠施告辞，陈轸亦起身，因心中存事，欲走还留，正自迟疑，昭阳扬手：“上卿留步。”

陈轸就势坐下。

昭阳送走惠施，反身急道：“陈兄所言三计，颇合在下心意，只是陈兄之言过于简略，在下愚拙，还望陈兄譬解。”

“大人所惑，可为最后的‘于大人计’？”

“正是。”

“敢问大人，”陈轸眯眼问道，“昭氏一门是得意于先王呢，还是得意于方今王上？”

“这……”昭阳略作迟疑，“得意于先王。”

“昭氏一门之所以得意于先王，是因为大人得意于先王。今先王驾崩，新王南面，楚国往小处说，是新老交替，往大处说，是改地换天。天地更换，大人居中，能不适应天地之变吗？”

“请问陈兄，在下该当如何适应？”

“楚宫大事，是治丧。大人当务之急，自然也是治丧。至于韩魏之争，惠相所言不可不听，但就臣所知，秦人是绝对不会乘虚攻伐宜阳的。”

“为何不会？”

“宜阳地势险峻，易守难攻，战事既开，韩人早有所备，秦人攻之，必伤根本。秦王再笨，生死之账却是会算的，至少眼前不会冒此风险。再说，秦王巴不得韩人全调过去，与魏人拼个你死我活呢！惠施说出此话，当是不知秦王。”

“陈兄说得是。前番魏人伐赵，秦人围困晋阳，我还以为他们要真干的，不想却是虚张声势。只是，韩魏相争，韩必不敌，如果郑城、阳翟二地真被庞涓所占，倒也不是在下所想看到的。”

“大人不必忧虑，韩人之难，自会有人相救。”

“不会是齐人吧？”

“齐人不得不救。”

“哦？”昭阳长吸一口气，“请言其详。”

“齐若不救韩，韩人必败。韩人若败，魏势增强，只会对齐人不利。”

“是哩。”昭阳捋须应道。

“然而，齐人救韩，无论是胜是败，皆不利于楚人。”

“哦？”

“泗下宋地，天下膏腴，不仅是楚人挂记，齐人、魏人也是馋涎欲滴。齐人救韩，齐人败，宋地归魏；魏人败，宋地归齐，唯有楚人作壁上观，大人多年心血，也将付诸东流。”

“上卿可有妙策？”

“对楚有利的只有一种局面，不使齐人出兵。”

“这……如何才能使齐人不出兵呢？”

“留住田忌。”陈轸沉声应道，“孙膑已死，齐国若是救韩，则须起用田忌。是以轸劝大人，万不可放田忌回齐。”

见陈轸绕来绕去，最终绕在田忌这里，昭阳松出一口气，笑道：“上卿善谋，却不知战，这又在此夸大田忌了。就在下所知，田忌远远不是庞涓的对手，前番胜在桂陵，是孙膑之功。”

“轸不这么认为，”陈轸应道，“田忌虽非庞涓对手，却也是列国骁将，与庞涓两战，一败一胜。庞涓虽强，魏势不再，尤其历经邯郸、桂陵二战，魏势堪称强弩之末。如果不出在下所料，此番庞涓用兵，借的当是秦力。借力伐国，力必不逮，何况魏国无端伐韩，起的是无义之师，未战已先失势。韩人保家卫国，必将拼死一战。两军相当，稍有外力，战局就可改变。然而，田忌若不回齐，齐就无决胜把握，齐王就会忌惮庞涓，或不出兵；如果田忌回齐，齐王或会出兵，齐、韩合力，或可克魏。齐人克魏，齐势必强，回头再与大人争宋，大人何以制之？”

“楚国近仇，只在陉山，田忌战魏，当利楚国才是。陈兄试想，田忌若胜庞涓，在下正可顺势收回陉山。田忌不胜庞涓，齐、魏两伤，在下则可乘机伐宋。”

“大人若有此意，轸有一计，也许更合大人心意。”

“陈兄请讲。”

“只要田忌不回齐，齐人就不会救韩。韩国近无大争，元气尚存，魏则不然，韩、魏当可匹敌。二国相争，要么两败俱伤，要么韩不敌魏。无论是何结果，将军都可趁韩、魏无暇他顾之际，舍弃陉山，袭占襄陵。襄陵离韩境较远，魏人无论是胜是负，尽皆不能两顾。将军若得襄陵，一可报陉山旧仇，二可保全韩人，三可踢开魏人，进逼宋境，只与齐人争宋。”

“陈兄所言甚是，”昭阳应道，“只是，田忌与景氏相善，赴楚后一直寄住景府，听闻此人现居宛城。宛城离此颇远，在下鞭长莫及，如何拦他回齐？”

“大人不必拦他，”陈轸应道，“田忌好歹也是名闻列国的骁将，今来投楚，怎可久寄他人篱下呢？骁将该当大用，大人可奏请大王加封田忌为上庸君，使其镇守上庸。上庸地处汉中，是西北边邑重镇，又在屈家辖区。田忌与景府相善，与屈府却是陌生。田忌屈尊来楚，寄人篱下，今得将军举荐，对将军必将感恩戴德。大人此举，外可制秦，内可制屈家，外加收服名将田忌，真就是一举三得的美事呢。”

陈轸条分缕析，能够想到的他几乎全部提到了。

昭阳叹服，拱手：“就依上卿。”

齐都临淄，苏秦将孙膑一家安置在自己的稷下府宅，入宫觐见。

齐宫仍由太子秉政。苏秦说以援韩之事，辟疆让他回府听旨，召邹忌、田婴、段干纶、张丐等重臣、谋士入宫谋议。

“诸位爱卿，”田辟疆略略拱手，“韩氏有难，数日之前，韩王写来血书，求救于我，今六国共相、纵约长苏秦再来，亦为救韩。救，还是不救？若救，如何去救？若是不救，如何回复韩使并苏子？兴兵役民，国之大事，辟疆拙浅，不敢擅专，敬请诸位议个方略。”

辟疆说完，良久，没有人接腔。

诸臣之中，邹忌位重不说，又在前番与魏之战中失去爱子，听到又与魏战，且前朝老臣张丐在场，脸色略略阴起，瞥一眼张丐，两眼闭合，一副爱理不理的样子。田婴是前番伐魏副将，更在田忌之后兼任主将，见邹忌这样，知其仍在为前事纠结，咂吧几下嘴，亦闭口。

剩余二人，一个是段干纶，一个是张丐，虽在朝中皆是闲职，却个个位列上卿，专议难决之事。段干纶本是魏人，其祖段干木在魏文侯时被拜为国师。文侯之后，段干氏失宠，到惠侯立位，段干氏后人大多选择离开，段干朋至齐，被桓公拜为上卿，其子段干纶承袭其位，为威王上卿，父子皆享田氏之齐厚遇。张丐则为桓公时旧臣，当年楚王结鲁公伐齐，张丐奉命使鲁，一番口舌令鲁公不再出兵，楚人见鲁人不动，亦退兵休战，创下以口舌屈人之兵的外交佳话，今已垂暮，早已不问国事。

此番议事，辟疆特召他来，一是想听听他的说辞，二也是借他威望压制邹忌，因他近日越来越笃定田忌出走是场冤案，而邹忌则是这场冤案的发起者，涉魏诸事，不能听他一人。

“臣以为，”见场面冷清，段干纶率先出声，“魏人前番伐赵，今又伐韩，仗的完全是秦势。秦、魏合体，三晋裂分，魏人无论是灭赵还是灭韩，于我都是不利，我既已救过赵人，今日亦当救韩才是。”

段干纶出口就是救韩，邹忌忍不住了，睁眼说道：“韩氏为纵国，今有难，身为纵亲国之一，我理当救援。只是，如何个救法，则需商榷。纵亲国非我一家，如果不出臣料，韩王血书也必送达赵、楚王廷。既然都是纵亲国，赵人为何不救？楚人为何不救？再说苏秦，既为六国外相，自也是我齐国外相。然而，观其做事，先偏燕，后偏赵，今又偏韩，很少为我着想。前番我王听信此人之说，举兵救赵，结果如何？我寸土未得，将士伤亡却近三万，粮草辎重耗损更是不计其数，唯一的成功是救赵人脱难。”

邹忌言辞这般激烈，不仅否定纵亲，且也对苏秦颇有微词，众人皆是愕然，场面再度冷清。

“三晋与我，”邹忌显然未完，继续慷慨陈词，“虽为唇齿，但并不相依，前番我救赵人，他日赵人或会加兵于我。今日救韩，其理如是。臣之见，韩人之难，不如不救。”

不救韩人，显然不是辟疆心中所想。见众人谁也不说，辟疆长吸一口气，看向张丐。

“臣附段干子之论。”张丐捋下满把白须，字字如锤，“无论承认与不承认，今日天下已入纵横大局。纵亲，不利于秦；横亲，则不利于我。三晋分合，不仅关乎纵亲格局，关乎天下未来，亦关乎我切身利益。天下列国，三晋居中。三晋，魏人居中。秦国连横魏国，向北攻赵，向南伐韩，目标只有一个，一统三晋。三晋如果由魏一统，魏人势力必大，魏、秦一体，魏不能谋西，势必东向谋我。今日我若不救韩，等于尽弃前番救赵之功，逾两万将士的鲜血也将付诸东流！”

张丐之言振聋发聩，极具说服力。

邹忌嘴巴掀动几下，似乎没有寻到合适说辞，又闭上了。

辟疆看向田婴："张老之言，爱卿可有异议？"

"回禀殿下，"田婴目光扫过邹忌、张丐和段干纶，落在辟疆身上，笑笑，"臣以为，邹相国、张老之言皆自成理，韩，既不当救，也当救。"

田婴两边做好人，谁也不得罪，邹忌、张丐各自沉脸，段干纶却笑起来："我说上大夫，你何时学会取奸耍滑了？救就是救，不救就是不救，你这般说辞，就等于没说。"

"段干兄所言极是，"田婴回他一笑，看向辟疆，提出具体问题，"诸位所谈甚大，臣眼力不济，看不远，只讲一些细事。若从相国之议，我不救韩，则举国轻松，百姓得养，臣民皆大欢喜；若是救韩，我当如何去救。可敌庞涓者，唯有孙膑，可服五都之兵者，唯有田忌。今孙膑已死，田忌出奔，臣……"顿住话头，转过脸，看向廷外。

显然，田婴提出的是现实问题。眼下不是救与不救，是拿什么来救了。逼走田忌的是邹忌，田婴此话虽使邹忌脸上火辣辣的，但也是在有意无意地附和自己，为不出兵寻到结实论据，是以邹忌不无感谢地看他一眼，回以一笑。没有田忌和孙膑，齐国就无人能敌庞涓，即使出兵，也必败无疑。田婴无疑是堵了张丐、段干纶的话头，点中了齐国的死穴。

"唉，"辟疆长叹一声，"若是我不出兵，又该怎么向苏子并韩使解说呢？"

"殿下，"邹忌来劲了，不失时机地进言，"兴兵伐国既为国之大事，出兵当慎。韩使那里，臣可以回话，至于苏子那儿，殿下何不推给王上呢？"

推给父王？辟疆心头一动。还甭说，邹忌出的真正是个好主意呢，因为父王的病态必定瞒不过苏秦，而面对这样的君王，苏秦必也一筹莫展。

"就依相国！"辟疆决断。

得到辟疆谕旨，苏秦即往雪宫觐见威王。

雪宫肯定早已得到殿下旨令，当值内宰迎出，带苏秦直趋殿中。威王却不在殿内，苏秦跟着内宰连绕几道弯，来到雪宫后花园，远远望见威王的背影。

内宰指下威王，礼让道："王上就在前面，苏大人请！"

见威王一人孤零零地面树而坐，苏秦迟疑一下，看向内宰。

内宰把脸转向一边，显然不想多话。

苏秦趋步近前，距威王五步之遥，跪叩："臣苏秦叩见我王。"

威王一动不动，仍然面对一棵老楸树坐着。

苏秦屏气凝神，候有半晌，见威王仍未说话，复叩：“臣苏秦叩请王上万安！”

威王仍旧未动。

苏秦又候良久，大是诧异，回视内宰，见他仍旧站在原地，一副无动于衷的样子。

苏秦似是意识到什么，缓缓起身，趋至威王侧面，凝视他。

苏秦看清了，坐在眼前的正是威王，只是一脸老相，须发皆白，威仪不再，嘴角流着涎水，痴呆的两只眼珠子死死盯在面前的一个大树瘤上，似是在观赏它，又似熟视无睹，只是对着它冥想而已。

难道是威王故意扮出这副模样以应对自己？想到此前来使，威王总是变着法儿与自己捉迷藏，苏秦心里打个横，急又跪下，小声禀道：“王上？”

威王仍无反应。

“王上？！”苏秦加大音量。

威王这下听到了，身子动了动，扭脸看过来，对他傻笑，涎水从下巴滴下，在全白的胡须上形成一条细线，垂到地面。

“王上，臣苏秦叩请万安！”苏秦再拜。

威王只是对他傻笑，涎水又垂下一道。

威王的这副样子绝非装出来的，难道是……苏秦陡然意识到什么，眼前浮出小时见过的一个邻村老人，天天坐在伊水岸边，对着一堆茅草呵呵呵傻笑，嘴角流出涎水，一如威王这般。

苏秦本能地打个寒战。

怪道身边没有宫妃，连内宰也……

威王是真的病了，患的这叫呆症。

想到威王曾经的威仪，苏秦泪水流出，跪前几步，从袖中摸出一块丝绢，为威王抹去嘴角涎水，声音颤抖，泣不成声：“王上……”

威王依旧呵呵傻笑，涎水擦掉又流。

一个坐着，一个跪着；一个流涎水，一个擦涎水；一个呵呵傻笑，无忧无虑，一个触景伤情，心中滴血。

这对君臣就这般相对而视。

不知过有多久，内宰引着两名宫人过来，一人架起威王一只胳膊，将他架回宫中。

“苏大人，”内宰眼中滴泪，“您这都看到了吧？”

“王上这有多久了？”苏秦问道。

“一年多了，是在田将军出走、孙将军亡故之后。”

“王上……”想到威王是为失去两位爱将才成这样，苏秦再出悲声。

离开雪宫时，内宰扯住苏秦，吩咐他对威王病情千万保密，并说这是殿下旨意。

苏秦允诺，不无感叹地回到稷下，将见闻一一讲给孙膑。二人叹喟一番人间世事，再次回到眼前情势，苏秦道：“入宫前遇到田文，他悄悄告诉在下，说是昨日殿下召请他父亲、邹忌、段干纶、张丐四人入宫议事，很晚才回。今朝殿下有意放任在下前往雪宫奏请救韩，说明昨日议事不利于我。王上病情是齐宫最大的秘密，殿下有意放任在下入宫请奏，有两个明显用意，一是告诉在下齐宫之难，二是推诿、拖延救韩事宜。眼下陷入僵局，该当如何是好？”

“可问田婴。”孙膑应道。

苏秦思考有顷，亲笔写就一道请柬，交飞刀邹递给田文。

是夜，一辆马车驰至稷下，在苏秦府门外面停下。

苏秦迎出，果见下车的是田婴父子。

“苏兄大驾光临，婴未能迎接，惭愧惭愧！”田婴一见面就抱拳致歉。

“田兄客气了，”苏秦还过礼，“是在下礼数不到呢。在下本当亲往府中拜谒田兄才是。”

“苏兄这是打人脸呢！”田婴回以一笑，扯住苏秦衣袖，悄声，“听文儿讲，贵府来了一个异人，快请引见，在下好奇一路了。”

“田兄，请！”苏秦伸手礼让。

田婴顾不得客套，大步径入，赶至客厅，见灯火通明，灯光下，一个亮亮的人头闪闪发光。

单看那头，就晓得是淳于髡了。

田婴跨进厅中，四下张望，见除去淳于髡外，并无外人，不无诧异地回头看向苏秦。

“呵呵呵，”淳于髡晃动几下光脑壳子，眯眼盯向田婴，“田大人，你这是在寻啥？”

“寻人。”

淳于髡斜他一眼，晃晃脑袋，爆出一声长长的富有乐感的“咦”字，指向自己的光头：“我说姓田的，只几日不见，你这双小眼这么快就瞎了吗？在下有鼻子，有眼睛，有头脑，有脸面，方才还被当作人看，难道此时就不是人了吗？”

“去去去，甭凑热闹，”田婴白了淳于髡一眼，“在下要寻的是异人。”眼珠又转几下，目光聚到苏秦身上。

“呵呵呵，伊人哪，”淳于髡乐了，“你怎么不早说呢！”打个呼哨，一条小黑犬飞蹿进来，先在他面前摇几下尾巴，发出几声轻快的“呜呜”声，之后挨人嗅一遍，复到淳于髡跟前蹲下，吐着舌头等候指令。

“伊人，你田叔寻你呢，来来来，给你田叔亮几招本领。”淳于髡吩咐完，轻声哼唱，“蒹葭苍苍，白露为霜。所谓伊人，在水一方。溯洄从之，道阻且长；溯游从之，宛在水中央……”

那犬随着主人的哼唱声，俯仰拾趋，做出各种类似舞蹈的动作，当真是活泼可爱。

田婴这才记起淳于髡的宠犬的确就叫伊人，真正是又好气又好笑，做个鬼脸，回头去看苏秦，却不见身影，便大声叫道：“咦，苏兄呢？你……这般兴师动众，不会就让在下来欣赏这个老光头和他的小杂耍吧？”

没有应声。

“呵呵呵，”淳于髡笑过几声，“姓田的，你这般瞧不起老光头，老光头这就再给你玩个杂耍，看不吓死你！”

话音落处，淳于髡嘘走黑犬，两手合掌，轻击三声。

旁侧一阵响动，一道门帘被拱开，一辆轮车被苏秦推出。

车中赫然一人，竟是孙膑！

田婴嘴巴大张，呆若木鸡。

“哈哈哈哈，”淳于髡爆出几声长笑，“姓田的，这个当是你切切想见的异人了吧？”

田婴似是没有听见，只将两眼牢牢地盯在孙膑身上，似乎撞见了鬼。

“田兄，别来无恙！”孙膑微微一笑，朝他拱手。

听到孙膑发声，田婴这才恍过神来，结巴：“孙……孙……军师……这……”

“姓田的，”淳于髡指他笑道，“身为将军，见到军师，还不见礼？”

“在下见过军师！”田婴赶忙还礼，惊诧的目光落向推车的苏秦。

苏秦将孙膑扶下轮车，坐于席位，自己也在主人位上坐下，慢声细语，将鬼谷先生如何赠送死药，自己如何交给孙膑，孙膑如何死后复生，等等事由，细说一遍，听得田婴父子如闻小说家的街头之言。

“不瞒田兄，”苏秦末了说道，“先生之所以赠送死药，是为了避让庞涓。庞涓前番陷害孙兄，致使孙兄惨遭膑刑，今又逆道而行，与秦合谋，先伐赵，后伐韩，致使天下生灵涂炭。先生晓得，庞涓在逐走田将军后，下一步必是加害孙膑，是以特赠送死药，使庞涓不再生心。今庞涓兴师伐韩，纵亲再陷危局，是以在下恳请孙兄再度出山，与庞涓决一死战。”

“唉，”田婴长叹一声，“昨日殿下召请在下……”

“别别别，”田婴话未说完，淳于髡伸手拦道，“姓田的，异人既已来了，你们就在这儿议大事吧，老朽与伊人外面耍去！”说罢起身，朝众人略略拱手，晃着一颗硕大的光头走出门去，打个呼哨，与他的小黑狗一道径出院门。

众人礼送出门，回返屋里，田婴才接起方才的话头：“昨日殿下召请在下入宫议事，为的就是救韩。听殿下话音，有心救韩，段干纶、张丐二位老臣也是极力鼎持，唯有邹相国一力反对。殿下征询在下之见，在下支持的是邹相国，因为诸人之中，只有在下晓得实情，可制庞涓的，唯有军师，可服五都之师的，唯有田忌将军。齐国无此二人，若是仓促出战，必败无疑。今王上罹病，殿下有实无名，百官惶惶，前番桂陵之战损耗过甚，迄今尚未恢复，齐国可以一战，但经不起一败了。”

“田兄所言极是。”苏秦应道，“只是眼前事急，能救韩国的唯有齐师。所幸孙兄仍在，外加田忌将军，齐师当有胜算。再说，就在下所知，我虽疲惫，魏更不堪。近年来魏国穷兵黩武，竭泽而渔，国力空前衰弱，惠施、白虎相继出走，朱威独力难支，告病在家，治内能吏息声，好战之士雀跃，国势危矣。就在下所知，庞涓伐韩，不为别个，只为兵备。伐韩说明，魏国已经走向穷途，庞涓是在末路上拼力一搏。”

“苏兄高见，在下叹服。今有军师，我可不惧庞涓。只是，没有田忌将军，五都之师……”田婴止住话头。

“田兄勿忧。在下已使人求请田将军了，若是不出意外，田将军当于两个月内回归临淄。”

“太好了！”田婴喜上颜色，但这颜色迅即暗淡，“有邹相国在，田将军他……肯回来吗？”

“田兄放心，田将军心里存着一结，就是活擒庞涓。只要他晓得军师活着，必定回来。不过，说到邹相国，倒是有点儿棘手。田兄，你看这样如何？田忌、孙兄之事，暂且保密，免得相国晓得，旁生枝节。”

“这个自然，”田婴点头，“只是，殿下那里，是否可以略略透点风声？”

“是的，我们必须让殿下知情。殿下得知田将军与孙兄皆在，必有信心出兵。田兄可趁势奏请殿下，回复韩使，允准救援，以坚韩人守志，继而奏请殿下，暂起五都之师，先驱屯于阿邑，以防秦、魏之师越境袭我。三晋起争，我备师守边当是常情，邹相国寻不到反对由头。俟田将军回到临淄，我等再正式奏请出兵援韩，那时木已成舟，邹相国即使有所不快，也徒唤奈何。”

“就依苏兄。”田婴应道。

第 099 章 | 制庞涓孙苏联手 破孙膑庞张合谋

田忌仓促赴楚，并不想前往郢都，因为去郢都，就必须求见昭阳，而他与昭阳在泗下交过几阵，在两军阵前更是讲过不少过头话，再加上庞涓的粉面之辱，这若求上门去，万一昭阳有所奚落，岂不是自寻尴尬？几经周转，田忌径到南阳，投奔景翠。

景翠之父景舍与田忌之父相善，景舍过世时，田忌使人千里迢迢地驰楚凭吊，送来重礼，景翠不无感动，回以答礼，两家后辈就这样建立起联系，因都是武将，也就惺惺相惜了。

听闻田忌来投，景翠特地由郢都赶到宛城，好生招待。由于田忌在齐位置颇高，景翠无法安排职衔，也不想去求昭阳，加之田忌不想在楚为官，二人就在宛城日日游玩，夜夜笙歌，偶尔研究兵法战阵，日子过得倒是惬意。之后威王驾崩，景翠赴郢奔丧，田忌迷上乌金，拜师求艺，白天跑矿山和炼炉，夜间研究合金技术，计划亲手打造一柄合金佩剑与一杆乌金长枪。

就在田忌在炉膛前干得热火朝天时，楚宫来人宣读王旨，封田忌为上庸君兼上庸郡尹，食邑千户，三个月之内赴任。

楚王即新继位的楚国太子熊槐，史称楚怀王。田忌研究过熊槐，认为他还算勤于朝务，有做大事的胸襟，自己此番受封，想必是因了景翠的荐举。

无功而受封地，田忌颇为感叹，真切认定熊槐是个能君。想到自己一生从未与秦人交过锋，上庸虽然偏远，却是抗秦前沿，田忌也还欣喜，遂在谢过恩后，收拾行囊，与几个心腹从人并一个颇识道路的景翠门人于三日之后离开宛城，驰往上庸。

不消数日，三辆轺车赶到穰邑。穰邑原为邓国地盘，楚文王时，邓公为楚所灭，楚人在此封君设县，建成重镇。楚国封君极多，而除景氏、昭氏、屈氏之外，绝大多数封君田忌皆不熟悉，也不想深究。

身居异乡，田忌晓得如何保持低调，是以并未如其他封君或尹丞在赴任时那般兴师动众、招摇过市。驰入穰地，天色向晚，田忌驱马入穰邑，并未听从景翠门人的建议前往拜谒穰君和县尹，见街边一家小客栈还算干净，便停车栖居。

夜色渐深，田忌沐浴已毕，正欲卧榻休息，外面熙熙攘攘，又有数人求宿。来客显然手头不太宽裕，要求只住偏厅廊下，抱稻草席地而卧。饭也不吃，只求几碗白水，拿出自做干粮廊下啃食。廊下与白水，店主都不方便收钱，显得不太高兴。

听声音，观衣着，田忌断出是几个墨者，而对墨者，田忌一向敬佩，就让从人交代店主安置几个房间并一案饭菜，费用由他结算。

店主高兴，迅速安排。墨者也不拒绝，匆匆吃过，其中一人求见恩主。田忌既不便拒绝，也想结识这些墨者，遂穿衣正襟，备好茶点，将他请进客堂。

求见者不是别个，正是一路跟随而至的屈将尊者。

屈将子报过名号，田忌先是惊愕，继而长揖至地："前辈大名如雷贯耳，只是田忌福薄，无缘得见，不意老天开眼，竟使田忌在此遇到，荣幸之至。"

"非老天开眼，而是老朽一路寻访大人，跟踪至此。"屈将子淡淡一笑，还礼。

"前辈一路寻访？"田忌更是惊愕，"可为何事？"

"将军请看此书！"屈将子从囊中摸出一书，呈给田忌。

是苏秦手书。

田忌读毕，眉头凝起，半晌，望向屈将子，苦笑一声："苏子要晚辈立马赶回齐国，引兵救韩，这……"

"将军有何忧虑？"

"不瞒前辈，"田忌长叹一声，"在下做梦都想回齐，更不用说再战庞涓了。只是，晚辈已是戴罪之身，今日之齐，在下……想回也是回不去呀！"

"将军勿忧，"屈将子应道，"今日之齐已非昨日之齐，据老朽所知，齐王得知将军出奔楚国，孙膑病故，再没走出雪宫一步，一应朝事全部推给太子料理。太子晓得将军委屈，有意为将军洗刷冤情。再说，将军身家皆在齐地，齐王并未因将军出走而有丝毫加害。将军蒙冤，若想洗刷清誉，只有回齐才是上策。老朽年迈，苏大人若是没有十足把握，是不会让老朽白走这一趟的。”

“谢苏子抬爱！”田忌望空拱手，面现难色，看向屈将子，“苏子心意，晚辈不是不领，而是另有隐情。苏子善于辞令，却不知军情。苏子要晚辈回齐不难，难在晚辈再与庞涓开战。黄池之战，晚辈一直以为庞涓胜在侥幸，是以心中不服，备战多年，图谋复仇。直到桂陵一战，晚辈才知深浅，每每思之，总不免心惊肉跳。不瞒前辈，莫说是齐国技击难抵魏国武卒，单是晚辈，就与庞涓差距甚远。桂陵之战胜在军师一人，实非晚辈之功。今军师已故，在下……”

“军师未死。”屈将子淡淡一笑。

“什么？”田忌大瞪两眼，紧盯屈将子，“前辈不会是……”

“孙膑仍然活着，如果不出意外，此时当与苏秦赶到临淄了。”屈将子遂将孙膑如何诈死之事，约略讲述一遍。

田忌惊喜交集，大是叹服，有顷，拿出楚王命书、印玺，再现难色：“在下蒙景兄举荐，楚王厚爱，刚刚得封上庸君，眼下正在赶往任中。若是回齐，楚王、景兄这里如何交代？”

“老朽已经查明，此番举荐将军的并非景翠，而是昭阳。”

“前辈如何晓得？”田忌惊问。

“将军前脚离开，景翠门人后脚捎信回来。听其所言，景翠并不想让将军前往上庸，只是一切已经迟了。”

田忌倒吸一口冷气，半晌，问道：“昭阳为何荐举在下？”

“因为他不想让你回到齐国，与魏决战。”

“他为何不想？”

“鹬蚌相争，渔人得利。这个渔人，昭阳想必不愿拱手让给将军与齐人吧！”

田忌闭目沉思。

“田将军，请听老朽一句，”屈将子接道，“墨者爱讲利字。将军在齐立身立业，所利在齐，齐国乃是将军根本，客居他乡，终非久计。自将军走后，齐三军无人可治，孙膑虽可筹策，治军一无根基，二非一日之力。将军若是不回，庞涓就无人可治了。”

“前辈之言，田忌敬从，只是……”田忌略略一顿，“如果昭阳真的不想让晚辈回齐战魏，必有防备，也必过问此事，晚辈如何才能避开昭阳监管，安全离开楚境呢？”

“将军勿虑。”屈将子应道，“离楚之计，苏大人早已谋定，将军请借只耳朵。”

田忌伸过头来，屈将子附耳低言，如此这般，田忌连连点头。

翌日晨起，三辆轺车并田忌从人继续前往上庸，几个墨者则别过店家，离店而去。

墨者队伍里，其中一人换了田忌。

屈将子、田忌一行向北进发，过涅阳郊野直插北部高山，穿越楚国方城，绕过鲁关，来到墨家大营，在此歇息数日，复入韩地，田忌并众墨者扮作贩卖陶瓷的定陶客商，夹在一行宋国商队中，由韩入魏，经由大梁，在庞涓眼皮之下安然穿过，入宋到定陶，早有木实守候，一行人继续扮作客商，由定陶渡济入齐，车轮滚滚，驰往临淄。

三辆轺车则一路西行，又走旬日，就地蒸发。田忌的封印、楚王命书等，连同一封田忌亲笔辞书，则被遗留在一家客栈里，被楚人发现后层层上报，紧急呈送昭府。

昭阳闻报，召来陈轸，将一应物品指给他道：“诚如先生所料，田忌回齐了。唉，真叫个防不胜防啊！”

“走了也好，”陈轸显得倒是轻松，“你我这下可以观看一场旷世好戏喽！”

“什么好戏？”

“齐魏大战呀！”陈轸一脸向往，“庞涓结张仪，大战苏秦结田忌。”略顿一下，不无遗憾地轻叹一声，“只可惜孙膑死了，要是他还活着，真就是鬼谷四子大战中原，绝对是千古一遇啊。”

“要是孙膑活着，庞涓必败，先生亦可消去昔日被他逐出魏国之恨了。”

“呵呵呵，”陈轸回以一笑，“老了，健忘了，昔日之事，在下已经记不起了。倒是觉得，庞涓这人还是有才的，算个当世英雄。苏秦对张仪，当是匹配，孙膑死了，田忌对庞涓，略略弱些，真是天不遂人哪！”

“是啊。”昭阳赞同，“请问先生，这出好戏行将上演，在下总不该只作壁上观吧？”

“将军若有兴致，可以从韩使所求，奏请伐魏，楚、韩、齐三国合力制服庞涓，一可永除祸害，二可捞些油水，免得这场逐鹿之战中，楚国连汤水也喝不到一勺。”

昭阳以为然，当即入宫，将田忌遗留之物并辞书呈奏怀王，告以陈轸之言，建议从韩之请，起义兵伐魏，雪陉山之仇。

怀王初立，正欲兴兵树威，当即准奏，命昭阳为主将，景翠为副将，靳尚为监军，点方城、宛城之兵六万，兴师伐魏。

张仪接到秦王之信，说是陈轸只答应挽留田忌，并未答应逐走惠施，苦笑一声，忖道："陈轸这厮是个人物，还真不能小瞧了呢！有此人在楚，已是棘手，再加一个惠施，楚国必将坐大。熊槐再不济，有此二人在侧，必有大成。陈轸在楚多年，熟知楚国，何况有昭阳做靠山，动他须花力气；但惠施尚无根基，我当想个法子，将惠施逐出楚国才是。"

张仪闭门谢客，苦思良久，想到一个主意，于次日凌晨奏请魏王，派使臣入郢，一则吊唁楚国先王，二则结交新王熊槐。魏王准奏，依张仪所奏，命能言善辩的中大夫冯郝使楚。

冯郝将行，到相府辞别张仪，张仪吩咐他至楚后如此这般。

冯郝直驱郢都，经过方城、宛城时，沿途见到车来人往，兵马在集结，粮草辎重在调动，一片出战迹象。冯郝几经打探，得知楚王已经旨令援韩，遂使快马急报张仪，同时快马加鞭，不消半月即抵郢都，于次日上朝，递上国书，假作不知楚国伐魏之事，只以魏王名义吊唁楚国先王，献上一份厚礼。

初掌权柄的楚怀王急于树立自己在邦国中的形象，对列国使臣尽皆在意，尤其是行将交战的魏王使臣，不仅收下冯郝重礼，且还留他共进晚宴。

席间，冯郝拱手问道："使郢路上，冯郝遥见兵马粮草不绝于途。眼下既非冬狩，亦非秋猎，冯郝好奇，敢问大王这是……"顿住话头，征询目光望向怀王。

"呵呵呵，"怀王笑应道，"听闻贵国的演兵场上也是杀声震天，各地衢道上也是人欢马叫。既非冬狩，亦非秋猎，请问使臣，难道你家大王这是在效法幽王、自娱自乐吗？"

冯郝眼珠子一转，拱手赞道："大王犀利，冯郝叩服。我王演兵，是因韩王蔑视我邦，我王欲向韩王讨个公道。"

"寡人演兵，是因韩王送来血书求救，韩、楚睦邻多年，韩王已使媒妁，欲以公主嫁楚，缔结姻亲，今亲家有求，寡人该当做个声势，是不？"

"当然，当然！"冯郝连声应道，"不过，冯郝在此也想恳请大王，做个声势可以，切莫过于当真。另外，大王若是对缔结姻亲有所兴致，无论是待聘公子还是待嫁公主，魏室尽皆不缺，冯郝愿意保媒。"

"哈哈哈哈，"怀王爆出一声长笑，"好哇，好哇，当真好哇！寡人后宫也还缺人，敢问使臣可愿保媒？”

“冯郝荣幸之至。”冯郝拱手应道，“不过，若是大王聘娶，臣位卑言微，怕就不敢保媒了！敬请大王将生辰八字谕示冯郝，俟冯郝回魏，另为大王觅一良媒。”

“哦？”怀王倾身问道，“良媒何人？”

“相国张仪。”

“张仪？”怀王回身，伸手捋须，有顷，“嗯，寡人与此人倒是有过交往，也还晓得他，是个能臣。听闻此人几经周折，终赴秦地，位极人臣，前番不知何故，他又离秦赴魏，再拜相国，欲结庞涓伐赵建功，未曾想兵败桂陵，害庞涓差点丢掉性命，可有诸事？”

“大王只知其一，未知其二。”冯郝坦然应道。

“请使臣赐教。”

“据冯郝所知，张相国在楚时，助楚灭越，在秦时，先助秦师拒六国之师于函谷关外，后亲引秦卒，以区区三万军卒在一年之内攻灭巴蜀，建下不世之功。这又赴魏，引魏师伐赵，取大国之都。至于桂陵之战，是庞将军未听相国妙策，擅自引兵与齐主力作战，且又轻兵冒进，方才中了孙膑的圈套。”

“寡人愚痴，敢问相国是何妙策？”

“轻兵渡河，避实就虚，由河间直插齐都临淄。”

怀王倒吸一口气，闭目思忖有顷，竖拇指道：“果然妙策！”

“大王有所不知，”冯郝再次拱手，“抛开运筹帷幄，张相国还有一个擅长呢。”

“哦？”怀王身子再度趋前。

“逐人。”冯郝侃侃言道，“凡是相国不乐见者，尽皆受逐于相国。在秦，公孙衍败走；在魏，惠施落荒。”

“是哩。”怀王微微点头，“不过，在我楚地，他可是被人赶走的，听说离楚时，此人还很狼狈哟！”

“大王有所不知，张相国一向为人磊落，处事光明，谋阳不谋阴，逐人也是逐在明处，而在贵国，有人却擅长躲在暗处，下作伤人，相国是虽败犹荣。”

张仪在楚的遭遇，怀王尽知，是以对冯郝所论，不仅未加批驳，反倒认可，轻叹一声，换个语气道：“唉，张仪之才，寡人颇为欣赏，只是此人弃秦投魏，却是明珠暗投了。”

“人各有志呀，”冯郝应道，“何况相国本是魏人，相国先父更是魏臣，为魏喋血疆场，相国回魏效力，也算是尽忠报国了。再说，我王识才，也待相国不薄呢！”

怀王复叹几声，想是在为楚国错失张仪惋惜。

冯郝看准机会，拱手道：“提到相国，臣有一事奏请大王。”

“请讲。”

“临行时，相国挽郝之手，特别叮嘱，要郝代向惠相国问好。冯郝初来楚地，人地两生，欲寻惠相国问安，又担心他顾及……”冯郝略略一顿，省去后面言辞，直入核心，“听闻惠相国已得大王重用，冯郝斗胆请求大王助郝一把，将郝问候之语，捎与惠相国。”

“呵呵呵，”怀王笑道，“你要寡人捎话不难，不过，你可回禀张仪，就说惠施在此并未得到重用，楚国地大物博，多养他一人，倒是供得起的。”

“冯郝一定将话带给相国。”冯郝拱手，“大王供养惠相国，足见慈爱；大王不用惠相国，足见圣明。即便如此，郝有一言，如鲠在喉，不讲不快，讲之，则恐冒犯大王龙威。”

“使臣有话，但讲无妨。”

“惠子奔楚，大王留之，是为不智。”

“如何不智，请言其详。”

“敢问大王，惠施之才，比张仪如何？”

“惠子不及。”

“大王圣明。”冯郝顺声应道，“惠子虽然不及张仪，仍旧不失天下大才。惠子此来投王，王若用之，张仪必会心生芥蒂，有朝一日，仪若在魏不甚得意，将欲适楚，却会因此芥蒂而另换门庭，或会再度入秦，大王得不偿失。大王若是不用，则寒天下士子之心，王亦落下有贤不用之名。这仅是从张仪与大王方面考虑。至于惠子，因被张仪逐走，对仪心存忌恨，倘若得知大王与张仪私底下相善，必生二心。”

冯郝巧舌如簧，且不无道理，怀王沉思有顷，拱手：“敢问使臣，可有妙策以教寡人？”

“妙策不敢，郝有一言，大王姑且听之。”冯郝拱手还礼，“惠子为宋人，听闻宋王对他颇为器重，曾诏告国人以惠子为贤，此事天下传为美谈。惠施与张仪不睦，今也传遍天下。今为大王计，郝以为，大王可使人直接护送惠子入宋，亲写书信向宋王举荐惠子。若此，大王可取一箭三雕之效：一可施恩于张仪，张仪得知大王是为他而不纳惠子，必感王之恩；二可施德于惠子，因惠子已穷途末路，大王荐之于宋，给其生路，惠子必感王之德；三可施惠于宋王，因宋国近无大才，宋王若得惠子，国必得治，必念王之惠。”

“善哉，先生妙言！”怀王叹服，传旨摆酒，与冯郝宴饮至夜深。

怀王谕旨经昭阳之口传至惠施。

惠施黯然神伤，一刻也不愿多待，当夜收拾行囊，甚至没向昭阳辞行，于翌日鸡鸣时分悄然出郢。

待陈轸从邢才口中得知实情，已是半个时辰之后。

陈轸大急，乘驷马之车紧追。足足追有三十余里，陈轸终于望到惠施一行。

“先生留步！”陈轸追上，扬手大叫。

惠施喝叫停车，但屁股没动，只在车上抱拳：“上卿是来送行的吗？”

陈轸下车，几步跨到惠施车前，抱拳：“在下非来送行，是来挽留先生。”

“是上卿自己挽留，还是上卿代人挽留？”

“是在下挽留，”陈轸应道，“在下问过令尹，说是大王听信冯郝之言，特旨遣送先生。如果不出在下所料，冯郝使楚，必是张仪委派。先生，非在下一定挽留，是在下觉得，以先生之才，为何要处处受制于那个奸诈小人呢？只要先生愿意，在下可使昭阳出面，向大王言明利害，相信大王必听昭阳，委先生以重任。有先生在楚，有你我合力，可斗张仪。”

“呵呵呵呵，”惠施轻笑数声，“上卿想多了。是在下自行去楚，与张仪无关。”

“先生？”陈轸愕然。

“不瞒上卿，”惠施淡然应道，“在下适楚，是冲楚王而来，欲借大楚之力，与秦一搏，不想大楚更王，此楚王非彼楚王也！”

“先生是说，”陈轸长吸一口气，“方今楚王不足以相托？”

“仅听一面之词即逐在下，是谓不聪；张仪去秦相魏，欲挟三晋以制楚，楚王目无所见，是谓不明；新王初登大位，正值用人之机，在下穷途来投，此王不召不见不说，这又不问明细加以驱逐，是谓不智。如此不聪不明不智之王，何以相托？”惠施这要走了，也就无所顾忌，接连吐出心中块垒。

“呵呵呵呵，”陈轸连笑数声，“就在下所知，不聪不明不智之王，天下无出于魏王之右，而先生竟然一辅十年，何以这就一日都不愿留楚呢？”

“正因为老朽辅佐魏王十年，这才一日都不想留楚了。”

陈轸略略一怔，肃然起敬，拱手：“先生此去，可是要到宋国？”

"正是。"

"可要辅佐宋王？"

"唉，"惠施轻轻摇头，"楚王已不可辅，何况宋王？人生苦短，岁月蹉跎，老朽已届知天命之年，叶落归根，余生之乐，当是回归故里，与那庄周争执名实才是。老朽之所以去魏走楚，实为一时之气，徒生笑矣。"说到这儿，坐正位置，略略拱手，"上卿若无他言，老朽这要上路了！"也不待陈轸回言，扬鞭催马，启动车辆。

望着渐去渐远的一溜车尘，陈轸嗟叹不已。

大魏三军兵分两路，浩浩荡荡地杀奔韩境。马嘶车驰，尘土飞扬，整齐的军靴踏地声震耳欲聋。先锋武卒清一色的秦制乌金甲兵在阳光下交相辉映。

韩国境内，烽火迭起。

与此同时，公仲侈、韩举引领的五万韩兵早已在郑城之北的华阳一带扎好阵脚，正面迎击庞涓。

面对弱敌，庞涓拥有足够的自信，因而仍旧采用"正合"，不搞任何花样，兵对兵，将对将，在沙场上见真章。

两军对垒，青牛率先挑战，连斩三员韩将。韩兵正震恐中，一彪军斜刺里杀出，清一色铁甲武卒，直冲韩军右肋。韩阵右肋以劲弩利矢迎击，但由韩国自己制作的乌金等物铸制而成的甲胄及盾牌，极其有效地拦挡了来自韩国的利矢。随着武卒越逼越近，长枪逼向胸部，韩军惊恐情绪蔓延，不由自主地纷纷后退，反倒冲乱自家阵脚。庞涓挥旗，中军乘势正面掩杀，韩军抵敌不住，阵乱气泄，连退三十里方才稳住阵脚，计点军马，伤亡逾万，辎重兵器损失无数。

庞涓也不急追，魏军镇定自若地保持队形，一路捡拾韩军留下的辎重，沿衢道缓步推进，径直迎向韩军布下的第二道防线。韩军凭借地势复战，再度不敌，复退三十里下寨。如是三役，韩军连败，公仲侈再不敢正面御敌，下令放弃野外，退守郑城，依托城池作最后抵抗。

庞涓大军接踵而至，不急不缓地将郑城四面围定。

与此同时，南面百多里之遥的阳翟也遭到公子嗣引领的左军攻伐。

阳翟不仅是韩国次都，更是商业大邑，有军卒逾三万，亦是两战不捷，不得已退守城中。

魏军围城，白虎与白起亲上城头，协力守城。城中巨商大贾无不气恨魏人赖账不还，纷纷捐钱捐粮，各家徒工也都拿起武器，以血肉之躯抗御魏人。

经过数日搏杀，魏人在城外留下逾千具尸体，却连一次也未攀上城头。公子嗣震怒，再欲强攻，庞涓驰至，令魏人退兵五里下寨，只将阳翟围定，断其粮食。阳翟是个商城，粮食全靠商贾，储备不多，庞涓显然是想困死韩人。

在韩魏生死搏杀之时，田忌、孙膑双双在齐宫现身。

百官为之震惊，尤其是相国邹忌，见到孙膑，以为是见鬼，又见田忌，立时气冲脑门，身子连晃几晃，一头栽倒。御医紧急施救，邹忌好不容易缓过气来，被宫人送回府中安养。

参加此番廷议的除了辟疆特邀的几个要臣，段干纶、张丐、田婴和邹忌之外，多出了苏秦、孙膑、田忌三人。

见邹忌晕病回府，田辟疆给众臣一个苦脸："关于救韩事宜，诸位且议，待议出方略，由上大夫专程禀报相国！"

田忌鼻孔冷冷一哼，别过脸去。

"诸位爱卿，"辟疆直入主题，"魏军已入韩境，韩国烽火四起。韩王血书告难，寡人已经知会韩使，允准救韩。"

众人相顾，纷纷点头。

"不瞒诸位，"辟疆环视诸人，目光落在孙膑与田忌身上，"回复韩王血书之时，寡人心中尚无底数，今日上天助我，军师复活，田将军归来，寡人觉得可以一战了。是以眼下诸位所议，不是救与不救，而是早救还是晚救，及如何去救。"

"臣以为，"段干纶率先说道，"晚救不如早救。若是救得迟了，韩人或会屈从于秦魏之势，弃纵入横。"

"臣不以为然，"张丐接道，"早救之不若晚救之。眼下韩、魏初战，兵锋皆猛，我若救之，是代韩承受魏人之兵，出力反不讨好，弄不好还要听命于韩。纵观魏人，大有破韩之志，韩人面临生死存亡，且有我王承诺，必将一搏。是以臣以为，待韩、魏双方兵疲，我再出兵，则国可重、利可得、名可尊矣。"

辟疆看向苏秦，苏秦看向孙膑，道："臣附张老所议。至于如何用兵，殿下可问孙膑。"

所有目光尽皆投向孙膑。

"回禀殿下，"孙膑拱手，"伐大国，三年筹备，三月督粮。今魏人已过韩境，双方兵阵相迎，生死存亡系于一线，今日出兵，恐怕已是晚救了。何况我五都之兵远未集结到位，粮草也还供应不足。”

“好了！”田辟疆道，“此事不必再议，寡人意决，拜田忌为将，孙膑为军师，田婴为副将，匡章掌左军，陈陀掌右军，起三军十万，择日祭旗！”

田忌拜将后的第一件事就是与孙膑一道，入雪宫看望威王。

威王不再认识他们了，看他们就如看陌生人一般。

望着这个多年来一直压在自己头上，而今却患痴呆的威势老人，田忌流泪了。

田忌是个急性子，说干就干，于拜将后的第三日在校场点兵，第五日祭旗，接后一日，临淄中军浩浩荡荡地驰出稷山脚下的各处军营，陆续向西开赴。

邹忌病了。

在晕倒于朝殿的次日，邹忌就以身体不适为由，正式呈递辞呈，提交印绶。

田辟疆登门看望，慰问几句，将印绶依旧归还于他，嘱他安心养病，临别，执其手：“眼下三军开拔，粮草辎重为重中之重，爱卿身体不适，不便驱驰，以爱卿之见，由何人督运为妥？”

“苏秦。”邹忌沉思有顷，沉声应道，“伐国用兵，将相须和。前番伐魏，老臣与田将军互生芥蒂，此番田将军再度出征，粮草之事，最好由田将军信得过的人督办才是。”

辟疆点头：“就依相国。”

苏秦受命督运粮草，前往相府拜访，邹忌躺在榻上，哼哼唧唧地害病，由宰辅牟辛向苏秦移交各地都邑督办吏员名册及粮草应纳数额，禀报一应督粮事宜。

待牟辛报过名号，苏秦暗吃一惊。围魏之战中，苏秦不止一次听到孙膑讲起牟辛，对这名字记忆犹新，晓得是他庇护邹府公子，也是他收到陷害田忌的密信。如今此人摇身变为相府宰辅，且在未来相当长时间内辅助他督运粮草，苏秦不由得吸一口长气，犀利的目光直射过去。

这两道目光似乎可以穿透牟辛的五脏六腑！

牟辛低头，不敢对视。

苏秦收回目光，办理交接。整个过程，许是慑于苏秦的威严，许是慑于苏秦的正气，牟辛战战兢兢，唯唯诺诺。俟交接完毕，牟辛恭送苏秦出府，望着他的车马走远，不无懋闷地回到相府，趋至邹忌榻前。

“交接完了？”邹忌已经起榻，解下包在额头的湿巾，盯住他道。

"交接完了。"

"你是第一次见苏秦?"

"是哩。"

"感觉如何?"

"这……"牟辛略顿一下,"弟子说不清楚,只觉得此人初见弟子时,目光犀利,盯得弟子不自在。"

"怎么不自在了?"

"就像要把弟子看穿似的。"

"呵呵呵呵,"邹忌笑道,"是你心里不服,自己不自在罢了,非干苏秦事。"又指身边的公孙闬,"若是公孙先生,就不会不自在。"

"弟子……"牟辛嗫嚅道,"弟子不是不服,是心里有事。主公,"说着,言辞急切起来,"田忌此番回来,是要弟子的命啊!"

"是哩。牟辛,你且说说,是何打算?"

"弟子……想让他没有吃的!"牟辛灵醒过来,交口赞道,"现在看来,恩师此番佯病,真正绝妙哩。殿下让苏秦督粮,而苏秦根基在赵,对我齐地一无所知,督粮事宜还不是捏在弟子手心?弟子只需稍加用心,田忌那厮就得上蹿下跳!"

"胡说!"邹忌变过脸色,厉声责道,"牟辛,你万不可胡来!"喘几下气,放缓声音,"牟辛哪,你莫要屈解为师。你我皆为齐人,齐地是我家国。国若有难,家必遭殃。今三军远征,事关万千将士性命,你我理当同仇敌忾,切切不可意气用事,更不可因私怨而坏国家大事。至于田忌得势,亦为暂时,大可慢慢图之。"

"恩……恩师……"牟辛打个惊战,紧忙改口,"弟子错矣!弟子一定谨遵师命,尽心尽力,协助苏秦确保辎重供应。"

"去吧,"邹忌挥手,"无论前方发生什么,从速禀报为师。"

"弟子遵命!"牟辛跪地,三拜而别。

"公孙先生,"望着牟辛的背影,邹忌轻叹一声,转对公孙闬道,"老朽这让牟辛协助苏秦督运粮草,是不是有点过了。此人为什么总是不能让人放心呢?"

"主公,"公孙闬紧盯住他,"您是想让田忌败呢,还是想让田忌胜呢?"

显然,这是一个令邹忌纠结的难题。

邹忌嘴巴咂吧几下,复又合上,良久,于榻上躺下,重新裹上湿巾,缓缓闭上眼去。

齐魏再度开战后，公子华从大梁驰回咸阳，连夜觐见惠王，向他细禀中原列国动态，尤其是魏宫秘闻与孙膑再领齐军救韩的事。

“呵呵呵，”秦惠王眉眼舒展，“不瞒华弟，前几年我还忌惮庞涓几分，邯郸、桂陵两战过后，这个忌惮非但没了，寡人反倒生出喜来。此番魏氏伐韩，齐、楚再来闹腾一下，三晋可无忧矣。”

“是哩。”公子华应道，“还有一事，臣弟想做掉魏国太子！”

“魏申？”惠王怔了下，急问，“他怎么了？”

公子华将天香失风一事细述一遍，怅然叹道：“唉，在魏申身上，臣弟下了血本，不想此人外柔内刚，与庞涓、张仪根本不在一条道上，倒是与惠施、朱威、白虎、公孙衍打成一片，难以为我所用。”

“嗯，照眼下情势，魏王怕是撑不了多久。魏王之后，谁来执掌魏柄，是个大事了！”

“臣弟正是此意。”

“怎么做掉他？”

“此番伐韩，魏申是监军，至于如何做掉他，包在臣弟身上，只要王兄准允即可。”

“换谁？”

“换公子嗣。天香已经在他身边了！”

“好吧，就依你。”惠王略略一顿，“秋果如何？”

“秋果已被苏秦收为义女，早晚服侍。”

“这个苏秦，”惠王怔了一下，看向公子华，“当真是滴水不沾呢，连送上门的女人他也不收！不会是……怀疑什么了吧？”

“不是。”公子华应道，“莫说是秋果，他在洛阳也有夫人，是明媒正娶的，说是他根本没有碰过，他夫人到现在还是处子身。”

“难道他……另外有人？”

“他是否有人，眼下不得而知。对了，听秋果说，鬼谷里有个叫蝉儿的捎给他一个锦囊，让他半夜开启，并说那个蝉儿对他特别好。据各方汇总，那个女的当是周室的雨公主无疑！”

想到当年他亲去洛阳聘亲，看上雨公主，她却逃进山去，跟了鬼谷子，这又爱上苏秦，真叫秦惠王感慨不少，良久叹道：“唉，时势弄人呀。她能看上苏秦，也是她的眼力。秋果那儿，要让她上点儿心。”

“王兄放心，那个孩子不错，机灵得很。再说，她一家人都在咸阳了，十几口子人呢。”

“时不时地给她带些家里人的口信，让她心里有根弦。”

“臣弟晓得。在黑雕台的训练把她逼出来了，称职得很。她发觉那个锦囊有疑，设法偷来看了，里面没有什么，只有一粒丸药。她看不出丸药有何特别，加之担心苏秦睡醒，就又放进去了。之后没几天，孙膑就暴病死了。前不久秋果跟苏秦赶往定陶，在那儿意外见到孙膑，秋果以为是见到鬼，结果却是孙膑又活过来了。之后秋果与他们赶往临淄，臣弟追上，设法见到秋果，方才得知孙膑复活及那丸药的事。臣弟紧急禀报张相国，张相国断出那粒药丸是鬼谷子专门配给孙膑的。鬼谷之门真也是够热闹的了。”

“呵呵呵，”惠王笑道，“天下这么大，还是热闹些好。”

田忌离楚后，为抢占先机，昭阳请奏楚王，亲为主将，引军六万，直逼陉山。同时，怀王旨令文学侍从屈原起草一封措辞犀利的开战檄文，自己亲笔抄，加盖印玺，派专使送达大梁。

因在几年前的六国伐秦中被苏秦选中草拟盟书，屈原不仅闻名列国，也在楚国朝野被传扬为第一才子。伐秦无果后，屈原被太子槐留在身边，早晚侍从。太子槐继位，在第一批任免名单中将屈原破格擢升为文学侍从，位列中大夫，主笔各类诏书、谕旨之类，类似于中原列国的御史。

屈原一向赞赏苏秦的合纵远谋，对魏伐赵、伐韩不无痛心，因而在檄文中直抒胸臆，其文字之犀利，辞章之华美，即使阅读甚多的魏惠王也禁不住掩卷叫绝，反复咏叹。

早在楚国檄文抵梁之前，庞涓就已得到魏使冯郝的密报，同时，各路探马也将楚兵调防情势相继报来。

楚有陉山之痛，此番加兵，想必是要夺回陉山。庞涓不敢小觑，一面暂缓攻韩，增加哨探，加强陉山防务，一面备好模仿齐人而新建制的两万轻骑锐卒，早晚待命，一旦楚军进攻陉山，就出动由秦人援助的骑兵，远程包抄到楚军身后，给昭阳以致命一击。

然而，一月下来，楚军并未进攻陉山，只是将前军大营屯扎在离陉山约三十里开外的水泽边，主力仍旧龟缩于方城之内。斥候一天一报，楚军稳住不动。

就在魏人开始松懈之时，公子嗣急报，楚国大军约六万于昨日突然出动，绕过陉山要塞，向东插向项城、苦县一带。

庞涓急到沙盘前面，一番深思之后，认定昭阳此举，目的只有一个，就是避开庞涓与魏军主力，伺机襄陵。庞涓晓得，多年以来，昭阳一直对宋地耿耿于怀，而魏国襄陵就如一把尖刀卡在宋国西南大门上，离宋都睢阳仅咫尺之遥，这不仅让宋人不爽，也让楚人忌惮。

得出这一判断，庞涓非但没有紧张，反倒松了一口气。前番齐人救赵，孙膑第一阵即打襄陵，让庞涓一下子意识到此地的重要。桂陵战后，庞涓重点加强襄陵防御，特别奏报惠王，将破敌有功的郑克提升为襄陵郡守，辖制周边五邑约四万守卒。这且不说，庞涓早已得知，站在郑克背后的是公孙衍。只要公孙衍在，昭阳想讨便宜没那么容易。

搁置了楚人，庞涓转而把注意力集中在齐人身上。

说实在的，庞涓真正揪心也想真心一搏的仍是齐人。桂陵之战败给田忌，庞涓一直耿耿于怀。尽管晓得自己真正的对手是孙膑，但毕竟田忌是名义上的主帅。孙膑已去，此番齐军若是再来，他倒是希望主将仍是田忌，他与田忌大战一场，让他再次品尝被羞辱的味道，顺便领略一下什么才叫战争艺术，可惜的是，这个谋划让张仪搅黄了。若是田忌不能回齐，齐王就不会派兵援韩。楚国不敢争锋，赵国早无实力，若再没有齐国救援，由魏国独战韩国，于庞涓来说，显然少了趣味。

然而，就在庞涓多少显出些郁闷之时，张仪赶至，交给他屈原起草的檄文副本，轻敲几案道："庞兄，在下另外带给你两个讯息。"

"快讲。"庞涓搁下檄文，紧盯过来。

"第一个讯息，好坏兼具，即于魏国不是好事，但于好战的庞兄却未必是坏事。在下接到快报，齐王旨令出兵救韩，如果不出所料，齐国五都之军将于半月之后会聚阿邑。"

"爽快！"庞涓一擂几案。

"你猜主将是谁？"

"不会是田婴吧？"

"是田忌。陈轸那厮未能拦住田忌，让他溜回齐国了。"

"哈哈哈哈！"庞涓仰天长笑，"买卖来了，在下等的正是此人！"

"第二个完全不好，怕是庞兄不想听的。"

"张兄但讲无妨。"庞涓说着，仍旧未能收拢住笑。

"孙兄没死！"

正笑中的庞涓一下子僵住，目瞪口呆，半晌："这……这怎么可能呢？"

"在下得到可靠细报，"张仪缓缓说道，"孙兄只是诈死。田忌出走之后，有人送给孙兄一粒药丸，之后不久，孙兄就死了；在我大军伐韩之际，苏兄赶往宋国定陶，在闹市里寻到孙兄，二人一道赶往临淄，又过不久，田忌就回来了。"

庞涓似是没有听见他在讲什么，半晌方道："何人送给孙膑药丸？"

"估计是先生。据细报所讲，送那药丸的是师兄，说是师姐所赠。如果不出在下判断，这粒赠药与孙兄诈死之间，当有关联。"

"这老不死的！"庞涓从牙缝里挤道。

"庞兄？"见他对先生说出不敬之语，张仪正色道。

庞涓这也反应过来，有所抱歉地苦笑一下，捏紧拳头："孙膑没死也好。在下正想与他明明白白地玩一场呢！"

"也是。"张仪半是分析，半是怂恿，"桂陵之所以惜败，是因为庞兄没有料到对手会是孙兄。他在暗处，庞兄在明处。此番孙兄诈死，且是刻意隐瞒迄今，显然想故技重演，只未料到你我这已知情。就眼下来看，情势完全反转，孙兄在明处，你我反在暗处。再说，孙兄所恃是其先祖的《孙子兵法》，庞兄手头这也有了足本的《吴子兵法》，鹿死谁手，正可一试呢！"

"是啊！"庞涓豪气顿起，再次握拳，"天无二日，林无二雄，鬼谷中时，在下就已晓得，在下与孙兄不可并举于世，这一战终是难脱。"

"庞兄所言精辟。"张仪的语气也激动起来，挥拳应和，"在下与苏兄也是这般。他倡合纵，在下连横，纵横不可同世并举，在下与苏兄也当一决。前番援赵，苏兄东奔西走，跑前忙后，今番援韩，苏兄更是赤臂上阵，听闻已替代邹忌，亲自为孙兄督运粮草呢。苏兄既已这般，在下也就不可闲散。你我联手，陪苏兄、孙兄玩一把！"

"好！"庞涓声音沙哑，一脸杀气。

不出张仪所料，齐国五都之兵再次会聚阿邑。

许是将与庞涓作终极对决，出临淄后，孙膑的情绪一直不好，要么坐在他的辎车里，随车轮颠簸，要么坐在他的军帐里，闭目冥思，极少说话，远不如前番围魏救赵时那般，一路上对田忌谆谆教战。

晓得孙膑尚未谋定，田忌并不着急，吩咐部将，谁也不可打扰孙膑。

然而，大军已经全部屯在阿邑，孙膑仍无动静，仍是由早至晚坐在帐中不声不响。

一天，一天，又是一天。

田忌坐不住了，扯上副将田婴来到孙膑的军帐，急切问道："前番救赵，军师筹策围魏，此番救韩，军师可有妙策？"

"围梁。"孙膑显然已经筹出策了，只待求问。

"这这这……"田忌怔了，看向田婴，见他也是一脸茫然，又转对孙膑，不无狐疑，"军师不会是把庞涓当成傻瓜了吧？"

"依将军之意，当该如何救韩？"孙膑双眼微启，看向田忌。

"庞涓前番伐赵，此番伐韩，情同势不同。"田忌谋略在怀，侃侃陈词，"前番伐赵，魏合秦、中山之力，势大气猛；此番伐韩，魏乃孤军作战。前番，赵国无备而战，庞涓胜在突袭，赵人东西分割，南北受敌，溃不成军；此番，韩人早有所备，兵精粮足，虽败数阵但气势未减。这且不说，楚人已与魏人开战，昭阳兵屯苦县，锋指襄陵，方城楚军伺机而动，进逼陉山，反观魏人，虽对韩人有所攻掠，皆为小胜，郑城、阳翟迄今岿然不动。庞涓内有硬骨头待啃，外有强敌虎视，军心惶惶，难以两顾。我当与楚人协作，借楚人之力，与庞涓决战于韩境。在下之意是，我兵分两路：一路使轻骑过宋，由襄陵插向西南，经由楚地直插韩境，从东面进逼，与方城楚军夹攻陉山，迫使攻阳翟之敌回身自救，阳翟之围自解；另一路为主力，由襄陵西下，直过魏境，从屁股后面堵住魏人，与韩人两面夹击，与庞涓决战于郑城之下。"

田忌一气讲完，眼巴巴地望着孙膑。

孙膑一动不动，两眼迷离。

"孙兄？"田忌小声催道。

"剔除老弱病幼，选能战之士六万，围梁。"孙膑惜字如金。

庞涓麾下有魏卒八万，孙膑仅点六万，比前番救赵之时还少两万，田忌、田婴心里尽皆打鼓。无论如何，以六万齐国技击对八万大魏武卒，胜算几乎没有。

"请问军师，"田婴透过气来，插言道，"依旧如救赵时那样，只以骑卒佯攻大梁吗？"

"三军偕同，全力以赴，实攻大梁。"孙膑一字一顿，言讫闭目。

显然，孙膑谋定了。

田忌惊愕有顷，看向田婴："动员三军，选敢死之士六万，三日之后，攻击大梁！”

就在齐国三军依据孙膑之谋，兵发大梁之际，郑城外围，魏国中军大帐的大沙盘前，张仪与庞涓也在谋议齐军动向。

“依庞兄估算，”张仪指向沙盘，“此番孙兄该当如何用兵？”

“这个嘛，”庞涓微微一笑，反推过来，“张兄既已熟背《吴子兵法》，想必早已推出孙兄妙策，敬请指点！”

“庞兄这是逼在下献丑呢，”张仪回以一笑，敛神说道，“韩地不同于赵地，赵齐交接，韩齐却远隔宋、魏，齐军乃是长途奔袭。如果在下是孙兄，仍将舍车用骑。”说着手指沙盘，“孙兄或将兵分两路：一路为轻骑，由这里到这里，长驱直入，配合楚人，夹攻陉山，以解阳翟之围；另一路，由这里到郑城，配合韩人，与我主力决战。”

庞涓嘴角撇出一丝浅笑，微微摇头。

“这……”张仪眼珠子一转，“孙兄或会无视韩国，与楚合谋，南北夹击，趁我兵力在韩、无暇他顾之际，彻底瓜分宋国，顺带取走襄陵，迫我回师救宋并襄陵，与之决战，韩围由是而解。”

庞涓嘴角又出一笑。

“哟嘿！”张仪来劲了，接连抛出两套方案，皆被庞涓否决。

“咦，”张仪智穷，敲着沙盘架子，一脸不服地看向庞涓，“我说庞兄，这也不成，那也不是，依庞兄之见，孙兄该当如何用兵？”

庞涓伸手指向大梁，在上面绕个圈。

“庞兄是说，孙兄仍会出兵大梁？”张仪大是惊讶。

庞涓点头。

张仪鼻孔里“哼”出一声，哂笑道：“我说庞兄，今朝并未喝酒，怎就出此醉招哩！孙兄已经围过大梁，是傻瓜也不会再来第二次！”

“不瞒张兄，”庞涓凝视沙盘，“在下面对此盘苦思数日，思考过不下三十个方案，皆被否决。纵观孙兄用兵，只有一妙，就是攻其必救。当年战昭阳，此人之计是明攻项城，暗取陉山；前番救赵，此人所谋，亦为此策；此番救韩，我唯一必救之地，除去大梁，无他。”

“呵呵呵，”张仪笑道，“你是把孙兄视作木头疙瘩了。天地之道，莫过于变化。军情无常，因势利导，孙兄熟读兵法，难道这般一成不变，只用一招制敌？”

“这要看是何人用兵、对谁用兵才是。”庞涓应道，“正因孙兄熟读兵法，在下才作此判。”

“好吧，”张仪摆手，“庞兄既然如此肯定，想必已有应对妙策了。”

“一、绝其粮道；二、给宋王压力，迫其在齐人退兵之时，不得纳其入内。”

张仪长吸一口气，琢磨有顷，竖起拇指：“庞兄果然高谋。之后呢？”

“就如前番在邯郸一般，我大军按兵不动，依旧困韩，放任齐兵围梁。俟其粮绝，齐军必乱，田忌必退。届时，我可起兵追之，齐之捷径是退往宋境，由宋人供粮，之后徐徐返齐。宋人若是不纳，田忌要么与宋国开战，要么转往卫境，由卫返齐，要么转往楚境，与楚兵会合。在下断定，齐人不会与宋国开战，也不会受制于楚，必过卫境，此时，我则直驱卫境，在齐卫边界与齐人决战，活擒田忌！”

“庞兄妙计，”张仪听得眼珠子瞪起，“只是，孙兄若是不去大梁呢？”

“方才讲了，”庞涓应道，“在下考虑多遍，此招是上上之策，孙兄用兵，必行此道，否则，齐人更无胜算。”

“就赌此策。”张仪眨巴几下眼皮，“用兵打仗，还是庞兄厉害，在下听庞兄就是。庞兄只在此处安心剿韩，庞兄所言其他事宜，在下包办了。”

辞别庞涓，张仪直驱睢阳，入宋宫觐见宋王。

宋王名偃，本为宋辟公次子，自幼勇武过人，有些蛮力。宋辟公薨天，太子剔成即位，公子偃不服其兄，自恃勇武，率部众以武力袭击剔成，剔成不敌，败走入齐，客死他乡，偃遂自立为君，并于齐魏相王不久，诏告天下，南面称孤。尽管这一尊位饱受朝野诟病，迄今为止，莫说是天下大国，即使是泗上小国，也无一家认可，宋王偃却乐在其中，花费重金招募天下勇武之士，诛灭二心之臣，重用阿谀逢迎小人，且在称尊之初，于大庭广众之下笞天鞭地，昭示其不屑于大周礼乐。

时至战国，什么也都见怪不怪。逐兄乱礼，笞天鞭地，妄自称尊，不自量力若此，天下本应共诛之才是，但宋偃肆虐宋地逾八年，竟然是安然无恙，天下没有人理睬他，好像遇到一个调皮孩子，一群大人由着他胡闹。

不是没有人诛伐他，而是想诛伐他的实在太多。

楚国的昭阳最是起劲。就在宋偃逐兄自立的当年，昭阳引军伐宋，齐国田忌出兵救援，楚齐在泗水岸边对峙月余，昭阳无机可乘，不战而退。之后几年，趁齐人全力应对越王无疆、无暇他顾之际，昭阳再度伐宋，这次是魏国出兵，庞涓、孙膑联手，以攻其必救之谋大败楚人，昭阳尺寸土地未得，反而折兵六万，失去北疆要塞陉山。

宋王偃晓得，齐、魏不惜血本地前来相救，不是自己德有多高，望有多重，而是自己占据了膏腴之地——东到彭城、西到睢阳（原是襄陵，早年就被魏将吴起夺占）、北到定陶，方圆数百里的济、泗沃野。北有鸿沟，南有泓水，东有泗水，中有睢水，四水贯通的这块土地简直是个天然粮仓。这且不说，宋国先祖微子，本为商人，营商是宋人的世代传统，北疆陶邑，也就是世人皆知的定陶，更是天下著名商都，早在春秋年代，就出过陶朱公这样富可敌国的巨贾，不久前过世的魏国大商白圭也是在此学习商道，累积起他的万金家财。

齐、魏、楚三大巨鳄之间夹裹一块肥肉，反倒最是安全。三大巨鳄中，无论哪一只张口，宋偃都会向另外两只求救，且屡屡得逞。有齐、魏，他不惧楚；有齐、楚，他也不惧魏。这且不说，宋偃还多次派使臣讨好西秦，鼓励国人与秦通商。在他眼里，显然已将天下几个大国玩弄于股掌之上。这也是宋王偃在大国间游刃有余、怡然自得的底气所在。

张仪要破的正是他的这个底气。

宋王偃晓得张仪其人，也晓得张仪此来要做什么。然而，昨有魏国的桂陵之败，今有齐、楚两国加兵，宋偃也就未把魏人看在眼里。廷见之时，宋偃做出懵懂无知之状，盯住张仪，良久，倾身发问，语气甚恭：“宋偃有一请，不知张子肯赏脸否？”

“大王不必客气，仪洗耳恭听。”张仪将“大王”二字故意讲得甚重。

“听闻张子舌长三尺，宋偃好奇，早就有心见识，直到今日方得机缘，还请张子赏脸。”

“大王请近前来。”

宋偃果然离席，走向张仪。

张仪张开大口，将舌头伸到最长。

宋偃观赏有顷，返回席位，仰天长笑。

“大王可为仪之三尺长舌而笑？”张仪歪头问道。

“张子之舌，不过寻常而已。”宋偃敛住笑，将“偃”改为“寡人”，不无夸张地摇头道，“若非亲验，寡人差点儿迷信世人谬传矣。”

“仪让大王失望了！”张仪嘴角撇出一丝浅笑，略略拱手。

“听闻张子在楚多年，颇是知楚。自寡人即位，甚重楚人，视其为虎。岂料此虎两番戏我，却又两番遭侮。寡人无知，敢问张子，是楚人不自量力呢，还是寡人……”宋偃故意顿住话头。

张仪微微一笑，身子略略后仰。

“不瞒张子，楚人几番戏我，大宋臣民力谏伐之，寡人为此谋划多年，欲在明春起大兵五万伐楚，张子以为可否？”

“听闻大王力可直钩，仪不敢信，诚愿一睹。”张仪绕开话题。

“拿钩来！”宋偃喝道。

早有人呈上一钩，由乌金打制，有核桃粗细。宋偃双手握之，扎好架势，暗暗发力，在众臣关注下，金钩被一点点儿扳直。

众臣无不喝彩。

“果真力士也，张仪诚服。”张仪拱手，指向旁边一根合抱粗细的楠木巨柱，“请大王试之以柱，将之撼动。”

“这这这……”宋偃看看那柱，不解地望向张仪，“此为顶殿之柱，岂可撼之？”

“大王动之分毫即可！”

“此为楠木之柱，上承万钧之重，纵有神力，也不可撼之分毫。”

“大王圣明！”张仪就势应道，“大王力可直钩，却不可撼动楠木之柱分毫。大王服宋，如伸乌金之钩；大王伐楚，如撼楠木之柱！”

“哈哈哈哈，张子好言辞也！”宋偃几声长笑，拱手，“张子既有此说，寡人就不伐楚了。敢问张子此来，可有教寡人之处？”

“请大王屏退左右。”

宋偃略略一想，挥手：“诸位爱卿，今日散朝！”又指向张仪，“张子若是有暇，可随寡人后花园中一叙。”

二人来到后花园中，在一处木阁上坐定。

“张子，此地无人了，有话请讲。”

“张仪临出行前，”张仪嘴角含笑，二目充满不屑之气，“我家大王对仪念咏一诗，宋王可愿一闻？”

“哦？”宋偃略吃一怔，不无好奇道，“你家大王所吟何诗？”

“其雨淫淫，河大水深，日出当心。”张仪闭目吟道。

宋偃略略一怔，不解道：“敢问张子，此诗何喻？”

“大王真的不知？”张仪睁眼，不无惊讶，“传闻贵国有民唤作韩凭，韩凭有妻唤作息露。息露外出采桑，大王见其貌美，掳其入宫。韩凭有所抱怨，大王怒，罚其苦役，使其修筑宫城门楼。此诗则为其妻息露所作。”

“咦？”宋偃挠挠头皮，目光诧异，“寡人怎就不晓得此事呢？对了，那诗何解？”

“其雨淫淫，喻大王好色淫荡；河大水深，喻大王势大力强；日出当心，喻此女已萌死志，与其夫约定死期。”

“后来呢？”宋偃急道。

“此女密以此诗送达韩凭，韩凭于约定时辰以长绢吊死于城楼之下。大王闻之解气，携息露前往探视，此女趁王不备，纵身跳楼。大王急扯其衣，不料扯之不住，眼睁睁地看着美女摔于城墙之下。大王心疼此女，下城楼探视，从此女腰间摸出一绢，上面又是一诗，大王可愿听否？”

“何诗？”宋偃好奇地追问。

“王利其生，妾利其死。乞以此尸，赐凭合葬。”

“他们的尸骨可得合葬？”宋偃再问。

“这该问大王您呀！”张仪目光直逼过来。

“是了是了，”宋偃拍拍脑瓜子，“张子再讲下去。”

“大王嫉妒，不赐合葬，故意使二墓远隔数丈之遥。不料一夜之间，二墓各长一树，一雄一雌，不过旬日即遮天蔽日，上面枝叶相连，下面盘根错节，夫妻切切之情，天地为之呜咽，鬼神为之悲泣。仪闻之，不胜唏嘘。”

宋偃也是唏嘘几下，似是陡然间醒悟过来，直视张仪，面含怒容：“敢问张子，你编此故事，可是有意奚落寡人的不是？”

“仪不敢。”张仪应道，“仪是听魏王所讲。”

“魏王由何听来？”

“这个仪就不晓得了，许是小说家之言吧！大梁城内城外，小说家不在少数，专编列国故事混口饭吃。”

“哈哈哈哈，”宋偃长笑几声，“这个是了。只是你家大王偏听街谈巷议，倒失聪明，待寡人有暇，也到街头寻他几个小说家，编那魏罃几个故事。”

“大王可知，”张仪二目直视宋偃，“小说家们何以这般编派？”

“寡人不知。”

“因为大王失道，已不得民心。”张仪一字一顿。

宋偃愠怒。

“自古迄今，得民心者，得天下。不得民心者，死无葬身之地。”

"你……"宋偃气结，"好你个张仪，竟敢在寡人面前编派故事，硬说寡人失道！好，你且说说，寡人何处失道了？"

"风闻大王恃力逐杀先君剔成，可有此事？"

"是此人无道，不恤臣民，该杀！寡人留他一条性命于齐，已见慈悲了。"

"风闻大王笞天鞭地，焚烧社稷神祇，可有诸事？"

"天地不仁，社稷不义，使我数百里膏腴之地连旱三年，多邑颗粒无收，难道不该笞之、鞭之、焚之？"

"风闻大王剖驼者之背，锲朝涉者之胫，可有诸事？"

"无稽之谈！"宋偃震怒，忽地起身，手指张仪，"连这等恶言秽语你也相信，妄称天下辩者！"

"哈哈哈哈，"张仪爆出一声长笑，"大王息怒！街谈巷议，皆为小说家虚言，仪信口拈来，大王姑妄听之。"指席位，"大王请坐，仪有实言以告。"

宋偃气呼呼地坐下。

"越王无疆坐拥三千里江山，御使百五十万臣民，号令二十万锐卒，齐人倾齐国之力应对，依旧防不胜防。敢问大王，可比越王无疆？"

宋偃略现尴尬："寡人弗如。"

"巴、蜀二王统御方圆数千里巴山蜀水，山高谷深，四塞皆险，更有巴蜀不化之民逾两百万计，楚王对巴征战数百年，奈何巴王不得，秦君与蜀约游于汉中，秦君遭戏。敢问大王，可比巴、蜀二王？"

宋偃把脸转向一侧，有顷，嘟哝一声："寡人弗如。"

"抛开蛮夷，就中原列国而论，大王可比赵侯？听苏秦之言，举倾国之力，纵六国以抗秦，兵临函谷关下，金鼓响应，五岳为之震颤！"

宋偃长吸一口气，声音愈见微弱："寡人弗如。"

"抛开强赵，单说弱韩，定陶之富可比阳翟？五百里无险可守之地可比韩国千里山川？大王之威可比韩王？"

宋偃的声音几乎听不到了："寡人弗如。"

"大王且听，"张仪口若悬河，气势磅礴，"仪出鬼谷，使越王无疆二十万水陆大兵掉头，去齐适楚，自投死路；仪到西秦，先佐秦君以一国之力退六国之军，继而亲引大军，翻山越岭，深入不毛，于一年之内灭巴服蜀，平定西南数千里边陲；仪去秦至魏，使师弟庞涓陷赵于绝地，拔其邯郸，今又伐韩，郑城、阳翟两处城野，放眼望去，无边无际，皆是武卒营帐。敢问大王，仪之舌长可过三尺？"

想到自己方才轻蔑之言，宋偃的头低下去了。

无论如何，张仪所言不虚，所列无不是他所熟知的。

“不瞒大王，”张仪话锋一转，“旬日之前，仪在郑城脚下，庞涓帐中，与庞涓谋议大王，庞涓对王在前番伐赵中暗助齐人一事颇多微词，扬言攻下郑城后就兵发睢阳，亲口问问大王，魏国究竟于何日又因何事开罪于大王，是仪适时插上一言，这来睢阳与大王先行沟通。”

经张仪一番连蒙带吓，外强中干的宋偃气势顿无，连连拱手：“寡人无知，敬请张子赐教！”

“赐教不敢，仪有几言正告大王，无论是齐人还是楚人，都在觊觎大王座下这片宝地，大王坐在刀山之尖，却不自知。十年之前，昭阳伐宋，齐人施救，非为救大王，是不想让楚人染指宋地；之后越兵加齐，昭阳趁机再次举兵伐宋，是庞涓出兵，击败昭阳，方才保得宋地完全；今日又是，庞将军伐韩，昭阳发兵六万，名为救韩，却屯兵于苦县。至于齐人，仪就不说了，前番齐人攻我，大王借道，当是谋取襄陵。然而，道借了，大王的襄陵呢？齐人以疲弱之兵佯攻襄陵，只为应付大王，却以主力攻我大梁。大王扪心自问，四邻之中，真诚助大王的是不是只有魏王一人？大王之所以安居一隅，迄今无恙，是因为大魏十万武卒在后鼎持。大王若是视而不见，自恃无知，楚、齐之兵再生异心时，庞将军怕就……”张仪有意顿住。

“不不不，”宋偃额头汗出，急急拱手，“敬请张子转告庞将军，就说宋偃谨听张子、庞将军，唯张子、庞将军马首是瞻。”

“大王应谢的既不是仪，也不是庞将军，而是魏王。”

“对对对，是魏王！敬请张子转奏魏王，就说宋偃糊涂，自今日起，宋偃唯魏王马首是瞻！”言毕，宋王传旨摆宴，与张仪饮至傍黑方止。

张仪旗开得胜，哼着小曲儿回到馆驿，意外见到公子华恭候于厅。

公子华传达过秦王问候，禀道：“王上得知魏、韩陷入僵局，忧心庞将军粮草不济，再度调粮三万石，足够大魏三军食用数月。”

“我王圣明。”张仪望空谢过，唤过从人，将秦王再度拨粮的喜讯做成急报，分别火速通报给庞涓并魏王。

“还有一事，张兄或许更感兴趣。”公子华压低声音。

“华弟请讲。”

公子华从袖中摸出一绢。

张仪接过，细审毕，惊道：“五都粮草辎重督运吏员名单、途径、数额及抵达期限？牟辛？苏秦？”

公子华点头。

“如此机密，”张仪惊道，“华弟如何搞到这个？”

“是你的苏兄提供的。”公子华淡淡说道。

“苏兄？”张仪眼睛大睁。

“不瞒张兄，”公子华诡秘一笑，“在下对你的苏兄可谓是了如指掌呢。莫说是这个册子，连他三日之前吃剩菜拉肚子，夜间共去四次茅房，在下也都知晓呢！”

“啧啧啧！”张仪咂吧几下嘴，不可置信道，“两国开战，仓储堪称重地，苏秦监管粮草，必是深居简出，防护森严，敢问华弟，你是如何做到这个的？”

公子华遂将秋果的故事述评一遍，听得张仪唏嘘再三，末了叹道：“乖乖，有此黑雕在侧，苏兄焉能不败？”

第 100 章｜ 焚粮草庞涓乘胜 减灶台孙膑绝杀

辟疆旨令苏秦押运粮草，实在是勉为其难，因为苏秦在齐没有根基，甚至没有一个可以信赖、熟知各邑情势的实用人才。苏秦本想起用田文，不料田文又被田婴调任为南都莒城各邑两万技击的主将。苏秦晓得，田婴这个安排是为爱子田文着想，无论如何，沙场可以直接建功，而督运粮草，上对远征三军，下对各地百姓，往往是出力不讨好的差事，搞得好了，或可做个幕后英雄，搞得不好，尤其是贻误送粮期限，无论是何原因，都得承担罪责。

手头无人，苏秦不得不倚重在西部守边多年的牟辛。

为镇住苏秦，牟辛不无夸张地召齐五都督运吏员，在苏秦面前各施绝技，将筹盘拨弄得哗哗直响，对照账册逐一落实各种数字。连算三日，苏秦的眉头果然皱起。三军十万（临时裁下四万，并未解散，仍是要吃饭的），连同各地后勤辎重人员近五万，日均耗粮不下五百石，如果加上肉食、蔬菜、劈柴、草料等必备物资，数目大得惊人。齐国近年虽说有所储备，但连年养马，耕地大量被占，农业荒废，前番与魏开战，库中储备差不多用尽，加之去年多地出现旱情，秋粮歉收，前面数月，各都邑向阿邑等地库房运粮不足万石，仅供三军支撑二十来日，至于马草等物，差距更远。苏秦第一次从微观上明白一场大战不是闹着玩儿的，也真正明白古今圣贤何以轻易不启战端，甚至开始理解精于治内的邹忌为什么反对外战了。

通常开战，三军未动，粮草先行。此番仓促出征，齐国尚未做好足够准备，粮草供应更是重中之重。苏秦安排牟辛，务于十日之内再运一万石到阿邑，确保三军支用四十日。至于四十日之后的军粮，苏秦的安排是向泗上产粮国购买，款项由他和太子筹划。

牟辛一一应允，诺诺连声。

回到帐中，牟辛辗转反侧，一夜难眠，深受一种透入骨髓的恐惧的折磨。

这个恐惧就是田忌。

直到天色大亮，牟辛总算昏然睡去，于过午始醒，报说帐前有人恭候多时。牟辛洗漱完毕，慢步出来，见到负责粮草的参将正与一个商人打扮的陌生人立在帐外。

见过礼，牟辛引二人入帐。

“禀主公，”帐中参将禀道，“这位客商是从定陶来的，听闻我们有意购粮，特来探问。”

奇怪，苏秦昨日吩咐购粮，他何以这么快就晓得了？牟辛心里打一横，直望过去，略略拱手，问道：“这位客商，你如何认定我们要粮？”

“呵呵呵，”那人笑道，“生意人嘛，鼻子总是灵活些，尤其是我家主公。”

“你家主公姓啥名谁？”

“主公吩咐过，在下不敢乱说。”

“是了。”牟辛点头，“敢问你家主公有多少囤货？”

“这个数。”那人比出三根手指。

“三百石？”

那人摇头。

“三千石？”

那人再次摇头。

“不会是三万石吧？”牟辛长吸一口气。

“只多不少。”那人给出个笑，“我家主公是泗上最大粮商，有私库数十座，莫说是三万石，即便是十万石，假以时日，也当不在话下，当然，价格也须合适。”

“价格几何？”牟辛急问。

“这个在下无权过问，如果贵军要的数额可观，主公乐与将军面议。”

牟辛心里一震，忖道：“如果我能购到如此之多的粮草，于齐当是大功，苏秦必会为我说话，想他田忌也奈何我不得。再说，那封书信也不是我牟辛凭空捏造出来的，即使不属实，也不是我的错，相国和大王也都验过，怕他个鸟！”

这样想定，牟辛胆气壮些，当下留那人于帐，自去入见苏秦，将事由略述一遍。苏秦大喜，命他速去定陶洽谈，尽量压低价钱，先预订三万石，他这就前往临淄筹措资金。

牟辛别过苏秦，带着几个亲信随员，随那客商赶往宋地定陶，在一处颇为隐蔽的豪宅门前驻马，早有人恭候于外，将两名亲随引入偏厅招待，只将牟辛迎至正厅。

厅中一人，却是张仪。

张仪着的并不是商服，而是一身官袍，屁股略略一欠，朝他笑笑，指给他该坐的席位。

“这……”牟辛不认识张仪，怔了，看看对方指给他的席位，硬着头皮坐下，回首寻找一直陪他的客商，却不见了。

“在下张仪，在此寒舍恭候将军多时了。”张仪拱手。

坐在对面的竟是敌国相国、闻名天下的张仪！

牟辛目瞪口呆，周身僵硬。

正自惊愣，一路陪他的客商也走进来，着的竟是秦装。

“牟将军，”张仪指向秦装人，“这位是秦公子嬴华，你们当是老相识了呢！”

天哪，亲至齐营、陪同自己一路的竟然是秦王眼前红人、大名鼎鼎的公子华！牟辛感到气都有点儿上不来了。

“这位就是在下主公，”嬴华朝他淡淡一笑，指向张仪，直入正题，“牟将军可以洽谈粮草了！”

“粮……粮草……”牟辛气结。

“牟将军，”张仪指着嬴华，“其实，在下无粮，真正有粮的是这位嬴公子。听说过蜀地粮仓吗？在那儿，莫说是三万石，纵使三十万石也不在话下。”

牟辛欲起身，屁股却如千斤重，欲继续坐下去，却不晓得下一刻会发生什么。

“在洽谈之前，”嬴华两眼盯住他，“在下倒想提醒将军感谢一人。”

“何……何人？”

“我家主公！”嬴华朝张仪努下嘴，“记得曾经有封密函吗？我家主公听闻邹公子屈死于田将军之手，且又拖累将军陷入险境，于心不忍，方才写下那信。”

牟辛恍然大悟，完全醒来，再无二话，起身叩拜：“牟辛并一家老小叩谢恩公！”

“将军请起，”张仪扬手，“我们该谈买卖了。”

“恩公有话，但请吩咐就是。”

"买卖无他，只问将军一句话：将军是想让田忌将军为国捐躯于疆场呢，还是让田忌将军英雄凯旋？"

"牟辛只要他死！"牟辛从牙缝里挤出几个字。

"好！"张仪朗声应过，转对嬴华，"华公子，你这就使人前往高唐，将牟将军一家老小接往大梁相府，在下已安排专人安置。"

"恩公……"牟辛泣不成声，再拜不起。

齐军逾六万，对外号称十万，加上辎重人员一万多人，浩浩荡荡，合围大梁。各种旗帜交相辉映，数以万计的帐篷密密麻麻地屯扎在大梁城外，从城头上望下去，威势赫然，让人头皮发麻。

然而，几天下来，齐军情势似无变化，完全是前番救赵时的翻版，白天大军围在城外，或轮番叫阵，或偃旗息鼓，夜间派出少数骑手四出扰乱。

有过邯郸教训的魏惠王这一次学乖了，丝毫不见惊慌，也不登城门楼打气，而是天天稳坐于后花园的钓台之上，闭目钓鱼。与寻常垂钓不同的是，无论惠王钓到什么，毗人都像往常传旨一样大声宣唱，再由其他宫人接力唱出，一直传唱到每一个守城的将士耳中。

魏惠王发明的这一新型励志手段极是管用，满城臣民见大王如此镇定，无不信心满满，各司其职。

与此同时，魏军周边各邑早已得到庞涓指令，家家户户关门清野，但有余粮，全部深埋，齐骑骚扰多地，几无收获。加之孙膑严禁扰民，六万齐军的日用粮草，全部依靠后勤供给。

一连十余日，齐、魏、楚、韩四国大战呈现出奇怪的胶着静止态势：韩军龟缩城邑不出；楚军六万躲在苦县远远观望；魏军主力蹲守郑城、阳翟城外，如猫守鼠；齐军主力有条不紊地围在大梁；大梁城中，一切生活照旧，只是城门紧闭，城墙上时不时地听到惠王钓到何鱼、那鱼几斤几两等的传唱声。

然而，就在这一切静悄悄的背后，一支约三千人的魏军，由襄陵守将郑克亲领，在几个黑衣人的引领下，昼伏夜行，秘过宋境，绕道大野泽东侧直插阿邑的齐军囤粮基地，在公子华率领的秦国黑雕接应下，于黎明前发动袭击。

粮囤、草场起火时，守备齐军多在梦中。

与此同时，一切就如计算好一般，三支齐军运粮车队分别在送粮途中的不同地点遭到分股魏军伏击，数百辆辎重车辆几乎是在同时被焚，几处滚烟直蹿云天，方圆数十里红光熊熊，颇为壮观。

从临淄着落到部分款项后兴冲冲地往回赶路的苏秦远远望到火光与浓烟，大叫“不好”，催马疾驰。

及至苏秦赶到，整个仓区狼藉一片，粮草悉数被毁，留守齐人或死或伤，部分存活下来的仍在使用各种工具扑火。

苏秦急召牟辛，已不见踪影。

听闻在押与库存的粮草于一夜间悉数遭焚，田忌、田婴尽皆愕然，呆若木鸡。

孙膑吸了一口长气，闭目沉思。

中军帐中，时光凝滞。

不知过了多久，田婴最先回过神来，看向孙膑：“敢问军师，眼下如何用兵？”

“撤兵。”孙膑淡淡说道。

田婴看向田忌。

“听军师的！”田忌迸出一句，眼中含泪，仰天长叹一声，一脸绝望，“天不助我，奈何？奈何！”

田婴转向孙膑：“如何撤军，撤往何处，请军师明示。”

“步卒在前，辎重在中，弩兵在后，保持队形，稳步后撤，以最近距离开往宋境。另，使骑兵窜扰西南，袭击陉山，可战则战，不可战则退。”

“末将得令！”

“还有，粮草被焚之事，严禁三军传播。”

“末将得令！”

“哼！”庞涓得闻齐人粮仓被焚，握紧拳头，在中军帐里连转数圈，“姓田的，还有孙兄，这次是你们自找的，甭怪我庞某无情！”

一阵兴奋过后，庞涓看看天色，冷静下来，使快马通知三军诸将皆至中军帐听令，自己面对沙盘，细审早已谋定的围击方案，生怕出现一丝疏忽。

天色迎黑，三军诸将，包括左军主将公子嗣，尽皆赶到。一个用树胶凝固起来的巨大沙盘赫然摆于大帐正中。

沙盘上，魏、宋、卫、齐交接之间的所有形势险峻尽列其中，一目了然。

得闻齐人粮草被焚喜讯，众将无不摩拳擦掌，纷纷请战。正热闹中，斥候报说齐人不下万人现身于陉山以北，趁夜色袭击我师，林中鸟飞尘扬，似有大军集结，要塞告急。

众人皆吃一惊，尤其是左军主将公子嗣，就要策马回去，被庞涓止住。

庞涓不忧反喜，令斥候再探，朝太子申并众将道：“诸位将军，我万不可被此股骑卒扰动！如果不出本将所料，此时齐人当已撤军，我当全力追击才是。”又转对太子申，拱手，“敢问殿下作何判断？”

“军旅之事，申听将军。”太子申回礼。

“殿下有旨，”庞涓转向诸将，朗声说道，“鉴于齐人粮绝，齐师已溃，我当即刻拔营，全力追击齐人，诸位将军听令！”

“末将听令！”众将齐吼。

“各回本营，今夜让将士们吃饱睡足，备足三日干粮，明日晨起，拔营起寨，兵发大梁，追击溃齐！”

“末将得令！”众将再吼，声如滚雷。

齐兵围困大梁半月有余，随军粮草基本耗尽，只等辎重车辆补充，不想牟辛刻意拖延，在前方追询下连发三拨，这又全部遭毁。

三军能吃食物不足三日，而三日之间，三军将士无论如何也撤不到本境，因为孙膑、田忌皆知，大军回撤，贵在沉稳有序，一旦失序，将是灾难性的。而要确保有序，就必须稳步缓行，尤其是还有相当数量没有战斗力的辎重人员一并回撤。

从三军出征到回撤，孙膑的整个表现不无奇怪。田忌、田婴若是不问，几乎很少出声，与他救赵时运筹帷幄、踌躇满志的状态大不相同。

田忌、田婴最是知情，尤其是在粮草遭焚、大军回撤之后，二人忧心日重，甚至一度认为，孙膑之所以与此前判若两人，也许是其心智让师父送他的那粒死药改变了。

然而，孙膑除沉默不语之外，其他一切如常，尤其是发布军令时，总是言简意赅，没有一丝含糊，更不拖泥带水。即使是撤军命令，也尽在情理之中，无可厚非。是以二人虽有疑惑，也只在心里嘀咕。

离大梁最近的地方是宋国边邑外黄。由大梁至外黄，是条宽约丈余的邦际衢道，可以并行两辆战车，旁边还可走人。齐国六万大军，外加万余辎重人员，步军在前，辎重车辆在中，战车在后，骑卒左右护卫，宛若一条长蛇，前后拖有数十里，有条不紊地徐徐爬行。一百五十余里路程，三军走有整整两日。

在宋魏交界处，两国均设关卡。魏国关卡，人员早已惊散，关门大开。出人意料的是宋国关卡，反倒关门紧闭，不让通行。

田忌得报，紧急驰前，果见关门之内，宋人森严壁垒，远远望去，足有数千人之众，显然早有戒备。

田忌放车关前，拱手叫道："在下田忌，关上宋将，速速出来答话！"

不一会儿，一个参将模样的出现在关门楼上，拱手作礼："末将蔡鹏见过田将军！"

"大齐三军远征魏国大梁，于今日凯旋，欲借贵国道路通行，敬请打开关门！"

"田将军可有通关文书？"

"大军过境，何来通关文书？"

"我王有旨，没有通关文书，任何人不予通行！"蔡鹏一口回绝。

"你……敢阻我十万将士！"田忌震怒，抽剑，夸大军情。

"田将军息怒，"蔡鹏笑脸相迎，再一拱手，"末将力微，既不敢阻挡将军，也不敢违抗王旨，将军请在关外稍候，末将这就奏报我王，俟我王旨到，末将即开关门，迎接将军。"

田忌气结，扬剑就要杀入，田婴快马驰到，远远叫道："将军且慢，军师有令，三军改道，兵发济阳！"

田忌狠跺几脚，剑指关楼："尔等听好，捎话给宋偃，今日之事，本将铭记在心，有朝一日，必引三军将士再来叩关。"说罢掉转车头，与大军绝尘而去。

眼见齐军越走越远，关门楼后转出二人，一个是张仪，一个是公子华。

"华弟，"张仪望着滚滚烟尘，轻声吩咐，"下面该用你的人了。"

"相国放心，"公子华微微一笑，"在下早已安排妥当。"

"咦，怎么不见牟辛那厮呢？"

"我也奇怪。说好在定陶碰头的，候他两日，踪影皆无。要不，在下这就派人寻他去？"

"不必了。小人一个，死活由他去吧。"

两个关卡之间是个十字路口，东西向，由大梁经外黄，直通宋都睢阳，南北向，卡在两国交界处，由襄陵直通济阳。两国以此道为界，但道路两端均是魏邑，实际上此道多为魏人所用。因是城际衢道，道路略窄，宽处不过八尺，因旁边还要走人，只能通行一辆战车，齐军队伍拉得更长。

走不过半日，三军所带干粮用尽，粟米尽竭。由于知情军官严格封锁粮草被焚消息，午饭辰光，兵士们依旧像往日一样，边在路边休息，边等开饭。

然而，莫说是开饭，连炊烟也少冒起。兵士正自惶惑，行军命令又至，只得饿着肚子行走。又走半日，兵士们现出各种饥状、各种疲惫。军马也不肯走路，一有青草就啃起来，鞭子抽打也不管用。

士兵们向将校吵闹开饭，将校们同样挨饿，知情者假作不知，百般安抚，不知情者纷纷向上级将官询问。

东南风起，树枝摇曳，上风林中忽然飘出许多白色的球球，上面系着丝绢。

那些丝绢五颜六色，挂在白色的球球上，漫天飞舞，煞是好看。

白球球飘过头顶，有兵士弯弓搭箭，射向白球。球体爆破落下，原来是吹起来的猪尿脬。

众兵卒审看丝绢，无不震惊，上面赫然写的正是齐国阿邑粮仓、运粮辎重悉数被焚之事。

想到三日之前突然撤军及迟迟未能开饭，众军卒恍然大悟，恐慌情绪顿时蔓延，队伍不再齐整。

田婴急禀田忌，田忌扯起田婴跳上为孙膑特制的驷马辎车。

自回撤以来，无论昼夜，孙膑始终不离这辆辎车，也不愿见任何人，包括田忌。与他同车的是左右两个参军，外界情势均由两个参军禀报孙膑，孙膑的指令也经由二人传达出去。

看到两位将军，左右参军尽皆下车，将位置腾出。

孙膑二目微闭，似乎窗外的一切与他无关。

“军师，”田忌看他一会儿，见他仍不睁眼，急了，“三军缺粮一日，将士们已经得知粮草被焚之事，军心动摇，情势危矣，如之奈何？”

“魏人何在？”孙膑声音出来，答非所问。

“据斥候所报，由郑城撤回的庞涓主力昨晚已到大梁，由阳翟撤回的公子嗣所部估计明晚可到。”

“甚好。”孙膑没来由地说出一句，转向田婴，“眼下尚有多少马匹？”

“因征伐过急，征调不力，只有不足三万匹。”

“驽马多少？”

“不足七千，余为战马，其中两万为骑，三千为车，七千为辎重。”

“杀驽马一千匹，按行军标准就地立灶十万人。”

“杀……杀马？”田忌吸口凉气。

孙膑未予回复。

“马杀了，辎重车乘如何处置？”田婴追问。

“弃之。”答语干净利落。

齐人无不爱马。三军将士闻听杀马，无不心伤。尤其是这些拉辎重车辆的驽马，个个都是农家宝贝，兵士也多出于农家。养马者哭，吃马者哀，整个造炊现场悲悲切切，如同大丧。

田忌、田婴默不作声地相对坐着，边啃马肉边想事情。

“主将，”田婴若有所思，有顷，放下马肉，“军师别是饿糊涂了，杀马就是杀马，堆柴烤马肉即可，却硬要我们按常规立灶，分肉煮食，岂不是……多一道子吗？”略顿一下，恍然有悟，“有了，军师必是担心将士们太饿，只吃烤肉，或会噎着，撑着。”

“你呀，净想这些琐碎。”田忌苦笑一下，眉头凝起，“最大的症结不在这儿。这般撤军，倒是无惧魏人散兵截击，也不易溃散，可……如蜗牛般爬行，日行军不过五十里，魏军纵是猪，也会追上。如果庞涓兵分两路，一路尾追，另一路快马驱至济阳，将我兜头拦住，我前无去路，后无退途，左边是魏人，右边是宋人，岂不是陷入绝地了？”

“是哩，”田婴这也紧张起来，“依将军之计，该当如何应对？”

“使骑卒一万快马加鞭，先驱赶至济阳，确保我退路通畅！”

“将军所虑甚是，军师是很奇怪，在下这就传令。”

田忌点头：“就照你说的，传令去吧。”

田婴刚要传令，孙膑的参军过来，低声：“军师吩咐，再过三刻，三军起灶开拔，保持队形，不得轻举冒进，稳步开往济阳，在济水岸边扎营过夜。”

田婴看向田忌。

“听军师之令。”田忌长吸一口气，咬牙应道。

在齐兵开始杀马充饥的这天夜里，从郑城撤回的庞涓五万主力已先一步赶到大梁，就地屯扎在城外数里处。

魏惠王大开城门，意气风发，躬身郊外犒劳三军。

与惠王同辇而来的还有武安君夫人瑞莲公主。

魏人杀猪宰羊，中军大帐鼓乐声声。

惠王执庞涓之手，不无解气：“涓儿，你打得好呀，声东击西，火烧齐人粮草，齐人仓皇回窜，寡人亲眼看到他们溃不成军呢！”

“是父王稳坐钓台，大梁臣民众志成城，拖住齐人逾二十日，张相国亲临宋境，郑将军千里奇袭，涓不敢偷功。”

“呵呵呵，有功有功！”惠王连说几声，指着东方，“涓儿，田因齐专与寡人过不去，我忍此人已有多年，黄池一战虽然解气，但他差使田忌、孙膑两番围我大梁，坏我好事，实在可恶。不想老天并不遂他之愿，今日齐人内无粮草，外无救兵，只有挨打的份儿。为父只想提醒你一句，对这帮饥肠辘辘的可恶之鬼，你不可生慈悲之心，只管引兵打去，替寡人出掉这口恶气！”

“父王放心，儿臣这就引兵追击，打进临淄，拿下田氏一门，任由父王发落！”

惠王连叫几声“好”字，在庞涓陪同下绕军帐巡视一圈，踌躇满志地回宫歇息。

庞涓回到中军帐，刚刚坐下，张仪由宋地外黄驰回，公子嗣也已奉命赶到。庞涓遂与太子申、张仪、公子嗣等谋议军事。

张仪将齐兵如何投往宋地，如何被宋人拒于关外，他如何使人散布齐人粮草被焚，齐军如何惊惶，兵士如何溃散等，详细讲述一遍，末了说道：“齐兵已溃，我大可快车轻卒直插济水，阻齐人于大野泽之西，可报桂陵之仇。”

“齐人共有多少军马？”庞涓问道。

“没细数过，大约六万。”

“孙膑可在军中？”

“中有一辆加长辎车，当是孙兄所乘。”

话音落处，斥候快报：“报……齐人杀马，留下成堆马骨！”

“何时杀马？”庞涓急问。

“错午时分。”

“是烤肉吗？”

“从痕迹看，是灶台煮食，泼下的剩汤中，有不少野草。”

“可曾数过灶台？”

“约略数过，不下两万。”

“两万？”庞涓略略一怔，“齐人通常是五人一灶，两万灶台，当有十万军卒。”转向张仪，“张兄，你怎么说只有六万呢？”

“在下亲眼所见，且还使人躲在远处林中大略数过，不会大错。”

“在下相信张兄，”庞涓点头，“当是孙膑故设灶台，行诈兵之计。”

思忖有顷，看向众人，心情激动，“齐人爱马，今日杀之，可见其完全断粮，这与我此前预估相差无几。一匹寻常之马，少则数两金子，多则数十两，食之有伤国本，再说，马肉也不能常吃，更不能当饭吃，相信齐人坚持不了多久。如果不出所料，齐人必是插向济阳，沿济水向东，经由葭密撤往齐境。依照齐人眼下行军速度，或于明晚赶至济阳，后日至葭密，再一日，至齐境甄邑。”

“庞将军所析甚是！”张仪附和道。

“殿下，魏将军，张相国，”庞涓拱手一圈，“兵贵神速，我可兵分三路。我与殿下引车骑两万先行追击，抄近路，经由黄池直插济水，在葭密、甄邑之间咬住齐人，张兄引步卒三万跟后，魏嗣将军引领左军，沿齐军撤退路径跟进，堵截齐人南窜之路，围歼田忌于齐国边境，如何？”

“军旅之事，悉听主将！”张仪应道。

“申前日伤了风寒，恐力不从心。”太子申迟疑一下，几乎是喃声。

不及众人说话，公子嗣朗声接道：“嗣愿从主将，先驱破敌！”

庞涓看向张仪。

张仪苦笑。

“既然殿下龙体欠安，”庞涓略一思忖，看向太子申，“就与嗣弟换个位吧，殿下将右军，由大梁追踪齐人，无须赶路，只需在五日之内赶到外黄，进入宋境，堵住齐人南逃之路，合围齐人！”

听到“外黄”二字，想到出征前的那个怪梦，太子申不由得打个寒噤。好在那梦是外黄高士给他指出未来明路的，太子申就没多说什么，点头应允。

待所有人退出已是后半夜。庞涓走进帐后寝处，瑞莲仍在眼巴巴地候着，一身睡袍。

“让夫人久等了。”庞涓苦笑一下，几步上前。

瑞莲迎上，一头扑他怀里。

嗅到一股清香，庞涓晓得她沐浴一新。想到自己征战在外，一身汗臭，庞涓汗颜，推开她，刚要唤人送水沐浴，被瑞莲止住。

显然，瑞莲候不及了。

瑞莲不由分说将他的战袍尽皆卸掉，脱掉他的内衣，掀开庞涓脏兮兮的行军被，将他塞进被窝，顺手脱光自己，钻进他的怀里。

庞涓久未接近女人了，兴致勃发，翻身压她身上。

“嘘，”瑞莲急道，“夫君，轻点儿！”

“哦，”庞涓急忙下来，小声，“夫人，压痛你了？”

"不是，"瑞莲一脸兴奋，声音低得不能再低，"你压痛小庞涓了！"

"小庞涓？"庞涓吃一大惊，继而反应过来，不无激动，却又不相信，"夫人，你是说……"

"你摸摸他！"瑞莲捉住他的大手，导向她的小腹。

庞涓摸上去。

腹部依然是那个腹部，与两个月前他们最后一次见面时几乎没有差别，一样柔和，一样滑腻，一样大小，看不出任何怀胎的征象。

"夫人，他在哪儿？"庞涓摸不出，小声问道。

"就在这儿！"瑞莲引着他的手，摸到具体部位，"我都感觉到他了！"

"真的？"庞涓显然不肯相信，"我怎么摸不到呢？"

"你听听！"瑞莲小声，"仆女说，她听到了咚咚咚的声音，是心跳！"

庞涓将耳朵贴她的肚皮上，听了半晌，什么也没听到。

"夫人，"庞涓笑道，"告诉我，你是怎么晓得的？"

"是宫医说的，"瑞莲轻语，"你出征之后，上个月没有来红，这个月又没来，我找宫医，宫医把脉，说是喜脉，要禀报父王，我没让他禀报！"

"咦，为什么呢？"

"我想让夫君第一个听到这个喜讯儿！"

"好莲儿！"庞涓将她紧紧搂在怀里。

"夫君，你这给他起个名儿，我好天天与他说话！"

"这个……"庞涓思忖一时，"就叫胜孙！"

"胜孙？"瑞莲怔了一下，"是胜过他的孙师伯吗？"

"不是，因为他的孙师伯马上就要成为阶下囚了！"

"阶下囚？"瑞莲怔了，"他不是……早死了吗？"

"没有！"庞涓捏紧拳头，"他是装死！他现在是齐军的军师，前些日子就在大梁城外，带领齐人围攻父王！"

"装死？"瑞莲震惊，"这怎么可能呢？莲儿……亲眼看着他们……还有阿姐……"

"你们都被他骗了！"庞涓恨道，"他是个鬼精，专会骗人。譬如他前些时装疯，莫说是你们，连我也被他骗了。"

"可这……"瑞莲一脸呆蒙。

"好了，不说他吧，反正此人马上就会成为本夫君的阶下囚了！"

"那……"瑞莲总算回到现实中，"既然夫君要将孙膑击败，为什么还要为儿子起名胜孙呢？”

“夫人好问！”庞涓朗声应道，“夫君起下此名，不是要胜过孙膑，而是要胜过孙膑的爷爷的爷爷——孙武子！”

“夫君，”瑞莲将头枕在庞涓臂弯里，“如果你抓到孙膑，要怎么处置他呢？”

“怎么处置他？”庞涓闭起眼睛，“这个嘛，本夫君倒是要好好想想。”闭目良久，长笑几声，“哈哈哈哈，本夫君想到如何处置他了！”

“如何处置？”

“就在咱家的后花园里摆上一席大宴，将他与他的那个搭档苏秦一道解来，与本夫君和张相国欢聚一堂，为夫人，也为我们的小胜孙，大醉一场！”

“夫君，”瑞莲踏实地伏在庞涓怀里，“你真好！那时，叫梅姐也来，没有她，就没有我们的小胜孙！”

“哈哈哈哈，”庞涓越想越美，再笑数声，轻抚瑞莲的肚皮，“当然要请她了，还有我们的两个小外甥儿！”

连日长途行军，五都之军平素训练不足，加之前几日断粮，挨饿一日，个别兵士吃马肉过猛，肚子又过于饱胀，接后的行军速度反而慢下来，原定天黑之前赶到济水，抵达却在一更之后，中间还有不少掉队的，也有蹲在路边捂着肚子等着拉屎的。

田忌检点人马，因有马肉充饥，兵士少有逃逸了。

孙膑没再发话，田忌命令就地休息，于天亮之前涉济东折，沿济水北岸的衢道东拐，于午时抵达魏城葭密东郊。

葭密守军如临大敌，紧闭城门不出。

马肉虽然耐饥，但一日未食，齐卒的肚子又叫起来。

孙膑再次问过魏军情势，传令在葭密城外的一个水泽岸边扎营，依旧杀马千匹，但只许立灶六千，弃五百副马骨，另五百副悉数随车运走，同时使骑卒沿附近各道路布设疑兵。

其他尚可，这让带走五百具马骨，却是一个匪夷所思的命令。

田忌、田婴皆是不解。

田忌越想越惑，哭丧着脸道：“军师呀，辎重车辆多已丢弃，余下的还得运载器械帐篷，何况兵士疲惫，马力多已不济，这这这……能不能不拉这些马骨头呀？”

孙膑微微闭目。

田忌又候一时，孙膑没有应答不说，反倒伸手扯下车帘。

二人走到一边。

田婴看田忌一眼，小声："将军，军师执意，如何是好？"

"照军师吩咐，下令吧！"田忌苦笑一声，"在下倒也真想看看，他要这些马骨做什么。"

大梁距济阳约二百里，济阳距陶邑又约百里。

庞涓丢下步军，与魏嗣率三万车骑直驰济阳。骑快车慢，但桂陵伏击在庞涓心中留下阴影，是以庞涓吩咐车骑不可脱节，外加少许辎重，又涉近十道河沟，逾三万大军于翌日近午方才赶至齐人在济水岸边的屯营处。

人马皆疲。庞涓传令休息，亲到齐人宿地探看。

远远望去，并无扎过营的痕迹，只有兵士东躺西倒留下的满地痕印及一些并不紧要且影响行军的生活用品。庞涓问过当地百姓，果是前日夜间有大军在此宿过，计算里程，仅仅落后齐人一日半的行程。按齐人日行军五十里的正常速度，两军之间，只有不足八十里。

八十里，于车骑而言，不过半日。

庞涓嘘了口气，传令起程。三军于天黑之前驰至葭密，计点行程，与齐人相隔只有半日的行程了。

斥候报说，附近道路皆有齐骑出没，似是疑兵，前面不远处，有齐人灶台。

庞涓急往察看，远远望去，现场一片狼藉，到处是齐人丢弃的马骨头及各式辎重，有些甚至远在草丛、树林中，大骨头全都破碎，显然被人吸过髓了。

庞涓使人检点灶台，仅有不足六千，再使人点数死马头骨，不过五百上下，又亲往验看马粪及齐兵排泄物，见多呈黑色，询问疾医，知是齐人所食皆肉，无一粒粟米之故。

无须询问当地人，仅据粪便即知，齐人去此不过半日，顶多也就三十里脚程，若是快马追击，两个时辰可至。

"就眼前所见，"庞涓召来魏嗣谋议，"齐已完全断粮，一日仅炊一餐。齐军就炊，正常为五人一灶，前日有灶台数逾两万，供十万人食用，当是孙膑虚张声势，真实数字估计为六万，与张兄观察相合。今日不过六千，见其实底，昭示齐人不过三万。仅仅一日之间，齐人就由六万减至三万，昭示其逃亡过半，几等于溃散。齐人宰马五百，亦为三万人食用之数，与此灶台数量相合。估计是饥饿之卒难御，无人再砌这无用的灶台了。显然，孙膑已知危势，故于各道路设疑兵惑我，企图拖我时日。”

“齐人既已溃散，我正可穷追猛打！”魏嗣兴奋起来。

“对，打到临淄，活擒田忌！”庞涓一字一顿。

“主将，在下愿打先锋！”

“这……”庞涓略一思忖，“嗣弟还是殿后吧，先锋交给青牛。齐卒虽有溃散，主力仍在。田忌、孙膑诡计多端，万一……”

“嗣谨听将军！”魏嗣明白庞涓讲的是什么，拱手应道。

齐国三军再次吃饱马肉，抖擞精神，按照孙膑设定目标，加快速度，在不足三个时辰里连续行走六十里，于人定时分抵达甄邑。

甄邑是齐国边邑，也是孙膑故居所在。

回到自家地面，田忌松了一口气，传令扎营。早已得知音讯的苏秦引领民众并辎重兵卒点起灯笼火把，守在道旁劳军。

尽管苏秦等人早已备好各式现成食物守候，且午时刚刚餐过马肉，孙膑仍旧传令，要求立灶三千，杀马百匹，马肉分食，马骨弃于营地。

食物充足，在完全不必杀马时竟又杀马，田忌怎么也想不通，数问孙膑，孙膑依旧端坐辎车，两眼半眯，似在半醒半梦之中，对其问话一句不睬。

田忌不无郁闷地回到大帐，越想越是茫然。

然而，军师之令，他不能不听。万一另有奇谋呢？

田忌左思右想，难以决断。

刚好苏秦、田婴皆至帐中，田忌讲出疑虑，末了说道：“不瞒苏兄，此番救韩，与前番救赵，孙兄表现完全不同，没有人能比在下体会更深了。我一直有个担心，军师怕是这个……”说着指指脑袋，“让那死药吃坏了。”

苏秦看向田婴。

“主将说得是，”田婴附和，“军师一路的确怪怪的，即使得知粮草被焚，也没有慌乱。还有，军师一天到晚坐在他的辎车里，从来不住帐篷，也很少与我们说话，总是闭目养神，像是沉思，又像是没有睡醒。很少发令，即使发令，也多是怪怪的。第一次围大梁时，军师把每一步都解释得清清楚楚，此番完全不一样，军师一句也不解释。还有，上次围梁是假围，这次是真围，让我们全力以赴，结果，粮草被烧。军师又下令退往宋境，结果宋人不纳。田将军要打入宋国，军师却又不让，结果走了弯路，不得不杀马充饥。

军士饥肠辘辘，行军又急，烤肉当是最快，军师却让砌灶煮食，还让加倍修灶，军士们颇有怨言。第二次杀马，军师让带五百副马骨，这不，全在此地了。今日更甚，苏兄想必已经看到，完全不必杀马，却让再杀一百，还让砌灶……”顿住话头。

“军旅之事，在下不便多问，”苏秦沉思有顷，缓缓说道，“二位将军所察所忧，尽皆在理，尽管如此，在下还请二位相信孙兄。孙兄一如吃死药之前，一切完好。听二位所言，以在下所观，军师此前之令，尚无出格之处。粮草既焚，惊慌于事无补，军师适时撤退，撤至宋国，也是正理。宋人不纳，想必出乎军师意料。至于军师不言，也未向二位解释，想是孙兄另有苦衷，不便多言。迄今为止，二位虽有疑虑，仍旧依令而行，说明二位对军师抱有信心。这个信心不可动摇。对付庞涓，除去孙兄，天下没有第二人。对了，在下还要禀报二位，就是粮草被焚之事。在下已经查明，是牟辛内应。牟辛过于计较得失，中敌圈套，前番害将军走楚，今番又内应魏人，焚我各处粮草，使我大军回撤。牟辛为邹相国所荐，在下仓促用之，亦有失察之过……”

话音未落，田忌拳头握得咯嘣嘣响，猛地砸向几案：“恶贼何在？”

“指引魏人焚过粮草之后，他欲逃往宋国，在陶邑城外被墨者屈将子拿下，在下审问明白，已表奏我王，押往临淄去了。”

“待我回到临淄，看不亲剐其身！”

“二位将军，”苏秦略略拱手，起身辞道，“你们在此商讨军务，在下这去望望孙兄。”

刚送苏秦出帐，斥候来报，说是庞涓大军已经追到葭密，距此不足六十里，车马两个时辰可至。二人咋舌，幸亏后晌行军加速，否则，真就被魏人咬上了。

“事急矣，”田婴看向田忌，“大军何去何从，我们是听军师的，还是……”

“田兄意下如何？”

“婴听主将。”

“无论苏秦如何说，”田忌决然说道，“以在下直觉，军师之令不可再听，我当作最坏打算。眼下我辎重多已抛弃，粮草无着，士气低落，不宜力战。反观魏军，胜券在握，士气高涨，急欲寻我决战。魏军兵分三路，庞涓所引是主力，多是武卒，战力最强，旨在咬住我军，继而是步卒，再后当是围攻阳翟之敌。有鉴于此，我当避敌不战，诱敌深入不毛。在下之意是，明日晨起，三军可于五更开拔，向东南撤往廪丘，绕大野泽向南，边阻击魏人，边退往平陆。平陆为我西都，城高池深，大野泽周遭，树高林密，水泽纵横，我辎重尽弃，来去自如，反观魏军，重甲裹身，道路不通，水泽泥泞，战车难以施展，看他庞涓能奈我何。”

“此计甚好，在下唯有一虑，万一庞涓不睬你我、直驱临淄呢？”

“谅他不敢！”田忌不无自信道，“只要在下与孙兄在这大野泽边转悠，庞涓纵有一千个胆子，也不会不顾屁股，孤军杀奔临淄。”

“好吧，在下这就传令三军。”

翌日鸡鸣时分，三军整装待发，按照田忌将令依序发往廪丘。

眼见就要起程，孙膑参军急传军师令，要他们向北开发，于天黑之前，撤往莘邑，且须带上那五百副马骨。

田忌震惊，正待不睬孙膑军令，苏秦急至，在其耳边低语一阵。

田忌先是错愕，继而惊喜，转对田婴：“依军师将令，北发莘邑！”

翌日小晌午，庞涓所部抵达齐境。

齐国边关一片狼藉，守关人员早已逃逸。错后晌时，大军赶至甄邑，但见城门虚掩，并无一个守卒，城中百姓大多逃逸，只余少许大户人家的“守门人”及“难舍家园”的老人。

庞涓寻到几人，一一询问，得知齐兵各种“惨状”，并说老百姓们害怕打仗，剩下不多的粮食也被这些溃退的齐兵“抢光”了。庞涓使人查点灶数，报说不足三千，马骨头不过百匹。

庞涓分析，三千灶头，比昨日整减一半，说明齐军多已溃散，剩余残兵不过两万，杀马仅百匹，当是因为“抢粮”之故。使人检查齐军营地，果见有谷粮面食残余。

庞涓再无疑虑，该当断明的是齐军残余主力退往何处，因为甄邑是齐边邑，也是交通要冲，道路颇多，两条衢道在此相交，东西是邦际衢道，可并行三辆大车，南北是城际衢道，可并行两辆大车。魏军由西追至，摆在前面的是三条道路：第一条继续向东，经由大野泽北侧廪丘直驱阿邑，通达临淄；第二条拐向西南，通往魏邑垂都和乘丘；第三条向北，通往莘邑并高唐。齐人不会再回魏境，第二条道路可不考虑，摆在齐人面前的只有两条路可走：一是继续向东，直接撤回临淄；二是向北，退往高唐。

斥候回报，向东向北皆有辙痕和弃物。向东辙痕显明，弃物却为百姓日用，向北辙印较少，弃物多是旌旗、矛戈等三军之物。

“哼，”庞涓冷笑一声，“孙兄也是技穷，都到什么时候了，这还以此小儿之戏蒙我！传令，向东全速追击，看田忌哪儿逃去。”

大魏车骑近三万众风驰电掣般袭奔廪丘，行有三十余里，终于赶上齐人，却是一些走在后面的百姓，有苍头、老人和孩子。远远望去，百姓甚众，将道路占得满满的。

看到魏军杀气腾腾，众百姓无不惊惧，几个舌头依旧能转的被推到庞涓跟前。庞涓询问，百姓尽皆不言，且神色惶惶，东张西望。

庞涓忖出原因，拔剑逼问，扬言不讲即斩。百姓惊惶，方才道出“实情”，向东走的全是百姓，是苏大人吩咐他们向东出走，且借给他们战车拉家当，告诫他们不可讲给魏人。

“苏大人呢？”庞涓黑脸问道。

众皆摇头。

显然，孙膑摆了个圈套，他庞涓竟然钻进来了。

庞涓怒气上攻，又不便发作，来不及再摆沙盘，遂摊开地图，目光循北路直追过去，落在莘邑，恍然有悟，咬牙恨道：“传令，后队做前队，返回甄邑！”

后队是公子嗣坐镇，闻听庞涓将令，旋即掉头。

折腾约有一个时辰，大军回到甄邑。

“怎么回事？”魏嗣劈头问道。

“我已查明，”庞涓应道，“齐军主力没有回撤，而是北窜了。”

“咦，齐兵为何北窜？”

“意图有二，一是不想把战火烧到临淄，二是向赵齐边境靠拢，借赵人之力负隅对抗。赵人欠齐大情，另有苏秦巧舌，必定出兵相助。”

“齐军主力若是北撤，我们何不乘虚进击临淄？”公子嗣急道。

“嗣弟所言极是，”庞涓应过，恨道，“只是，与攻下临淄相比，活擒田忌、孙膑更称涓意。只要活擒二人，击溃齐军主力，临淄不过是囊中之物，早取晚取，但听殿下吩咐。”

“将军执意，嗣依将军就是。只是，如何追击，还请将军明示。”

庞涓摸出麻布军图，指图：“此路向北直达莘邑，过去莘邑就是高唐。莘邑不可虑，高唐却是齐国北都，城高池深，人口众多，备粮充足。齐人只需固守十日，赵援可至。苏秦若再说服楚人，由南部袭我，我就陷入不利了。”

“怎么进击，请将军下令。”

“天不负我，今赐良机，以泄我胸中积郁，不可不从天意。度齐人行程，一个时辰不过十五里，这又饥奔数日，体力皆达极限，当不超过十二里。齐人辰时开拔，迄今四个时辰，行不过五十里。此地距莘邑约百二十里，我若以战车逐之，快马加鞭，一个时辰可行五十里，两个时辰之内，必能追上田忌。”

“这……”魏嗣看看天色，“已是后半晌了，将军何不歇息一日，明晨杀敌不迟。”

“兵贵神速。”庞涓胜券在握，“齐人已无战心，我当在其赶至莘邑之前将其咬住。为稳妥起见，涓引虎贲先行追击，缠住齐人，嗣弟跟进。就眼前情势观之，无须张相国与殿下助力，你我当可击溃齐人，活擒田忌与孙膑。”

“好！”

青牛一车当先，庞涓亲驱战车二百乘、虎贲五千，向正北莘邑方向疾驰，魏嗣引军二万跟进。

青牛马不停蹄，追有一个多时辰，于迎黑时分赶到马陵道口。

放眼望去，前路尽是数丈高低、如波浪般起伏的坡岭，一条山道崎岖蜿蜒，穿行于岭谷之间，两侧林木参天，荆棘丛生，颇为凶险。吃过桂陵之亏的青牛凭本能喝叫停车，一边使人探路，一边急报庞涓。

庞涓驱车赶至谷口，跳下战车，不料天色昏黑，庞涓心情又急，一脚跳下，刚好踩在一堆马粪上，脚下软而打滑，身子歪倒。若不是青牛搀扶及时，差点倒地。

庞涓稳住步子，不无气恨地将那堆马粪一脚踢飞，走入谷口，察看一番，攀上坡顶，极目望去，前路弯弯曲曲，黑乎乎的尽是树木，几十步外，就什么也看不见了。再察路边草丛中被弃之物，竟有打制精良的甲胄与枪刀。它们被弃，只因太重，显然是齐人不堪重负、悄悄甩掉的。

正探看间，斥候押解两个齐卒返回，报说前路越走越窄，一些路段仅容一辆战车通行，凡是窄处必有树木横路，还有几辆战车被卸下轮子，挡在路中心。

庞涓详察二人，见每人只穿一只靴子，一个在左脚，一个在右脚，颇是奇怪，指其脚，语气和蔼：“我是庞涓，很想知道你二人为何只穿一只靴子？”

听闻眼前之人就是庞涓，二人皆吃一惊，面现惊惧。

见庞涓面带微笑，年纪稍长的大胆应道：“回……回禀庞将军，我……我俩是结……结义兄弟，脚底打血泡，实在走不动了！”

“本将问的是，你二人为何只穿一只靴子？”庞涓收起笑，重申一句。

“是是是，”那兵士打个惊战，“昨晚露营，也是太累了，义弟靴子被人脱掉而浑然不知，天明寻不到靴子，大军又要起行，小的见义弟双脚打泡，就把靴子脱下，让给义弟穿。义弟死活不肯，在下不依，我兄弟二人只好各穿一只，每走五里轮换，走到这道谷里，义弟血泡全破，实在走不动了，小的得到官长许可，留下照顾义弟。”

“说说看，你们共有多少人？几时到达此地的？”

听到涉及军情，那军士将脸别向一侧。

“快回将军的话！”青牛低吼。

那人打个惊战，看他一眼，再次别头。

庞涓朝旁边的义弟努下嘴，青牛会意，将剑架在义弟脖子上。

“这位军士，”庞涓淡淡说道，“你若讲出实情，本将不仅放你二人生路，还将重重赏你二人之义，若是不说，你义弟将于顷刻之间，在你眼皮底下身首异处！”

“将……将军！”那人急急跪下，“小……小的愿……愿讲实情……”

之后，义兄有问必答，将齐军“情势”一五一十地尽皆说出，末了说道：“我等连日行军，走到这谷里，见道路难走，就都不想走了，加之天色已晚，纷纷请求在此过夜，不料田将军死活不肯，说是军师令我等务必于黎明之前赶到莘邑，违令者斩。有人受不了，”说着，指向旁边林子，“不瞒将军，不少人走不动路，趁天色昏黑就躲进林子里了。将军若是不信，派人去搜，没准就能搜出许多。”

“这等谷路还有多远？”庞涓看向前路，眯眼问道。

“没多远，也就十来里，估计大军这辰光应该出谷了。这一段最是难走，田将军说了，过去此谷，就是坦途。”

庞涓再无疑惑，转对旁边参军：“赏二位军士一双靴子，放他们走吧！”

二人叩首谢过，接过一双靴子，闪身钻入旁边林地，不顾脚疼，夜猫一般溜走了。

“青牛将军，”庞涓拔出宝剑，指向谷道，“传令，搬移路障，全力追击齐人，活擒田忌！”

庞涓令下，青牛再无顾忌，引领几个力大的在前开路，车马跟进。

魏人一路无阻，进约十里，果见道路略略宽些，可以错车了，但还远不是坦途，道路依旧夹在两道矮岭之间。庞涓仍无疑虑，喝令全速追击。

青牛驱车又走数十步，忽见路上现出白乎乎的路障，伸手去搬，竟是马骨。极目望去，白茫茫一片，使人探去，全是死马之骨。青牛心里犯了嘀咕，一边使兵士搬移清障，一边回禀庞涓。

庞涓赶到前面，放眼望去，果是一副接一副的死马骨架，挨个儿摆在一起，每副马骨架前摆放一只马头。

庞涓的眉头拧在一起。

“真是奇怪，”青牛挠腮道，“齐人不可能在此杀马，哪来这么多的马骨？看这样子，不下几百架呢！”

不知怎么的，一股莫名的寒意从庞涓心底油然生出，直透背脊，他不由自主地打个冷战。

“难道是齐人前番杀马，没有吃完，一路带到此地？”见庞涓并未回复，青牛放小声音，半是自语，半是分析给庞涓，但又旋即否决，“这也不对呀，没有吃完，带肉即可，带骨头做什么？用作路障吗？也不对呀，随便砍几棵树，摆些石头，也比带这些骨头省力！”

青牛正在自说自话，有搬移马骨的兵士急奔回来：“报，前有大树横卧道中，上面写有字呢！”

庞涓赶至，就兵士们点起的火光望去，见那树原本长于道旁，显然是被人刚刚砍倒，横架在道路中央，正中树皮被人为剥去，上书一行字迹：“军师妙算，三十里马陵道活擒庞涓。田忌。”

看到“三十里马陵道”几字，庞涓猛地意识到被那两个兵士骗了，一拍脑袋：“糟糕！”

“怎么了？”青牛急问，顺手摆动长枪，警惕地看向四周。

庞涓没再应声，两眼怔怔地看向一具接一具的马骨架。

白乎乎的马头在这暗夜的火把中昂然肃立，森森然，宛如一个又一个向他叫阵的厉鬼。

庞涓倒吸一口冷气，眼前迅即浮现出当年下山时的场景，耳边响起鬼谷子的连串声音：“此花共开一十二朵，昭示你荣盛一十二载。此花采于鬼谷，见日而萎，鬼旁著委，喻你成功之地当在魏国……你拔后弃之，弃后复拾，心怀二志，又在老朽面前藏而不露，昭示你日后必将欺人，亦终将受欺……此花名叫马兜铃，马喜食之，羊却不喜，老朽送你一句偈语：遇羊而荣，遇马而绝……”

想到此处，下山后发生的一切，一桩桩一件件掠过心头，庞涓暗暗叫苦，不无懊悔地长叹一声。是了，现在想来，真有一万个悔不该：悔不该没把占花当正事儿，鬼使神差地竟然选个马兜铃，而这贱花竟然才开一十二朵；悔不该没把先生的临别赠言当回事儿，遇羊而荣既已应验，他就该当防着这个遇马而绝呀，为何偏就在这关键时刻全忘光呢？花名有个马字，孙膑前番用马败我于桂陵，此番追击，一路上皆见马骨，方才又踩到马粪，上天屡屡诫我，我却……唉，细细算来，先生算我荣盛一十二载，今已届满，先生用的是个“绝”字，看来是天意绝我了……

“青牛，”庞涓猛地想到数千将士，打个惊怔，急切传令，“我们中计了，快，冲出此谷！”

然而，一切皆迟。庞涓话音尚未落地，鼓声已响，号角已鸣，顷刻间，两侧坡岭箭矢如蝗，夹在狭道中央的魏卒猝不及防，也防不胜防，纷纷中箭倒地。

桂陵噩梦重现！

青牛二话不说，大叫一声：“快，保护将军！”话音落处，将庞涓猛力推到大树下面，以树做掩体，以身与盾牌将他严严护住。

尚未倒下的军卒闻声跑来，绕庞涓形成一个大圈，皆举盾牌。

满谷火光四起，万箭齐飞，魏兵中箭后的惨叫声、“活擒庞涓”的呼喊声震荡在谷岭上的夜空。

相距不过三十步，齐国逾万箭手尽皆使用强弓劲弩，武卒甲胄再厚，盾牌再结实，也是枉然。十里谷道，成了屠场。不消半个时辰，可怜数千虎贲及逾千战马，连齐人之面也未见到，多被劲矢穿身而亡。

庞涓身边，持盾魏兵死伤逾半，仅余十几人，仍在舍命守护。

齐兵纷纷现身，围拢过来。

箭矢如雨，火光如日，魏卒接二连三倒地，只剩下庞涓与青牛。

庞涓身中数箭，青牛则如刺猬一般，血污全身，连眼睛也睁不开了。

一声长笑，是田忌的声音。

在众将士簇拥下，田忌手持长枪，从马骨堆中直走过来，扬手高叫：“停！”

箭雨停下。

田忌一步一步走到庞涓跟前，距其十步站定，拖长声音：“这不是庞将军吗？”

庞涓以枪撑地，挣扎着站起，擦去脸上血污，看向田忌：“孙兄何在？”

“孙兄？”田忌冷笑一声，以枪指他，“你害军师如此，这还有脸叫他孙兄？

放下长枪，束手受缚吧！”

“孙兄何在？”庞涓提高声音。

“好吧，”田忌又出一声冷笑，“既然你这般追问，田某就成全你的好奇。”说着，以枪指向前面马骨，“这里是五百副马骨，是田某听你孙兄吩咐，一路辛苦带过来的。你的孙兄，还有你的苏兄，正在这些马骨尽头设宴把酒，候你光临，为你接风呢！”闪身让到路侧，“庞将军，尽管你曾折辱过本将，但本将肚大量大，又念在军师与苏相国再三请求放你一马，就不再与你这般小人计较，为你让路。庞将军，请吧！”又转对众军士，“将士们，让道，送庞将军赴宴！”

众军士纷纷让到路侧。

“哈哈哈哈，”庞涓长笑一声，没有理睬田忌，而是冲着白茫茫望不到尽头的一路马骨高声叫道，“孙兄，苏兄，你二位听好，师弟庞涓先行一步了。将行之际，在下有一言敬告孙兄：你遭膑刑是在下诬陷的，你我结义，在下欺你仅此一次！孙兄装疯一次，诈死一次，两番欺我，你我算是扯平了。今日之战，还有桂陵，孙兄你赢了，在下输了，只是，在下不服，因为孙兄你赢在阴处，在下输在阳处。今日之败，非战之力，是天意亡我……”仰天长啸，“噫吁兮，天……意……亡……我……”

夜谷里，久久回荡庞涓的声音。

声音消去，山谷死一般静寂。

“青牛兄弟，”庞涓扔开长枪，凝视青牛，拱手，“是涓连累兄弟与众将士了！”说完，拔出宝剑，横剑自刎。

“庞将军——”青牛悲鸣一声，扔下长枪，单膝跪地，伏在庞涓身上，久久未起。

火把映红夜空，马陵道上隐隐传出齐卒打扫战场、清点伤亡的声音。

战斗结束了。

陡然，青牛挣扎着站起，抱起庞涓，一步一步地走向摆得井然有序的马骨长龙。

青牛要把庞涓送到这些马骨的尽头，送到他的两个师兄弟那儿。

望着这个身上插着十几支利矢、血染甲衣的魏国第一勇士，站在旁侧的齐国兵士无不起敬，纷纷跟在他的身后。

田忌的眼睛湿润了。

一步又一步，一具又一具。

无穷无尽的马骨。

青牛越走越慢，终于，在越过第一百具马骨之后，脚底被什么绊住了，“扑通”倒地。

青牛抱牢庞涓，尝试站起。

一次，一次，又是一次。

这个力可抵牛的人用尽了最后的力气，却没有再站起来。

“庞将军，”青牛跪在地上，悲泣，“青牛……尽力了……”又冲着跟在身后的齐国箭手，几乎是吼叫，“放箭呀，懦夫！”

众箭手不忍看视，纷纷背过脸去。

田忌擦去泪水，扎枪于地，从一名兵士手上拿过弓，搭上箭，绕到青牛对面，朝他深深一揖：“青牛将军，本将成全你！”说完，拉满弓，冲其鼻梁骨间一箭贯穿。

青牛的身子动了动，缓缓伏在庞涓身上。

马骨尽头是片开阔场地，几支火把映照场地正中的一块巨石。

石面上没有菜肴，没有筷箸，只有四只装酒的陶碗。

苏秦、孙膑相对而坐，宛若雕塑。

两双泪眼在火炬下熠熠闪光。

四周静寂如死，谷道上打扫战场的隐隐声音似乎是在另一个世界。

不知过有多久，苏秦擦干眼泪，端起面前的酒碗，朝地上轻轻一泼，将空碗摔到石面上。

孙膑跟着泼下，摔碗。

另两只酒碗依旧满满，在这夜空里孤独地映着火把的光亮。

庞涓陷在马陵道时，公子嗣的两万甲士正在距马陵道不到三十里的营帐里沉睡。

东方发白，雄鸡啼晓。

一阵脚步声匆匆响进三军副将公子嗣的大帐。

“报！”一名参将半跪于地，冲着一道布帘朗声禀报，声音急切而慌乱。

“什么事儿，本将这还没睡醒呢！”里面传出公子嗣的声音，极是窝火。

“禀报副将，”参将声音微微打战，“齐将田忌在马陵道设伏，庞将军、青牛将军及五千将士尽皆殉国，无一逃出，齐人……”

"啊？"公子嗣惊叫一声，"齐人怎么了？"

"齐人逼过来了！"参将禀道，"大量齐人沿马陵道向我逼近，距我不足十里。我东、西两侧皆现大量齐卒！"

"快，击鼓，鸣号，迎敌！"公子嗣布令。

"末将得令！"参将急急去了。

布帘之内是个可以折叠的软榻。公子嗣掀开锦被，匆匆穿衣披甲。

锦被里露出另一个头，是天香。

公子嗣已是一日也离不开天香了，无论是征韩还是战齐，一直将她带在身边。但天香不再是宫女，而是扮作贴身侍从。

"将军，"天香坐起，穿衣，轻声问道，"你打算如何迎敌？"

"布阵呀！"

"连庞将军都战死了，将军的阵能打赢吗？"

公子嗣急了："打不赢，也不能等死呀！"

"打不赢可以跑呀，将军是天子龙体，不是贱命，不能白白死在这儿呀！"

"天子龙体？"公子嗣怔了。

"嘻嘻，"天香笑了，"谁都有个三长两短呀，万一王上驾崩呢？"

"父王崩天，还有一个太子哥呢，轮不上我！"

"太子也不能长命百岁呀，万一遇到个意外呢？"

"你呀，净想好事，"公子嗣给她个苦笑，"齐人这把我们围起来了，怎么跑？"

"不是留有退路吗？"天香说话间，衣服已经穿好，又帮公子嗣披上甲衣，"将军可传令回撤鄄城，与张相国的大军会聚！"

公子嗣掀开布帘，刚喊一声"来人"，十几个将军已得音讯，急跑进来。

"快，传令，撤！"

"撤？"十几名将军无不面面相觑。

他们此来本为请战，要为主将复仇，这却得到撤军命令，无不愕然。

"愣个什么，鸣金退兵！"公子嗣再次颁令。

众将无奈，各自低头走出。

与此同时，魏营四处传来号角，战鼓也鸣起来。魏武卒原为和甲而卧，几乎是立刻就可进入战备状态。

齐人虽然没有咬近进逼，但三军听闻庞将军、青牛殉国，先锋被歼，副将这又让鸣金退兵，无不惶惶，急切间抛下大量辎重，沿来路急撤。

齐人一路呐喊追击，一路捡拾战利品。

公子嗣回撤百里，直到与张仪的三万大军相遇，才算稳住阵脚。

在庞涓身殉马陵道，公子嗣鸣金大退兵的当儿，太子申的右军刚好抵达外黄。

迎黑时分，庞涓殉国的绝密军报抵达右军，太子申惊魂未定，又有人送来一封密函。太子申展开，是一封手书，单看笔迹就晓得是天香的。

太子申细读那函，很短："申，今宵人定，外黄东野，大楸树下，不见不散。香。"

太子申既惊且疑。自那日天香无故失踪，太子申心中就存了一个结。这是一个神秘的女人。她两番失踪，这又两番现身，每一次都让人浮想联翩。

太子申收起密函，闭目思量。

是的，他有太多的谜团：那日夜间，她为何失踪？是被人掳走，还是自己出走？若是被人掳走，谁有这么大的胆？谁又能在不惊动他的同时，从他身边抢走一个人？既然是掳走，又为何脱掉她的所有衣服？如果不是被掳走，她为何离开？她去了哪儿？她为何这么久才给他密函？她为何约在外黄东野见面？她遇到什么麻烦了吗？她……

太子申知道那棵大楸树，就位于外黄东野约七里的地方，那儿是个岔道口，两条衢道分开，一条由外黄通向睢阳，另一条通向陶邑。

太子申左思右想，决定赴约，解开所有的谜团。

太子申看向滴漏，离约定的时刻还有一个时辰。为保险起见，太子申带了十几名贴身护卫，分作三辆战车，直驱外黄。

宋人对魏人毕恭毕敬，见大魏殿下驾到，开关放行。

三辆战车直驱外黄东野，远远望到大楸树了。

太子申喝叫停车，细审那棵楸树。

天已黑，人已定，树下空荡荡的，四周静寂无声。

太子申挥手，让护卫留在原地，只身下车，大步走向大楸树。

太子申离大楸树越来越近。

树后转出一个白色的影子。

"是香吗？"太子申压低声音，叫道。

回答他的是"嗖嗖"几声利矢。

箭箭射中。

太子申惨叫一声，倒在地上。

众卫士听得清楚，急奔过来。

然而，没奔多远，两旁响起箭矢声。

十几人全部中箭。

几十名黑衣人杀出，将尚未死去的全部刺杀。

为首一人走向太子申。

是公子华。

公子华俯身挡挡鼻息，还有气。

“快，将所有人抬到车上，运抵齐营！”

黎明时分，齐人在鄄邑南野发现十几具魏尸，立即禀报田忌。无战而现魏尸，田忌觉得奇怪，亲自赶往验看，见其中一人竟然是太子申，尚有气息，震惊，急让人抬到军营。

太子申是梅公主的亲兄，对孙膑也有礼遇，孙膑吩咐救治，但为时已晚。医师禀报说，使太子申不治的倒不是身上的箭伤，而是箭矢上的毒，因中毒时辰过长，已无可抢救了。

一个时辰后，太子申死于齐营。

短短不足两日，庞涓、太子申两个挚友双双死于自己的眼皮底下，孙膑黯然神伤。

庞涓死后，张仪晓得这场战争无法再打下去，遂写出战报，将细情禀报魏王，宣布停战。田忌没再逞强，听从苏秦，将庞涓、太子申、青牛及所有魏卒的尸体用棺木装了，交还魏人。

毗人尚未读完战报，魏惠王大叫一声，口吐鲜血，昏厥。

（第十卷完）

图书在版编目（CIP）数据

鬼谷子的局．卷十 / 寒川子著．— 武汉：长江文艺出版社，2018.3（2018.11重印）

（"智慧的游戏"系列作品）

ISBN 978-7-5702-0262-1

I. ①鬼… II. ①寒… III. ①长篇小说－中国－当代 IV. ① I247.5

中国版本图书馆 CIP 数据核字 (2018) 第 030335 号

鬼谷子的局．卷十

寒川子　著

选题产品策划生产机构 | 北京长江新世纪文化传媒有限公司

总 策 划 | 金丽红　黎　波　安波舜

项目策划 | 寒川图书　　版权所有 | 寒川图书　　项目统筹 | 赵晨阳

责任编辑 | 张　维　　装帧设计 | MM末末美书　　媒体运营 | 刘　峥

助理编辑 | 赵晨阳　　内文制作 | 张景莹　　责任印制 | 张志杰　王会利

法律顾问 | 张艳萍　　版权代理 | 何　红　　印刷监制 | 战　梅　刘　刚

特约编辑 | 韩明辉　　封面插图 | 李茂国　　书名题写 | 张兼维

总 发 行 | 北京长江新世纪文化传媒有限公司

电　　话 | 010-58678881　　传　　真 | 010-58677346

地　　址 | 北京市朝阳区曙光西里甲 6 号时间国际大厦 A 座 1905 室　　邮　　编 | 100028

出　　版 | 长江出版传媒 | 长江文艺出版社

地　　址 | 湖北省武汉市雄楚大街 268 号湖北出版文化城 B 座 9-11 楼　　邮　　编 | 430070

印　　刷 | 天津宇达印务有限公司

开　　本 | 680 毫米 ×990 毫米　1/16　　印　　张 | 16.75

版　　次 | 2018 年 3 月第 1 版　　印　　次 | 2018年11月第2次印刷

字　　数 | 277 千字　　印　　数 | 26000

定　　价 | 42.00 元